笼中少女

The Girl in The Tower

［美］凯瑟琳·艾登/著
Katherine Arden

兰莹/译

天地出版社 | TIANDI PRESS

图书在版编目（CIP）数据

笼中少女 /（美）凯瑟琳·艾登著；兰莹译. —成都：天地出版社，2023.10
（冬夜三部曲）
ISBN 978-7-5455-7261-2

Ⅰ.①笼… Ⅱ.①凯…②兰… Ⅲ.①长篇小说—美国—现代 Ⅳ.①I712.45

中国版本图书馆CIP数据核字（2023）第075702号

THE GIRL IN THE TOWER
Copyright © 2017 by Katherine Arden
All rights reserved including the rights of reproduction in whole or in part in any form.
Simplified Chinese language edition © Beijing Huaxia Winshare Books Co., Ltd.

著作权登记号　图字：21-2019-559

LONG ZHONG SHAONÜ
笼中少女

出品人	杨　政
作　者	［美］凯瑟琳·艾登
译　者	兰　莹
策划编辑	陈文龙
责任编辑	陈文龙
责任校对	杨金原
装帧设计	挺有文化
责任印制	王学锋

出版发行	天地出版社
	（成都市锦江区三色路238号 邮政编码：610023）
	（北京市方庄芳群园3区3号 邮政编码：100078）
网　址	http://www.tiandiph.com
电子邮箱	tianditg@163.com
经　销	新华文轩出版传媒股份有限公司

印　刷	河北鹏润印刷有限公司
版　次	2023年10月第1版
印　次	2023年10月第1次印刷
开　本	880mm×1230mm 1/32
印　张	12.75
字　数	306千字
定　价	258.00元（全三册）
书　号	ISBN 978-7-5455-7261-2

版权所有◆违者必究
咨询电话：（028）86361282（总编室）
购书热线：（010）67693207（营销中心）

如有印装错误，请与本社联系调换。

风雨欲来,阴霾蔽空。
旋风挟雪,转如飞蓬。
仿佛野兽咆哮、婴孩哭叫。
忽地掀起我们破败屋顶上
腐烂的茅草。
然后它又如迟归的旅人
把我们的窗户来敲。

——A.S. 普希金

序幕／001

第一部分

第一章 雪姑娘之死／005

第二章 两位圣徒／017

第三章 伊凡的孙子／025

第四章 骷髅塔的主人／035

第五章 荒原上的火／041

第二部分

第六章 天涯海角／057

第七章 旅行者／074

第八章 两份礼物／093

第九章 烟雾／113

目录 ― CONTENTS

I

第十章　家人／135

第十一章　并非所有人都天生高贵　／148

第十二章　勇者瓦西里／166

第十三章　遵守诺言的女孩／173

第十四章　两河之间的城市／177

第十五章　撒谎者／193

第十六章　来自萨莱的贵族／203

第十七章　海盗玛丽亚／224

第十八章　驯马者／247

第十九章　谢肉节／258

第二十章　火焰和黑暗／275

第二十一章　魔法师的妻子／296

第二十二章　母亲／323

第二十三章　北国的宝石／333

第四部分

第二十四章　女巫／341

第二十五章　塔中少女／359

第二十六章　火／379

第二十七章　宽恕日／390

后记／397

致谢／399

序幕

深夜里，女孩骑着枣红马穿过森林。这片无名的森林距莫斯科[①]相当远。原野空旷，万籁俱寂，只能听到雪落的声音，还有冻僵的枝条摇晃时发出的窸窣声。

快到午夜了。人们通常认为这是个邪恶且充满魔力的时刻，而这样寒冷的深夜更让人觉得心里发慌。暴风雪快要来了，阴沉的天色深不可测，然而女孩和马仍然一个劲儿地在林子里奔跑。

马下巴的细毛上结着冰，雪积在他的侧腹和额头的鬃毛上。但他善良的双眼在鬃毛下闪着光，耳朵也快活地前后摆动着。

马蹄印远远延伸到森林深处，渐渐被落下的新雪覆盖。

突然，马停下脚步，抬起头。前方有片冷杉树丛，树枝纠结在一起，叶子柔软如羽毛，弯曲的树干仿佛弓着腰的老人。

雪落得更紧，落在女孩的睫毛上，落在她兜帽边镶着的灰色毛皮上。万籁俱寂，只有风声。

"我看不见他。"她对马说。

[①] 莫斯科是现代俄罗斯联邦的首都，12世纪由尤里·多尔哥鲁基在此修筑了克里姆林城堡，13世纪初成为莫斯科公国都城。长期以来，莫斯科一直被弗拉基米尔、特维尔、苏兹达尔和基辅等城市的光芒掩盖，但蒙古人入侵后，在一系列有能力、有进取心的留里克大公的领导下，莫斯科开始崭露头角。

马歪歪耳朵,把雪抖掉。

"也许他不在家吧。"那女孩迟疑地说。她的话仿佛激起一阵细语,声音在冷杉树下的黑暗中飘散。

她这句话好像是召唤咒语,一扇她之前看不到的门忽然出现在冷杉树间。门吱呀一声打开,破碎的冰块从门缝间哗啦啦地掉下来。一道火光映在雪地上。现在可以清楚地看到有栋房子立在冷杉林中。房子的墙壁是木头的,上面是弯曲的房檐。火光斑斑点点地映在白雪上。房子卧在丛林中,好像一只正在呼吸的野兽。

门开了,出现了一个男人的身影。马的耳朵唰地竖起,女孩的身体突然僵硬。

"进来吧,瓦西娅。"那男人说,"外面挺冷的。"

第一章

雪姑娘[①]之死

冬至日刚过,莫斯科城里数不清的缕缕炊烟袅袅升起,汇成薄雾。天色阴沉,夕阳还没完全落山,但东边的天空中已积聚起厚厚的云层,在铅灰的暮色中显出瘀伤般的青紫色。马上要下大雪了,云层看上去沉甸甸的。

有两条河从罗斯[②]的森林边缘流过,莫斯科就位于它们的交汇处,背靠青松覆盖的山脉。低矮的白色城墙围住茅屋和教堂,宫殿那结冰的塔楼像绝望的手指一样伸向天空。天色渐渐暗下去,但高塔的窗里灯火通明。

[①] 雪姑娘是俄罗斯民间童话中常见的人物。

[②] 从13世纪到15世纪,俄国并非统一的政体。相反,在罗斯的土地上,大公们各自为政,互相敌对,但都臣服于蒙古君主。"俄罗斯"这个词直到17世纪才开始被广泛使用。因此在中世纪的语境中,"罗斯"一词或其形容词"罗斯的"指的是拥有共同文化和语言的大片领土,而非拥有统一政府的国家。

有位衣饰华贵的女人站在其中一扇窗边，看灯火逐渐融入暴风雪来临前的夜色。她身后有两位妇女坐在火炉边做针线活。

"时间才过去一小时，奥尔加已经往窗户那边去过三回了。"其中一个女人低声说。她手上的戒指在不甚明亮的光线中闪烁，头饰也闪亮夺目，以至于大家会忽略她鼻子上的脓疮。

宫廷侍女们聚在旁边，昏昏欲睡地点头，好像花朵垂落。奴隶们站在冰凉的墙壁附近，平直暗淡的长发被裹在头巾里。

"哎呀，这有什么，达琳卡！"另一个女人回答，"她在等她哥哥，那个鲁莽的修士。亚历山大兄弟去萨莱有多久了？自从下第一场雪，我丈夫就盼他回来。可怜的奥尔加只能在窗边望穿双眼。唉，愿她好运。亚历山大兄弟没准儿死在哪个雪堆里了。"说话的是厄多基娅·季米特列娃，莫斯科大公夫人。她的长袍上缀着宝石，双唇如玫瑰花蕾，嘴里却有三颗发黑的牙齿残根。她突然拔高声音尖声说："你站在风口那儿是不想活了吗？亲爱的奥尔加，如果亚历山大兄弟能回来，现在早该到了。"

"你说得对。"奥尔加站在窗边冷冷地回答，"真谢谢你能教我如何保持耐心。也许我女儿能以你为榜样，学习王妃该守的规矩。"

厄多基娅抿起嘴。她还没有孩子，但奥尔加已经有了两个，而且复活节前就要生第三个了。

"怎么回事？"达琳卡突然说，"我好像听到了什么声音。你们听到了吗？"

外面的暴风雪更猛烈了。"是风声，"厄多基娅说，"只有风声。你真傻，达琳卡。"但她哆嗦了一下，"奥尔加，让人再拿些酒来吧。这房间漏风，太冷了。"

其实这间工作室已经很暖和了。它没有窗，只有条狭长的缝隙。火炉烧得很好，人气也很旺，但是——"没问题。"奥尔加说，向仆人点头示意。那女仆走出屋门，走下楼梯，消失在寒冷的夜幕中。

"我讨厌这样的夜晚。"达琳卡说。她用长袍紧紧裹住自己，又去挠鼻子上的脓疮痂。她一会儿看看蜡烛，一会儿看看阴影，然后又转过头来："在这样的夜晚，她会来的。"

"她？"厄多基娅尖酸地问，"她是谁？"

"她是谁？"达琳卡重复对方的问题，"你不知道吗？"她看上去得意扬扬，"她是鬼呀。"

奥尔加的两个孩子原本正在炉边闹别扭，大声尖叫。听了这话，他们突然安静下来。厄多基娅哼了一声。窗边的奥尔加皱起眉头。

"这儿没有鬼。"厄多基娅说。她伸手拿起颗蜜渍李子，优雅地舔掉手指上的甜汁，咬上一口嚼起来。她的语气表明自己觉得这处宫殿可不值得鬼魂到此一游。

"我见过她！"达琳卡反驳，好像自尊心受到了伤害，"上次睡在这儿时，我见过她。"

如今的贵族妇女讲究大门不出，二门不迈，终生都待在塔楼里，因此她们热衷于互相拜访。丈夫不在家时，她们不时会结伴过夜。奥尔加的宫殿整洁华丽，是大家最爱的地方之一。尤其现在奥尔加已经有八个月的身孕，无法出门，这里就更加受人青睐。

奥尔加一边听，一边皱眉。但达琳卡追切地要引起大家的注意，她急急地往下说："就在几天前，马上要到冬至，午夜刚过的时候，"她身体向前倾，头饰也颤巍巍地歪过来，"我被惊醒了，但想不起来是被什么吵醒的。有个声音……"

奥尔加虽然强忍着,但还是笑出声来。达琳卡怒目而视:"我记不清了,"她重复道,"我被吵醒了,但发现一切都那么平静。冰凉的月光透过百叶窗照进来。我觉得角落里好像有声音。也许是只老鼠在挠墙。"达琳卡突然压低声音,"我当时一动不动地躺着,裹着毯子,但我睡不着。我听到有人在小声呜咽。我睁开眼睛,去摇晃娜斯卡,她就睡在我旁边。'娜斯卡,'我跟她说,'娜斯卡,点灯,有人在哭呢。'但娜斯卡一动不动。"

达琳卡说到这儿就停下来。屋里鸦雀无声。

"然后,"达琳卡接着说,"我看见一线光,是那种邪恶的微弱红光,比月光还要冷,肯定不是火光。它越来越近……"

达琳卡又顿了顿。"然后我看见她了。"她轻轻地说。

"她?是谁?她长什么样?"十几个人一起喊出声来。

"她白得像骷髅,"达琳卡低声说,"嘴塌陷进去,看不见嘴唇,眼睛像黑洞,好像能吞下整个世界。她盯着我看。我想尖叫,但叫不出来。"

听众中有人尖叫起来,其他人双手紧握。

"够了。"奥尔加厉声说,从窗边走回来。她的声音把女人们从半歇斯底里的状态中拖回来。她们不再说话,但仍然心神不宁。奥尔加又说:"你把我的孩子吓坏啦。"

这倒不全是实情。奥尔加的大女儿玛丽亚坐得直直的,眼神炽热,但小儿子丹尼尔抓住姐姐,全身发抖。

"然后她就消失了,"达琳卡把话说完,想装得若无其事,但没能成功,"我念完祷文,就又睡了。"

她把酒杯举到唇边。两个孩子盯着她看。

"你讲得不错,"奥尔加的声音中有一丝不悦,"但既然讲完了,那就让我们来说说其他故事吧。"

她回到自己炉边的位置坐好,火光映在她的两根发辫上。屋外的雪越下越大。奴隶们关上百叶窗,那声音使奥尔加绷直了肩膀,但她没有再次看向窗户。

人们向炉火中添柴,房间温暖起来,充满柔和的红光。

"您给我们讲个故事好吗,妈妈?"玛丽亚说,"给我们讲个关于魔法的故事吧。"

大家发出含糊的声音,赞同这个提议。厄多基娅怒目而视,奥尔加笑了。虽然奥尔加贵为谢尔普霍夫[①]亲王妃,但她出生并成长于那片有鬼魂出没的荒野边缘,那里距莫斯科有千里之遥。她会讲北方流传的奇怪故事。贵族妇女们一辈子的活动范围只局限于小礼拜堂、烘烤房和塔楼,因此很爱听这些故事。

亲王妃望着自己的听众。之前站在窗边时她看上去是那么悲伤,但现在又恢复了常态。侍女们放下针线,蜷在靠垫上,热切地期待着。

外面风声呼啸,模糊的雪落声仿佛也是一种喧嚣。塔楼下传来喊声,人们正吆喝最后一群牲畜回栏躲避霜冻。乞丐们从铺满积雪的巷子里爬进教堂的中殿,祈祷能活过今晚,活着见到明天的晨曦。克里姆林墙头的卫兵在火盆边缩成一团,压低帽子盖住耳朵。但王妃的塔

---

① 谢尔普霍夫是今位于莫斯科以南约96千米的城镇。它最初成立于季米特里·伊凡诺维奇统治时期,目的在于从南面拱卫莫斯科,是季米特里的堂兄弗拉基米尔·安德列耶维奇(奥尔加在本书中的丈夫)的封地。谢尔普霍夫直到14世纪末才成为城镇。在这部小说中,尽管奥尔加被封为谢尔普霍夫亲王妃,但仍住在莫斯科,因为当时的谢尔普霍夫只有树林、一处堡垒和几间小屋。在本书中,她的丈夫经常不在家,为大公管理这个重要的据点。

楼里很温暖，人们都在静静地期待一个精彩的故事。

"那么，我就讲一个吧。"奥尔加开始组织词句。

"从前在某个王国里，住着以打柴为生的一对夫妻。他们的小村庄在大森林里。那樵夫叫米沙，他的老婆叫阿莱娜。两人都很虔诚，总是认真地祈祷、亲吻圣像并不断哀求，但上帝始终没打算赐他们一个孩子，因此他们十分伤心。他们的日子过得很苦，也没有个孩子能让两人在严冬里感觉温暖一些。"

奥尔加抚摩腹部。她的第三个孩子——那个还没有名字的陌生小宝贝儿刚刚踢了她一下。

"有天晚上下了场大雪，第二天早上雪停了，夫妻俩走进森林去砍柴。他们一边砍柴，一边把柴垒好，同时把积雪堆到旁边。阿莱娜随手把雪堆成一个洁白的少女。"

"她像我一样漂亮吗？"玛丽亚插嘴问。

厄多基娅嗤之以鼻："傻子，她是个雪姑娘，又白又冷，还不会动。但是，"厄多基娅看看小女孩，"她肯定比你漂亮呀。"

玛丽亚脸红了，张开嘴要说话。

"好啦，"奥尔加赶紧接着讲，"那雪姑娘是白色的，而且确实不会动。但她个子高，还很苗条。她有漂亮的嘴唇，还有根长辫子，因为阿莱娜把心中所有对女儿的幻想与爱都倾注在这个雪人身上了。"

"看到了吗，老婆？"米沙打量着小小的雪姑娘，"你到底还是为我们带来了一个女儿呀。这是我们的雪姑娘。"

阿莱娜笑了，但眼里闪着泪光。

就在这时，刺骨的寒风开始摇晃光秃秃的树枝，因为霜魔摩罗兹科来了，他盯着夫妻俩和雪孩子看。

有人说摩罗兹科可怜那个女人,也有人说阿莱娜的眼泪有魔力,她趁丈夫不注意时,把泪水洒在雪姑娘身上。不管怎么说吧,就在米沙和阿莱娜转身要回家时,那雪姑娘的双颊浮起血色,像玫瑰般娇艳,眼睛也变得浓黑深邃。随后一个活生生的姑娘站在雪地里,像初生婴儿般一丝不挂,对着老夫妻俩微笑。

"我来做你们的女儿,"她说,"如果你们收留我,我会把你们当作亲生父母一样侍奉。"

老夫妻瞠目结舌,不敢相信眼前的一切,接着就欢喜若狂。阿莱娜哭着冲上前,抓住那姑娘冰凉的手,拉着她向伊斯巴①走去。

平静的日子一天天过去。雪姑娘打扫卫生,为一家人做饭,还常常唱歌。有时她的歌声很奇怪,使父母心神不宁。但她很善良,做起活来很麻利。她的笑容仿佛灿烂的阳光。米沙和阿莱娜真不敢相信自己的好运气。

月亮缺了又圆,圆了又缺,很快到了仲冬。村里一片欢腾,到处都能听到雪橇的铃声,闻到金灿灿的薄饼的香气。

人们在进出村子时,会路过米沙和阿莱娜的伊斯巴。雪姑娘就躲在柴堆后面偷看他们。

一天,有个姑娘和一位高个儿年轻人手拉着手,走过雪姑娘藏身的地方。他们微笑着看着对方,脸上洋溢着雪姑娘看不懂的喜悦。

雪姑娘越想越不明白,她总是忘不了那种神情。她之前对自己的生活心满意足,但现在却心神不定。她在伊斯巴里转来转去,在地上

---

① 木建农舍,通常以木雕装饰。

留下冰冷的足迹。

春天就要来了。有一天，雪姑娘听见树林里有美妙的音乐。有位牧羊人正在吹笛子。

雪姑娘悄悄走近，听得入神了。牧羊人也看到了这个脸色苍白的姑娘。她对他笑，他温暖的心和她冰凉的心贴在了一起。

时间一周周过去，积雪开始融化，天空变为明净温柔的蓝色，牧羊人爱上了她。但雪姑娘仍然非常焦躁。

"你是雪做的，"在森林里见面时，霜魔摩罗兹科警告她，"你不可能获得爱情和永生。"冬天就要过去，霜魔的身影越来越淡。人们只有在森林最浓重的阴影中才能看见他，但没准也会把他当作冬青树间的微风。"你是冬天的孩子，你会永远活着。但如果碰到火苗，你就会死的。"摩罗兹科说。

但牧羊人的爱使雪姑娘对这种说法不屑一顾。"为什么我总是冷冰冰的呢？"她反驳，"你是个冷冰冰的老家伙，而我现在拥有生命。我会学着去接近火这个新事物。"

"你最好别待在阳光下。"摩罗兹科回答她。

春天越来越近，村里人也越来越频繁地出门，在隐蔽处寻找绿色的新芽。牧羊人一次次来伊斯巴找雪姑娘。"一起去森林里吧。"他会说。

雪姑娘走出炉边的阴影，在阳光照不到的地方跳舞，但她内心深处的一小块地方仍然是冷的。

积雪开始融化，雪姑娘脸色苍白，浑身无力。她走到林中最阴暗的地方哭泣。"求您了，"她说，"我有凡人的感情，求您赐我一颗凡人的心吧。"

"那就去问问春天之神吧，"霜魔勉强回答。白昼逐渐变长，他的力量也逐渐衰退。现在他的声音就像微风。风如同悲伤的手指，拂过雪姑娘的脸。

春神就像个少女，虽然她已经很老了，却能永葆青春。她强壮的四肢上缠绕着花朵。"你追求的东西，我可以给你，"春神说，"但那样你就死定了。"

雪姑娘什么也没说，哭着回家了。一连几周，她都躲在伊斯巴里。

年轻的牧羊人来敲她的门。"求你了，亲爱的，"他说，"出来见我吧。我全心全意地爱你呀。"

雪姑娘知道如果自己愿意的话，可以长生不老，住在这个舒服的伊斯巴里，做个雪女孩，但是……音乐声又响起来。她又想起爱人的双眼。

于是她微笑着穿上蓝白相间的衣服，跑出门。阳光照在她身上，水滴从她亚麻色的头发上滴下来。

她和牧羊人来到白桦林边。

"再为我吹一曲吧。"她说。

水滴得更快了，从她的胳膊和手上滴下来，从她的头发上滴下来。虽然脸色苍白，但她的血是暖的，心也是热乎乎的。年轻人开始吹笛子，雪姑娘哭了。

一曲结束，牧羊人过去抱住她。但他碰到她时，她的脚开始融化。她蜷缩着卧在湿润的土地上，消失不见了。一缕冰冷的雾气在温暖的蓝天下飘过，只留下那年轻的牧羊人孤零零地站在原地。

雪姑娘消失时，春神为大地覆盖上一层薄纱，小小的野花开始绽放。但年轻的牧羊人沮丧地在林中等待，为他逝去的爱人哭泣。

米沙和阿莱娜也在哭。"这不过是魔法,"米沙试着安慰妻子,"魔法终究会消失的。说到底,她是雪做的呀。"

***

奥尔加的故事告一段落,女人们互相咬耳朵。丹尼尔已经在奥尔加怀里睡着了。玛丽亚也打着盹儿,脑袋一点一点的。

"有人说雪姑娘的灵魂还留在森林里,"奥尔加继续说,"下雪时,她就会复活,在漫漫长夜里等着她爱的牧羊人。"

奥尔加又停下来。

"但有人说她已经死了,"她悲哀地说,"因为这就是爱的代价。"

动人的故事讲到结尾时,听众们本该保持沉默,但这次不是这样。奥尔加的声音一落,她的女儿玛丽亚就嗖地坐直身体,尖叫起来。

"看!"她喊道,"妈妈,看哪!是她,就在那儿!看哪!不……不!不要……走开!"那孩子摇摇晃晃地站起来,茫然的双眼中饱含恐惧。

奥尔加猛地转身去看女儿盯着的那块地方:被重重阴影覆盖的角落。那里有道白色的闪光。不,那不过是火光。整间屋子像开了锅一样。丹尼尔被吵醒,紧抓住妈妈的萨拉芬①。

"是什么?"

"让那孩子住嘴!"

---

① 萨拉芬是一种看起来像套头衫或围裙的肩带连衣裙,穿在长袖上衣外面。事实上,这种服饰直到15世纪早期才开始流行。我在小说中使它提前问世,因为对西方读者来说,这种典型的俄罗斯服饰能唤起他们对童话里的俄罗斯的回忆。

"我跟你们说过了！"达琳卡得意扬扬地大叫，"我说过了，确实有鬼！"

"够了！"奥尔加厉声说。

于是吵嚷的女人们闭上嘴，喊叫声和唠叨声渐渐停止。寂静中，玛丽亚的抽泣声显得格外响亮。"我想，"奥尔加冷冷地说，"已经太晚了，我们都很累了。最好带你们的夫人去就寝。"这话是对厄多基娅的侍女说的，因为这位大公夫人快要控制不住情绪了。"不过是个孩子做的噩梦。"奥尔加坚定地补充道。

"不不，"厄多基娅幸灾乐祸地咕哝着，"不，是鬼！大家都很怕呀。"

奥尔加狠狠地瞪了贴身侍女瓦尔瓦拉一眼。后者长着浅黄色的头发，看不出年纪。"服侍莫斯科大公夫人就寝，快去！"奥尔加对她说。瓦尔瓦拉当时也正盯着玛丽亚指过的那个阴森的角落看，但一听到亲王妃的命令，她马上利落而镇定地转过身。有那么一刹那，她的脸上似乎流露出悲伤的神情，但奥尔加觉得那不过是火光给自己造成的错觉。

达琳卡还在喋喋不休："那是她！"她一口咬定，"难道孩子会撒谎吗？是鬼魂！一个非常邪恶的……"

"再给达琳卡拿杯酒来，还得请位祭司。"奥尔加又说。

达琳卡被扶出去时还在低声哭泣，厄多基娅则被以更温柔的方式"请"走了。混乱就此平息。

奥尔加走到炉边，去看小脸苍白的孩子们。

"那是真的吗，好妈妈？"丹尼尔抽着鼻子说，"真是鬼魂吗？"

玛丽亚什么也没说，只是双手紧握，眼里仍含着泪花。

"没关系的，"奥尔加平静地说，"嘘——孩子们，别怕。有上帝在保护我们呢。来吧，该睡觉了。"

第二章

两位圣徒

夜里,玛丽亚的保姆被孩子的尖叫声吵醒了两次。第二次醒来时,那保姆鲁莽地给了小姑娘一耳光。玛丽亚从床上跳起来,像只鹰一样飞过内宫①的几间大厅,冲进奥尔加的房间,保姆根本来不及阻止她。

奥尔加还没入睡。她听到女儿的脚步声越来越近,感觉到孩子在发抖。警觉的瓦尔瓦拉在昏暗中看到了奥尔加的眼神,于是一言不

---

① "内宫"这个词可以指在旧俄国的贵族妇女的起居处(宅子的楼上、单独一侧厢房,甚至是一座独立的建筑物,与宫中男子的起居处以一条步道相连),但更多情况下是指莫斯科人隔离贵族妇女的做法。"Terem"一词被认为起源于希腊语的teremnon(住宅),与阿拉伯语中的"harem"(后宫)无关。但由于缺乏中世纪莫斯科人的书面记录,这种做法的起源尚无法追溯。"Terem"的做法在16及17世纪达到顶峰,最终被彼得大帝结束——他允许妇女在公共场合亮相。从字面意义上讲,该词指出身高贵的俄罗斯女性完全不与男子见面。女孩在内宫中长大,直到嫁人时才能离开。俄罗斯童话中,常常会见到"公主的父亲把她锁在三九二十七道锁后"等类似比喻,很可能就是源于这种做法。

发地走到门边，拦住保姆让她离开。保姆呼哧呼哧地喘着气，怒冲冲地穿过大厅，慢慢走远。奥尔加叹着气，轻抚玛丽亚的头发，直到女儿安静下来，眼皮也越来越沉。"告诉我你看到了什么，我的玛丽亚？"她说。

"我梦到一个女人，"玛丽亚小声告诉妈妈，"她有匹灰马。她很悲伤。她来到莫斯科，再也没离开。她试着跟我说话，但我不敢听。我吓坏了！"玛丽亚又开始哭，"然后我就醒了，但她还在那儿，就在那儿。但现在她是个鬼魂——"

"不过是个梦，"奥尔加低声说，"不过是个梦。"

***

天刚亮，她们就被院子里的人声吵醒了。

奥尔加半睡半醒，脑袋昏沉沉的。她试着回忆自己做的梦：松树在风中晃动，她光着脚踏在尘土中，和兄弟们一起大笑。但嘈杂声越来越大，玛丽亚忽地被惊醒。就这样，那个乡下姑娘奥尔加又一次远去，被她遗忘。

奥尔加掀开被子，玛丽亚撑起身子。看到孩子的脸蛋上恢复了些血色，奥尔加很开心。深夜里的恐惧被黎明驱散。从下面院子里的人声中，她辨认出一个声音。"萨沙！"奥尔加轻声说，简直不相信自己的耳朵。"起来！"她向侍女们大喊，"有位贵客到了。快准备热酒，把浴室的火烧起来。"

瓦尔瓦拉进了屋，头发上还沾着雪花。天还没亮时她就摸黑起床，出去取柴火和水。"你哥哥回来啦？"她没有使用尊称。她的脸看上去苍白，神情紧张。奥尔加觉得自从玛丽亚做了噩梦把她们都吵醒以后，瓦尔瓦拉可能就再也没睡着过。

与侍女相反，奥尔加觉得自己年轻了十几岁。"我就知道，暴风雪冻不死他，"她一边说一边站了起来，"他是上帝的仆人。"

瓦尔瓦拉没说话，而是弯下腰，开始重新生火。

"别管它了，"奥尔加说，"去厨房，把烤炉烧起来，看吃的有没有准备好。他肯定很饿。"

奥尔加的侍女们匆匆为亲王妃和她的孩子们穿好衣服。但还没等奥尔加完全准备好、喝完酒，还没等丹尼尔和玛丽亚吃完掺蜂蜜的粥，楼梯上就响起脚步声。

玛丽亚迅速站起来。奥尔加皱皱眉。这孩子看起来兴高采烈，但脸色依然苍白，也许还在为昨晚的噩梦害怕。"萨沙舅舅回来啦！"玛丽亚大喊，"萨沙舅舅！"

"请他进来吧，"奥尔加说，"玛丽亚——"然后门就开了，走进一个黑色人影，脸藏在兜帽下面。

"萨沙舅舅！"玛丽亚又大喊一声。

"不行，玛丽亚，这不对，不能这样称呼一位圣徒！"她的保姆喊，但玛丽亚已经踢倒三把小凳子，打翻一只酒杯，向舅舅跑去。

"愿主与你同在，玛丽亚，"一个温暖的声音说，"别过来，孩子，我全身都是雪。"他解开斗篷和兜帽，把雪花抖落满地。他在玛丽亚头的上方画了个十字，并拥抱她。

"愿主与你同在，哥哥，"奥尔加在火炉旁说，声音听上去十分镇定。她容光焕发，仿佛年轻了不少。她忍不住又说："你这淘气鬼，我真为你担心。"

"愿主保佑你，妹妹，"修士回答，"你不用害怕。凡我所去之处，皆由主指派。"他口吻严肃，但随后笑起来，"见到你真高兴，我亲爱的奥尔加。"

他穿着修士服,外面披着件毛皮斗篷。他掀掉兜帽,露出黑发——其中几处已被剃掉[1]。他的黑色胡须上结着冰碴儿。即使他的亲生父亲在场恐怕也认不出他。那个骄傲的男孩已经长大成人,肩膀宽阔,镇定自若,脚步轻柔仿佛独狼,只有那酷似母亲的双眼清澈依旧,同十年前他骑马离开列斯纳亚辛里亚[2]时一模一样。

奥尔加的侍女们偷偷盯着他看。当时在莫斯科能进内宫的男人只有修士、祭司、男主人、奴隶或未成年的孩子。除孩子之外,其他人大多都不再年轻,也不会像这位修士那样个子高大,长着双灰眼睛,同时风尘仆仆。

有个没规矩的侍女春心萌动,对旁边的人轻声说:"这位就是亚历山大·佩列斯韦特兄弟,又叫亚历山大·光明使者,你知道,就是那位——"然而她没控制好嗓门儿,别人都能听见她在说什么。

瓦尔瓦拉啪地给了这鲁莽的女人一下,后者马上闭嘴。奥尔加看看周围正听他们说话的人群,说:"去小礼拜堂吧,萨沙。我们得去感谢主保佑你回来。"

"马上,奥尔加,"萨沙回答,随后停顿一下,"我从荒野上带回来个旅行者。他现在病得很重,正躺在你的工作间里。"

---

[1] 这里指剃度。在东正教背景下,这通常意味着将头发剃去四块,使之呈十字形。在东正教隐修制度中,发愿可分为三个递进的层次,表现在三种不同的剃度方式上。本书中,萨沙曾发了最初级的誓愿,但又犹豫,没有更进一步。因为下一层次的誓言中包含"居必有定所"的含义(例如必须住在修道院里)。

[2] 列斯纳亚辛里亚的字面意思为"森林之境",是瓦西娅、萨沙和奥尔加的故乡,也是《熊与夜莺》中故事的主要发生地,在本书中也多有提及。

奥尔加皱了皱眉："旅行者？在这里？好吧，我们就去看看他。不行，玛丽亚。把你的粥喝完，孩子，然后你才能像装在瓶里的小虫一样到处跑。"

***

那男人躺在火炉边的一块小地毯上，身上的雪融化了，水流得到处都是。

"哥哥，他是谁？"奥尔加的身子已经很笨重，没法儿跪下去看。但她用一根食指轻敲牙齿，仔细打量着这个已不成人形的可怜鬼。

"是个祭司，"萨沙从胡子上抖掉水珠，"我不认识他。我见他在路上晃荡，神志不清，病得很重，还胡言乱语。当时我们离莫斯科还有两天的路程，我就生起火让他暖和一点儿，然后带他上路。昨天刮起暴风雪时，我只能在雪地里挖个洞，在里面一直躲到今天。但他的情况变得更糟糕了，看上去马上就要死在我怀里。为保住他的命，我想在那种天气里冒一下险还是值得的。"

萨沙敏捷地向那病人弯下身，拉开盖在他脸上的衣服。祭司那双令人吃惊的深蓝色眼睛正直勾勾地望着房梁。他瘦得皮包骨，脸烧得通红。

"你能暂时收留他吗，亲爱的奥尔加？"修士问，"如果送他去修道院，他只能得到一间小屋，还有一点儿面包。"

"这里的条件要好得多，"说着，奥尔加转身急急地发出一连串指令，"但他的生死自有上帝决定，我也没法儿保证能把他救活。他病得很重。男人们会送他去浴室的。"她上下打量哥哥，"你也应该去。"

"我看起来也被冻得那么厉害吗？"修士问。确实，冰雪融化的水正从他脸上流下来，那凹陷的双颊和太阳穴令人触目惊心。他把头发上的最后一点儿雪掸去。"现在还不行，奥尔加，"他站起来，"我们得去祈祷，然后我要吃点儿热饭菜。随后我必须去大公那里。如果我回来后不先去见他，他会发火的。"

＊＊＊

小礼拜堂和宫殿之间的步道铺着木地板，上方还有屋顶，因此奥尔加和侍女就可以舒舒服服地顺着这条路走去做礼拜。那个小礼拜堂有雕刻装饰，看上去像个珠宝盒。所有的圣像都镀了金。烛光照在金子和珍珠上闪闪发光。萨沙祈祷时，那清脆的嗓音使烛火颤抖。奥尔加跪在圣母面前，背着人流下几滴痛苦而欢喜的泪水。

他们回到奥尔加的房间，在火炉边的椅子上坐下。孩子们已经被带走，瓦尔瓦拉把侍女们也打发走。热气腾腾的汤端上来。萨沙大口喝完，接着又要。

"有什么消息吗？"他吃饭时，奥尔加问，"你怎么在路上耽搁这么久？别拿什么上帝的使命之类的理由来敷衍我，哥哥。你可一向是个守时的人。"

虽然屋里没人，但奥尔加还是压低声音。内宫里人多嘴杂，密谈几乎是不可能的。

"我骑马到萨莱[①]打了个来回，"萨沙轻轻地说，"这段路可不是一天之内就能走完的。"

[①] 萨莱源自波斯语中"宫殿"一词，是金帐汗国的首都，最初建在伏尔加河下游，后稍微北迁。罗斯的大公们会去这里朝拜，请求可汗赐其封授权。在中世纪它曾经是世界上最大的城市之一，人口超过50万。

奥尔加平静地看了他一眼。

他叹了口气。

她等着。

"南方的大草原上，冬天来得很早，"他终于开口说道，"我在喀山①失去一匹马，只好徒步走了一周。我离开莫斯科五天后，或许还要更远些，遇到一座被烧毁的村庄。"

奥尔加在胸前画个十字："是意外失火吗？"

他慢慢摇头："是强盗。鞑靼人。他们带走小姑娘，卖到南边的奴隶市场，又大肆屠杀村民。我花了好几天才把所有的尸体埋葬，并为他们祝福。"

奥尔加又慢慢地在胸前画个十字。

"等到该做的都做完了，我就继续骑马赶路，"萨沙继续说，"但我又遇到一个村庄，遭了同样的大难。然后我又碰到一个。"他愤怒地咬着牙。

"主会让他们安息的。"奥尔加低声说。

"他们是有组织的，那些强盗，"萨沙继续说，"他们有个大本营，否则不可能在一月份就开始洗劫村子。他们的马匹也比普通的马更好，因为他们能迅速袭击，又飞快地逃跑。"萨沙的手指扣紧碗沿，碗里的汤来回晃荡，"我在附近搜寻一通，但没有找到任何痕迹，只有被烧毁的房屋。农民们向我讲述事情的经过，每次他们叙述的事情都比上一次更严重。"

---

① 喀山是俄罗斯的一个城市。——译者注

奥尔加什么也没说。他们外祖父在位的那段日子里，金帐汗国[①]还没有像如今这样四分五裂，人们也从没听说过有鞑靼强盗袭击莫斯科大公国[②]，因为莫斯科一向忠心耿耿。但现在它已不再那么温驯谨慎，忠诚度也有所下降，更重要的是金帐汗国面临分裂。可汗更替频繁，将领们彼此打得不可开交。这样的时代总会造就无法无天的人。在金帐汗国的统治下，人民苦不堪言。

"好啦，妹妹，"萨沙误解了她脸上流露出的神情，"别怕。对强盗们来说，莫斯科城可是块难啃的硬骨头，而爸爸住的列斯纳亚辛里亚又那么远。但我们必须剿灭这些强盗。我还要尽快赶回去。"

奥尔加勉强让自己平静下来，问道："回去？什么时候？"

"我把人手召集起来就回去。"他看见她的脸，叹口气，"原谅我吧。下次来时我再住几天。过去的几周里，我见过太多人的眼泪。"

奇怪的人，疲惫而善良，却心坚如铁。

奥尔加看着他的眼睛。"是的，你必须去，哥哥。"她平静地说，敏感的人会听出她声音中的一丝苦涩，"凡你所去之处，皆由主指派。"

[①] 金帐汗国是13世纪由拔都汗建立的蒙古汗国，14世纪初全国改信伊斯兰教，全盛时期统治大部分现今东欧地区，包括莫斯科。

[②] 这里指大公国或莫斯科公国。数百年来，"莫斯科大公国"一直是西方国家称呼俄罗斯的最常用方式。最初莫斯科大公国的疆域相对较小，只包括从莫斯科向北方及东方延伸的土地。但它在14世纪末到16世纪初迅速扩张，1505年时面积几乎达到259万平方千米。

第三章

伊凡的孙子

大公那间长方形的宴会厅屋顶低矮，里面光线暗淡。波雅尔们有的坐在长桌边，有的摊开手脚，狗一样懒洋洋地躺着。莫斯科大公季米特里·伊凡诺维奇威严地坐在长桌另一端，身穿黑貂皮和藏红花染色的细羊毛衣服，看上去华丽非凡。

季米特里胸肌发达、活力十足、脾气急躁且十分自私，生性放纵而又和蔼宽容。他父亲曾被称为"美男子伊凡"，而这位年轻的大公继承了父亲容貌的所有优点：奶油色的头发、柔软的皮肤和灰色眼睛。

萨沙走进宴会厅时，大公跳了起来。"表哥！"他兴奋地大叫，镶宝嵌珠的帽子下面的脸看上去神采飞扬。他大步走向萨沙，途中还撞倒了一个仆人，然后才想起要保持仪态。于是他擦擦嘴，在胸前画个十字。但他另一只空闲的手拿着个酒杯，和这个手势很不协调。季米特里匆匆放下杯子，吻了萨沙的两侧面颊，说："我们之前担心死你了。"

"愿主保佑您，季米特里·伊凡诺维奇。"萨沙微笑着说。季米特里成年并继位之前，这两个年轻人曾一起住在萨沙修行的圣三一修道院①里。

宴会厅里烟雾缭绕，人声嘈杂。季米特里正带领贵族们大吃野猪肉。那些轻浮的陪酒女被匆匆轰出去，但萨沙仍能从酒味和猪身上最肥腻的肉的气味中闻到她们留下的香气。

他还能感觉到波雅尔们在盯着自己，琢磨着他的回归意味着什么。

萨沙一直在想：人们为什么甘愿挤在肮脏的房间里，关上门窗，把清新的空气挡在外面呢？

季米特里一定看到了他表哥厌恶的神色。"洗澡去！"他立刻提高嗓门儿喊道，"给浴室烧火。我表哥累了，我想和他单独谈谈。"他自信地挽起萨沙的胳膊，"这帮人吵得我也很烦。"但萨沙对此表示怀疑，因为季米特里是从莫斯科层出不穷的阴谋诡计中拼杀出来的。对他来说，圣三一修道院一直太小、太安静了。"你留在这里！"大公对管家喊道，"照顾大家，不管谁想要什么，都满足他。"

***

很久以前，当蒙古人横扫罗斯全境时，莫斯科不过是个被匆匆建起的简陋集市，是金帐汗国大展雄风，征服弗拉基米尔②、苏兹达尔和基辅等繁荣的大城市后收获的小添头。

---

① 圣三一修道院是由圣徒谢尔盖·拉多涅日斯基于1337年创建的修道院，位于莫斯科东北方向约71千米。

② 弗拉基米尔是中世纪罗斯的主要城市之一，位于莫斯科以东约193千米，据说其起源可追溯至公元1108年。城中许多古建筑至今仍完好无损。

在鞑靼人面前，莫斯科的地位并不算太高，但莫斯科的大公们都很聪明。战争刚刚结束，烽烟还未完全消散时，莫斯科人立刻谋求与征服者结盟。

他们对金帐汗国忠心耿耿，试图以此实现自己的野心。如果可汗们要求征税，莫斯科大公们就把自家波雅尔们的钱袋掏空来凑足税款。可汗们非常高兴，于是封给莫斯科更多土地作为回报。除此之外，金帐汗国还将弗拉基米尔大公国封授[①]给莫斯科，并赐下"大公"的头衔。莫斯科大公国的统治者们越来越富有，统治的疆域也越来越广阔。

莫斯科大公国扩张的同时，金帐汗国却逐渐衰落。大汗[②]的子孙激烈争斗，汗位摇摇欲坠。莫斯科的波雅尔开始交头接耳：鞑靼人连基督徒都不是，而且没有哪个即位者能在宝座上坐满半年，那么我们为什么还要进贡呢？为什么还要继续做他们的藩属国呢？

大胆而务实的季米特里注意到萨莱城里的动乱，意识到可汗肯定已经有五年没记账了。于是他悄悄停止缴纳贡赋，把钱财存起来，并派修士表哥亚历山大兄弟去那座异教徒统治的城市侦察对手的动向。萨沙也派出一位信得过的朋友——罗季翁兄弟去列斯纳亚辛里亚见自己的父亲，提醒父亲要打仗了。

现在萨沙顶风冒雪地从萨莱回来，带回的消息连他自己也认为非

[①] 这是俄罗斯史学中用于描述金帐汗国官方敕令的术语。每位罗斯的大公即位时都必须从可汗那里取得封授权，从而获得封号和有限的统治权力。13世纪起，罗斯王公之间的大部分钩心斗角的目的都是争夺各个城市的封授权。

[②] 这里指成吉思汗。其后裔建立的金帐汗国统治俄罗斯二百多年。

常糟糕。

他把头向后仰靠在浴室的木墙上，合上双眼。蒸汽为他的身体洗去一路积下来的污垢和疲惫感。

"你看上去糟透了，表哥。"季米特里快活地说。他正在吃蛋糕。之前他往肚子里塞了太多的酒肉，现在它们变成汗水流了出来。

萨沙抬起一边眼皮。"你发福啦，"他反唇相讥，"今年大斋节你应该去修道院，饿上两周。"季米特里还住在圣三一修道院里时，在斋戒的日子里经常偷偷溜进林子抓野兔烤着吃。萨沙从他的外表来判断，感觉他这个习惯还没改掉。

季米特里大笑起来。目光不够敏锐的人很容易被他热情四射的魅力瞒过，从而忽略他眼中的算计。大公不到十岁时父亲就去世了。在这片土地上，幼年王子少有能长大成人的。季米特里很早就学会仔细看人，不敢轻信任何人。但亚历山大兄弟曾是季米特里的老师，后来又成为他的朋友。大公即位之前，他们还曾同住在圣三一修道院里。因此季米特里只是咧开嘴笑，说："雪这么大，下了一天一夜，除了吃饭，我们还能做什么呢？我甚至不能去找女人。安德烈祭司不许我这样做。或者说，至少在厄多基娅为我生下个继承人之前不行。"

大公怒冲冲地向后靠在长椅上，又说："就好像她能生一个似的，那只不下蛋的鸡。"他脸色阴沉地坐了一会儿，然后又快活起来，"好吧，你终于回来了。我们之前都快绝望了。跟我说说，现在萨莱城里，谁坐在那把椅子上？将军们有什么想法？全都告诉我吧。"

萨沙已经吃过饭、洗过澡，现在他只想睡觉。除了地上，他无论躺在哪里都能睡着。但他还是勉强睁开眼说："春天里千万不能开战，表弟。"

大公不动声色地盯着萨沙："不能吗？"他的声音中有君王的威严，自信而不耐烦。他曾在十年中三次历经围城，却仍能稳稳地坐在宝座上。如果你想知道原因，看看他现在脸上的那种神情就会明白。

"我去过萨莱，"萨沙谨慎地说，"还有其他地方。我骑马穿过游牧民族的营地，与很多人聊过天，还不止一次遇到生命危险。"萨沙停下来，眼前又一次出现那灼热的尘土和草原上空白炽的阳光，嘴里又泛起奇怪的香料的味道。与那座异教徒的城市相比，莫斯科看起来像是顽童们在一天之内草草堆起来的泥巴城堡。

"现在可汗们换来换去，像走马灯一样。这是事实，"萨沙继续说，"每位可汗掌权顶多半年，然后就会被叔伯、堂兄弟或是兄弟们赶下王位。大汗生了太多子女。但我觉得这倒没什么。将领们手握重兵旁观。就算王权不稳，他们的力量也不会受影响。"

季米特里沉思一会儿："想想看，取胜可能会很艰难，但如果我赢了，我就会是全罗斯的主人！我们不用再给异教徒缴纳贡赋。这还是值得冒点儿险，或是牺牲点儿东西的。"

"是的，"萨沙说，"算起来确实如此。但我还带来了别的消息。今年春天，你将会有更迫切需要解决的麻烦。"

亚历山大兄弟冷酷地继续讲下去，把被焚毁的村庄、强盗和快烧到眼前的战火讲给莫斯科大公听。

***

亚历山大兄弟在给大公表弟出谋划策的同时，奥尔加的奴隶正为萨沙带回来的那个病人洗澡。他们为祭司换上新衣，把他安置在一间原本用作忏悔室的小屋里。奥尔加裹着件兔毛镶边的长袍，下楼来看他。

房间角落里有座火炉，仆人们刚在里面生起火，火光还没能完全驱走阴暗。但当奥尔加的侍女举着陶灯一拥而入时，阴影畏缩地退却了。

那人没在床上躺着，而是蜷缩着伏在圣像前祈祷，披散的长发在火光下闪光。

奥尔加身后的侍女喃喃低语，伸长脖子去看，吵闹声足以惊动一位圣徒，但这个男人动也不动。他死了吗？奥尔加匆匆走上前。但还没等她碰到他，他就坐起身，在胸前画个十字，哆嗦着站了起来。

奥尔加瞠目结舌。不请自来的达琳卡同其他人一样，眼睛瞪得大大的。随后达琳卡倒抽一口冷气，咯咯笑起来。那男人的金发披在肩上，好像圣徒的冠冕。浓密的眉毛下，他的双眼仿佛汹涌的蓝色波涛。他的脸庞棱角分明，唯有双唇嫣红柔软。

女人们都看呆了。奥尔加最先回过神来，向前走去。"祭司，愿上帝保佑您。"她说。

祭司的眼睛因高烧而变得明亮，汗水从金发上滴下来。"愿上帝保佑你。"他回答。声音从胸腔中传出，震得烛火都在颤抖。他并没看她的眼睛，而是茫然地盯着她身后的什么地方，盯着天花板附近的阴影。

"我真敬佩您的虔诚，祭司，"奥尔加说，"您祈祷时请别忘了提我的名字。但您现在还是回床上躺着吧，否则会被冻死的。"

"吾命自归上帝，"那祭司回答，"最好还是——"他晃了一下。瓦尔瓦拉赶紧扶住他，免得他摔倒，但脸上掠过一丝厌恶的表情。他比看上去要强壮多了。

"把火生得再旺些，"奥尔加厉声对奴隶说，"拿热汤来，还有热酒和毯子。"

瓦尔瓦拉把祭司扶回床上,不高兴地嘟哝着为奥尔加搬来把椅子。奥尔加坐下,侍女们聚在她身后,直瞪瞪地呆看。那祭司一动不动地躺着。他是谁?从哪里来?

"给您蜜酒,"奥尔加看到他的眼皮在颤动,于是说,"来吧,坐起来。喝点儿吧。"

他坐直身子大口喝酒,同时从杯沿上方看她:"非常感谢,奥尔加·弗拉基米洛娃。"喝完酒后他说。

"是谁把我的名字告诉您的,巴图席卡①?"她问,"您为什么生着病还在森林里徘徊?"

他脸上有块肌肉抽搐了一下。"我来自列斯纳亚辛里亚,您父亲家里。我走了很长的路,冻得要死了,在黑暗里……"他的声音渐渐低下去,接着又重新振作起来,"您长得很像您家里人。"

列斯纳亚辛里亚……奥尔加身体向前倾:"您有什么消息带给我吗?我兄弟和妹妹怎么样了?我爸爸怎么样了?告诉我吧,自从夏天以来,我就没得到过那边的消息。"

"您父亲去世了。"

寂静。他们能听见火炉里的木柴烧得噼啪作响。

奥尔加坐在那里,呆若木鸡。她的父亲去世了?他还没见过外孙呢。

那又有什么关系?他现在开心了,他和妈妈在一起了。但是他永远躺在心爱的冬天的泥土下面,她再也见不到他了。"愿上帝让他安

---

① 巴图席卡是对东正教祭司的敬称。

息。"奥尔加轻声说,悲痛欲绝。

"我很遗憾。"那祭司说。

奥尔加摇摇头,觉得喉咙口好像堵了什么东西。

"给您,"祭司突然说,同时把杯子塞进她手里,"喝点儿吧。"

奥尔加一饮而尽,把空杯子递给瓦尔瓦拉,用袖子擦擦眼睛,努力让自己的声音平稳,问道:"他是怎么去世的?"

"过程很邪门,您不会愿意听的。"

"但我要听。"奥尔加回答。

侍女们交头接耳,声音如水波一样在人群中扩散。

"好吧,"祭司说,声音中有一丝怨毒,"他是因为你妹妹而死的。"

听众们兴致勃勃地喘着粗气。奥尔加咬紧牙关。"出去,"她说,并没提高声音,"回楼上去,达琳卡,我求你。"

女人们不满地低声抱怨,但最后还是走了,只有瓦尔瓦拉留了下来,因为礼节要求如此。她退到阴影中,双臂交叉抱在胸前。

"瓦西娅吗?"奥尔加粗声问,"我的妹妹,瓦西丽莎?她能与……有什么关系呢?"

"瓦西丽莎·彼得罗芙娜既不信主,也不孝顺父母,"祭司说,"她的灵魂里住着个魔鬼。我试着——很长时间了——引导她回到正路上,但我失败了。"

"我不明白。"奥尔加开口说。但祭司靠在枕头上,坐得更直些。汗水积在他喉结下方的凹坑里。

"她能看见那些不存在的东西,"他低声说,"她无所畏惧地走在森林里。村里人都在谈论这个。善良些的人会说她疯了,但其他人说这是巫术。她长大成人,像女巫一样吸引男人的目光,虽然她并不漂亮……"他的声音时断时续,接着又突然拔高,"您的父亲彼得·弗拉基米罗维奇匆忙为她定亲,让她赶紧嫁人,好阻止事态恶化。但她违抗父亲的意愿,赶跑了求婚者。彼得·弗拉基米罗维奇做了安排,要把她送到修道院。他害怕——怕她的灵魂会堕落。"

奥尔加想象着自己那有着神奇绿眼睛的小妹妹变成祭司口中形容的那个姑娘,这个过程仿佛就在眼前。修道院?瓦西娅吗?"据我了解,她绝不会甘心被关起来。"她说。

"她反抗了,"祭司也同意她的说法,"'不,'她当时说,'不行。'她在冬至夜哭着跑进森林里。她可怜的继母安娜·伊凡诺芙娜去追她,彼得·弗拉基米罗维奇也去了。"

祭司停下来。

"然后呢?"奥尔加低声问。

"他们遇到一头野兽,"他说,"我们觉得——他们说是头熊。"

"在冬天里遇到熊?"

"瓦西丽莎之前肯定误入它的洞穴了。女孩子总是蠢头蠢脑的。"祭司提高声音,"我不清楚,我没亲眼看到。彼得救了女儿的命,自己却死了,他可怜的妻子也跟他死在一起。一天后,仍然发疯的瓦西丽莎跑了,此后再没人听到她的消息。我们只能假定她也死了,奥尔加·彼得罗芙娜。她和您父亲都死了。"

奥尔加捂住双眼:"我答应过瓦西娅,说她可以来跟我一起住。我本应该能帮她一把的。我本应该——"

"节哀吧,"祭司说,"您的父亲已经同上帝在一起了,而您的妹妹罪有应得。"

他的话中充满恶毒之意。奥尔加震惊地抬起头,看见祭司的蓝眼睛毫无表情,于是她以为那是自己想象出来的。

奥尔加控制住自己。"您冒着危险带来消息,"她说,"我该……我该怎样报答您呢?原谅我,祭司,我甚至还不知道您的名字。"

"我叫康斯坦丁·尼科诺维奇,"祭司说,"而且我什么也不想要。我会进修道院,为这个邪恶的世界祈祷。"

第四章
骷髅塔的主人

从前是莫斯科都主教的阿列克谢在莫斯科城里建起天使长修道院①。现任修道院长安德烈祭司和萨沙一样,曾是圣人谢尔盖的门徒。安德烈长得活像一朵蘑菇:体形圆胖,肌肉柔软,个子矮小,脸好似快活放荡的天使。他对政治的理解相当接地气。他那张餐桌足以使任何修道院长羡慕。"贪吃的人是不会想到上帝的,"他轻蔑地说,"但挨饿的人也做不到这点。"

一旦大公放萨沙离开,后者就直奔那座修道院。康斯坦丁在奥尔加温暖的宫殿中祈祷时,安德烈和萨沙正在修道院的餐厅里,一边吃腌鱼和蔬菜(因为当时正是斋戒日的晚餐时间),一边聊天。听萨沙讲完故事,安德烈嚼着食物,沉吟着说:"火灾的事

---

① 该修道院的全称是"阿列克谢的米迦勒天使长修道院",也被人亲切地称为"丘多夫修道院",源于俄语中的"奇迹"一词,以此纪念天使长米迦勒在歌罗西创造的奇迹。据说他在那里使一个哑巴女孩开口说话。都主教阿列克谢于1358年建立此修道院。

真使我难过。但上帝的手段总是变幻莫测,而且这消息来得正是时候。"

萨沙没想到他会这么说,于是挑起一条眉毛,示意对方解释一下。他握紧在路上被冻得裂开口子的双手,把手放在木头餐桌上。安德烈不耐烦地说下去:"你必须请大公出城,带他去消灭强盗,再给他找个漂亮姑娘。但要注意,可不能是那种身份高贵的女人。"老修士说这话时毫不脸红。在发誓终身侍奉主之前,他曾是位波雅尔,有七个子女。"季米特里现在心神不定。他无法从妻子身上享受床笫之欢,也没有子女让他寄托希望。如果这种情况再持续下去,季米特里会向鞑靼人或者别的什么势力宣战的。他会以这种疯狂的手段对抗内心的无聊。像你说的,时机尚未成熟。让他去剿匪出气吧。"

"有道理,"萨沙把杯里的酒喝完后站起来,"感谢您的警告。"

***

亚历山大兄弟不在时,也一直有人为他的小屋打扫卫生。狭窄的简易床上铺着上好的熊皮,屋门对面的角落里放着基督像和圣母像。萨沙祈祷了很久,直到莫斯科城里的钟声响成一片,直到异教徒参拜的那弯新月爬上积雪的塔尖。

圣母啊,请保佑我的父亲、兄弟和妹妹,保佑荒野中修道院里的我的导师,还有与我一同侍奉耶稣的兄弟们。我求您不要生气,我们还没向鞑靼人宣战,因为他们的力量还太强大,人数也太多了。宽恕我的罪孽吧。宽恕我。

烛火在圣母像的脸上舞蹈,圣婴似乎正用无情的黑眼睛看着萨沙。

第二天早上，萨沙去和其他修士一起做早课①。他在圣障前弯下腰，面对地板。念完自己的祷文后，他马上走进被半埋进闪光积雪中的城市。

季米特里·伊凡诺维奇有不少缺点，但其中肯定不包括懒惰这一项。萨沙发现大公已经在院子里，脸冻得像红苹果，正兴高采烈地挥舞一把剑。年纪较轻些的波雅尔陪在他身边。他宠爱的那位来自诺夫哥罗德的铸剑师之前为他新打造了一把利刃，剑柄弯曲呈蛇形。此时，大公和修士这对表兄弟正在半信半疑地欣赏这把宝剑。

"它会让我的对手吓破胆。"季米特里说。

"若你用它捅人，它就会断掉，"萨沙回答，"看这里，蛇头跟剑身连接的地方太薄了。"

季米特里再次认真检查那柄剑。"好吧，我们来过过招。"他说。

"上帝保佑你。"萨沙马上说，"如果你坚持要让这剑柄毁在某人身上，可别找我。"

于是季米特里转过身去，打算从手下那群焦躁不安的波雅尔中叫一个出来。但萨沙接下来说的话使他马上转回身。"玩够了吗？"萨沙不耐烦地说，"来吧，暴风雪停了，还有村庄在燃烧。跟我一起骑马出去怎么样？"

门外传来的喊叫和骚动声淹没了季米特里的回答。两人停下来倾听。"有十几匹马，"萨沙挑起眉毛，询问地看着大公，"谁——"

---

① 早课相当于天主教中的晨祷。按时间计算，它将于日出时结束。

季米特里的管家随即跑过来。"一位伟大的领主驾到了,"他喘着气,"他说必须马上见您。他带来了一件礼物。"

季米特里的眉毛皱紧了:"伟大的领主?是谁?我了解我的波雅尔,其中没人能配得上这个称呼。好吧,传他进来,免得他冻死在门外。"

管家跑开了。不一会儿,门上结冰的铰链就发出刺耳的尖叫。有位陌生人骑着匹枣红马走进门,后面还跟着一队近卫。那匹枣红马突然立起来,连连后退,但被骑手娴熟地勒住了。随后陌生人跳下马,落脚的地方溅起新雪。他打量着热闹的院子。

"唔。"大公把双手插在腰带里说。波雅尔们停止对打,在他身后聚在一起嘀咕,盯着来者看。

陌生人仔细打量人群,之后穿过雪地站在他们面前,向大公躬身施礼。

萨沙上下打量来人。很明显,这是位波雅尔。他身材强壮,衣着华丽,双眼乌黑,睫毛细长,帽子下面露出红发,红得像秋天的苹果。萨沙之前从没见过此人。

波雅尔对季米特里说:"您是莫斯科和弗拉基米尔的大公吗?"

"正是。"季米特里冷冷地回答,因为红发男人的语气很是傲慢,"您又是谁?"

那双令人惊奇的水汪汪的黑眼睛看向大公,又看向他表兄。"人们叫我卡西扬·鲁托维奇,殿下,"他平静地说,"我的领土在莫斯科东边,距这里两周的路程。"

季米特里无动于衷:"我想不起在那边征过税。您的领土叫什么?"

"巴什尼亚科斯德①,"看到周围的人露出惊讶的表情,红发男人解释,"之前我父亲很有幽默感。我记得小时候我们曾连续三个冬天挨饿,于是他给我们的宅子起了这个名字。"卡西扬说这话时,萨沙能从他的动作上看出他的骄傲,"我们一直住在自己的森林里,从不求人。但现在我带着礼物来见您,大公,我们有求于您。我的人民熬不过去了。"

卡西扬打住话头,向近卫们做个手势,随即他们牵上来一匹铁灰色的小牝马。这马看上去是如此神骏,甚至大公看着马也有一会儿说不出话来。

"这是我的礼物,"卡西扬说,"也许您的卫兵会款待我的手下。"

大公打量着那匹牝马,但最后只是问:"熬不过去?"

"我们被一群神出鬼没的人袭击,"卡西扬冷酷地说,"他们是强盗。他们烧毁了我的村庄,季米特里·伊凡诺维奇。"

***

卡西扬本人被请进大公的会客室,他带来的马一头扎进燕麦堆里,他的手下也被安排进房间休息。这位红发男人坐在季米特里那低矮的彩绘天花板下,喝光杯里的啤酒。萨沙和大公等在旁边,虽然很不耐烦,但还是保持着礼貌。卡西扬擦擦嘴,开始讲述:"三个月前,有人私下里说有村庄被洗劫,还有强盗放火烧村,都是转了不知多少手的消息。"他用一只结实的手转动杯子,目光飘远,"我没把

---

① 这个名字意为"骷髅塔"。——译者注

这事放在心上。总是有绝望的人铤而走险,而谣言会越传越离谱。当第一场雪降下时,我就把这事全忘在脑后了。"

卡西扬又停下来喝酒。"现在我知道自己犯了个错误,"他继续说,"随时都能听到村子起火的消息,每天都有绝望或是濒临绝望的农民过来讨饭,或者是寻求保护。"

季米特里和萨沙面面相觑,波雅尔和仆人们伸着脖子倾听。"好吧。"季米特里坐在他那把雕花椅子上俯身向前,对客人说,"您是他们的领主,对吧?您自己帮助过他们吗?"

卡西扬的双唇抿成坚定的直线:"下了第一场雪后,我们曾不止一次出去抓这些恶贼。我家里有聪明的手下、优良的狗和好猎手。"

"那您为什么还要来见我呢?"季米特里探究地看着对方,"既然现在我知道了您的名字,恐怕之后您就得给我纳贡了。"

"我也是走投无路了,"卡西扬说,"除了几个马蹄印,我们找不到那些强盗留下的任何踪迹。只有火烧过后的废墟、痛哭的受害者和被摧毁的村庄。我的手下开始交头接耳,说这些强盗根本不是人类,而是恶魔。所以我只能到莫斯科来。"他把前因后果讲完,脸上露出沮丧的神色,"其实我宁愿待在家里的。但这座城市里有战士,也有上帝的仆人,而我必须为我的人民恳求您。"

萨沙发现季米特里已被这故事深深吸引。"毫无蛛丝马迹吗?"他问。

"完全没有,殿下,"卡西扬回答,"也许这些强盗根本就不是人类。"

"三天之内,我们出发。"季米特里说。

第五章

荒原上的火

奥尔加没把父亲和妹妹去世的消息告诉哥哥。萨沙面对的危险已经够多了,他必须保持头脑清醒。他听到这些——特别是瓦西娅之死会悲伤的,她想。他是那么爱这个妹妹。

于是当他来告别时,奥尔加只是亲吻萨沙,祝他一切顺利。她为他做了件新斗篷,还给他带上一大皮囊蜜酒。

萨沙心烦意乱地收下礼物。他的思绪已经飘到荒原上,思考着强盗、烧毁的村庄,以及如何辅佐一位已不甘心屈居人下的年轻大公。"愿上帝保佑你,妹妹。"他说。

"你也是,哥哥。"奥尔加镇定地说。她已经习惯离别。这个哥哥来去匆匆,好像夏天松树林中刮过的风,而她的丈夫弗拉基米尔也没好多少。但这次她想起了父亲和妹妹已经离去,再也不会回来。她努力保持镇定。他们总是离开,把我一个人留在这里。"请为我祈祷,求你了。"

***

季米特里和手下离开莫斯科的那天，到处都是白茫茫一片：白雪、白色的太阳、闪光的白色塔楼。季米特里大步走进院子，风嘲弄地掀起他的披风和兜帽。他穿着适合走远路的服装，轻盈地跳上马背。"来啊，表哥！"他对萨沙叫道，"天气不错，雪地也很干爽。我们走吧！"

马夫们准备就绪，牵着驮马，一队骑术精湛的士兵拿着剑和短矛等待着。

卡西扬的手下和季米特里的兵士混在一起，看上去很不自在。萨沙想知道这帮板着脸的人在想什么。卡西扬自己则安静地骑在那匹高大的栗色牝马上，扫视人头攒动的前院。

宫殿大门嘎吱嘎吱地打开，人们踢着马肚冲出去。驮马身上背满粮食跟在后面。萨沙骑着灰牝马图曼[①]走在最后，走进寒冬明媚的阳光中。大门在他们身后轰然关闭。

莫斯科逐渐远去，最后他们只能听到城里的钟声在森林上空回荡。

***

在冬天旅行确实很冷。但对能耐寒的人来说，在罗斯北部，冬天反而适宜长途跋涉。夏天里人们沿着坑坑洼洼的小道和鹿群踩出的窄路穿过荒野。这种路太窄，而且车轮会陷在泥坑里，因此没法儿坐四轮马车赶路。但到了冬天，路面被冻得坚硬如铁，雪橇就可以装载

[①] "图曼"意为"雾"。

很重的货物。河流也会被冻成平坦的大道,而且上面没有树或树桩挡路,人们可以沿着它们一路飞奔。这种"河路"宽阔,方向也很好判断——无非是南北或东西向,所以赶路的人不会迷失方向。

冬天河上交通繁忙。岸上靠河流滋养的村庄和波雅尔的大宅子已经准备好欢迎莫斯科大公大驾光临。

上路的第一天天快黑时,他们远远望见了库帕瓦纳①的灯火。黄昏中它们令人开心。季米特里派人去要求领主招待大家,于是他们大吃了一顿用卷心菜和腌蘑菇做的馅饼。

但从第二天早晨起,他们就见不到人烟,也不敢指望当晚会有地方过夜。森林里越来越暗,林间小路也消失不见,偶尔会发现某个小村庄。男人们白天艰难地骑马前进,晚上在雪地里扎营,整夜都要留人放哨。

尽管一路小心谨慎,但骑手们既没看到野兽,也没看到鸟雀,就更不用提强盗了。走到第七天时,他们遇到一个被烧毁的村庄。

图曼首先闻到烟味,于是打了个响鼻。萨沙稳稳勒住马缰绳,自己转头去闻风送过来的味道:"是烟。"

季米特里也勒住马:"我也闻到了。"

"在那儿。"卡西扬在他们身边说,用戴着手套的手指过去。

季米特里厉声发布命令,人们围成一圈聚拢过来。他们人数太多,不可能悄悄接近目标。干雪在马蹄下咯吱作响。

那个村庄被烧为平地,就像被火焰的巨掌压碎了一样。废墟看似

---

① 库帕瓦纳是俄罗斯的一个城镇,位于莫斯科以东约22千米,始建于14世纪。现为莫斯科大都市区的一部分。

死寂，只有冰冷的灰烬，但中央矗立着一座小礼拜堂，大火仿佛在它面前绕道而行。它的屋顶上有个洞，里面冒出一缕轻烟。

人们张弓拔剑，慢慢靠近。图曼担忧地向后瞟着她的骑手。这村庄周围原本有道木栅栏，但现在已经被烧成了木炭。

季米特里继续厉声发令，留下几个人望风，其他人去周边森林里寻找幸存者。最后只剩下他、萨沙和卡西扬带着几个人，从残留的栅栏上方跳过去。

尸横遍地，被烧得和塌掉的房屋一样黑，指骨还保留着恳求的手势。骷髅咧着嘴，像是在笑。虽然季米特里·伊凡诺维奇不是那种多愁善感的人，但也面色苍白。他和萨沙说话时，声音仍然镇定："去敲敲教堂的门吧。"因为他们都听到里面有声音。

萨沙下马，站在雪地上，用剑柄去敲教堂的门，同时喊道："愿上帝与你同在。"

没人回答。

"我是亚历山大兄弟，"萨沙喊道，"我不是强盗，也不是鞑靼人。我是来帮助你们的。"

门后仍然一片静寂，然后响起低低的交谈声。门开了，一个女人站在里面，手里拿着斧子，脸上全是瘀伤。她身边站着位祭司，身上糊满血和煤灰。他们看到剃度的萨沙，确认他是位修士，于是把刚才匆匆拿起的武器放下。"愿上帝保佑你们。"萨沙艰难地说，"能告诉我这里发生了什么事吗？"

"告诉您又有什么用呢？"那祭司突然狂笑起来，"您来得太晚啦。"

***

　　最后还是那女人开始讲述事情的经过，但她也没能说出太多有价值的信息。强盗是在黎明时来的，至少有一百人，或者看上去有这么多，马蹄溅起细细的雪粉。到处都是强盗。他们杀掉了几乎所有的成年男女，然后去抓孩子。"他们把小女孩带走了，"那女人说，"带走了好几个女孩。有个男人挨个看她们的脸，把他想要的挑走。"女人攥着块色彩鲜艳的小手帕，显然是哪个孩子的。她犹豫不决地抬起头，看着萨沙的双眼："我求您为她们祈祷。"

　　"我会为她们祈祷的，"萨沙说，"如果可能，我们会找到这些强盗。"

　　骑手们给这两人留下些食物，并为那些烧得半焦的尸体搭起火葬柴堆。萨沙拿来油脂和亚麻布，为幸存者包扎伤口，减轻疼痛。虽然对后者来说，真正慈悲的做法或许是干净利落地了断他们的生命。

　　黎明时分，他们骑马离开。

　　村庄消失在树林中时，大公回头朝那个方向投去厌恶的一瞥："表哥，如果你一定要为每具尸体祈福，还要喂饱我们见到的每一个幸存者的话，我们就得走上三个月。就像现在，我们浪费了一天的时间。这些人就算活下来，也不可能在那种地方挺过冬天。他们的粮食全被烧光啦。而且我们停下来不走，对马也不好。"

　　季米特里的脸色仍然苍白，甚至嘴唇都失去了血色。

　　萨沙没回答。

***

　　这是他们遇到的第一个被烧毁的村庄。随后三天内，他们又碰上两个。先遇到的那个村子里，村民曾成功砍死强盗的一匹马，但对方以更凶残的屠杀来报复，随后把村里的小教堂一把火烧掉。他们的圣障被劈成碎片，风一吹就化作灰烬散开。幸存者们站在四周，目不转睛地盯着看。"上帝已经抛弃我们了，"他们告诉萨沙，"他们把小女孩都抢走了。我们正等着最终的审判。"

萨沙为村民们祝福，但对方只是茫然地看着他。他离开了。

他们在严寒中追踪，或者也许根本不是在追踪。

第三个村子的情况更简单些：那里空无一人，没有任何生命的迹象——男女老幼、牲畜和家禽都无影无踪。新落的雪掩盖了他们的足迹。

"鞑靼人！"季米特里站在最后一个村庄里，往地上唾了一口，"肯定是鞑靼人。萨沙，你还要说我不该挑起战争，说我不能以上帝的名义向这些异教徒复仇吗？"他仍然能闻到久久不散的牲畜气味和烟味。

"我们要找的是强盗，"萨沙把结在图曼胡须上的冰柱弄碎，"你不能因为少数人的恶行，就去报复整个民族。"

卡西扬什么也没说。第二天，他宣布要带手下离开。

"您怕了吗，卡西扬·鲁托维奇？"季米特里冷冷地回答。

如果换成别人，可能会被这话激怒，但卡西扬看上去若有所思。当时所有士兵都被冻得半死不活，双颊和鼻子上布满左一道右一道的红紫冻伤。此刻，领主、修士和卫兵们之间看起来几乎没什么区别。他们都像暴躁的熊，裹在层层毛毡和毛皮里缩成一团。卡西扬却与众人不同，尽管一直脸色苍白，但他镇定自若，双目炯炯有神。

"我并不怕。"卡西扬沉着地说。这位红发波雅尔沉默寡言，但总是愿意听别人讲话，而且他张弓舞矛时双手沉稳，就算是挑剔的季米特里也只能对此表示佩服。"虽说这些强盗更像是恶魔,而不是人类,但我必须回家。我出来的时间太长了。"卡西扬停顿一下,接着说,"我会带更多猎人来增援的。我只需要几天时间,季米特里·伊凡诺维奇。"

季米特里沉思着,心不在焉地掸掉胡须上呵气结成的白霜。"我们离圣三一修道院不远了,"他最后说,"让我的手下在围墙后面安心睡一觉吧,这样对他们很有好处。我们就在那儿见吧。我给您一周时间。"

"很好,"卡西扬不动声色地说,"我会沿着河流走,去河边的城镇里打探一下。那些鬼魂想必也会像其他人一样吃喝。之后我就召集得力人手,去修道院见您。"

季米特里点点头。从外表上看不出大公有丝毫疲倦,但即使是他,也被浓烟、不确定的前路和漫长无情的霜冻折磨得筋疲力尽。

"很好,"大公说,"但请别食言。"

***

卡西扬和手下在某个严寒刺骨的黄昏离开,辉煌的落日余光将他们的营火映成闪烁的鲜红色、金色和灰色。同伴们骑马上路时,萨沙、季米特里和其余人留在原地,沉默不语,心头涌上一股奇怪的凄凉之意。

"精神点儿,"大公回过神来后说,"小心警戒。现在离圣三一修道院不远了。"

他们继续顽强前行,但士气越来越低落。他们围着宿营地挖掘壕沟,从火里取出木炭堆在沟里,睡在上面。但漫漫长夜仍然难熬。白天一直在刮风,吹得积雪漫天飞,好像锋利的刀子割在身上。在这种严寒的天气里长途跋涉使马匹也迅速地瘦下去，它们身体两侧的肋骨隐约可见。他们找不到任何表明自己被跟踪的迹象，但潜意识里总觉得正被人监视。这种感觉令人毛骨悚然。

出发两周后的某个黎明，他们听到了钟声。

隆冬时天亮得很慢，太阳躲在厚厚的白色云层后面。于是日出也简化为云层颜色变化的过程：从黑色到蓝色再到灰色。东方地平线上的颜色刚开始变幻时，钟声响彻森林上空。

所有憔悴的脸庞都亮起来。人们都在胸前画十字。"那就是圣三一修道院，"大家互相转告，"那就是神圣的谢尔盖住的地方，不会有那些天杀的强盗或是恶魔。"

马垂下头，一行人穿过森林，比平时更为警惕。马匹已经累得快走不动路了，虽然都没说出口，但大家感到庇护所就在眼前，那些神鬼莫测的强盗可能最终会发动袭击。

没有任何异常情况发生。他们很快就走出树林，进入林间空地，修道院就矗立在高高的围墙后面。

还没等马队完全走出树林，就有人向他们叫喊。墙头上放哨的修士朝这群人大吼起来。萨沙把兜帽拉到后面，也吼叫着回答："罗季翁兄弟！"

那修士冷漠的脸上绽开笑容："亚历山大兄弟！"他大喊道，随后转身去下令。下面的院子里传来喧闹声。笨重的大门嘎吱作响，向来人敞开。

一位眼神清澈、胡须如霜雪的老人拄着根拐杖，站在门洞处迎接他们。萨沙不顾疲惫，迅速跳下马来，季米特里只比他落后一步。他们咯吱咯吱地踩着积雪，走上前去，弯腰亲吻老人的手。

"巴图席卡，"萨沙对罗斯最神圣的男人谢尔盖·拉多涅日斯基说，"见到您真高兴。"

"我的孩子们，"谢尔盖举起一只手为他们祝福，"欢迎你们。你们来得正是时候，罪恶就在眼前。"

***

萨沙·彼得罗维奇，即现在的亚历山大·佩列斯韦特兄弟来到圣三一修道院时还是个十五岁的少年，因精湛的骑术、高强的剑法，以及虔诚而骄傲。他天不怕地不怕，也很少会对什么事物表示敬意，但修道院的生活重塑了他。圣三一修道院的修士们用自己的双手在荒原中建造道房、烧制砖块砌火炉、打理果菜园和烤面包。

同所有平和静好的时光一样，萨沙的修士见习期过得看似缓慢，实则飞快。季米特里·伊凡诺维奇也在修士群中长大成人，他骄傲而浮躁，有良好的教养和俊美的容貌。

十六岁那年，季米特里离开修道院即位，成为莫斯科大公，而当时萨沙也已成为正式修士，离开修道院开始四处游历。他曾在罗斯全境漫游三年，按修士的规矩建立修道院并帮助他人。他的青春都耗在旅途上。回到莫斯科时，他已经是个眼神冷静、沉默寡言的男人。他不会轻易与人动手，但一旦打起仗来绝不手软。农民都热爱他，并为他起了这个名字。

亚历山大·佩列斯韦特。光明使者。

萨沙结束游历后，曾打算回圣三一修道院去发最终誓言，永远在森林、河流和旷野的白雪中安静生活。但他要发的誓言中，有一条限制他必须"居有定所"，而萨沙不愿隐居，因为上帝在召唤他出去，或者也许是他胸中的热血尚未冷却。世界广大，众生正在受苦，而年轻的大公也需要自己的表兄做参赞。于是萨沙再次执剑骑马离开修道院，加入大公的智囊团，从此踏上另一条路：拯救罗斯的人民，向大公进谏，为这片土地祈祷。

然而在这一切背后，圣三一修道院始终伫立于他心中。那里是家。那座建筑在夏日里色泽明快，冬天则被蓝色阴影笼罩，寂静无声。

但是，当亚历山大兄弟从木门的立柱间穿过时，迎接他的是一阵喧闹。人和狗，还有鸡鸭和孩子挤在小屋之间的雪地上。到处都是篝火，到处都是人声。萨沙摇摇晃晃地走着，向谢尔盖投去惊愕的目光。

老修士只是耸耸肩。但萨沙注意到对方眼下的阴影和僵硬的步伐。萨沙把胳膊伸过去，谢尔盖没有拒绝。

谢尔盖的另一侧，季米特里说出了亚历山大兄弟的心里话："这么多人啊。"

"八天前，他们来敲我们的门。"谢尔盖说，用另一只空闲的手为四周的人们祝福。有的人跑上前来，吻他的袍子边缘。他对他们微笑，但眼中满是疲惫。"是强盗，人们说，但又不像强盗。因为这些人很少喝烈酒，也没抢太多东西，而是放火烧村。他们仔细看每个小姑娘的脸，把他们想要的人抓走。不只是幸存者，甚至还有那些没有遭灾的人也来到这里请求庇护。我无法把他们拒之门外。"

"我会从莫斯科调粮食过来，"季米特里说，"我会派猎人来，这样您就能养活所有人，而且我们还会杀掉这些强盗。"看到强盗的人都说，他们也许是从传说中走出来的怪物。但大公没提这个。

"我们必须得先照顾马。"萨沙很务实地指出这点。他自己的图曼直挺挺地站在雪地里，筋疲力尽。"然后大家商量一下，看看下一步该怎么办。"

***

罗斯常年霜冻，因此这里的人们把房子盖得很低。这处修道院也不例外。餐厅低矮昏暗，但里面有座火炉，火烧得正旺——这一点与大多数修道院不同。热浪扑上萨沙疲倦的肢体，他长长地呼出一口气。

看到桌上的食物后，季米特里不高兴地叹了口气。他现在只想吃用慢火烤出来的油汪汪的肉。但谢尔盖从来都是严格执行斋戒制度的。

"我们最好先加固围墙，"萨沙喝完第二碗菜汤，把空碗推到一边，"然后再出去搜寻。"

季米特里愤愤地把汤喝完，开始吃面包和干浆果。他嘟哝道："他们不会跑到这里来袭击我们的。修道院可是圣所。"

"也许吧，"萨沙刚从萨莱回来，记忆犹新，"但鞑靼人拜的神跟我们不一样。不管怎么说，我觉得这些人不敬神。"

季米特里咽下一大口食物，就事论事地回答："那又怎样？修道院的围墙很坚固。抢劫是一回事，但不会有强盗会傻到在冬天打围攻战。"但随后他看起来好像犹豫不决。在那浅薄而勇敢的内心深处，季米特里是深爱着圣三一修道院的，但他无法忘记那些被烧毁的村庄上空的烟雾。

"天马上要黑了，"大公说，"我们去围墙那边看看吧。"

修道院的双层橡木围墙当时建得很慢，曾耗费了大量人工。除非推架攻城器来，否则敌人拿它没有任何办法。但大门还有加固的余地。季米特里下令，让手下人开始融化冻土，把泥土挖出来装在大篮子里。

这样既可以保暖，也方便随后使用——也许他们可以用它来压熄火焰。

***

但他们直到最后也没派人侦察。因为整夜都在下雪，第二天黎明时天空灰暗，仿佛危机正在逼近。第一缕阳光出现时，有匹枣红牡马飞奔出森林，马上的骑手身形巨大，看上去好像是个畸形人。

"是修道院！大门在那儿！放我们进去！他们来了！"骑手喊道。斗篷落下，露出下面那个畸形的东西。那不是一个骑手，而是四个：三个小姑娘和一个稍大点的男孩。

担任警戒的又是罗季翁兄弟，他从墙头俯视。"你是谁？"他朝下方那个男孩喊道。

"现在别管那些了！"那男孩也大声喊，"我偷偷溜进他们的营地，带走了这几个，"他指着那三个小女孩，"现在那帮强盗就在我后面追，快气疯了。你不想放我进去也可以，但至少让这几个小姑娘进去。难道你们不是侍奉主的仆人吗？"

季米特里听到双方的交涉，马上顺着梯子爬上墙头，居高临下地细看。那骑手有张年轻的脸，大眼睛没留胡子，肯定不是战士。他说话粗声粗气，发音圆润，像个乡下孩子。小姑娘们紧靠在他身上，半是因为冷，半是被吓坏了。

"放他们进来。"大公说。

那匹枣红马刚进大门就急刹住脚步。修士们立刻把门关上，铰链发出吱吱的呻吟声。骑手把小女孩们扶下马背，随后自己也跳下来。"孩子们很冷，"他说，"她们吓坏了。赶紧带她们去浴室，或者去火炉旁。她们必须吃些东西。"

两位农妇走过来要把女孩带走，但她们紧紧揪住骑手的斗篷不放。萨沙大步走向前。是喧闹声把他从礼拜堂引过来的,他听到了墙头上的那番交涉。"你见过那些强盗吗?"他大声问,"他们在哪儿?"

骑手用绿眼睛盯着他的脸,呆若木鸡。萨沙猛地停住脚步,就像自己马上要撞到树上一样。

他上次见到这张脸,还是在八年前。尽管对方的骨架比那时更粗壮,嘴唇也更加饱满,萨沙还是认出了她。

就算偶遇林中妖精,他也不会比现在更吃惊。骑手正张着嘴,盯着他看,然后他——她开心得容光焕发。"萨沙!"她大叫。

与此同时,他说:"耶稣啊,瓦西娅,你怎么会在这里?"

第二部分

第六章

天涯海角

几周之前,女孩骑着匹枣红马站在冷杉林边上。雪片斜斜飘落,积在她的睫毛上,也积在马的鬃毛上。冷杉林里有栋房子,房门开着。

一个男人的身影站在门里。火光从他身后照过来,她看不清他的双眼,也看不清他的脸。

"进来吧,瓦西娅,"他说,"外面挺冷的。"如果那雪夜会说话,声音可能就和他的一样。

女孩吸口气想回答,但那匹牝马已冲向前去。冷杉林深处,树枝密密缠绕着,很难骑马在里面行走。她僵硬地滑到地上,冻得半僵的双脚感到刺骨的疼痛。她摇摇晃晃地站起来,紧抓马鬃毛,免得自己跌倒。"圣母啊。"她低声说。

她被树根绊了一下,跟跟跄跄地走到门口,又绊了一下,差点儿摔倒,但门口的那个人扶住了她。在近处看,他的眼睛不再是黑色,而是淡淡的蓝色,仿佛晴朗的日子里结的冰。"傻瓜,"他停了一会儿,扶着她说道,"比傻瓜还傻三倍,瓦西丽莎·彼得罗芙娜。进来吧。"他扶她站稳。

瓦西丽莎——瓦西娅张开嘴,随后想了想,最后决定不与他计较。她蹒跚着跨过门槛,像匹刚出生的小马驹。

这所房子好像一排打算晚上变身成人类房屋的冷杉树,但看来它们变化得不太成功。椽子之间有青灰色的模糊阴影,好像云层和不时透过云层照下来的月光。树枝的影子在地板上晃来晃去,不过墙壁看起来倒蛮结实的。

但有样东西是实实在在的:位于房间另一端的巨大俄式烤炉。瓦西娅像盲人一样跌跌撞撞地走过去,脱下手套烤火。冰冷的手指被热气一激,她全身发抖。火炉旁边站着匹高大的白色牝马,正舔着盐块。她用鼻子轻轻碰碰瓦西娅,表示问候。瓦西娅微笑着把脸贴在她的鼻子上。

大家并不认为瓦西丽莎·彼得罗芙娜是个美人。太高了,她长大后女人们曾这么说她,高得过分。至于身材,她看上去像个男孩子。

嘴大得像青蛙,她的继母会带着恶意加上一句,男人们怎么会喜欢有那种下巴的姑娘呢?还有她的眼睛也一样。

其实是继母找不到词汇来形容瓦西娅的眼睛。它们是绿色的,深不见底,还分得很开。这个女人也没法儿形容她那黑色的长辫子,因为在强烈的阳光下它们会泛出红光。

"也许她不是美女,"深爱瓦西娅的老保姆应声回答,"我的姑娘,她不是美女,但她引人注目,就像她的外祖母一样。"老太太一边说一边在胸前画十字,因为瓦西娅的外祖母一辈子过得很不开心，去世时也很痛苦。

瓦西娅的马跟在她后面大摇大摆地挤进屋门，看上去就像这里的主人。在冰天雪地的森林里度过的几个小时并没使他感到疲惫。他立刻向火炉走去，站在那女孩身边。他的母亲——那匹白牝马轻轻向他喷鼻子。

瓦西娅笑了，用手搔着牡马的马肩隆①。他身上没有马鞍，嘴上也没有笼头。"你做得好，"她喃喃自语，"我之前都没把握能找到这房子。"

马得意扬扬地甩着鬃毛。

瓦西娅非常感激这匹敏捷而强壮的马。她拔出腰刀，弯下身子，从他的蹄子上剔下残余的冰块。

冬日寒风恶狠狠地吹过，门砰的一声关上了。

瓦西娅猛地站直身体，牡马打了个响鼻。暴风雪被关在门外。然而不知怎的，树影仍在地板上晃动。

房子的主人面对着门站了一会儿，然后转过身来。雪花星星点点地落在他头发上。无声的力量环绕着他，就像门外的落雪一样。

牡马的耳朵耷拉下来。

"瓦西娅，毫无疑问你是想告诉我，"那人说，"为什么你要第三次冒着生命危险，在冬天跑进森林深处。"他走过地板，脚步烟雾般轻盈。直到他走进炉火的光中，她才看清他的脸。

瓦西娅吞口唾沫。房子的主人看上去像人类，但他的双眼出卖了

---

① 马肩隆是马肩胛骨间的隆起处，即马背最高处。——译者注

他。他当年第一次走进那片森林时,姑娘们用来称呼他的可不是现在的名字。

一旦开始怕他,就会永远怕他。于是她挺直后背,却发现一时无言以对。悲哀和厌倦使她说不出话,她只能站在那儿,不断咽着唾沫:她闯入了某座不存在的房子。

霜魔干巴巴地加上一句:"怎么,你有了那些花还不满足吗?你这次是来找火鸟的吧,还是找那匹有金鬃毛的马?"

"你觉得我为什么要来?"瓦西娅觉得自尊心被刺伤了,于是勉强回答。就在当晚,她已与哥哥和小妹告别。她父亲的新坟躺在冰冻的大地上。她走进森林后,妹妹愤怒的哭泣声仍然萦绕在她耳边。"我在家里待不下去了。'女巫',人们私下里都这样说我。如果可能的话,会有人打算烧死我的。爸爸——"她的声音颤抖,"爸爸已经没法儿阻止他们了。"

"真是个悲伤的故事,"霜魔无动于衷地回答,"我见过千万个比你更可怜的人,但只有你为此来到我门前。"他弯下腰,好离火炉更近些,火光映在他苍白的脸上,"你现在是想跟我住在一起吗?是这个意思吗?想在这片万年不变的森林里做个雪姑娘吗?"

这个问题半是讽刺,半是引诱,充满温柔的嘲弄意味。

瓦西娅脸红了,开始退缩。"永不!"她的双手渐渐暖和过来,但嘴唇仍然不听使唤,"我在这冷杉房子里能做什么呢?我要远行,所以我才离开家。我要去很远的地方。索洛维[①]能带我到天涯海角。

[①] 索洛维意为"夜莺",是瓦西娅的马的名字。

我会看到宫殿、城市和夏季里奔涌的江河。我还要看太阳从大海上升起。"她解开羊皮兜帽，结结巴巴地叙述自己的雄心壮志。火苗的红光映着她的黑发。

看到这一幕，他的眸色变得深浓，但瓦西娅没有注意到。现在她口若悬河，仿佛之前挡住她话语的堤坝终于被冲毁了。"你让我知道这个世界上，还有远比教堂、浴室和我父亲名下的森林更多的东西。我想去看看。"她明亮的目光越过他看向更远处，"所有的东西我都想看。在列斯纳亚辛里亚，我一无所有。"

霜魔可能吃了一惊。他转过身去不看她，而是坐在炉边的扶手椅上，那把椅子像是一截橡树桩。"那你来这里做什么呢？"他锐利的双眼看向天花板附近的阴影，看向那张仿佛雪堆的大床、那座俄式火炉、墙上的挂毯和雕花桌子，"在这里你可看不到宫殿和城市，当然也看不到海上的太阳。"

这次轮到瓦西娅停顿。她的脸渐渐红了："你曾经提出要送我一份嫁妆……"她说。

这倒是真的。那堆东西仍然堆在角落里：精美的布匹和宝石散落一地，仿佛某条大蛇守护的宝库。他顺着她的目光看过去，冷淡地说："我记得你当时一脚把它们踢开，然后跑掉了。"

"因为我不想嫁人。"即使这些话确实是自己亲口说的，瓦西娅仍然觉得它们听起来很奇怪。女人得嫁人，或是成为修女，或是死掉。那就是女人的命。那么，她会走哪条路呢？"但我不想空手上路，去每个教堂门口讨面包吃。于是我来找你。骑马出发之前，我能带上点儿金子吗？"

摩罗兹科似乎愣住了，一时没说话。他探身向前，胳膊肘拄在膝盖上,怀疑地问:"要知道,不经我允许,从未有人能来这里。但你来我这儿,就是想讨金子,好到处旅行吗?"

不是,她本应该如此回答,不是这样的。不完全是,我离开家时很怕,而且我想见到你。你比我懂得多,而且你对我心存善意。但这些话她没有勇气说出口。

"好吧,"摩罗兹科坐回去说,"这些都是你的了。"他仰起下巴,向那堆宝物示意,"你可以打扮得像位公主,走到天涯海角,还能用金丝给索洛维的鬃毛编辫子。"

她无言以对,于是他推心置腹、彬彬有礼地补充道:"你需要一辆大车来拉它们吗?还是说索洛维能拖着它们跟你走,就像一串珠子那样?"

她设法维持自己的尊严。"不必了,"她说,"我只要那些携带方便,而且不会招来盗贼的财宝就够了。"

摩罗兹科浅蓝色的眼睛冷漠地从她蓬乱的头发看到脚下的靴子。瓦西娅尽量不去想自己在他眼里是个什么形象:一个孩子,眼窝凹陷,脸色苍白。"然后会怎么样呢?"霜魔凝神思索,"你把口袋塞满金子,明早骑马上路,然后马上就被冻死了,不会吗?或者你还能撑几天,直到有人看上你的马,把你杀掉?或是看上你的绿眼睛,把你强暴了?你对这个世界一无所知,就打算走出这扇门,死在那广阔的天地里吗?"

"我又能怎么办呢?"瓦西娅反唇相讥,"如果我回家,我自己的族人就会杀我。难道要我去做修女吗?不,我受不了,还不如死在路上呢。"她现在思绪混乱,精疲力竭,眼里渐渐盈满泪水。但她控制住自己,不让它们落下来。

"许多人都说'还不如死了呢',但死到临头,他们就不这样说了。"摩罗兹科回答,"你愿意孤零零地死在森林里吗?回列斯纳亚辛里亚去吧。你的族人会忘记一切,我发誓。一切都会回到正轨。回家去,让你哥哥保护你吧。"

突如其来的愤怒驱走了瓦西娅心中的伤痛。她推开椅子,再次站起来。"我又不是一条狗,"她厉声说,"你可以劝我回家,但我也可以选择不听你的。你觉得这就是我这辈子想要的东西——一份丰厚的嫁妆,再加上某个强迫我为他生孩子的男人?"

摩罗兹科并不比她高多少,但在他严厉的浅蓝色眼睛的注视下,她必须强迫自己镇定。

"你说起话来幼稚得像个孩子。你以为在你们的世界里,会有人在乎你想要什么吗?即使是大公也不能心想事成,更别说年轻闺女了。你如果上路就死定了,不过是早晚的问题。"

瓦西娅咬住嘴唇。"你觉得我——"她狂热地开口,但那匹牡马听出她话音里的巨大痛苦,已经失去耐心。他把头从她肩上伸过来,猛咬一口,差点儿咬中摩罗兹科的脸。

"索洛维!"瓦西娅大喊,"你——"她试着把他推开,但他一动不动。

"我要咬他。"那牡马说,甩着尾巴,用蹄子刨木地板。

"他的伤口里流出的不过是水,但他会把你变成匹雪做的马,"瓦西娅说,继续推他,"别出洋相了。"

"走开,你这头犟牛。"摩罗兹科对牡马说。

起先索洛维一动不动,但瓦西娅说:"去吧。"他看着她的眼睛,吐吐舌头算是道歉,转身走了。

这个插曲打破了紧张的局面。摩罗兹科轻叹一声："不,我本不应该说这种话。"有些令人不快的东西已经从他的声音中消失了。他坐回椅子,瓦西娅却没动。"但现在这房子你已经不能住了,而旅途也不适合你。即使有索洛维,你本来也不该再找到这房子,更别说从那事之后——"他看到她的眼睛,于是打住话头,继续刚才的话题,"那里,在你的同类之中,那才是你的世界。我要把你安全地交还给你哥哥。熊睡着了,祭司也逃到森林里去了,难道你还不满足吗?"他说这话的口气几乎称得上哀伤。

"不,"瓦西娅说,"我要继续往前走。我要看看这森林之外的世界,不计代价。"

一阵沉寂之后,他温柔而勉强地笑了:"干得好,瓦西丽莎·彼得罗芙娜,之前还没人敢在我家里跟我顶嘴。"

早就该有人这么做了,她想,但她不敢大声说出来。自从那晚他把她从熊爪下救出来之后,他身上是不是发生了什么变化?是什么变化呢?他的眼睛变得更蓝了吗?他脸上的骨骼线条更清晰了吗?

瓦西娅突然感到害羞。新的沉默降临。此时所有疲惫涌上来,就像一直在等她放松警惕。她重重靠在桌上,稳住身体。

见此状况,他站起来:"你今晚睡在这儿吧。早上人们的头脑会比夜晚时更清醒些。"

"我不能睡。"她确实是这么想的,虽说她只有靠着那张桌子才能站直。一丝恐惧慢慢爬上她的心头:"那头熊还在梦里等我,还有顿娅和爸爸。我还是醒着比较好。"

她能闻到他皮肤上冬夜的味道。"至少我还能给你,"他说,"一夜安眠。"

她犹豫、疲惫不堪、满腹狐疑。他的双手确实能使人入睡，进入那种特殊的长眠。那种古怪的沉睡，近乎死亡。她能感觉到他在看她。

"不，"他突然说，"不。"他粗暴的声音吓了她一跳，"不，我不会碰你。你自己睡吧。明早见。"

他转过身，温柔地对他的马说话。听到马蹄声她也转过身，发现摩罗兹科和白牝马已经离开了。

***

摩罗兹科的仆人并不是隐身的，或者说不完全是。瓦西娅有时可以从眼角瞄到他们轻快的动作，或是模糊的形状。如果动作足够快的话，她也许来得及转过身来，看到他们的脸：有的脸好似树皮，有的脸蛋像浆果一样红，还有的像闷闷不乐的灰色蘑菇。但如果瓦西娅刻意去找，是绝不会看到他们的。他们眨眼间就能消失。

摩罗兹科走后，瓦西娅疲倦地坐在那儿，昏昏欲睡，同时仆人们为她摆好了食物：粗面包、粥、干苹果、一大碗衬着冬青叶的上好的冬青果、蜜酒、啤酒和冰冷的水。"谢谢。"瓦西娅对着虚空说，她知道他们能听见。

她疲惫不堪，尽量多吃些，同时用面包壳喂贪婪的索洛维。最后她把碗推开，发现炉子里的煤已经被掏出来，自己可以去洗蒸汽浴了。

瓦西娅马上脱下湿冷的衣物。她双膝着地，膝盖沉重地压在炉砖上，爬进炉膛。一爬进去，她就躺下，茫然地看着上方，肚子上还沾着煤灰。

冬天里人几乎不可能待着不动。即使坐在火边，也要时常添柴、搅动火上的汤,与急切的霜冻战斗,一刻也不能放松。但在令人舒适的热气中,在蒸汽温柔呼吸中,瓦西娅的呼吸逐渐放慢,直到最后悄无声息地躺在黑暗中。她觉得身体内部那个坚硬的悲伤之结松开了。她一动不动地仰躺着,双眼大睁,眼泪与汗水混在一起,沿着太阳穴流下来。

瓦西娅觉得再也受不了时,就赤身裸体地跑到外面,尖叫着扑进雪堆里。过会儿她又回到炉子里,全身打哆嗦,终于觉得自己又活过来了。自从入冬以来,她还从没这么镇定过。

摩罗兹科那些看不见的仆人已经为她准备好睡袍:长而宽松,轻盈飘逸。她穿上它爬上那张大床,床上的被褥枕头仿佛被风吹积成的雪堆。她立刻就睡着了。

***

正如之前担心的那样,瓦西娅做梦了,而且并不是个美梦。

她没有梦见那头熊,也没有梦见死去的父亲,更没有梦见喉咙被撕开的继母。相反,她梦见自己在昏暗的地方迷了路,茫然地徘徊,鼻子里只闻到灰尘和冰冷的焚香气味。月光洒下来。她走啊走啊,不时地被自己的睡袍绊住。总是有个女人在她看不见的地方哭泣。

"你为什么哭?"瓦西娅叫道,"你在哪里?"

没有回答,只有哭声。瓦西娅在前面很远的地方看见一个白色的人影,于是急忙朝它走去:"等一下——"

那个白色身影转过身来。

瓦西娅吓得连连后退。对方好像骷髅一样惨白,眼窝空空,大嘴如黑洞。那个生物用低沉沙哑的声音说:"不是你!永远……走!走开!别管我……别管我……"

瓦西娅双手捂着耳朵落荒而逃。她猛地醒来,大口喘气,发现自己还躺在冷杉小屋里,晨光已经洒进来。冬日清晨那带着松树香味的冷空气扑面而来,但穿不透那雪白的被子。一夜之间,她的精力完全恢复了。一个梦,她想,呼哧呼哧地喘气,不过是个梦。

马蹄在木地板上乱刨,毛茸茸的大鼻子伸过来,顶着她的鼻子。

"走开,"瓦西娅对索洛维说,她把毯子拉上来盖住头,"现在走开。你这么大个头儿,还学小狗做事,太可笑了。"

索洛维根本不当回事,他一边点头,一边把温暖的鼻息喷在她脸上。"天亮啦,"他告诉她,"起床!"他甩着鬃毛,叼住被子扯开。瓦西娅伸手去抓被子,但太晚了。她尖叫着坐直,开始大笑。

"傻瓜。"她说,但还是下了床。她的发辫散开,头发披在身上。她觉得头脑清明,身体轻盈。悲伤、愤怒和痛苦的噩梦从脑海中消失。她终于能摆脱噩梦,对这个美丽的普通清晨微笑。阳光斜照进室内,地板上铺满光斑。

索洛维重新摆出高贵的派头,漫步走回火炉旁。瓦西娅的目光跟着他移动,笑容突然消失。摩罗兹科和白牝马已经在破晓前回来了。

那牝马静静地站着,嚼着干草。摩罗兹科正盯着火苗看,听到她起身也不回头。瓦西娅想起他经历过的平凡无奇的漫长岁月,很想知道他这样独自坐在火边度过了多少夜晚,或者他平常是否只在荒野中游荡,专为取悦她才变出这么一座有顶有墙的房子,而且屋里还烧着一炉火。

她走到炉边,摩罗兹科转过头来,那种高远之意从他脸上消失了。

她的脸突然红了,因为想起自己的头发乱蓬蓬的,还光着脚。也许他也看见了,因为他突然移开目光。"做噩梦了?"他问。

瓦西娅被激怒，顾不上害羞。"没有，"她骄傲地回答，"我睡得非常好。"

他挑起一条眉毛。

"你有梳子吗？"她问，想转移话题。

他看上去吃了一惊。她猜他根本不习惯有客人来访，更别说像她这种客人：头发乱七八糟、饥肠辘辘，还爱做噩梦。但随后他似笑非笑地向地板伸出手。

地板肯定是木头的，木板光滑，颜色暗沉。但他直起身来时，手里却抓着一把雪。他吹口气，它就结成了冰。

瓦西娅弯腰凑近去看，被眼前的这一幕迷住了。他用纤长瘦削的手指捏弄冰块，就像是在捏黏土一样。他的脸上有种奇异的光辉，那是创造的快乐。几分钟后他举起一把梳子，看起来像是用钻石雕出来的。梳子被做成马的形状，马脖子紧绷，鬃毛如水般流淌。

摩罗兹科把它递给瓦西娅。水晶雕成的马鬃划过她长满老茧的手指。

她把那可爱的小东西拿在手里翻来覆去地看："它会断吗？"它躺在她手心里，冰冷得像石头，但完美无瑕。

他坐回去："不会。"

她试着用它去梳乱成一团的头发。梳子如水般在发间流过，发丝变得平滑顺畅。虽然每当她看过去时，他都在盯着火苗，但她总感觉他可能在看自己。最后她编好发辫，用一小段皮绳扎住辫梢。"谢谢。"瓦西娅说，随后梳子在她手里化成了水。

她怔怔地看着空空如也的掌心。他说："雕虫小技。吃饭吧，瓦西娅。"

她没看到他的仆人过来，但粥已经放在桌上，里面有金灿灿的蜂蜜和嫩黄的黄油，旁边还有只空碗。她坐下来，盛了一碗热气腾腾的粥，然后开始狼吞虎咽，弥补前一天晚上没吃饭的损失。

"你想去哪里呢？"她吃饭时，他问。

瓦西娅眨眨眼，心里想，只要远远地离开这里就好，此外她从没想过别的。

"去南边，"她慢慢说，"我要去看沙皇格勒的教堂，还要去看大海。"一开口，她就知道了自己的答案。她的心狂跳起来。

"那就去南方吧，"他说，语气出人意料地和善，"路很长，别把索洛维催得太狠。他比凡人的马要强壮，但他还年轻。"

瓦西娅有些惊讶地看他一眼。但他不动声色，她什么也看不出来。她看向两匹马。摩罗兹科的白牝马镇定地站着。索洛维已经吃完干草和大麦，现在正悄悄地靠近餐桌，盯着她的粥。她赶紧加快用餐速度。

她不去看摩罗兹科，而是问道："你会和我一起骑马上路吗？走一小段就好。"这个问题几乎是脱口而出，但话一出口她就后悔了。

"骑马走在你身边，给你喂奶，晚上再为你遮风挡雪？"他问，好像觉得她的话很有趣，"不。就算我没别的事要做，我也不会陪你去的。去外面的广阔世界吧，旅行家。一周之后，你就会明白长夜和艰难的白天是怎么回事。"

"也许我会喜欢上这样的生活。"瓦西娅精神抖擞地反驳。

"我衷心希望不会。"

她觉得再说下去未免有失尊严，于是在碗里盛了点粥，让索洛维去舔。

"要是这样喂下去，你会把他养得跟头猪一样。"摩罗兹科评论道。

索洛维的耳朵耷拉下来，但他并没放弃那碗粥。

"他需要多吃点儿。"瓦西娅为他辩护，"另外，我们上路后，他会把这点儿食物消耗掉的。"

摩罗兹科说："好吧，如果你已经打定了主意，那我送你一件礼物。"

她顺着他的目光看过去，看到两只鼓鼓囊囊的鞍囊躺在桌下。她并没伸手去拿："这是做什么？我那笔可观的嫁妆就在那个角落里。只用一点儿金子，肯定就够我买到所有需要的东西了。"

"你自然可以随便使用你嫁妆里的金子，"摩罗兹科冷冷地回答，"如果你骑着那匹足以上战场的马，穿着白色毛皮和朱红色的袍子，打扮得像位罗斯公主，走进某个之前完全不了解的城市，还打算买那些从未见过的东西，那全罗斯的小贼都要乐疯了。"

瓦西娅抬起下巴。"比起红色，我更喜欢绿色，"她冷淡地回答，"但也许你是对的。"她把一只手放在鞍囊上，接着停下来，"你在森林里救了我的命，又送给我一份嫁妆，还帮我赶走那祭司。你想从我这里得到什么作为回报呢，摩罗兹科？"

他似乎犹豫了，但也只是那么一瞬。"时不时想想我吧，"他回答，"在雪花莲开放或积雪融化时。"

"就只有这些吗？"她问，然后诚恳而讽刺地补充，"我怎能忘记你呢。"

"也许比你以为的更容易，还有——"他伸出手来。

瓦西娅吓了一跳，一动也不敢动。他的手擦过她的锁骨，她只觉得血液失控，涌上皮肤。她脖子上挂着颗镶在银托上的蓝宝石。摩罗兹科用一根手指勾起那链条，把宝石拉出来。这块宝石是父亲送她的，是她的老保姆在临终前转交给她的。在瓦西娅拥有的所有物品中，她最珍视的就是它。

摩罗兹科把宝石举到两人中间。宝石在他的指间发出苍白的冷光。"你要答应我，"他说，"无论在什么情况下，一直戴着它。"他松开手，让宝石落了下去。

他的手拂过她皮肤的感觉仍在，那块地方好像被擦伤一样刺痛起来。瓦西娅有些生气，但她尽量让自己不去在意这种感觉。他毕竟不是真实的。他孤独一人，神秘莫测，是黑色森林和白色天空的产物。他刚才说什么来着？

"为什么？"她问，"我的保姆把它交给我。这是我父亲送我的礼物。"

"这是个护身符，"摩罗兹科说，好像在努力挑选词汇，"它可以保护你。"

"保护我免遭什么伤害呢？"她问，"还有，你为什么会在意这个？"

"我说的话你可能不信，但我可不想去找你时，发现你死在森林深处。"他冷淡地回答，一阵温柔却寒冷刺骨的微风吹过房间，"你不愿答应吗？"

"我答应你，"瓦西娅说，"我本来也要戴着它的。"她咬咬嘴唇，转过身去，解开第一个鞍囊的封盖。

这个鞍囊里装的是衣物：狼皮斗篷、皮兜帽、兔皮帽、毛毡皮靴和一条有羊毛内衬的裤子。

另一个鞍囊里面则塞满食物：鱼干、烤得硬硬的面包、一皮囊蜜酒、一把刀和一壶水。她现在拥有在寒冷的国度里长途旅行所需要的一切。瓦西娅低头望着这些东西，比看到那份嫁妆里的金子和宝石时更快活。这些东西意味着自由，而贵族彼得的女儿瓦西丽莎·彼得罗芙娜绝不会拥有这样的东西。它们属于另一个人，一个更能干、更陌生的人。她抬头看着摩罗兹科，容光焕发。也许他比她想象的更了解她。

"谢谢你，"瓦西娅说，"我……谢谢你。"

他歪歪头，没说话。

她并不在意。和皮囊放在一起的还有个马鞍，看起来不过是块有衬垫的布。这种式样她从没见过。瓦西娅热切地抓起它，跳起来招呼索洛维。

***

戴马鞍并不是件容易事。索洛维之前从未戴过马鞍。虽然是这种简易马鞍，但他也不太喜欢。

"你得用它！"瓦西娅最后大发雷霆，因为她已经在冷杉林里徒劳地尝试了好久，试图悄悄从侧面接近索洛维。要是连这点儿事都做不好，还当什么旅行家，她想。索洛维还是讨厌马鞍，她没取得任何进展。摩罗兹科在门口看热闹。瓦西娅觉得他的目光快要在自己后背上钻出洞了，于是开始烦躁起来。

"如果我们夜以继日地跑，一连跑上几周，最后会怎么样？"瓦西娅逼问索洛维，"我们俩都会被磨伤的。而且我们该把鞍囊挂在哪儿呢？这里也装着给你吃的粮食。你想吃松针活着吗？"

索洛维打了个响鼻，嫌恶地瞪了马鞍一眼。

"行吧，"瓦西娅咬牙切齿地说，"你从哪儿来回哪儿去吧，我会自己走路。"她转身走向房子。

索洛维冲过去，挡住她的路。

瓦西娅瞪了他一眼，又推了他一把，但对这个橡木色的大块头来说根本没用。她把胳膊交叉着抱在胸前，又皱起眉头。"那好吧，"她说，"你想怎样？"

索洛维看着她，又看看马鞍，垂下头。"哦，行吧。"他勉强说。

瓦西娅给他绑好马鞍，忍着不去看摩罗兹科的反应。

***

当天早上她就出发了。阳光驱散雾气，照在新雪上，如钻石般耀眼。冷杉林外的世界看起来广阔无垠，仿佛危机四伏。"我现在觉得自己不像个旅行者。"瓦西娅低声向摩罗兹科承认。此时他们一起站在冷杉林外。索洛维等在那里，背上是整齐的马鞍，脸上的表情介于急切和恼怒之间，看上去很不喜欢那鞍囊。

"旅行者们一般都这么想。"霜魔突然把双手搭在她穿着毛皮衣服的肩膀上，与她面对面，"待在森林里，那里最安全。避开人烟，别把火生得太旺。如果你跟别人交谈，就说自己是个男孩。这世界可不适合独身姑娘。"

瓦西娅点点头，话到嘴边，却又说不出口。她看不懂他的神情。

他叹口气："祝你远行愉快。现在去吧，瓦西娅。"

他把她举到马鞍上，她居高临下地看着他。突然他看上去不再像人，而是像一个阴影汇聚成的人形。他脸上的神情使她困惑。

她张开嘴，想说些什么。

"去吧！"他说着，一巴掌打在索洛维的臀部。马打着响鼻迅速转身，踏着积雪跑远了。

第七章

旅行者

瓦西丽莎·彼得罗芙娜这个凶手、救世主和失去双亲的孩子骑马离开了冷杉林中的小屋。第一天过得像是探险之旅。家乡被她甩在身后，整个世界在面前铺开。几个小时过去，瓦西娅的心情从开始的忧虑变为狂喜。她把令人心酸的失落感和残留的困惑之情抛到脑后。在索洛维稳健的四蹄下，距离从不是问题。半天不到，她就比之前任何一次离家都要远了，每个洞穴、每棵榆树和每个被积雪覆盖的树桩在她眼里都是新鲜的。瓦西娅一直骑马跑下去，如果觉得冷就下来走路，让索洛维不耐烦地小跑跟着。

第一天就这样过去了，冬日的太阳终于西沉。

黄昏时分，她遇到一株高大的云杉，树干周围有厚厚的积雪。当时暮光已经把雪地映成蓝色，天气冷得很。

"就在这里过夜吧？"瓦西娅边说边从马背上滑下来。她的鼻子和手指都很痛。她笔直地站着，意识到自己的身体有多僵硬、多疲惫。

马抖动耳朵，抬起头："闻起来没有危险。"

在这个国度里，一年有七个月是严冬。童年时，瓦西娅常在野外到处跑，这段经历教会她如何在森林里生存。但一想到在这个滴水成冰的夜晚，她要一个人孤零零待着，而且下一个，再下一个夜晚仍要如此，瓦西娅突然有点儿受不了。她擤擤鼻子。这是你选的，她提醒自己，你现在是个旅行者了。

阴影像巨手一样握住森林。在蓝紫色的光线中，一切看起来都不太真实。"我们今晚就睡在这儿吧，"瓦西娅把索洛维身上的马鞍取下来，她信心满满，"我得生堆火，把想来吃我们的东西都吓跑。"

她吃力地把树周围的雪挖开，直到在云杉树下挖出个雪洞为止，随后又清出一小块地方用来生火。冬天的黄昏迅速以北国特有的方式变成夜晚。在她砍出足够的柴火之前，天就完全黑下来了。星光闪耀，照亮暗夜。在月亮升起之前，她学着之前见过的哥哥们的样子，把带着针状叶的云杉树枝砍下来，插在雪地里，好护住火堆的热量，免得它散逸出去。

她的小手刚长大到能抓住火石，她就学会了生火。现在她不得不把手套摘下来，虽然手越来越凉。

最后她终于点燃火绒，火苗熊熊燃烧起来。她爬进新挖的洞，发现里面很冷，但还可以忍受。水烧开了，她的身体也暖和起来。她把黑面包和硬奶酪在一起烤。她烧伤了手指，烧焦了晚餐，但最后一切就绪，她非常自豪。

食物和温暖使瓦西娅振作起来，于是她在被火烤软的土地上挖了条沟，用还带着火星的木炭填满，再在上面用大松枝搭了个平台。她躺在平台上，裹着斗篷和带兔毛内衬的铺盖卷，觉得多少暖和了一些,她心里很高兴。索洛维已经在打瞌睡,同时还转动耳朵,留神听夜间森林里的声音。

瓦西娅的眼皮垂了下来。她还年轻,又累得够呛,所以马上就睡着了。

然后,她听到头上有人在笑。

索洛维猛地抬起头。

瓦西娅挣扎着站了起来,伸手去摸腰刀。黑暗中那闪亮的是眼睛吗?

瓦西娅没有叫,她又不傻。她抬头盯着云杉树枝,眼睛一眨不眨,直到泪水充满眼眶。她手中的刀凉凉的,小得可怜。

四周沉寂。那笑声是她想象出来的吗?

笑声又来了。瓦西娅无声地后退,从火堆里捡起根燃烧的树枝紧紧握住。

她听到了砰的一声,然后又是砰的一声,随后一个女人落在云杉树下的雪堆里。

或者那不是个女人。因为这个生物的头发和眼睛呈现出幽灵的那种惨白。她的皮肤光滑,是冬日午夜的颜色。她穿着件黑斗篷,光着头,露着胳膊,还赤着脚。火光映红了她奇怪而美丽的脸。她似乎一点儿也不怕冷。是精灵,某种暗夜精灵。瓦西娅松口气,但马上又开始提心吊胆。

"老太太?"她谨慎地说,放低那根燃烧的树枝,"欢迎来到我的火边。"

那精灵直起身子。她的眼睛仿佛遥远而苍白的星星,但她的嘴撇着,快活得像个孩子。"真是个有礼貌的旅行者,"她轻快地说,

"我本该想到的。把那树枝放下吧,孩子,你不需要它。是的,我会坐在你的火边,瓦西丽莎·彼得罗芙娜。"她坐在火堆旁的雪里,上下打量瓦西娅,"过来!"她说,"我是客人呀,你至少该给我点儿酒喝。"

瓦西娅稍犹豫一下,把皮酒囊递给客人。她还不至于傻到去得罪一个似乎是从天上掉下来的生灵,但是——"您知道我的名字,老太太,"瓦西娅小心地说,"但我还不知道您的名字。"

对方的笑容丝毫不变。"人们叫我午夜婆婆[①]。"她说,喝了口酒。

瓦西娅惊慌地往后一缩。旁观的索洛维也竖起耳朵。瓦西娅的保姆顿娅讲过恶魔两姐妹的故事:一个是午夜,一个是正午。而这些故事中,孤独的旅行者通常不会有好结局。"你在这里做什么?"瓦西娅呼吸急促地问。

午夜婆婆懒洋洋地躺在火旁的雪地里,自顾自地大笑。"别怕,孩子,"她说,"如果你想成为旅行者,可不能总这样一惊一乍的。"瓦西娅不安地发现午夜婆婆的牙齿可真不少,她不禁心慌意乱。"有人派我来看看你。"

"派——"瓦西娅慢慢地坐回火边,"谁派你来的?"

"操心多,老得快。"午夜婆婆快活地回答。

"是摩罗兹科吗?"瓦西娅迟疑地问。

[①] 午夜婆婆是俄罗斯童话中只在半夜才出现,会让孩子们做噩梦的恶魔。在民间传说中,她住在沼泽地里。很多故事中,父母们会念着咒语送她回沼泽地。还有位叫"正午婆婆"的精灵,在牧场上游荡,会使人中暑。

午夜婆婆嗤之以鼻:"可别给他脸上贴金啦。可怜的严冬之王可没法儿指挥我。"她的双眼似乎能发光。

"那是谁?"瓦西娅问。

那恶魔举起一根手指放在唇上:"啊,我不能说,因为我发过誓。另外,如果我说出来,就一点儿神秘感都没有了。"

午夜婆婆喝完一整袋酒,把皮酒囊还给瓦西娅,站了起来。火光映红了她白月光一般的头发。"好啦,我已经见过你一次啦,"她说,"我答应过要见你三次,所以我们以后还会再见。一路平安呀,瓦西丽莎·彼得罗芙娜。"

瓦西娅还想问些什么,但她已经消失在上方的云杉树枝中。"我不——等下——"但那精灵已经走了。瓦西娅敢发誓,她听到另一匹马(不是索洛维)在打响鼻,还听到巨大马蹄发出的沉稳的嗒嗒声,但她什么也没看见。又是一片寂静。

瓦西娅坐在火边,直到柴火燃到只剩下余烬。她一直在倾听,但再没有新的声音扰乱深夜的宁静。最后她劝自己再次躺下睡觉。使她自己都惊奇的是,她立刻沉入梦乡,熟睡到天亮才醒来。索洛维当时正把头伸进洞里,把积雪吹到她脸上。

瓦西娅揉揉眼睛,对着马笑了。她喝了点儿热水,给他戴上马鞍,骑马上路。

***

时间一天天流逝,过了一周,又一周开始。路面很硬,天气很冷。瓦西娅再没能把生活安排得像第一天那样井井有条。她再没见到陌生人,午夜婆婆也再没回来过。但她仍然烧伤手指、烧焦食物,还觉得越来越冷。她冻得睡不着觉,必须整夜蜷缩在火堆边。最后她真的感冒了。足足有两天，她瑟瑟发抖，喘不过气来。

索洛维一俄里[①]接一俄里地跑下去，向西南方前进。瓦西娅问："你确定该往那边走吗？"马儿不理她。

瓦西娅在感冒的第三天仍固执地骑在马上，垂着头，鼻子红得发亮。她终于看到了森林的尽头。或者更确切地说，是条大河从森林中穿过。

瓦西娅走到树林边缘往外看，大片白茫茫的雪地晃得她睁不开肿胀的眼睛。"这一定是雪橇之路，"她低声说，眯眼看着积雪覆盖下的广阔冰面，"伏尔加河。"她想起哥哥讲的故事。倾斜的河岸上积着厚厚的雪，半埋住树木。这雪堤一直延伸到雪橇之路上。

瓦西娅隐约听到叮当的铃声，接着一列雪橇拐了个弯出现在她眼前：雪橇上的货物堆得高高的，铃铛挂在明亮的马具上。粗壮的陌生人裹紧全身，只露出眼睛，骑着马跑在他们旁边，向彼此喊叫。

瓦西娅着迷地看着他们经过。在那些男人的脸上，凡是她能看到的地方都被冻得又红又糙，还长着大胡子。他们戴着手套的手坚定地握住马缰。那些马的个头儿都比索洛维小，却矮壮结实，还长着粗糙的鬃毛。雪橇的速度、铃铛和陌生的脸使瓦西娅眼花缭乱。她出生并成长的那个小村庄里几乎没出现过陌生人，她对每位村民都了如指掌。

瓦西娅抬起眼睛，望着雪橇队远去的方向，看见万缕炊烟笼罩在森林上空。她从来没见过这么大团的炊烟。"那就是莫斯科吗？"她

[①] 一俄里约等于一千米。

呼吸急促地问索洛维。

"不是,"马说,"莫斯科比这更大。"

"你怎么知道?"

那马得意扬扬地侧过一只耳朵。瓦西娅打了个喷嚏。在她脚下,更多人出现在雪橇之路上:骑手们戴着鲜红的帽子,靴子上还有绣花。光秃秃的树木上空飘起大团烟雾,仿佛云层。"我们走近些吧。"瓦西娅说。在旷野里待了一周后,她渴望看到色彩,渴望看到人类的面孔,听到他们的说话声。

"我们待在森林里更安全。"索洛维说,不确定地皱皱鼻子。

"我出来是想看看这个世界,"瓦西娅反驳道,"森林又不是全世界。"

马抖抖身子。

她放低声音哄他:"我们会小心的。如果有麻烦,你就逃跑。没人能抓住你,你是这世上跑得最快的马。我想去看看。"

马仍然站在那儿,举棋不定。于是她又义正辞严地加上一句:"还是说你怕了?"

也许这一招不算光彩,但很有效。索洛维甩甩头,两次纵跃之后,随着沉闷的重重一响,他就站在了冰面上。

马沿着雪橇之路跑了一个多小时,但那烟雾仍然飘在前面,令人着急。瓦西娅虽然勇敢,但在陌生人面前也有点儿紧张。但她发现没人理会她。冬天的日子很难熬,人们懒得操心与自己无关的事。只有一个商人似笑非笑地提出要买她的那匹好马,但瓦西娅只是摇摇头,让索洛维赶紧走。

走到河流最后一个拐弯处时,她看见城镇就在眼前。天气晴朗,太阳高高地悬在冬日苍白的天空中。

就城镇而言，它并不大。鞑靼人会笑着称它为"村庄"，即使是莫斯科人也会称它为"乡下"。但它比瓦西娅所见过的任何地方都要大得多。它的木墙比索洛维的肩高两倍，漆成蓝色的钟楼傲然挺立，四周烟雾缭绕。深沉洪亮的钟声清晰地传到瓦西娅的耳朵里。"停一下，"她对索洛维说，"我想听。"她的眼睛闪闪发亮。她一生中还从未听到过钟声。

"那不是莫斯科吗？"她又问，"你确定吗？"这是座似乎能吞下整个世界的城市，她做梦也想不到在这么小的空间里能住下这么多人。

"不，"索洛维说，"我想，在人类看来这还算是小的。"

瓦西娅简直不敢相信。钟声又响起来。寒风吹过，她闻到马厩的味道、烧木柴的烟味和烤家禽的香味。"我想进城。"她说。

马打了个响鼻："你已经看到它了。它就在那里。我们还是在森林里待着比较好。"

"我从来没有见过城市，"她反驳，"我想看看它。"

马烦躁地用蹄子刨雪。

"就一会儿，"她温顺地补充，"求你啦。"

"最好别。"马说，但瓦西娅看得出他已经动摇了。

她的目光又一次转向烟雾缭绕的塔楼："也许你应该在这儿等我。在小偷看来，你是再好不过的目标。"

索洛维发怒了："绝不是。"

"如果我们待在一起，我会更危险！如果有人想要杀我，好把你偷走呢？"

那马生气地转过头，咬住她的脚踝。好吧，这个回答够了。

"噢，非常好，"瓦西娅说，又想了一会儿，"我们走吧。我有办法了。"

***

半小时后，在丘多沃镇①大门口，昏昏欲睡的守卫队长看见有个男孩向自己走来。他穿得像个商人的儿子，牵着匹骨架高大的年轻牡马。

除了笼头，那匹马身上什么马具也没有。虽然他四肢修长，长得很漂亮，但在冰面上走起来很笨拙，不时被自己的蹄子绊到。"嘿，小子！"队长叫道，"你牵着这马要做什么？"

"这是我父亲的马，"那男孩用粗野的乡村口音喊道，听上去有点害羞，"我要卖了他。"

"今天都这么晚了，你这匹瘸脚马是不会有人买的。"队长说。就在这时，那匹马又绊了一下，差点儿跪倒。虽然这么说，但队长还是不由自主地扫了一眼，他注意到这匹马有漂亮的头、短短的后背和长而线条优美的四肢。这是一匹种马，也许腿瘸，但他还能传宗接代，生出强壮的小马驹。"我可以买下他，省得你麻烦了。"队长慢慢说。

那商人的孩子摇摇头。他身形纤细，个子不算高，没有胡须。"爸爸会生气的，"男孩说，"他命令我进城卖掉他。"

队长听到这个乡下人如此诚恳地称丘多沃为城市，不禁大笑起来。也许他不是商人的儿子，而是位波雅尔的少爷，是某个乡下小领

---

① 丘多沃镇是个虚构的小镇，位于伏尔加河上游。其名字来源于俄语单词"奇迹"。今天在俄罗斯仍有数个叫丘多沃的城镇。

主的儿子。队长耸耸肩，他的目光已从这男孩和他的马转向一支皮毛商人的商队。后者正催着马赶路，打算在天黑前进城。

"好了，走吧，孩子。"他不耐烦地说，"你还等什么？"

男孩僵硬地点点头，轻轻牵着马穿过大门。奇怪，队长想，这样一匹种马却如此温顺，还只戴着笼头。好吧，那畜生是瘸腿的，这没什么。

皮毛商队驾到，人们互相推搡、叫喊，于是队长就把那男孩抛在脑后。

**

街道蜿蜒曲折，比无路可走的森林还要陌生。瓦西娅漫不经心地拉着生气的索洛维的缰绳，竭力装出无动于衷的样子——多半是失败的。即使感冒使她的鼻子不通气，她仍能闻到那数百人身上发出的臭味、血腥味和野兽的气味，还有内脏和更糟的东西的味道。它们使她流下泪来。这里有山羊群，那边是高高耸立的教堂。钟声依旧响着。缠着鲜艳头巾的女人行色匆匆，从她身边挤过去。小贩把香喷喷的馅饼端到路人面前。铁匠铺里冒着热气，铁锤敲打的声音正好与半空里的钟声应和。两个男人在雪地里打架，旁观者为他们助威。

瓦西娅从人群中一路挤过去，觉得害怕，同时又很好奇。人们给她让路——主要是想躲开索洛维，因为这匹马似乎打算去踢任何擦身而过的人。

"你让人们很紧张。"她告诉他。

"很好，"马说，"我也很紧张。"

瓦西娅耸耸肩，继续四处看。道路是用劈裂的原木铺成的，这是个受欢迎的创新。因为脚下稳固，行人的心情也愉快起来。曲折的街道绕过陶器店、铁匠铺、客栈和伊斯巴,最后延伸到中心广场。

瓦西娅开心得双眼放光,这是她有生以来第一次看到集市。商人们从四面八方赶来叫卖货物,有布料、毛皮、铜饰品、蜡、馅饼和熏鱼……"待在这儿,"瓦西娅对索洛维说,她找到根柱子把绳子系上去,"不要被人偷走。"

一匹戴着蓝色马具的牝马斜着耳朵对着索洛维大声嘶鸣。瓦西娅若有所思地补充说:"也不要引诱任何母马,尽管你可能控制不住自己。"

"瓦西娅——"

她眯起眼睛。"我当时应该把你留在树林里,"她说,"待在这里别动。"

马儿怒目而视,但她已经走了。她沉浸在喜悦之中,闻着蜂蜡的香味,把铜碗挨个拿起来掂重量。

还有那些面孔,那么多的面孔,她一个也不认识。这种新奇的感觉使她头晕目眩。馅饼和粥、衣服和皮革;乞丐、教士和工匠的妻子……她快活地注视这一切。她想,这才是真正的旅行啊。

瓦西娅站在皮货商的货摊旁边,虔诚地用指尖抚摸一件貂皮大衣。这时她意识到有人正盯着她看。

广场另一边站着个男人,肩膀宽阔,个子比她的哥哥们都高。他长袍上的刺绣亮得耀眼,长袍外面罩着件白狼皮斗篷,雕成马头状的剑柄随意地从肩膀后支出来。他的胡子又短又红,像火一样。一看到她回头,他就点点头。

瓦西娅皱起眉。如果自己真是个乡下男孩,而又有位领主盯着自己沉思,那自己该怎么做呢?当然,她不能脸红。即使他的眼睛又大又黑，让人想沉溺于其中。

那男人开始穿过人头攒动的广场，瓦西娅发现他还带着仆人，仆人都是神情麻木的强壮男人。他们强行把人群分开。他直勾勾地看着她。瓦西娅开始思考该怎样做才不引人注意，待着不动还是落荒而逃呢？他想要干什么？她挺直背。他穿过整个广场，一路上人们看着他窃窃私语。他最后来到瓦西娅面前，就在皮毛商人的货摊前。

瓦西娅连脖子带脸都红了。她的头发被扎在有皮毛边的兜帽里，而兜帽又在下巴处系紧，外面还戴了顶有沿的帽子。现在她就像条面包，从外表上分不出男女，但是……她抿紧嘴。"对不起，大人，"她生硬地说，"我不认识您。"

他又审视她一会儿。"我也不认识你，"他说，声音比她之前想象的要轻，但十分清晰，还有种奇怪的口音，"但你很面熟。小子，你叫什么名字？"

"瓦西里，"瓦西娅马上说，"瓦西里·彼得罗维奇，我现在必须回去找我的马了。"

他的眼神专注得出奇，使她感到很不舒服。"是吗？"他说，"我叫卡西扬·鲁托维奇。能和我一起吃顿饭吗，瓦西里？"

瓦西娅发现自己居然没法儿抵抗这一引诱，不由得吓了一跳。她觉得饿，而且被他眼中的笑意吸引住，无法把眼睛从这位领主身上移开。

她打起精神。如果他发现自己是个姑娘，会怎么做呢？会高兴，还是失望？两种可能她都不敢去想。"谢谢您，"她说，模仿农民向她父亲鞠躬的样子行了一礼，"但天黑前我必须回家。"

"你家在哪里，瓦西里·彼得罗维奇？"

"河上游。"瓦西娅说,又行了一礼,尽量让自己看起来卑躬屈膝。她开始紧张。

突然,那双黑眼睛从她身上移开了。

"河上游,"他重复道,"很好,小子。原谅我。我认错人了,把你当作另一个人了。愿上帝保佑你。"

瓦西娅虔诚地画了个十字,鞠了一躬,夺路而逃,心脏扑通扑通地跳得飞快,但她不知道这是他的凝视还是提问造成的。

她在原处找到怒气冲天的索洛维。那匹牝马正被主人拖走,走时把尾巴甩得老高,暴躁不安。

一块蜂蜜蛋糕——从某个极漂亮的货摊上买来的,还冒着热气——使索洛维重新变得心平气和。瓦西娅爬上马背,一心想要离开。虽然那红发领主已经走了,但他那深思的双眼仍在她眼前晃动,而且这座城市的喧嚣开始让她头痛。

快到城门时,她碰巧回头向一扇颜色鲜艳的门里看,发现这里是家客栈,显然有间浴室。

突然瓦西娅的头又开始痛,四肢重又变得冰冷。她热切地望向院子。"来吧,"她对索洛维说,"我想洗个澡。我会给你找些干草和一碗粥。"

索洛维喜欢喝粥,所以当她从他肩上滑下来时,他只是无可奈何地看她一眼。瓦西娅大胆地牵马走进客栈。

瓦西娅和索洛维谁也没有注意到,有个原本躲在屋檐下的嘴唇发青的小男孩飞快地跑开了。

一个牙齿残缺不齐的女人从厨房里走出来,身上在夏天养出的丰腴还未完全褪去。她的脸仿佛干枯的玫瑰——虽然美丽,但已过了最好的花期,花瓣已经开始发黄。"你想要什么,孩子?"她问道。

瓦西娅舔舔嘴唇,把自己当成男孩瓦西里·彼得罗维奇。"请给我的马准备粮食和马厩,"她大胆地说,"我要吃的,还要洗澡。"

那位女士等待着,双臂交叉抱在胸前。瓦西娅意识到必须用某种东西来交换这些享受,便把手伸进口袋,递给客栈老板娘一枚银币。

那女人的眼睛立刻瞪得车轮般又大又圆,态度也来了个大转弯。瓦西娅意识到自己钱给得太多了,但为时已晚。客栈的院子突然活跃起来。瓦西娅牵着索洛维走进小马厩——他不让马夫靠近。牡马被拴在公用的拴马桩上,这使他很难受。不久马夫战战兢兢地给他送上蜂蜜蛋糕和一卷干草,才把他安抚住。

"我的马还得喝碗粥,要热的,"瓦西娅告诉那小伙子,"还有,别去烦他,让他自己待着。"她大步走出马厩,显得相当自信,"他爱咬人。"

索洛维亲切地甩甩耳朵,于是那小马夫尖叫起来,跑去拿粥。

瓦西娅在整洁的厨房里脱下斗篷,坐在炉边的长椅上享受温暖,内心在感谢上帝。为什么今晚不住在这儿呢?住三晚都行。她想道,我又不急着赶路。

菜一道接一道地端上来:卷心菜汤、热乎乎的面包、带头的烟熏鱼、粥和馅饼、煎老的鸡蛋……瓦西娅像个正在长身体的半大小子那样大吃起来,最后连客栈老板娘的眼里都盈满同情之泪。老板娘给了瓦西娅一大片加蜂蜜烤的奶酪,让她跟啤酒一起咽下肚。

最后瓦西娅酒足饭饱,瘫在长椅上。那女人拍拍她的肩,告诉她浴室已经准备就绪。

浴室只有两个小房间,地面是泥土铺的。瓦西娅在外间把衣服脱光,推开通向里间的房门。房间角落里有个石头砌的圆火炉,里面火苗摇曳。瓦西娅用长柄勺把水浇在岩石上,大团水雾腾空而起,瞬间弥漫了整间屋子。她欣喜地一屁股坐在长椅上,闭上双眼。

门附近传来一阵轻微的窸窣声。瓦西娅猛地睁开眼。

一个赤裸的小生物站在门槛处。他的脸蛋红扑扑的,胡须在脸的四周飘浮,好像水蒸气。他笑起来时,眼睛就陷进脸上的皱纹里。

瓦西娅疲惫地看着他。这一定是浴室精灵班尼克[①]。这小东西平时很和善,但常常会突然发脾气。

"主人,"她彬彬有礼地说,"原谅我的闯入。"这个班尼克浑身呈现出奇怪的灰色,胖胖的小身子看上去更像一团烟雾,而不像是实在的肉体。

*也许,*瓦西娅想,*城镇这种地方不适合他。*

*或者是因为教堂在不断敲钟,提醒人们没有班尼克这种东西。*想到这里,她觉得很悲伤。

但班尼克仍然一言不发地用那双聪明的小眼睛打量着她,瓦西娅知道自己必须做点儿什么。她站起来,从炉子上的桶里舀出些热水,折断一根桦树枝,把它放在他面前,接着又往哗哗作响的石头上浇了些水。

精灵仍然不说话,只是看着她微笑,爬上另一张长凳躺下来,陷入友善的沉默。他的大胡子随着蒸汽飘动。瓦西娅决定把他的沉默当作允许自己留下的表示。她的眼皮再次沉重起来。

[①] 班尼克是俄罗斯民间童话里的精灵。

大约十五分钟后,她就开始大量出汗,而水蒸气也渐渐散去。她正要往身上浇凉水时,牡马狂怒的嘶鸣声把她从热气熏蒸的困意中唤醒。接下来是轰隆一声,听起来好像是索洛维撞毁了马厩的墙。瓦西娅气喘吁吁地站起来。

班尼克在皱眉。

有人在砸外间的门,接着她听见客栈老板娘的声音:"是啊,有个男孩骑着匹很高的枣红马,但我不明白你为什么一定要——"

老板娘愤怒地尖叫一声,接着是一片死寂。班尼克露出模糊不清的牙齿。瓦西娅站起来,伸手去开门。但她还没来得及拉开门闩,就听见外间响起沉重的脚步声。她一丝不挂,在小屋里疯狂地东张西望。但这间屋子只有一扇门,没有窗户。

门砰的一声开了。瓦西娅在最后一刻把头发甩向前面,勉强遮住自己。一道阳光劈开水汽,刺得她的眼睛无法看东西。她站在那里,满头大汗,身上一丝不挂。

过了一小会儿,门口的男人才从蒸汽中辨认出她。他的脸上闪过惊讶的神情,看上去欢喜得呆了。

瓦西娅紧贴着对面的墙蹲下,她极度惊恐、羞愧难当。客栈老板娘的尖叫声还在她耳中回荡。索洛维在外面再次高声嘶鸣,更多的人在喊。

瓦西娅拼命让自己思考。也许那男人身旁有空隙,她能挤出去。但前厅里的说话声和粗壮的身影使她打消了这个念头。

"好吧",第二个出现的男人说,看上去他很吃惊,但不太高兴,"这根本不是个男孩,是个姑娘。除非这是个水仙女。我们来看看她到底是什么,如何?"

"我先来，"他的同伴反驳，仍然盯着瓦西娅，"是我先找到她的。"

"好吧，那么，抓住她，别把时间都浪费在这个上，"后来的男人说，"我们还得去找那个男孩。"

瓦西娅露出牙齿，抖着手。恐惧使她的大脑一片空白。

"过来，姑娘，"第一个男人说，勾勾手指，好像她是条狗一样，"来这里，放松。我会好好对待你的。"

瓦西娅正在计算脱身的概率，想知道如果自己扑向第一个男人，他会不会倒在炉子上。她必须和索洛维会合。她的头发从喉咙上滑开，那块宝石在她胸前闪光。第一个男人的目光落在它上面。他舔舔嘴唇。"这是你从哪里偷来的？"他说，"好吧，无所谓了，它也算是我的了。来。"他上前一步。

她绷紧身体，打算一跃而起。但她忘记了班尼克还在。

不知从哪儿冒出来一股热水，把那人从头到脚浇了个透。他尖叫着倒下去，倒在滚烫的烤炉上，撞到了头，发出砰的一声，瘫软的四肢在炉子上被烤得发出可怕的嗞嗞声。

第二个男人目瞪口呆地盯着看，就在这时，另一股热水抽在他脸上。他跌跌撞撞地后退、尖叫，被迫退出浴室。有只看不见的手挥舞着桦木棍子抽打他。

瓦西娅冲进外间，匆匆裹上绑腿，穿上衬衫、靴子和束腰外衣，把斗篷披在肩上。衣服紧贴着她遍布汗水的皮肤。班尼克正等在门口，仍然一言不发，脸上带着恶毒的微笑。外面的喧闹声越来越大。瓦西娅停顿了一下，深鞠一躬。

那精灵也鞠躬回礼。

瓦西娅跑到外面，看到索洛维已经冲出马厩，有三个男人围着他站着，但没人敢靠近他。"抓住他的缰绳！"有个男人在拱门那边喊道，"紧紧抓住！其他人马上就来。"

第四个男人一动不动地躺在地上，脑壳上有个渗血的洞。显然他之前曾试图去抓从索洛维脖子上垂下来的缰绳。

索洛维看见瓦西娅，就向她猛冲过去。那些人大叫着闪开。说时迟那时快，瓦西娅纵身跳上马背。

外面有更多的人在喊，还有更多只脚踏在积雪上咯吱作响。更多的人跑进客栈的院子里拉开弓弦。

这些人都是为她来的吗？"圣母啊。"瓦西娅低声说。

风声渐起，变为咆哮，吹透她的衣物。云层遮住太阳，在客栈院子里投下阴影。"走！"瓦西娅对索洛维喊道，这时第一个人已经把箭搭在弓上。

"停下，"他喊，"否则就杀了你！"

但索洛维已经跑起来。那支箭尖啸着飞过。瓦西娅紧抓住索洛维。我到底做了什么，瓦西娅在潜意识里糊里糊涂地想道，会让他们这样对我？她大脑的其余部分则在思考：胸前插着十多支箭而死，会是什么感觉？索洛维低下头，四蹄有力地踏在雪地，两次纵跃后，他就跑到了大街上。那里也有不少男人。那么多男人，她模糊地想。但索洛维在他们中间冲出一条路，他们措手不及。

街道在昏暗的暮色中延伸。雪花纷飞，模糊她的视线。

索洛维一声不响，专心致志地飞跑。他穿过木板铺成的街道，瓦西娅感到他踉跄一下，马上又努力恢复平衡。她听到身后的马蹄声响如雷鸣，还夹杂着低沉的喊叫声。但没有哪匹马能跑得过索洛维。

一个黑影突然出现在面前：纷乱白色世界里的巨大而坚实的东西。"大门！"后面有微弱的叫声传来，"关门！"门两边各有两名守卫模糊的身影，他们正加速关闭这庞然大物。门缝正在变小，但索洛维突然加速，一头冲过去。瓦西娅的腿刮在木头上，被狠狠撞了一下。一人一马自由了。墙头上突然爆发出一阵喊叫，然后弓弦被拉开，另一支箭嗖的一声破空而来。她伏在索洛维的脖子上，并不回头看。雪继续下，在地面越积越厚。

离城不过一箭之遥时，风突然停息，天空也放晴了。瓦西娅回头看去，只见一场暗紫如瘀伤的暴风雪笼罩着整个城镇，掩护她逃离。但它能掩护她多久呢？

钟声在响。他们会追杀她吗？她想起那张弓，想起那支箭从她耳边擦过时发出的尖啸。她觉得他们会的。她的心还在怦怦直跳。"我……我们走吧。"她对索洛维说。话一出口，她才真正意识到自己在发抖，意识到自己的牙齿直打架，意识到身上湿漉漉的，冷得刺骨。她让他转头向那棵空心树跑，因为之前她把马鞍和鞍囊藏在那里了。"我们必须离开这里。"

紫色的晚霞在头顶上闪耀。瓦西娅的身上还湿着，兜帽里的头发还滴着水。但她权衡了一下：是冒险生火还是冒险逃跑？她踢踢马肚，继续跑下去。她的潜意识中有支锋利的箭，还有个目光沉着残酷的男人在瞄准自己。

第八章

两份礼物

索洛维一刻不停地飞奔,从黄昏一直跑到深夜。如果是普通的马,早该一瘸一拐,甚至停下不动了。但瓦西娅并没制止他,因为恐惧使她的心跳到嗓子眼儿。最后一片紫罗兰色的晚霞从天空消失,星光照在纯净的白雪上,成为唯一的光亮。马仍在飞奔,坚定得像一只飞翔的夜鸟。

直到圆圆的冷月升到黑色的树梢那么高时他才停下来。瓦西娅抖得厉害,几乎坐不稳马鞍。索洛维摇摇晃晃,大口喘气。瓦西娅滑下马背,卸下马鞍,解开斗篷披在索洛维冒着热气的两肋上。寒冷的夜风吹透她的羊皮大衣,她感觉到衬衫湿乎乎地贴在身上。

"走起来,"瓦西娅对马说,"别停。别吃雪。等我给你弄热水。"

索洛维垂下头,她拍拍他的侧腹,几乎感觉不到这只手的存在。"走起来!听我的!"她厉声道。她觉得自己是那么虚弱,不禁暴躁起来。

马儿努力地、挣扎着往前走,免得腿抽筋。

瓦西娅抖得厉害，她觉得四肢不听使唤。月亮在空中徘徊，好像站在门口的乞丐，但最后它还是开始西沉。万籁俱寂，只有树林在霜雪的重压下咯吱作响。她的手变得僵硬，指尖失去知觉。她咬紧牙关收集木柴，然后摸索着掏出火石。一下，两下，双手痛得要命。一块火石掉在雪地里，她去拾它，却发现手指几乎合不拢。

火星闪烁几下，熄灭了。

她已把嘴唇咬出血来，但仍然不觉得痛。眼泪冻在脸上，她也感觉不到。她再来一次，敲击火石，然后等待。她用麻木的嘴唇轻轻吹火苗。这一次，火绒燃起来了，一丝暖意在夜色中飘散。

瓦西娅松了口气，差点儿哭出来。她小心地用几乎动不了的手添柴。火势稳定，渐渐增大，不一会儿它就熊熊燃烧起来，把壶里的雪融化成水。她和索洛维喝下热水，马黯淡的双眼变得明亮起来。

虽然瓦西娅拼命给火里添柴，尽可能地烘干衣服，一壶又一壶地喝热水，但还不能真正暖和起来。她很久才入睡，还不时被惊醒。她焦虑万分，因为每个响动在她听来都像是追逐者的脚步声，不过她最后还是睡着了。天刚亮时她就醒来，觉得仍然很冷。索洛维一动不动地站在她上方，嗅着早晨的气息。

"马，"他说，"许多马，正朝着我们过来，骑手很强壮。"

瓦西娅身上的每个关节都在痛。她咳嗽一声，感觉到喉咙痛得像要裂开。她痛苦地站起来，觉得黏糊糊的汗水流过冰凉的皮肤。"不可能是他们，"她竭力鼓起勇气，"他们……他们会为了什么才……"

她的声音逐渐降低。森林里传来喧闹的人声。她怕得好像知道猎狗在身后追赶的野兽。她原本就把行李里所有的衣物都裹在了身上，现在又迅速把鞍囊绑在索洛维背上。马又开始飞奔。

又是漫长的一天,又是漫长的骑行。瓦西娅在马背上喝了点儿雪水,没精打采地啃着冻硬的面包。咽下食物时,她觉得嗓子很痛,胃因为恐惧而缩成一团。索洛维比头一天跑得更拼命。瓦西娅茫然地骑在马背上。雪,但愿雪能盖住马蹄印。

一直到天黑透时马才停下来。那天晚上,瓦西娅睡不着,蜷缩在小火堆边不停发抖、咳嗽,觉得整个肺都在抖。摩罗兹科的话在她脑海中回响,字字句句都清晰得很:你想死在森林深处吗?

她不会证明他说对了,她不会。这个念头萦绕在她脑中,最后她又一次不安地睡着了。

夜里乌云滚滚而来,遮住天空,盼望已久的雪花终于飘落下来,融化在她滚烫的皮肤上。她安全了,因为他们现在无法再追踪她。

***

日出时瓦西娅醒了,觉得浑身烧得滚烫。

索洛维轻轻拱她,向她喷气。她试着起身为他戴上马鞍,但觉得天旋地转。"我不行了,"她告诉马,"我不行了。"她的头重得像坠了石头,手抖得无法控制。

索洛维重重地撞她的胸口,她摇摇晃晃地后退。马支起耳朵:"你必须走,瓦西娅。我们不能待在这儿。"

瓦西娅盯着他看,觉得脑子都无法转动。在冬天,静止不动就意味着死亡。她知道这个。她知道这个,可她为什么不在意呢?她不在意。她想再次躺下去睡觉。但她已经做了太多蠢事,不想再惹怒索洛维。

她双手冻得麻木,无法为马系肚带。费了好大劲后,她终于把鞍囊放在马肩隆上。她含混不清地说："我还是步行吧。我太冷了。如果我骑上去，我会……我会摔下来的。"

大片云朵聚集，天色昏暗。瓦西娅拖着沉重的脚步，半梦半醒地、执着地走下去。有一次她以为自己看见继母死在灌木丛中，吓得猛地清醒过来。再走一步，再走一步。她觉得热得要命，想要脱下衣服，但随后想起这样做可能会要了自己的命。

她仿佛听到马蹄声和远处人们的呼喊。他们还在跟踪吗？她无法集中精力思考这些。一步，又一步。她肯定可以躺下，就一会儿……

突然她惊恐地意识到有人在她身边走，紧接着，熟悉而刺耳的声音在她耳边响起："唔，你撑了两个星期，比我料想的要长。我祝贺你。"

她转过头来，迎上一双眼睛，那是她见过的最浅淡的蓝色，仿佛冬天的晴空。虽然嘴唇和舌头都已麻木，但她的头脑稍微清醒了一些。"你说得对，"她痛苦地说，"我要死了。你是来取我性命的吗？"[1]

摩罗兹科把她抱起来，对她的话嗤之以鼻。他的手很烫，不是之前那种冰冷，甚至隔着毛皮衣服她也能感受到那股热量。

"不，"瓦西娅推着他说，"不。走开。我不会死的。"

"就算你死了，也肯定不是心甘情愿的。"他反唇相讥，但她觉得他的脸色明亮起来。

瓦西娅想回答，但说不出话，只感觉天旋地转。头顶苍白的天

---

[1] 摩罗兹科也是死神，所以瓦西娅才会这样讲。——译者注

空,不,是绿色的树枝——他们已经躲进一棵大云杉树下。它很像她出门头一晚在下面过夜的那棵树。云杉的羽状树枝紧紧缠绕在一起,只有最细的雪尘能落下来,为这块冻得坚硬如铁的土地蒙上薄薄一层白纱。

摩罗兹科放下她,让她靠在树干上,自己开始生火。瓦西娅茫然地看着他,仍然感觉不到寒冷。

他不像常人一样收集落下的枯枝,而是走到一根巨大的云杉树枝旁,把手放在上面。断了的树枝掉落下来。他用坚硬的手指把树枝根根折断,堆成一堆,看上去仿佛一只浑身长刺的豪猪。

"你不能在树下生火,"瓦西娅从麻木的嘴唇里挤出嘶哑的声音,"上方树枝上的积雪会融化,落下来把火压灭。"

他讥讽地看她一眼,什么也没说。

她看不见他是怎么做的,好像他没有任何动作,一团大火就在光秃秃的地上猛地燃起,噼啪作响,闪闪发光。

热浪上升,空气微微颤动。瓦西娅隐约感到不安。她知道温暖会把自己从寒冷麻木的状态中拖出来。潜意识中,她想待在那里不动,不再挣扎,不再思考,不再感受寒冷。黑暗慢慢聚拢,遮住她的视线,她想自己可能要睡着了……

但他大步走向她,弯下腰,抓住她的肩膀。他的手比他的声音更温柔。"瓦西娅,"他说,"看着我。"

她看着他,但黑暗拖着她远去。

他板起脸。"不行,"他对着她的耳朵低声说,"你敢?"

"我以为自己是一个人在旅行,"她低声说,"我以为——你在这儿做什么?"

他又把她抱起来,她的头靠在他的手臂上。他没有回答,而是把她抱到火边。他的牝马把头伸进云杉树枝下,索洛维在她旁边焦急地喷气。"走开。"他对两匹马说。

他脱下瓦西娅的斗篷,在她身边跪下来。

她舔着开裂的嘴唇,尝着血的味道:"我要死了吗?"

"你觉得自己要死了吗?"一只冰冷的手摸上她的脖子,她呜咽般的呼吸哽在喉咙里,但他只是拎起银链子,掏出蓝宝石吊坠。

"当然不会。"她回答,脸上闪过一丝恼怒,"我只是太冷了。"

"好吧,那你就不会死。"他说,好像这是很明显的事,但她再次发觉他好像如释重负。

"怎么……"她把到嘴边的话咽回去,不再出声,因为蓝宝石开始发光。蓝色的光中,他的脸看上去很奇怪。这光勾起可怕的回忆:宝石冰冷地燃烧,阴影大笑着慢慢靠近。瓦西娅想躲开他。

他的手臂收紧:"别怕,瓦西娅。"

她应声停下。她以前从来没听过他这样讲话,声音中有不由自主的温柔。

"别紧张,"他又说,"我不会伤害你的。"

他像是在许诺。她抬头瞪大眼睛看他,浑身发抖,忘记了恐惧,因为蓝宝石的光芒带来了温暖——极其折磨人的、活生生的温暖。直到那一刻她才意识到自己有多冷。宝石燃烧,越来越热,她咬着嘴唇以免哭出声来。然后她长长呼出一口气,觉得恶臭的汗水顺着肋骨流了下来。她退烧了。

摩罗兹科把项链塞回她肮脏的衬衫下面,和她一起躺在积雪上。

冬夜寒冷，但他的身体很暖。他把两人包裹在蓝色斗篷里。皮毛擦过瓦西娅的鼻子，她打了个喷嚏。

暖流从项链里涌出，流过她的四肢。汗水顺着她的脸流淌。他默默抓起她的左手，接着是右手，依次抚摩手指。剧痛又一次顺着双臂自下而上爆发，但那是一种令人愉快的痛苦，冲破了麻木。她感到针刺般的疼痛，双手又恢复了知觉。

"别动，"他说，单手把她的两只手握在掌心，"轻点儿。轻点儿。"他的另一只手在她的鼻子、耳朵、脸颊和嘴唇上划过，火辣辣地痛。她打个寒战，但手被他抓住，一动不能动。他已经治愈了她的冻伤。

最后，摩罗兹科的手不动了，他用胳膊环住她的腰。冷风吹过，灼痛缓和。

"去睡觉吧，瓦西娅，"他喃喃地说，"去睡觉吧。你今天够累了。"

"还有人在追我，"她说，"他们想要——"

"没人能找到这里。"他回答，"你不相信我吗？"

她叹口气。"不是，"她觉得温暖又安全，马上就要睡着，"是你召唤的那场暴风雪吗？"

他的脸上掠过一丝笑意，但她没看见："也许吧。睡吧。"

她的眼皮颤动着，沉沉合上，因此她没听见他接下来的话。"忘掉这一切吧，"他讷讷地说，几乎像是在自言自语，"忘掉吧。这样更好些。"

***

瓦西娅一觉醒来，迎接她的是明亮的清晨：冷杉的冷香、火堆的热气、云杉下斑驳的光影。她裹着斗篷，盖着被子。火苗在身边跳舞，木柴不时轻轻爆裂。瓦西娅静静地躺了很长时间，享受着久违的安全感，觉得有点儿不习惯。似乎是几个星期以来的第一次，她感到暖和，喉咙和关节也都不痛了。

她记起头天夜晚发生的事，于是坐起身来。

摩罗兹科正盘腿坐在火堆对面，用刀在雕刻一只木头小鸟。

她僵硬地坐直身子，觉得浑身轻飘飘的十分虚弱，而且饥肠辘辘。她睡了多久？她烤了火，觉得脸上很舒服。"为什么要用木头刻东西呢？"她问他，"你不用工具，只用双手，就能把冰做成各种神奇的东西。"

他抬起头扫她一眼。"愿上帝保佑你，瓦西丽莎·彼得罗芙娜，"他说，带着浓浓的嘲讽口气，"一大早就说这个吗？我用木头雕刻东西，是因为双手亲自创造的东西比魔法创造的东西更真实。"

她停顿一下，细细品味这句话。"是你救了我吗？"她终于说，"第二次了？"

他飞快地接过话头："是的。"他没抬头，一直盯着手里的活儿。

"为什么？"

他端详着小鸟，把它斜到这边，又侧到那边观察："为什么不呢？"

瓦西娅脑中只残存着一点儿模糊的记忆：温柔、光明、火堆和疼痛。隔着闪烁的火苗，两人彼此相望。"你都知道了吗？"她问道，"你知道的。那场暴风雪，肯定是你。你知道整个过程是怎么回事吗？我被人追杀，病在路上，而你第三天才出现，当时我都快站不起来了……"

他等着，直到她的声音渐渐低下去。"你想要自由，"他用那种令人难以忍受的口气答道，"你想去看这个世界。现在你知道它是什么样子了，也在坟墓门口打过转回来了。你总该懂点儿事了。"

她愤愤地闭上嘴。

"然而，"他总结道，"现在你算是尝到了苦头，而且侥幸没死。你最好还是回列斯纳亚辛里亚去吧，这种生活方式不适合你。"

"不，"她说，"我是不会回头的。"

他把木头和刀放在旁边站起来，气得双眼发亮："你以为我愿意浪费时间来教你别犯蠢吗？"

"我又没让你来帮我！"

"不，"他反唇相讥，"你这是找死！"

她刚醒时两人之间那种默契的安静完全消失。瓦西娅觉得四肢酸痛，但清晰地感觉自己还活着。摩罗兹科用炯炯有神的双眼盯着她，愤怒而专注。此时此刻，他似乎成了真实的人类，跟她一样。

瓦西娅爬起来："我怎么就该知道那些人会在那个镇上找到我呢？我怎么就该知道他们会追杀我呢？这不是我的错。我会继续走下去。"她双臂交叉抱在胸前。

摩罗兹科的头发乱蓬蓬的，煤烟和木屑弄脏了他的手指。他看起来怒火冲天。"人类既恶毒又不可理喻，"他说，"我之前就受过教训，现在你也受到教训了。你已经开心得够了，还差点儿因为这个死掉。回家去吧，瓦西娅。"

他们都站着，因此她可以看到他的脸。没有闪动的热气阻隔在他们之间。他的表情又有微妙的变化。不知怎的，他变了，而她不能……"你知道，"她几乎是在自言自语，"当你生气的时候，你看上去就像人类。我之前从来没有注意到。"

她没指望他会有什么反应。他挺直身子沉下脸,突然之间又变回那个遥远的严冬之王。他优雅地鞠躬。"我傍晚再回来,"他说,"如果你愿意留在这里,这火堆会烧一整天。"

她觉得自己可能吵赢了他,却不知是哪句话起了作用:"我……"

但他已经走了,骑着牝马走了,留下瓦西娅在火边眨眼,愤怒而又有点儿困惑。"也许我该给他挂个铃铛,"她对索洛维说,"就像给雪橇马挂铃铛一样。这样他来时,我们就能听到。"

索洛维打了个响鼻:"很高兴你没死,瓦西娅。"

她又想起霜魔:"是啊,我没死。"

"那你能做点儿粥吗?"那马满怀希望地补充。

***

没跑多远——或者也许跑了很远,这要看丈量距离的人是谁——那匹白牝马就不肯再跑下去。"我可不愿满世界跑断腿,就为了让你发泄感情,"她告诉他,"下来,否则我就把你摔下来。"

摩罗兹科跳下马,看上去心情不太好。白牝马低下头,用鼻子从积雪下面拱草根。

由于不能骑马,他只能在冬天的大地上踱步。北方的云层如烧开的水般沸腾翻滚,雪花在他们身上飞舞。"她应该回家,"他自顾自地咆哮,"她应该厌倦自己的愚蠢行为,戴着项链回家。如果有一天想起年少轻狂时遇到的霜魔,她还应该会因此颤抖。她应该生许多女孩,孩子们可能会轮流去戴那项链。她不应该——"

"迷住你,"那匹马严厉地帮他说完,鼻子仍拱在积雪里,尾巴扫着侧腹,"别装模作样啦。还是说她把你拖得离人性太近,使你也成了伪君子？"

摩罗兹科停下脚步，面对着马儿，眯起眼睛。

"我又没瞎，"那牝马继续说，"即使是用两脚走路的人类，我也能看懂他们在想什么。你做那条项链是为了避免衰亡，但现在它越界了。它让你活着，还让你觊觎自己无法拥有的东西，去追寻不该拥有的感情。你着迷了，你很怕。你知道最好让她自生自灭，但你做不到这点。"

摩罗兹科紧抿双唇。森林在上方轻声叹息。他的怒火好像瞬间熄灭了。"我不愿消亡，"他不情愿地说，"但我也不愿像人类那样活着。死神怎么会活着呢？"他停了停，声音变了，"我本可以让她死，把宝石拿走再试一次，找到另一个人来记住我。那血脉还有别的传人。"

牝马前后甩动耳朵。

"我当时没有，"他生硬地说，"我做不到。虽然每次我靠近她，羁绊就会更深些。永生者从不知道死期将近是什么感觉，但她靠近时我能感到时间流逝。"牝马又一次把鼻子埋进深深的积雪里。摩罗兹科继续踱步。

"那么，放过她吧，"牝马在他身后平静地说，"放她去寻找自己的命运。你不可能在爱上某人的同时又能永生。别让事情发展到那个地步。你又不是人类。"

***

尽管瓦西娅很想离开，但那天她还是待在云杉树下。"我死也不回家，"她对索洛维说，觉得有什么东西堵在喉咙里，"我现在过得很好。为什么要在这儿待着呢？"

现在云杉树下确实很暖和。火苗快活地噼啪作响，但她的四肢仍然反应迟钝、虚弱无力。于是瓦西娅留下来没走，而是开始煮粥，用鞍囊里的肉干和盐做汤。她希望自己能有力气去抓野兔。

无论她添不添柴，火苗都稳定地燃烧。她想知道为什么上方的雪不会融化，还有自己为什么没被烟雾从云杉树下熏出来。

魔法，她不安地想，也许我能学魔法。那样我就再也不会掉进圈套，或是被人追杀。

暮色降临，积雪被映成蓝色，火光照得树下这块地方比外面的世界更加明亮。这时瓦西娅抬起头来，发现摩罗兹科站在火光与夜色的交界处。

"我不会回家。"瓦西娅说。

"这个嘛，"他回答，"我能看出来。虽说我已经尽了最大努力，但看来都是白搭。你的意思是要立刻动身，骑马走夜路吗？"

一阵刺骨的寒风摇晃云杉树枝。"不。"她说。

他草率地点点头，说："那我就添点儿柴啦。"

这次当他把一只手放在云杉树皮上时，她仔细观察，但仍看不出他到底做了什么。干燥的树皮和枝条剥落，落在他的掌心中。上一刻它们还是生机勃勃的大树的一部分，眨眼之间就燃烧起来。他那同人类一样的手，创造了人类无力为之的奇迹——这个过程她几乎不敢看完。

火光熊熊，摩罗兹科把一只兔皮袋扔给瓦西娅，接着去照料白牝马。瓦西娅下意识地抓住袋子，身体不禁摇晃一下，因为它比看上去要重。她解开系带，发现里面有苹果、栗子、奶酪和一条黑面包。她几乎像孩子一样高兴得大叫起来。

摩罗兹科从云杉枝叶中悄无声息地钻进来,发现她正用自己那把腰刀的平滑刀柄砸坚果,用肮脏的手指忙乱地从里面抠果仁。

"给你。"他说,声音里有一丝揶揄之意。

她猛地抬起头。那是只大野兔的尸体,内脏已被取出,也清洗过了。他拎着它,优雅的手指看上去与死兔子很不协调。

"谢谢!"瓦西娅丝毫不顾礼节地倒抽一口气,马上抓起那只死兔子用扦子穿好,放在火上烤。索洛维好奇地把头伸进云杉树下,看到烤肉,生气地看她一眼,再次消失。瓦西娅没理他,而是忙着烤面包,同时等着肉熟。面包变成棕色,她大口大口地吃。热气腾腾,奶酪顺着面包边往下淌。之前她还没觉得那么饿,但现在身体提醒她:在丘多沃吃的那顿热乎乎的饭已经是很久以前的事了。寒冷的冬季使她瘦得皮包骨。她狼吞虎咽。

最后瓦西娅抬起头来透口气,开始舔手指上的面包屑。兔子差不多烤好了,摩罗兹科忍着笑看她。"冷天饿得快。"她毫无必要地解释,感觉这几天来从没这么快活过。

"我知道。"他回答。

"你怎么抓到这兔子的?"她用油乎乎的手灵巧地转动着肉块——快烤好了,"兔子身上没有伤。"

两团火焰在他晶莹的眼睛里跳动:"我冻住了它的心。"

瓦西娅打了个寒战,不再问了。

她吃肉时,他保持沉默。最后她吃饱了,坐回去,又说了一次"谢谢"。但她随即就忍不住了,气愤地说:"不过,如果你想救我的命,本来可以不拖到我快死时。"

"你还想旅行吗,瓦西丽莎·彼得罗芙娜?"他没接她的话茬儿,只是这样问。

瓦西娅想到弓箭手,想到那支尖啸的箭,想到身上的污垢,想到刺骨的寒冷,想到在荒野中独自一人生病时的恐惧。她还想到日落和金塔,想到那个村庄和森林之外的世界。

"是的。"她说。

"很好。"摩罗兹科沉着脸说,"来吧,你吃饱了吗?"

"是的。"

"那就站起来。我要教你刀法。"

她傻乎乎地盯着他看。

"发烧把你烧聋了吗?"他尖刻地问,"站起来,姑娘。你说你想做旅行者,这很好,但你最好别毫无防备地上路。刀不能改变箭的方向,但在某些情况下也很有用。你老是做傻事,我总不能整天满世界地跑着来救你。"

她慢慢站起来,犹豫不决。他伸手过头顶,折断一根垂下来的冰柱。它在他手里软下来,不断改变形状。

瓦西娅眼巴巴地看着,希望自己也能创造奇迹。

在他手中,冰柱变成一把长长的匕首,坚硬、完美、精巧。锋刃是冰做的,刀柄则是水晶,这是一件冰冷苍白的武器。

摩罗兹科把它递给她。

"可是……我不会……"她结结巴巴地说,低头盯着那闪闪发光的东西。姑娘们除了厨房里的削皮刀和用来砍柴的小斧头,从来不碰别的武器,而这是一把冰做的利刃……

"你现在可以,"他说,"旅行者。"月亮升到半空,寂静的蓝色大森林仿佛一座教堂。黑色的树木拔地而起,与多云的天空融为一体。

瓦西娅想起哥哥们第一次学拉弓和用剑时的样子,感到内心有种奇怪的躁动。

"这样握住。"摩罗兹科说。他的手指拢住她的手指,帮她正确地握好刀。他的手冷得刺骨。她畏缩了一下。

他放开她,不动声色地后退一步。他乌黑的头发上结出冰晶,手中瞬间出现了一把同样的刀。

瓦西娅咽口唾沫,觉得口干舌燥。匕首沉甸甸地坠着她的手,任何冰做的东西都不会这么重。

"像这样。"摩罗兹科说。

下一刻,她就呸呸地向外吐着满嘴的雪,觉得手像针扎一样痛。刀子无影无踪。

"这样握刀,连孩子都能夺走它。"霜魔说,"再试一次。"

她到处寻找刀的碎片,心想它肯定已经摔碎了。但它仍然完整地躺在雪里,刀刃映着火光。

瓦西娅小心地抓住它,学着他的样子又试一次。

她一次又一次地尝试,熬过漫漫长夜,熬过一天,又熬过第二天。他教她如何用刀挡开另一把刀,如何以各种方式出其不意地击中对方。

她很快就发现:自己的动作迅速、步法轻盈,但力气不足。战士的体力是要从小锻炼的。她很快就累了,但摩罗兹科毫不可怜她。他动作飘忽,铺开满天刀光,招式如丝绸般流畅,毫不费力。

"你从哪儿学来的?"又一次跌倒之后她喘着气说,一边抚摸着疼痛的手指,"还是天生就会?"

他没有回答,而是向她伸出手。瓦西娅不理他,自己爬起来。

"学?"他说,声音里似乎含着一丝苦涩,"如何学?我被创造出来时就是这个样子,一直没变过。很久以前人们就梦见我手里有把剑。神会消亡,但不会改变。现在再试一次。"

瓦西娅举起刀,心里感到诧异,但没再说什么。

第一个晚上,直到瓦西娅的手臂颤抖,手再也握不住刀时,他们才停止练习。她双手撑在大腿上,气喘吁吁,浑身青紫。在火光画出的圈子之外,森林在黑暗中哗哗响。

摩罗兹科瞥了火苗一眼,火苗跃起来,熊熊燃烧。瓦西娅感激地坐到树枝堆上烤手。

"你也会教我魔法吗?"她问他,"教我用眼睛生火?"

火苗突然蹿起来,映着摩罗兹科冷酷的脸:"没有魔法这种东西。"

"但你刚才——"

"非此即彼,瓦西娅。"他打断她,"如果你想要某样东西,那意味着你现在没有它,意味着你不相信它在那里,也就意味着它永远不会出现。火要么在那里,要么不在。你所谓的魔法就是让世界按照你的意愿改变。"

她太疲倦了,一时无法理解他的话,于是皱起眉头。

"让这世界如你所愿,这并不适合年轻人,"他补充道,"他们想要的太多了。"

"你怎么知道我想要什么呢?"她脱口而出。

"因为,"他咬牙切齿地回答,"我比你老得多。"

"你是永生的,"她大胆地说,"你难道什么也不想要吗?"

他突然沉默下来，过了一会儿说："暖和了吗？我们再试一次。"

***

第四天深夜，瓦西娅坐在火旁，身上伤痕累累，痛得不想睡觉，她说："我有个问题。"

他把她的刀放在膝盖上，双手在刀刃上抚过。如果她偷瞥他一眼，就会看见水晶般的霜花在他手指下绽开。"说吧，"他头也不抬地说，"什么问题？"

"你把我父亲带走了，是不是？我看见你跟他一起离开，是在那头熊——"

摩罗兹科的双手停止动作，脸上的表情是在请她安静下来，去睡觉，他的态度十分坚决。但是她不能。在骑马赶路的漫漫长夜里，在冷得睡不着时，她一直在想这事。

"你每次都这么做吗？"她追问道，"你对每个死去的罗斯人都这样吗？你会把他们放在马鞍桥上带走？"

"是的，又不是。"他看上去在斟酌字句，"在某种程度上，我当时在场，但是，就像呼吸一样，你呼吸，但你不会注意到每次呼吸。"

"我父亲去世的时候，"瓦西娅尖刻地问道，"你注意到了吗？"

他的眉间出现一条细如蜘蛛丝的线。"比平时要在意一些，"他回答，"那是因为我……我的神思，就在附近，而且因为——"

他突然沉默下来。

"因为什么？"女孩问道。

"没什么。我就在附近，仅此而已。"

瓦西娅眯起眼睛："你当时没必要把他带走。我本可以救他的。"

"他是为救你而死的，"摩罗兹科说，"他死而无憾，而且很开心,因为他想念你的母亲。这连你哥哥都知道。"

"所以,你对此无所谓,对不对?"瓦西娅厉声说道,"我猜你曾在我母亲的床边徘徊,把她从我们身边夺走。然后你偷走我父亲,和他一起骑马离开。总有一天你会把阿廖沙①拎到马鞍桥上,总有一天也会对我这样做。所有这些对你来说,还不如呼吸重要!"整个事件中她最在意的不是父亲的死,而是霜魔那种极度冷漠的态度。

"你在生我的气吗,瓦西丽莎·彼得罗芙娜?"他的声音平静,只有淡淡的惊讶,就像雪花静静飘落,"你是觉得如果我不带领人们进入黑暗,就不会有人死吗?我已经很老了,但即使老迈如我,在第一次看到月亮升起之前,这世界早就已经存在了。"

瓦西娅惊恐地感觉到热泪涌出眼眶。她转过身去,突然双手捂脸大哭起来,为她的父母、保姆、家园和童年哀悼。他把她的一切都夺走了。是他吗?他是罪魁祸首,还是说仅仅是个报信的?她讨厌他。她梦见过他。这些都无关紧要。她也可以讨厌天空,或渴望天空。她现在最恨的就是这种无力感。

索洛维把头探到云杉树枝下。"你还好吗,瓦西娅?"他问,焦急地皱着鼻子。

她想点头,但觉得全身无力,只能用双手捂住脸。

索洛维甩甩鬃毛。"是你闯的祸,"他对摩罗兹科说,同时竖起耳朵,"别让她哭了。"

她听到摩罗兹科在叹息,听到他绕着火堆走过来,跪在她面前。

---

① 瓦西娅最小的哥哥,与她感情很好。——译者注

瓦西娅不肯看他。过了一会儿，他伸出手，轻轻地把她的手指从湿漉漉的脸上扳下来。

瓦西娅艰难地睁开双眼，不断眨眼，把眼泪憋回去。他能说什么呢？他这种永生者无法理解她的悲伤。"对不起。"他说。这让她吃了一惊。

她点点头，咽口唾沫，说："我只是太累了。"

他点点头："我知道。但你很勇敢，瓦西娅。"他犹豫了一下，弯下腰，轻轻地吻了她的嘴。

刹那间她尝到了冬天的味道：烟味、松树味和刺骨的寒冷，接着是温暖，还有种一闪而过的不真实的甜蜜。

但这种感觉不过是一刹那，他随即退后。曾有一刻他们的呼吸交融。"晚安，瓦西丽莎·彼得罗芙娜。"说着，他站起来走到火光之外。

瓦西娅没去追他。她不知所措、浑身酸痛、心情激荡又有些怕。当然，她本来是想去追他的。

她本想去问问他是什么意思，但她握着冰刀睡着了。她脑海里残存的最后一丝记忆是唇上的松香味。

***

"接下来该做什么？"牝马问摩罗兹科，那一夜，摩罗兹科很晚才回来。他们一起站在云杉树下的火堆旁，看着还未完全熄灭的小火苗在熟睡的瓦西娅脸上投下颤动的光斑。她蜷着身子，靠在打盹儿的索洛维身上。后者已经挤进云杉树下，像条猎犬一样躺在她身边。

"我不知道。"摩罗兹科喃喃回答。

牝马使劲儿拱了骑手一下,那样子和她的儿子[①]一样。"你应该告诉她,"她说,"把整个故事都告诉她:关于女巫、蓝宝石护身符和大海边的马群。她脑子够用,也有权知道这些,或者你只是想逗她玩。很久以前,你就是严冬之王,可以随意玩弄女孩们的心。"

"难道我现在不是严冬之王吗?"摩罗兹科问,"我之前想要用金子和魔法哄她开心,之后送她回家。我现在还是觉得这个办法不错。"

"只要你能把她送走,"牝马干巴巴地说,"让她把你当作一段有趣的回忆就行了。可现在你却站在这里,事事都要插上一手。就算你打算送瓦西娅回家,她也不会走的。这事你可做不了主。"

"没关系,"他尖刻地说,"这是最后一次。"他没再去看瓦西娅,"她打算四海为家,现在这是她的事,不是我的事。只要她还活着,我就会让她戴着宝石,毕生记住这一切。她死时,我会把宝石送给下一个人。这就够了。"

牝马没回答,而是半信半疑地向黑暗中喷出一团白汽。

---

① 白牝马的儿子就是索洛维。——译者注

第九章

烟雾

第二天早上醒来时,瓦西娅发现摩罗兹科和牝马都已离开了。他也可能从未来过,这一切不过是她做的梦。但雪地上有两匹马不同的蹄印,有把利刃在修好的马鞍上闪光,鞍囊也被重新装得满满的。刀现在看上去不再像冰了,而是像某种浅蓝色金属,插在镶银的刀鞘里。瓦西娅坐起来,瞪眼看着这一切。

"他让你别忘了练刀,"索洛维走过来嗅她的头发,"它不会被冻在鞘里,即使在霜冻中也不会。还有,携带武器的人往往死得更快,所以不要把它展示给别人看。"

瓦西娅想起摩罗兹科纠正她握匕首姿势的手,还有他的嘴唇,突然红了脸。随后她又生起气来:他吻她,送她礼物,却离开她,一句话也不说。

索洛维感受不到她的愤怒,而是喷着气,摇着头,渴望出发。瓦西娅皱着眉,从鞍囊中翻出刚装好的面包和蜂蜜酒吃起来。她把雪压在火苗上——烧了这么久之后，火温顺地熄灭了。她系好鞍囊，爬上马鞍。

她再次踏上旅途，一路顺利。一连几天，瓦西娅有时间恢复体力，回忆并试图忘记某些事。但某个早晨，当太阳高高地挂在树梢上时，索洛维突然昂起头，惊恐地后退。

瓦西娅吃惊地说："怎么了！"然后她看到了那具尸体。

看得出这人生前是个大块头，但现在他的胡子上结满霜，双眼大睁，呆呆地、茫然地盯着某处。冻僵的尸体躺在血泊中，周围的雪被踩得乱七八糟。

瓦西娅勉强滑到地上，忍着恶心检查那人的致命伤：剑或斧头重重落下，从他的肩窝处劈到肋骨。她强压下反胃感，摸摸他僵硬的手。死者身边只有一对靴印，是他本人的。

但凶手在哪里呢？瓦西娅弯下腰，沿着死者的脚印走回去。新下的雪使它们模糊不清。索洛维跟着她，紧张地呼气。

突然，前方的树木消失了，她已经走到了森林尽头。索洛维站在收割后的田地边缘，前方田野中央有个被烧毁的村庄。

瓦西娅又开始感觉不舒服，因为那村庄很像她自己的家园：伊斯巴、谷仓、浴室、木栅栏和布满庄稼残株的冬季田野。但是这些小屋都已成为废墟，有的地方火还没灭。栅栏像受伤的鹿一样侧卧在地上。烟雾滚滚上升，飘过森林上空。瓦西娅低下头，把斗篷蒙在嘴上呼吸。她能听到哭声。

"罪犯已经走了。"索洛维说。

但没走多久，瓦西娅想。一簇簇小火苗还在各处燃烧，人们还没来得及把它们扑灭。瓦西娅跳到索洛维的背上。"走近点儿。"她对马说,却觉得自己的声音是如此陌生。

一人一马从残缺栅栏旁的树丛中悄悄溜出来。索洛维跃过栅栏,鼻孔充血。村里的幸存者正把尸体堆在小教堂的废墟前。他们动作僵硬,就像是马上就要倒下,成为尸体中的一员。天气很冷,血凝结在尸体的伤口上,因此闻不到血腥味。它们张着嘴,瞪着明亮的天空。

还活着的人中,没有任何一个人抬起头看她和索洛维。

在一座伊斯巴的阴影里,有个梳着两条乌黑的大辫子的女人跪在一具男子尸体边。她的双手紧紧交握,好像枯萎的树叶。她弯着身子坐在那里,但并没哭泣。

那女人黑油油的头发衬着苗条的背影。有什么东西触动了瓦西娅。不知不觉中,她已跳下马来。

那女人摇摇晃晃地站起来。当然,她不是瓦西娅的姐姐,瓦西娅不认识她。她不过是个农妇,生活的严苛环境使她苍老。她的掌心有血,之前她一定想用手按住某处致命的伤口。她手握一把肮脏的刀,背靠自家房子的墙,用刺耳的声音吼叫:"你的伙伴们来过,然后又走了!"她对瓦西娅说,"我们一无所有。如果你敢碰我,小子,我们俩就得死一个!"

"我……不是,"瓦西娅说,因为同情而结结巴巴,"这不是我干的,我不过是个旅行者。"

那女人仍然举着刀不动:"你是谁?"

"我……我叫瓦西娅,"女孩谨慎地说,因为"瓦西娅"既可以是叫"瓦西里"的男孩的昵称,也可以是叫"瓦西丽莎"的女孩的小名。"你能告诉我这里发生了什么事吗?"

女人狂怒地笑起来,笑声刺痛了瓦西娅的耳朵:"你从哪里来?

你看不明白吗？鞑靼人来过了。"

"你，那边，"一个冷酷的声音说，"你是谁？"

瓦西娅猛地扭过头，看见一位老农民正大步向自己走来。此人神情严厉，肩膀宽阔，胡子下的脸惨白得像死人。他的指关节裂开，血顺着手中那把鲜血淋漓的镰刀流下来。其他人也纷纷出现，绕开仍在燃烧的火苗走上前。他们都拿着简陋的武器、斧子和猎刀，大多数人脸上都有血。"你是谁？"有七八个人一起喊，接着村民们把她团团围住。"他骑马，"有个人说，"是个掉队的。一个男孩。杀了他。"

瓦西娅想都不想，翻身跳上索洛维的背。牡马迈着大步跑起来，从离他最近的村民头上一跃而过。他们跌倒在血迹斑斑的雪地上大声咒骂。马儿轻盈如树叶般落在地上。他本想继续奔跑，越过这片废墟回到森林里，但瓦西娅稍用力向下坐，迫使他停下来。索洛维一动不动地站着，还保持着能随时飞奔的姿势。

瓦西娅环顾四周那受惊的、狂怒的脸。"我不会伤害你们，"她说，心怦怦跳着，"我不是抢劫者，不过是个独身旅客。"

"你从哪儿来？"一个村民喊。

"森林里。"瓦西娅只说了一半实话，"这里发生什么事了？"

可怕的沉寂，空气中弥漫着狂暴的悲哀。那黑发女人说："强盗。他们放火射箭，还动刀杀人。他们是为我们的小姑娘来的。"

"你们的小姑娘？他们把她们带走了？"瓦西娅问，"带到哪儿去了？"

"他们带走了三个，"有个男人恨恨地说，"三个小女孩。从冬天开始，这一带的每个村庄都遇到同样的灾难。他们袭击村庄，放火烧掉所有东西，然后把选中的孩子带走。"他向森林做个手势，"女孩，都是女孩。那边是拉达，"他指指那个黑发女人，"她的女儿被抢走了，她的丈夫拼命反抗，但被杀了。她家里现在只剩一个人。"

"他们抢走了我的卡佳。"拉达血淋淋的手指绞在一起，"我让我丈夫别动手，我不能同时失去他们两个。但他们把我们的女儿拖走了，他忍无可忍……"她突然哽住了，不再说话。

瓦西娅有无数话想说，但她觉得这于事无补。"我很遗憾，"她最后说，"我……"她全身发抖，于是轻夹马肚，索洛维转身飞奔而去。她听到身后有叫声传来，但她没有回头。索洛维跳过残破的栅栏溜进森林。

不用她开口，马就明白她要说什么："我们不再往前走吗？"

"不走了。"

"我觉得你总得先把打人的技巧学好，再去跟人打架。"马不高兴地说。但当她示意他回到树林里的那个死人身边时，他没有反对。

"我要尽力帮帮他们。"瓦西娅说，"如果博加特耶尔①能周游世界拯救少女，我为什么不能呢？"她说这话时有些虚张声势，但她自己没感觉到。她背上的冰刃插在鞘中，似乎代表着巨大的责任。她还想到父母和保姆：所有她没能拯救的人。

马没有回答。淡漠的阳光下，树林里万籁俱寂。马和她的呼吸声听起来格外响亮。"不，我的意思不是要打架，"她说，"我会被杀掉，然后摩罗兹科就赢了，我不能允许这样的事发生。偷偷摸摸，索

---

① 博加特耶尔是位传奇的斯拉夫战士，类似于西欧的游侠骑士。

洛维，我们要偷偷摸摸地，就像偷蜂蜜蛋糕的小女孩那样。"她试着让自己的声音听起来无忧无虑、坚强勇敢，却觉得身体冰凉，五脏六腑都在发抖。

她滑下马背，来到死者旁边，开始认真地在地上寻找踪迹。但她找不到任何能表明袭击者去向的线索。

"强盗又不是鬼魂，"瓦西娅沮丧地对索洛维说，"什么样的人能不留下任何痕迹呢？"

马不安地甩甩尾巴，没有回答。

瓦西娅苦苦思索。"那就来吧，"她说，"我们必须回村里去。"

太阳已经越过天顶。离栅栏最近的树把长长的影子投到被烧毁的伊斯巴上，多少掩盖了那种恐怖的景象。索洛维在树林边停下来。"在这儿等我，"瓦西娅说，"如果我叫你，你必须马上来找我。如果有必要，就把人撞倒。他们现在特别害怕外来人，但我可不想死。"

马低下头，用鼻子贴了贴她的掌心。

村子里一片死寂。所有的人都去了教堂，在那里搭起火葬柴堆。瓦西娅藏在阴影里蹑手蹑脚地越过栅栏，紧贴在拉达家的墙上。她看不见那个女人，但地上有拖痕。村民们想必已经把她丈夫的尸体拖走了。

瓦西娅抿紧嘴唇溜进小屋。角落里有头猪尖声叫起来，她的心几乎停止跳动。"嘘。"她说。

那动物用黑豆一样的眼睛打量她。瓦西娅走到烤炉前。这样做真蠢，但她想不出别的办法。她拿起一小块冷面包。"我看见你了，"她对着冰冷的火炉口轻声说，"我不是你的族人，但我为你带来了食物。"

没有声音。火炉一动不动，屋里一片死寂。这里的主人去世了，孩子也被偷走了。

瓦西娅咬着牙。陌生房子里的多毛沃伊①怎么会响应自己的召唤呢？也许她是个傻瓜。

接着火炉深处有声音传来，一个浑身是毛的黑色小生灵从炉口探出头来。他张开小树枝般的手指撑在炉底石上，尖叫道："走开，这里是我家。"

瓦西娅看到这个多毛沃伊很高兴，更高兴的是，她发现他的身体是实实在在的，不像浴室里那个倒霉的、愁容满面的班尼克。瓦西娅小心翼翼地把面包放在炉前的砖上。

"你的家已经毁了。"她说。

多毛沃伊的眼泪夺眶而出，泪水里还夹杂着烟灰。他一屁股坐在炉口，尘土飞扬。"我警告过他们，"他说，"'死'，我昨晚出声提醒过，'死亡'，但他们只能听到风声。"

"我要去找拉达的孩子，"瓦西娅说，"我打算带她回来。但我不知道该怎么找到她。雪地上没有痕迹。"她一边说，一边转过头去，仔细听外面有没有脚步声。"主人，"她对多毛沃伊说，"我的保姆曾告诉我，如果家里某个人离开自己家，多毛沃伊可能会知道他去了哪里。如果有人善于沟通的话，就能问出来。你知道这个孩子去哪儿了吗？你能帮我追踪她吗？"

多毛沃伊什么也没说，只是吮着皲裂的手指。

---

① 多毛沃伊是俄罗斯民间传说中的家宅守护神。

希望渺茫,瓦西娅想。

"拿一块木炭走,"多毛沃伊的声音变得柔和,像渐渐熄灭的余烬,"带上它,跟着亮光走。如果你能带我的卡佳回来,我的同族就都欠你一份人情。"

瓦西娅欢喜地吸口气,对自己的成功感到惊喜。"我会尽全力。"她把戴连指手套的手伸进炉膛里,抓起一块已经变冷的炭化木头。"它没亮呀。"她怀疑地检查着它。

多毛沃伊什么也没说,她看过去时,他已消失在炉子里。那头猪再次尖声叫起来,瓦西娅隐约能听到从村子另一头传来的人声,还有脚踩在雪地上的咯吱声。她向门跑去,差点儿绊倒在凸凹不平的地板上。现在外面已经是黄昏,阴影从四面八方聚拢过来。

在村子的另一边,火葬柴堆被点着了。火焰越烧越高,在逐渐昏暗的暮色中好像一座灯塔。人们哀悼死者,恸哭声随着烟雾升起。

"上帝保佑你们。"瓦西娅低声说着,溜出村子,回到了清静的森林里,索洛维正在树下等她。

多毛沃伊送的木炭仍然是黑色的,就像眼前的夜晚。瓦西娅骑上索洛维,怀疑地低头看着它。"我们试着各处走走,看看会发生什么。"她最后说。

天渐渐黑下来。马耷拉着脑袋,显然对这种碰运气的行为感到失望,但他还是绕着村子走了一圈。

瓦西娅看着手里的冷木炭。"等等,索洛维。"她说。

马停下来。现在瓦西娅手中的木炭闪出一道淡淡的红边。她对此很有把握。"那边。"她低声说。

他们走一步,再走一步,停下。木炭亮起来,越来越烫。瓦西娅庆幸自己戴了厚厚的手套。"一直走。"瓦西娅说。

瓦西娅逐渐能确定方向，于是催马加快速度。索洛维先是走，接着是小跑，最后大步飞奔起来。夜色清朗，月亮马上就要变成满月，但天气还是寒冷刺骨。瓦西娅尽量不去想这些。她向手上呵气，拉过斗篷盖住自己的脸，坚定地朝亮光指出的方向走下去。

她问："你能驮动我和三个孩子吗？"

索洛维怀疑地甩甩鬃毛。"如果她们个头儿都不大就行，"他答道，"但就算我能驮动她们，接下来我们该怎么做呢？这些强盗会知道我们要去哪儿的。怎样才能阻止他们追踪我们呢？"

"我不知道，"瓦西娅承认，"还是先找到她们再说吧。"

木炭越来越亮，好像在公然挑衅黑夜，烧焦了瓦西娅的手套，于是她打算抓一把雪把木炭放在里面，好拯救自己的手。就在此时，索洛维急刹住脚步，在雪地上打着滑停下来。

树林中有团火在闪烁。

瓦西娅咽口唾沫，突然觉得口干舌燥。她扔下木炭，把一只手放在牡马的脖子上。"别出声。"她低声说，希望自己的声音听起来能镇定些。

马前后摆动耳朵。

瓦西娅把索洛维留在林子里，自己像所有森林里长大的孩子一样，小心翼翼、蹑手蹑脚地走到火光边缘。十二个男人正围成一圈，坐着聊天。起初瓦西娅认为自己的耳朵出了问题，随后她意识到这些人讲的是一种她不懂的语言。这是她有生以来第一次听到这种语言。

被绑着的俘虏待在人圈中间。火上烤着只偷来的母鸡，油脂滴在火苗上。人们互相传递一只大号皮囊。他们穿着厚重的棉衣，头上戴着有羊毛衬里的皮帽,手边放着看上去保养得很好的武器和带尖刺的头盔。

瓦西娅深吸一口气,苦苦思索。他们看上去像普通人,但什么样的强盗会不留一点儿痕迹呢?他们可能比看上去更危险。

没戏了,瓦西娅想。他们人数太多。之前她怎么会幻想……她紧紧咬住下唇。

那三个孩子被绑在一起,坐在火边,身上脏得要命,而且被吓得够呛。最大的那个也许有十三岁,而最小的那个比婴儿大不了多少。她们哭花了脸,挤在一起取暖。即使躲在灌木丛中,瓦西娅也能看出她们在发抖。

火光之外,树木在黑暗中摇曳。远处有头狼在嚎叫。

瓦西娅静静地移动身子,离开营火,回到索洛维那里。马转过头来,用鼻子轻顶她的胸膛。如何把孩子们从火堆边带走呢?不知在什么地方,狼又在号哭。索洛维抬起头来,听着远处传来的呜咽声。瓦西娅突然注意到他有肌肉发达的脖子、可爱的脑袋和优雅的黑眼睛。

一个疯狂的主意从脑海里跳出来,她激动得喘不过气来,但不愿静下来再次思考。"好吧,"她因害怕而兴奋,说话上气不接下气,"我有个计划。我们先回到那棵紫杉树那儿去。"

索洛维跟在她后面,来到刚才经过的一棵长满树瘤的老紫杉树前。瓦西娅一边走,一边在他耳边低语。

***

男人们正在吃偷来的母鸡,精疲力竭的小姑娘们互相偎依着。瓦西娅回到先前在矮树丛中待的位置,蹲在雪地里屏住呼吸。

没戴鞍子的索洛维走进火光中。他的背部和臀部肌肉起伏,仿佛水波，有力的躯干好像教堂拱顶。

这些人齐刷刷跳起来。

牡马靠近火堆，支棱着耳朵。瓦西娅希望强盗把他当成是哪位波雅尔的战利品，自己挣断绳索逃走了。

索洛维甩甩头，继续演下去。他的耳朵转向其他马。有匹牝马嘶鸣起来，他用低沉的声音应和。

其中某个强盗手里拿着面包，慢慢弯下腰捡起段绳子，发出安抚的声音，向这匹骏马走去。其他人呈扇形散开，试图阻止索洛维逃跑。

瓦西娅忍住笑。男人们瞪着眼睛，像春天里的男孩一样被迷得神魂颠倒，而索洛维就像腼腆的少女一样。有两次，有个强盗靠近到几乎可以摸到马脖子，但每次索洛维都侧身躲开了。不过他们与马之间只有一小段距离，因为他知道千万不能让他们放弃希望。

慢慢地，慢慢地，那匹牡马带着强盗们远离火堆、俘虏和马群。

瓦西娅选好时机，蹑手蹑脚地走到马儿们站立的地方，尽量不发出一点儿声音。她溜到他们中间，低声安慰他们，躲在他们之间的空隙里。年纪最大的那匹牝马警觉地侧过耳朵，朝向这个新来的家伙。

"等一下。"瓦西娅低声说。她弯下腰，用刀去砍拴马桩。两下之后，马群脱开拘束，马儿们站在原地。瓦西娅飞快地跑回树林里，发出觅食的狼才会发出的长嚎。

索洛维和其他人一起后退，惊恐地尖声叫着。刹那间，营地炸开了锅，牲畜们东奔西逃。瓦西娅像母狼一样叫唤，索洛维拔腿就跑，大多数马都跟在他后面跑掉了。剩下的马不愿留下，也跟着跑掉了。转眼间他们就全都消失在树林里，营地乱成一片。有个显然是领袖的人在喧闹声中大喊大叫。

他大声喝令，于是喊声慢慢平息。瓦西娅平躺在雪地上，藏在蕨类植物中间的阴影里，屏住呼吸。一片混乱中，她已经把拴马桩重新扶起，躲回树林里。马蹄印覆盖了她的脚印。她希望没有人对马如此容易就挣脱束缚感到奇怪。

领头的迅速下达一系列命令。那些人低声说着什么，听起来像是表示同意，但其中某个人看上去很失望。

五分钟过后，营地里就几乎空无一人，比瓦西娅预料的要容易得多。他们太自信了，她想，他们觉得自己不会有危险，因为所过之处都没留下痕迹。

其中某个人——就是那个看上去很失望的家伙显然是接到了命令，只好留下来和俘虏们待在一起。他闷闷不乐地坐在一根原木上。

瓦西娅用斗篷擦擦汗湿的手掌，更紧地握住匕首。她的胃里像有一堆冰块。她不愿去想眼前的状况：如果有个警卫留下，该怎么办？

拉达那张悲痛茫然的脸浮现在眼前。瓦西娅咬紧牙关。

唯一留下的强盗背对她坐着，正把杉木扔进火里。瓦西娅蹑手蹑脚地向他走去。

俘虏中最大的那个姑娘看见了她。那女孩睁大眼睛，但瓦西娅把手指放在嘴唇上，于是女孩忍住没叫。瓦西娅又走了三步，两步，不再细想，把锋利的刀刃插进那强盗的后脖子。

就在这里，摩罗兹科曾把冰冷的指尖放在她的脖子上说，如果你的刀快，捅这里比割喉容易。

确实很容易。她的匕首顺畅地插进去，仿佛一声叹息。强盗抽搐一下瘫倒在地，血从伤口里涌出来。瓦西娅抽出匕首，随他躺下去，一只手捂住自己的嘴。她四肢发抖。这很容易，她想，这……

刹那间，有个穿黑斗篷的影子似乎向那尸体扑来，但眨眼之间就消失不见，只有尸体躺在雪地里。三个吓坏了的孩子睁大眼睛望着她。血从她的刀上滴下来。瓦西娅转身蹲在被踩得乱七八糟的雪地里呕吐。过了一会儿，她站起来擦擦嘴，觉得嘴里还有胆汁的味道。确实很容易。

"没事了，"瓦西娅对孩子们说，听到自己的声音有些刺耳，"我来带你们回家。请稍等。"

强盗们之前把弓箭留在火堆边。瓦西娅真是十分感激她的小斧头，因为它能劈碎他们的武器，轻松得就像劈柴一样。她把自己所能看到的一切东西都破坏掉，接着撕开强盗的行囊，把里面的东西扔进树林深处。最后她把雪扬到火上，于是黑暗笼罩了这片林中空地。

她跪在挤成一团的孩子们身边。最小的女孩在哭。瓦西娅猜想在月光下自己戴着兜帽的样子一定很吓人。姑娘们看到她的那把血淋淋的刀，不禁呻吟起来。

"不，"瓦西娅说，尽量不吓着她们，"刀是用来割绳子的。"她伸手去抓那个最大的女孩被绑着的手，轻松割断绳子。"我送你们回家。你是卡佳吗？"她对年纪最大的女孩说，"你妈妈在等你。"

卡佳犹豫一下，对最小的孩子说："没事了，安茹什卡。我想他是来救我们的。"

那孩子一声不吭。当瓦西娅把那小手腕上的绳子割断时，小姑娘仍旧一声不出。当她们都自由后，瓦西娅站起来拔刀出鞘。

"来吧，"她说，"我的马在等着呢。"

卡佳二话不说，抱起安茹什卡。瓦西娅弯下腰，把另一个孩子抱在怀里。她们一起溜进森林。女孩们疲劳过度，动作笨拙。在森林更深处，强盗们还在喊叫着寻找马匹。

去紫杉树的路比瓦西娅记忆中的要长。雪很厚，她们走不快。她越来越紧张，因为想到可能会有个男人从灌木林中冲出来，或回到营地发出警报。

脚步声咯吱响，还有呼吸声和心跳声。她们迷路了吗？瓦西娅觉得胳膊好痛。月亮低垂在树梢附近，巨大的阴影在雪地上留下斑驳的痕迹。

突然，她们听到积雪的树丛中有什么东西哗啦一响。女孩们马上躲进阴影中，挤作一团。

有人在走路，踩在雪上发出响亮的咯吱声。现在甚至连卡佳也开始抽泣。

"嘘——"瓦西娅说，"别动。"

一个庞然大物使劲从灌木丛中钻过来，她们一起尖叫。

"不，"瓦西娅松了口气，"不，那是我的马，索洛维。"她马上走到牡马身边，脱下一只手套，把颤抖的手指埋在他的鬃毛里。

"他就是那匹跑到营地里的马。"卡佳慢慢说。

"是的，"瓦西娅拍拍索洛维的脖子，"是我们玩的花招儿，好救你们出来。"一丝暖意慢慢回到她手上。

小安茹什卡站起来只到索洛维的膝盖。她突然摇摇晃晃地向前走去，卡佳都没来得及从后面抓住她。"神马是银色和金色的，"安茹什卡出乎意料地对瓦西娅说，把手背在身后上下打量索洛维，"这匹应该不是神马。"

"不是吗？"瓦西娅温柔地问那孩子。

"不是。"安茹什卡回答,伸出一只颤抖的小手。

"安茹什卡!"卡佳抽了口气,"那牲畜会——"

索洛维低下头,友好地竖起耳朵。

安茹什卡向后一跳,眼睛睁得大大的。索洛维的头几乎和她的身体一样大。她发现索洛维不再动,于是试探地伸出笨拙的手指,拍拍他天鹅绒般的鼻子。"看哪,卡佳,"她低声说,"他喜欢我。虽然他不是神马。"

瓦西娅跪在女孩旁边。"在美女瓦西丽莎的故事中,有一匹神奇的黑马,是夜之守护者,为雅加婆婆服务,"她说,"也许我的马是神马,也许不是。你想骑他吗?"

安茹什卡没有回答,但其他女孩壮起胆子,蹑手蹑脚地走到月光下。瓦西娅找到马鞍和鞍囊,开始为索洛维戴上马具。

但现在她们听到灌木丛中有别的生物在移动——是两足生物,不止一个——还有马蹄声传来。瓦西娅毛发倒竖。现在天很黑,只有暗淡的月光断断续续地投下来。

"快点儿,瓦西娅。"索洛维说。

瓦西娅摸索着找肚带。姑娘们簇拥在马周围,好像她们能躲在他的影子里似的。瓦西娅迅速把肚带系好,听见人们的喊叫声越来越近。

瓦西娅想起上一次绝望的奔逃,吓得心都跳到了嗓子眼儿。她用颤抖的手把那两个最小的孩子举到索洛维的马肩隆上。声音更近了。她跳上马背坐在孩子们后面,伸手下去抓卡佳。"坐到我后面来。"瓦西娅说,"快点儿,抓住我的手。"

卡佳抓住她伸过来的手,跳起来爬上马,挤坐在瓦西娅背后。还没等她坐直,强盗首领就骑着匹没戴马鞍的高大牝马从黑暗中现出身形,脸色青灰。

换作在其他情况下,瓦西娅准会嘲笑他又惊又怒的样子。

那鞑靼人没说话,骑着牝马向前走,一只手握着弯刀,还龇着牙。他边走边喊。四面八方都有人喊叫着回应他。他手里的刀刃反射着月光。

索洛维转过身,像头狼一样作势猛咬,同时纵身一跳,于是刀就落了空。瓦西娅拼命抓着孩子们,身体前倾,把一切交给身下的马。又一个人赫然出现,但马并没放慢脚步,而是直冲过去,将他撞倒在地。她们冲进黑暗中。

瓦西娅常常会为索洛维有稳健的四蹄而庆幸,但从未像今天晚上这样为此感谢上苍。马毫不犹豫地奔向黑夜中茂密的树林里。追兵的脚步声越来越远。瓦西娅又能呼吸了。

她牵住马,让他慢走一会儿,让大家都能喘口气。"躲到我的斗篷下面去,小卡佳。"瓦西娅对年纪最大的女孩说,"你们可别冻坏了。"

卡佳钻进瓦西娅的狼皮斗篷下面,浑身发抖,紧紧地抓着斗篷不放。

去哪里好呢?去哪里好呢?瓦西娅现在找不到村子的方向。云层滚滚而来遮住星斗。她们在黑夜里跑太久了,现在连她自己也搞不清楚方向。她问姑娘们村子在哪边,可她们谁也没有离家这么远过。

"好吧。"瓦西娅说,"我们得继续跑,快点儿,再跑几个小时,这样他们就抓不到我们了。之后我会停下来生火。我们明天就能找到村庄。"

孩子们都不反对,她们的牙齿在打架。瓦西娅打开行李卷,把两个小女孩裹在里面,让她们直挺挺地靠在自己身上。这对她和索洛维来说都不舒服,但也许能使她们免于被冻僵。

她把珍贵的蜂蜜酒、面包和熏鱼分给她们吃。正当她们吃东西时,灌木丛中传来沉重的马蹄声,近得令人惊讶。"索洛维!"瓦西娅惊叫一声。

牡马还没来得及迈步,一匹黑马就从树林里冲出来,背上骑着个满头白发、眼睛亮得像星星的女人。

"是你,"瓦西娅惊讶之余也顾不上讲礼貌,"你来干什么?"

"幸会。"午夜婆婆不慌不忙地回答,仿佛她们是在市场上偶然碰见似的,"小女孩不该在半夜到森林中来,你又在干什么?"

卡佳搂着瓦西娅腰的双臂在颤抖。"你在跟谁说话?"她低声问。

"别害怕。"瓦西娅低声回答,希望自己真的能不怕,"我们正逃命,有人在追我们,"她对午夜婆婆冷淡地补充道,"也许你已经注意到这点了。"

午夜婆婆正在微笑。"难道这世上已经没有战士了吗?"她问,"勇敢的领主们都去哪儿了?现在他们都要派姑娘们去逗英雄了吗?"

"这里没有英雄,"瓦西娅咬牙切齿地说,"只有我,和索洛维。"

她的心像兔子一样狂跳,她竭力去听追兵的声音。

"好吧,至少你是够勇敢的。"午夜婆婆说,用亮如星辰的眼睛上下打量瓦西娅。在午夜婆婆黝黑的脸庞上,她的双眼仿佛两盏明灯。"你现在打算怎么办?这些骑手比你想象的更聪明。他们是切鲁贝大人的手下,而且人数很多。"

大人?"拼命跑,跑到月亮落下,找地方躲起来生火,等到天亮,折回她们的村子,"瓦西娅说,"你还有更好的主意吗?说实在的,你到底来做什么?"

午夜婆婆的笑容中多了丝冷酷。"我说过,是有人派我来的,我只能服从。"她的眼中闪着邪恶的光,"但是,我可以不管自己收到的命令,给你些建议:向西一直跑,跑到黎明,"她指了指,"那边会有人接应你。"

瓦西娅仔细打量那张满是笑容的脸。这个精灵把头发向后面一甩,白发好像遮住月亮的云朵。

"我能相信你吗?"瓦西娅问。

"不好说,"午夜婆婆说,"但我看也没人能给你更好的建议。"她的声音相当大,带着一丝恶意,好像她在期待森林会回答。

四野安静,只能听到女孩们惊恐的呼吸声。

瓦西娅想起要有礼貌,于是有些敷衍地鞠了一躬:"那我就谢谢你了。"

"骑快点儿,"午夜婆婆说,"不要回头。"

她和黑马走了,只剩下四个姑娘。"那是什么?"卡佳低声说,"你为什么对黑夜说话?"

"我不知道。"瓦西娅沉着脸,诚恳地说。

***

于是她们骑着马,按照午夜婆婆的吩咐利用星星辨认方向,一路向西跑。瓦西娅祈祷这次自己没犯蠢,因为在顿娅讲过的传说中,那个午夜恶魔的形象可不怎么样。

尽管厚厚的云层遮住天空,这冷得刺骨的一夜还是慢慢地过去了。瓦西娅对孩子们大喊大叫,让她们不停地说话、移动、踢腿,做任何能免于她们冻死在索洛维背上的事。

她确信天永远不会亮。*我本该生一堆火的*,她想,*我本该……*

就在她几乎要放弃的时候,天渐渐亮了,苍白的天空布满积雪云。马蹄声居然从后面传来。即使是年轻的不死神马,在身上驮了四个人时也逃不过那些能整夜骑马的老强盗。索洛维听到马蹄声,抿着耳朵向前一纵。现在就连他也开始感到疲倦。瓦西娅死死抓住两个姑娘,催马前进,但她几乎绝望了。

黎明时分,黑黝黝的树梢在天空的映衬下格外醒目,索洛维突然说:"我闻到烟味了。"

又一个烧毁的村庄,瓦西娅一开始这样想,或者也许……那是近乎透明的灰烟,呈螺旋状袅袅上升,在天空的映衬下几乎看不清。那不是废墟中飘出的呛人黑烟。是个避难所?也许吧。卡佳懒洋洋地靠在她肩上,已经感觉不到寒冷。瓦西娅知道自己必须冒这个险。

"往那边跑。"她对马说。

索洛维加快脚步。出现在树林上空的是什么?钟楼吗?小女孩们昏倒在她怀里。瓦西娅感到背后的卡佳开始往下滑。

"坚持一下。"她告诉她们。索洛维驮着女孩们来到树林边缘。那的确是座钟楼,洪亮的钟声唤醒冬日的黎明。这里有座带围墙的修道院,墙头上有守卫。瓦西娅冲出森林,但犹豫不决。有个孩子在哭泣,像只在寒冷中呜咽的小猫,于是她下定决心,双腿夹紧索洛维。马向前冲去。

"开门!让我们进去!他们来了!"她大叫道。

"你是谁,陌生人?"从修道院的墙上探出个戴兜帽的脑袋,问道。

"现在别管那些了！"瓦西娅喊，"我偷偷溜进他们的营地，带走了这几个，"她指着那三个小女孩，"现在那帮强盗就在我后面追，快气疯了。你不想放我进去也可以，但至少让这几个小姑娘进去。难道你们不是侍奉主的仆人吗？"

另一个没有剃度的金发脑袋从第一个人旁边探出来。"放他们进来。"他顿了顿说。

门铰链吱吱呀呀地响起来。瓦西娅鼓起勇气，策马跑进门洞。她眼前豁然开朗：右手边有座礼拜堂，周围都是小屋，此外还有很多人。

索洛维打着滑停下脚步。瓦西娅把小姑娘们递下马，自己也滑下马背。"孩子们很冷，"她急急地说，"她们吓坏了。赶紧带她们去浴室，或者去火炉旁。她们必须吃些东西。"

"别担心那个，"另一位修士大步走过来，"你见过那些强盗吗？他们在哪儿？"

他突然停住，好像撞在一堵墙上。下一刻，瓦西娅整张脸都亮了起来，纯粹的喜悦涌上心头。"萨沙！"她大喊，但他打断了她。

"圣母啊，瓦西娅，"他的声调是如此惊恐，使她说不下去，"你怎么会在这里？"

第三部分

第十章

家人

雪花在冬日清晨轻轻飘落。季米特里正仰头对着墙头的哨兵大喊大叫:"你看见他们了吗?你有看见什么吗?"大公的士兵急忙把营火压灭,开始穿戴盔甲。一群人围在新来的人周围,几个女人急匆匆地走上前,大声问着问题。她们的男人跟在后面,瞪着眼睛看。

萨沙晕头转向。眼前这个脸色苍白的、脏兮兮的家伙不可能是自己的小妹妹,绝对不是。

他的妹妹瓦西丽莎现在肯定已经嫁给父亲的某个头脑冷静的热心邻居,成为主妇,怀里抱着个婴儿。她肯定不会骑马在罗斯境内游荡,身后还追着一帮强盗。不可能。这不过是个长得像她的男孩,根本不是瓦西娅。他的小妹妹不可能像只猎狼犬那样又高又憔悴,也不可能如此举止优雅令人不安。她的脸上怎么会流露出如此悲伤而沉着的表情呢?

萨沙和少年彼此对望,他明白了。圣母啊,他知道自己没有弄错。他永远记得妹妹的眼睛，即使再过一千年也不会认不出它们。

震惊过后便是恐惧。她是跟男人私奔了吗？看在上帝的分儿上，列斯纳亚辛里亚出什么事了？她为什么要来这里？

八卦的村民们慢慢围上来，想知道为什么这位著名的修士在一个衣衫褴褛的男孩面前目瞪口呆，还叫对方瓦西娅。

"瓦西娅——"萨沙又忘情地开口说话。

季米特里的吼声让他回过神来。大公看见谢尔盖正匆匆向人群走来，赶紧爬下墙头，正好赶得上搀扶他："所有人退后，以基督的名义。这是你们神圣的修道院长。"

人群让出路来。季米特里的起床气仍没消。他只穿着半身盔甲，声音洪亮，但搀着老修士胳膊的动作很温柔。

"表哥，这是谁？"大公分开人群后问，"墙头上的哨兵什么也没看见，你确定——"他突然住嘴，目光从萨沙慢慢转向瓦西丽莎，又转回来。"愿主怜悯，"大公说，"如果把你的胡子揪下来，亚历山大兄弟，就会发现你们俩长得一模一样。"

萨沙哑口无言，这种情况在他身上可不多见。谢尔盖皱眉看看萨沙，又看看他妹妹。

瓦西娅先开口："这几个女孩骑了一夜的马，"她说，"她们冷得很，必须马上洗澡、喝汤。"

季米特里眨眨眼，他之前还没注意到那三个仿佛稻草人般的小姑娘。她们紧紧抓住这个有趣的男孩的斗篷。

"她们确实需要如此。"神圣的谢尔盖说，深深地看了萨沙一眼，"愿主保佑你们，我的女儿。快跟我来吧，这边。"

女孩们更紧地抓住她们的救星，直到瓦西娅说："这边，卡佳，你打头。把她们带走,你们不能在室外待着了。"

年纪最大的姑娘慢慢点头。小女孩们精疲力竭,小声哭起来,但最后她们跟着人走了,去吃东西、洗澡和休息。

季米特里交叉起双臂。"我说,表哥,"他对萨沙说,"这是谁?"

失去兴趣的村民已经回去干活儿了,但有几个仍然厚脸皮地留下来旁听。六七个没事干的修士也晃过来。"嗯?"季米特里又问。

我该说什么呢?萨沙想,季米特里·伊凡诺维奇,我来介绍一下我的疯妹妹瓦西丽莎,她出现在女人不该出现的地方,还女扮男装,什么体面都不顾。她蔑视尊长,很可能是在跟情人私奔。这位就是勇敢的小青蛙,我深爱的妹妹。

瓦西娅又一次抢在他前面开口。

"我叫瓦西里·彼得罗维奇,"瓦西娅口齿清晰地说,"我是萨沙的弟弟,或者说在他献身给主之前曾是他弟弟。我已经多年没见他了。"她狠狠地瞪了萨沙一眼,似乎在看他敢不敢反驳。她的声音低沉得不像女声。一把长匕首挂在她臀部的刀鞘里。她穿着男孩的衣服,神情自然。她扮成男子有多久了?

萨沙闭上嘴。把瓦西娅当作男孩就解决了迫在眉睫的问题,不会使可怕的丑闻马上传开,而且当她和季米特里的手下待在一起时,也不会有危险——这种危险可是实实在在的。但这真是伤风败俗。奥尔加会大发雷霆。

"请原谅我刚才没有回答,"萨沙对季米特里·伊凡诺维奇说,盯着妹妹的眼睛,"在这里见到我弟弟,我太惊喜了。"

瓦西娅放松肩膀。萨沙知道她从小就很聪明。现在这位女士镇定地说:"我也不比你强,哥哥。"她把明亮而好奇的眼睛转向季米特里,"大人,"她说,"您叫我哥哥'表哥',想必您就是俄罗斯大公季米特里·伊凡诺维奇喽?"

虽然还有点困惑,但季米特里看上去很开心。"我是。"他说,"为什么你的小弟会来这里,萨沙?"

"上天垂怜,"萨沙瞪着妹妹说,听起来不太愉快,"你们没有别的事要做吗?"他对四周盯着他看的修士和村民们补充道。

人群开始散去,他们边走边回头看。

季米特里没注意这些。他使劲拍拍瓦西娅的背,拍得她差点儿站不稳。"我真不敢相信!"他对萨沙喊道,"刚才你在门外说有人在追你?但墙头上的人没看见任何迹象。"

瓦西娅犹豫一下,回答说:"从昨天晚上起,我就没见过强盗。但天亮时我听到马蹄声,开始找地方躲藏。大人,昨天我碰到个村庄,被烧毁了——"

"我们也见过被烧毁的村庄,"季米特里说,"虽然我们知道是强盗干的,但找不到线索。你说那些小姑娘——"

"是的。"瓦西娅继续说,她哥哥越听越害怕,"昨天早上我遇到个被烧毁的村子,跟踪那些强盗回到他们的营地,因为他们抓走了三个小女孩,就是您刚才看到的那三个。我把孩子们偷了回来。"

季米特里的灰眼睛亮起来:"你是怎么找到营地的?是怎么活着跑出来的?"

"我看到强盗们在林间生火。"瓦西娅不敢看哥哥的眼睛。萨沙很是懊恼,因为他在表弟和妹妹身上找到了相同点:他们做事都勇敢而莽撞,却偏偏令别人着迷。"我拔走他们的拴马桩,吓跑他们的马,"她接着说,"等那些人去追马时我杀了岗哨,把孩子们带走。

但我们差点儿被抓住。"

十年前，萨沙骑马离开列斯纳亚辛里亚。十年前，他的小妹目送他离开，生气地把眼睛瞪得大大的。她勇敢而孤独地站在父亲的村口，没有哭泣。十年了，萨沙冷酷地想，可再见到她不过十分钟，他已经想抓住她的肩膀使劲摇晃。

季米特里十分开心。"那就是说，"他喊道，"幸会，我的小表弟！发现他们！骗他们！那么容易！天哪，你做得比我们棒。我真想好好听你讲全过程，但现在不行。你说强盗在跟踪你？他们一定是看到修道院就掉头走了。我们必须跟踪他们，去他们的营地。你还记得来时的路吗？"

"记得一点儿。"瓦西娅犹豫地说，"但在白天，很难说我能不能再认出来。"

"不要紧，"季米特里说，"快点儿，快点儿。"他已经转过身去，喊叫着命令士兵们集合，给马上鞍，为刀上油。

"我弟弟应该休息一下。"萨沙咬牙切齿地说，"他骑了一整夜的马。"瓦西娅的脸的确很瘦，瘦得要命，眼睛下面还有阴影。而且，他也不打算为"允许妹妹去杀强盗"这事负责。

瓦西娅又开了口，冷酷坚定的语气把她哥哥吓了一跳。"不用，"她说，"我不需要休息。只是如果有粥的话，请给我来点儿。还有我的马，他需要干草和大麦，还有水，别太凉了。"

那匹马始终一动不动地站在那儿，耳朵竖着，鼻子贴在骑手肩上。萨沙之前被妹妹的突然出现惊呆了，并没有注意到这匹马。现在他怔怔地盯着马看。他们的父亲很会养马，但如果彼得想买这匹枣红牡马得倾家荡产。是某些灾难迫使她离家出走，因为父亲永远不会——"瓦西娅。"萨沙开口说。

但季米特里已经用一只胳膊搂住他妹妹单薄的肩膀。"你这马真不错,表弟!"他说,"我之前还真不知道在北方也能养出这么好的马。我们会给你弄粥来,还有汤,再给这头牲畜来点儿谷物。之后我们就骑马上路。"

瓦西娅第三次抢在她吃惊的哥哥前面说话。她的眼神已变得冰冷疏远,就像被某些痛苦的回忆触动。她咬牙切齿地说:"遵命,季米特里·伊凡诺维奇,我会很快的。我们必须找到这些强盗。"

***

遇险、逃命、杀人使瓦西娅感到极大的震撼,突然见到哥哥又使她陷入狂喜。瓦西娅心潮起伏,一时难以平息。她断定自己的神经已受到太多折磨。

她带着黑色的幽默感想了一下:要不要像继母曾经爱做的那样,尖叫几声来释放情绪呢?或者还是发疯更容易些?瓦西娅记起最后一次见到继母时的情景,当时继母蜷缩在血泊中。她强行抑制住反胃感,又想起自己的刀顺畅地切进强盗脖子的那一刻——这次她觉得自己真的要吐了。

她的脑袋嗡嗡响。她已经有整整一天没吃饭了。她摇摇欲坠,本能地伸手去扶索洛维,却摸到了哥哥。他抓住她的胳膊。他的手因舞刀弄剑而变得坚硬。"我看你敢晕过去。"他在她耳边说。

索洛维长声嘶鸣,蹄子踩得积雪咯吱响。有个声音惊叫起来。瓦西娅回过神来。一位修士正拿着绳子编成的笼头接近索洛维,表情很是亲切,但索洛维不买他的账。

"您最好让他跟着我们,"瓦西娅用沙哑的声音对那修士说,

"他习惯跟着我。他可以在厨房门外吃干草,行吗?"

但那修士并不再看马,而是盯着瓦西娅,嘴巴张得大大的,表情震惊得近乎滑稽。瓦西娅一动不动。

"罗季翁,"萨沙马上说,语速飞快,吐字清楚,"我出家之前,这个男孩是我弟弟。瓦西里·彼得罗维奇,你肯定之前在列斯纳亚辛里亚见过他。"

"我是见过。"罗季翁哑着嗓子说,"是的,我确实见过。"当时瓦西娅还是个姑娘。罗季翁死死地盯着萨沙。

萨沙几不可见地摇头。

"我……我去为这牲畜拿点儿干草来,"罗季翁费了好大劲才说出话,"亚历山大兄弟——"

"过会儿再说。"萨沙说。

罗季翁走开了,但还不时回头看他们。

"他确实在列斯纳亚辛里亚见过我,"罗季翁走后瓦西娅急急地说,上气不接下气,"他——"

"跟我谈过之前,他不会乱讲的。"她哥哥回答。像季米特里那样,萨沙也有种上位者的姿态,但要更含蓄些。

瓦西娅感激地看着他。*直到有人与我并肩站立*,她想,*我才知道自己之前有多孤单。*

"来吧,瓦西娅,"萨沙说,"你现在没时间睡觉,但热汤多少能帮你恢复体力。如果季米特里·伊凡诺维奇说打算马上出发的话,那他就是认真的。你不知道自己现在陷进什么样的麻烦里了。"

"又不是第一次了。"瓦西娅回答。

修道院在冬天使用的那侧厨房里烟雾缭绕,热得令人发狂。瓦西娅迈过门槛，深吸一口混浊的空气，停下脚步。这里太热太小，人还太多。

"我能在外面吃吗？"她赶紧说，"我不想离开索洛维。"

还有一个原因是：如果进入温暖的房间，坐在舒适的长凳上吃热乎乎的食物，她可能就再也不想站起来了。

"是的，当然可以。"季米特里突然插嘴说，像个宅神一样突然从厨房门外探进头来，"站着喝你的汤吧，小子，然后我们就出发。你，说你呢！给我的表弟拿碗来。我们赶时间。"

***

瓦西娅扯下鞍囊时，她的两位兄长等在旁边，始终带着一脸惊奇的表情打量着她。萨沙不得不承认：无论从哪个角度看，妹妹女扮男装都能以假乱真。她动作流畅大胆，一点儿也不像个女人。她在帽子下面还系着顶皮兜帽遮住头发。她全身都没有破绽，也许只有在萨沙紧张的想象中的那对长睫毛会露出马脚。萨沙想告诉她尽量垂下眼睛，但那会使她更像姑娘。

她把马下颔胡须上结的冰弄下来，检查他的蹄子。她有五六次张嘴想说话，但每次都一言不发。有个初习修士端着汤、热面包和馅饼进来了。

瓦西娅双手捧起食物狼吞虎咽，丝毫不像恪守礼节的少女。她的马吃完干草，又想要面包，于是开始卖萌，朝她耳朵里喷暖风，直到她笑着屈服。她把面包喂给他，把汤喝完，同时目光像鸟儿一样飞快掠过四周的墙壁和建筑群，还有小教堂里的钟楼。

"在离开家之前，我从来没有听到过钟声。"她最后确定了一个安全的话题。她说不出口的话都表现在眼睛里了。

"等我们消灭强盗,你想做什么都可以。"季米特里无意中听到这话,在旁边插嘴。他靠在厨房墙壁上,看似正在欣赏那匹牡马,但萨沙认为他实际是在打量瓦西娅。这使萨沙很紧张。然而季米特里用灿烂的微笑和一皮囊蜜酒掩盖了他的真实想法。他喝酒时酒液滴下来,酒液的颜色和他的胡子一样。

季米特里·伊凡诺维奇不是个有耐心的人,有时却很能沉得住气。他一言不发地等瓦西娅吃完饭。但当她把碗放在一边时,大公的笑容变得相当残酷。"看够了吗?乡下小子,"他说,"该上马了。猎人变成猎物,你不为此激动吗?"

瓦西娅点点头,脸色还有点儿苍白。她把碗交给等在旁边的那位初习修士。"那鞍囊——"她说。

"送到我自己的房间里,"萨沙答道,"这位初习修士会把它们送过去的。"

季米特里大步走开,喊叫着下令。他手下的士兵已经在修道院大门前的空地上集合完毕。萨沙走在妹妹身边。当看到那些人武装起来时,她的呼吸开始加快。他压低声音冷酷地在她耳边迅速说:"跟我说实话,之前是你发现那些强盗的吗?你还能再次找到他们吗?"

瓦西娅点点头。

"那你就必须和我们一起去,"萨沙说,"上帝知道,我们之前可没这么好的运气。但你必须紧跟着我,别说太多话。如果你还想逗英雄,就赶紧打消念头。我们一回去,你就把发生的所有事都告诉我。当然,还得是在你没被人杀掉的前提下。"他停了停,"或是没受伤,或没被俘虏。"他心头又涌上那种荒谬之感,于是用近乎恳求的口气又说,"看在上帝的分儿上,瓦西娅,你是怎么来到这里的?"

"听起来你像父亲一样。"瓦西娅悲伤地说。但她不能再说下去了。季米特里已经上马。那匹牝马兴奋过度,在雪地里欢跃,对索洛维尖叫。大公叫道:"来吧,表哥!来吧,瓦西里·彼得罗维奇!一起出发!"

瓦西娅狂野地大笑起来。"一起出发!"她转过身,咧着嘴向萨沙露出疯狂的笑容,"我们不能让村庄再被烧毁了。"她跳上马背,动作优雅得几近完美,跟稳重完全不搭边。索洛维仍然没戴马具。他用后腿人立起来,周围的男人为这马和骑手叫了声好。瓦西娅像英雄一样骑在马背上,脸色苍白,双眼闪着狂热的光彩。

萨沙既想对她大发雷霆,又不情愿地想对这一幕表示钦佩。他感到左右为难,只好走开去找自己的牝马。

修道院大门上,被冻得僵硬的铰链发出垂死般的尖叫。大门洞开,季米特里催马向前;瓦西娅上身前倾,跟在他后面奔出去。

***

要寻找雪地里的马蹄印不是件容易事,尤其是在之前已经下了几个小时雪,足迹已被半掩住的情况下。但瓦西娅沉着地领着他们往前走,全神贯注地皱着眉头。她会说"我记得那块老石头,晚上看起来像条狗"。或者说,"那里,有松树林。这边走"。

季米特里跟在瓦西娅后面,活像一头追踪猎物的狼。萨沙跟在他身后,若有所思地看着自己的妹妹。

细密的干雪粉沾在马肚子上,落在树梢上的雪闪闪发光。雪停了,太阳破云而出,四周洁白的雪地上洒满金色阳光。他们仍然没有看到强盗的踪迹,只看到索洛维的蹄印——模糊,但很有把握,像一路撒下的面包屑。瓦西娅领着他们稳步前行。中午他们喝了蜂蜜酒，但没有放慢脚步。

时间一小时一小时地流逝，痕迹越来越模糊，瓦西娅也越来越拿不准。她跑过这段路时，正是最黑暗的深夜，而且蹄印出现的时间也更久。但他们仍然一步步向前推进。

下午三时左右，树木变得稀稀拉拉，瓦西娅停下来四处观望。"我们现在快到了，"她说，"我认为如此。这边走。"

这时痕迹已经完全消失，甚至连萨沙也看不清，但妹妹光凭回忆之前在黑暗中见过的树就仍然能继续追踪。尽管不情愿，萨沙还是想为她点个赞。

"那是个聪明的小子，我指你弟弟，"季米特里若有所思地望着瓦西娅对萨沙说，"他骑术很好，马也不错。那头牲畜跑了整整一夜，今天还能轻松地驮着那男孩。虽说瓦西里那个小家伙太瘦了，我指你弟弟。我们得好好喂他。我想亲自带他回莫斯科。"季米特里打住话头，提高声音，"瓦西里·彼得罗维奇——"

瓦西娅打断他："有人在这儿。"她说，绷紧脸去倾听，"有人——"寒风从四面八方刮来。

突然，风声渐高，变成尖啸，但还是没能掩盖住弓弦砰的一响，和一支箭矢飞来时的破空长鸣，也没能掩盖住他们身后某个男人的惨叫声。突然之间，强壮的男人骑着矮壮的马匹从四面冲过来，他们的刀刃在快要落山的冬日太阳下闪闪发光。

"有埋伏！"萨沙喊道，同时季米特里也在怒吼："上！"马群被第一拨儿的冲锋吓了一跳，用后腿直立起来。更多箭矢射过来。现在狂风大作，对射手来说条件很不利。萨沙感谢他们的好运气，因为在平原上，射手通常能轻易取对方性命。

人们马上聚在一起围住大公。没人害怕，所有人都是老兵，都和季米特里一起在战场上冲杀过。

浓密的树木挡住视线，狂风仍在尖啸。强盗们咆哮着飞奔而出，冲向大公的士兵。仇人相见，分外眼红，刀剑出鞘，长鸣不已。剑？这种随身武器对强盗来说是很贵重的——

但萨沙没时间去思考。不一会儿混战就变成单兵对抗，人们骑在马上互相砍杀。季米特里的手下被压得喘不过气来。萨沙挡住一根刺过来的长矛，手起剑落把矛杆劈断，把第一个敢于尝试挑战他的人砍落马下。图曼直立起来，用前腿猛踢。另外三个袭击者的马个头儿较小，于是他们连连后退。"瓦西娅！"萨沙厉声说，"走！别——"可他那手无寸铁的妹妹露出牙齿，面色凝重，固执地守在大公侧翼。一看见强盗，她的眼神就冷下来。她既没有剑，也没有矛。就算有，她肯定也不知道该怎么用。她甚至没把刀从腰间抽出来。这把刀太短了，不适合马上作战。

不，她还有她的马，一个顶五个。瓦西娅只要紧贴在马背上，指引他冲向敌人就可以了。索洛维一脚就能踢飞强盗，用蹄子踩碎他们的头骨。姑娘和马坚决地紧贴在季米特里的身边，牡马用身体挡住袭击者。瓦西娅脸色惨白，紧抿双唇，毫不退缩。萨沙守护在妹妹另一边，祈祷她不要从马上摔下去。在一片混乱中，他发誓自己有次看见一匹高大的白马站在枣红牡马身边，马上的骑手不断挡住强盗砍向女孩的刀锋。但随后萨沙意识到那不过是一团飞舞的雪花。

季米特里拿着斧头四处乱砍，高兴得大叫。

第一次疯狂的冲锋之后，所有人陷入近身肉搏的死战。萨沙的胳膊中了一剑，但他根本没有感觉，而是转身砍下对方的头。"还有多少强盗？"瓦西娅喊道，眼中凶光四射。那匹牡马又踢断了某人的腿，并把对方的坐骑摔在雪地上。萨沙刺中另一个人的肚子，把敌人从马鞍上踹下来，同时图曼改变姿势，让主人稳稳骑在自己身上。

季米特里的一个手下倒下了，接着是第二个，战场形势变得严峻。

"瓦西娅！"萨沙厉声说，"如果我倒下，或是大公倒下，你就必须逃跑，回到修道院去，别——"

瓦西娅好像没听见他的话。这匹高大的枣红马全力保护着他的骑手，没有哪匹鞑靼人的马敢于冲到他蹄子的攻击范围内。虽说长矛会把他轻易捅倒，但没有哪个强盗能做到这一点，但是——

突然，季米特里大喊起来。树林里冲出一队人马，铁蹄踏在地上，鲜血和积雪四溅。这些人不是强盗，而是头戴明亮的头盔、手持野猪矛的战士。他们的领袖是个红头发的高个男人。

看到援兵，强盗们脸色苍白，扔下武器四散而逃。

第十一章

并非所有人都天生高贵

"见到你真高兴,卡西扬·鲁托维奇!"季米特里喊道,"你来得有点儿晚哪。"血糊满他的半边面颊,在黄色的胡子上凝结成块。他的斧子和马脖子上都有血,但他的双眼亮得吓人。

卡西扬微笑着收刀入鞘:"请您原谅,季米特里·伊凡诺维奇。"

"下不为例。"大公回答说,于是他们哈哈大笑。除了死者和重伤员蜷在雪地里,其余的强盗都逃掉了。卡西扬的手下已经开始割断伤者的喉咙。瓦西娅不敢看,全身颤抖。她当时正为哥哥包扎受伤的胳膊,于是把注意力都集中在双手上。寒冷的微风仍在林间空地上低语。就在强盗出现之前,她可以发誓自己听到了摩罗兹科的声音。瓦西娅,他当时说,瓦西娅。然后风声大作,吹歪了强盗射来的箭。瓦西娅甚至觉得自己看到了那匹白牝马,霜魔骑在马背上,把离她最近的剑刃挡开。

但也许她当时搞错了。

微风平息，树林的阴影看上去更加浓密。瓦西娅转过头，看见他就在那儿。

他的身影极其模糊——裹着黑衣，瘦骨嶙峋。他轻轻迈进林间空地，那熟悉的双眼令人不安。

摩罗兹科在她的注视下一动不动。这不是霜魔，而是他的分身，是他更古老的自己。但他仍穿着黑色斗篷，面色苍白，手指细长。他是为死者而来的。突然阳光好像变得柔和下来。她知道他来了。他在地上的血泊里，他在拂在她脸上的寒风中。他苍老、沉静而强大。

她深吸一口气。

他慢慢转过头来。

"谢谢你。"她对着寒冷的清晨低语。她说得非常慢，没人能听见。

但他听见了，他们对视。有那么一刻，他看上去几乎是真实的。接着他转过身，消失无踪。那里空无一人，只有冰冷的阴影。

瓦西娅咬着嘴唇为哥哥包扎完胳膊，回过头再看时，摩罗兹科已经走了。死者躺在血泊里，阳光欢乐地照下来。

一个洪亮的声音在说话。"那男孩是谁？"卡西扬问，"就是长得跟亚历山大兄弟特别像的那个。"

"哎呀，这是我们的小英雄，"季米特里提高声音回答，"瓦西娅！"

瓦西娅摸摸萨沙的胳膊，说："过会儿还得用热水洗，再敷上蜂蜜。"她转过身来。

她穿过空地，向两人鞠躬。索洛维不安地跟着她。"这是瓦西里·彼得罗维奇,"季米特里说,"我的表弟,我父亲妹妹的儿子。这是卡西扬·鲁托维奇。没有你们俩,我是不会赢的。"

"我们之前见过,"卡西扬对瓦西娅说,"但你没说自己是大公的表弟。"见到季米特里惊讶地看着他,他说:"一星期前,我偶然在集市上见过这小伙子。我觉得他看上去很眼熟。他是他哥哥的翻版。我希望你当时就告诉我你的真实身份,瓦西里·彼得罗维奇。这样我就可以有幸护送你回圣三一修道院。"

与在丘多沃见面的那天相比,卡西扬犀利的黑眼睛丝毫不见柔和。但瓦西娅由于极度疲倦且震惊,心情反而平静下来。她镇定地回答:"我是从家里溜出来的,并不想消息那么快就传回去。我当时不认识您,大人。另外——"她恶作剧地笑笑,同时心头涌上一阵奇怪的冲动。她是想大笑,还是想哭泣呢,她不知道。"我来得正是时候。对不对,季米特里·伊凡诺维奇?"

季米特里大笑起来:"确实如此。聪明的小子,聪明的小子,确实如此。独身旅行时,只有傻瓜才会轻信别人。来吧,我希望你们能成为好朋友。"

"我也是这么想的。"说着,卡西扬与她对视。

瓦西娅点点头,希望他别再盯着自己看,同时也搞不清他为什么要这样做。一个女孩也许会苦苦向慈悲圣母祈祷,希望自己也有他那种深红色的头发。她急忙把目光移开。

"萨沙,你还好吧?"季米特里叫道。

萨沙正检查图曼身上的擦伤。"是的,"他简短回答道,"但我之后得用左手握剑啦。"

"很好。"季米特里说。他自己的阉马侧腹上也有一道很深的伤口。于是大公骑上某个手下的马。"现在我们还要接着追踪,卡西扬·鲁多维奇。我们必须跟上那些残兵败将,追到他们的大本营去。"季米特里从马上俯下身子,交代手下把伤员送回圣三一修道院。

卡西扬上马,停顿一下,居高临下地俯视瓦西娅。"照顾好这小伙子,亚历山大兄弟,"他轻轻说,"他的脸色白得像雪一样。"

萨沙对瓦西娅皱眉:"你和伤员一起回去吧。"

"但我没受伤,"瓦西娅指出这一点,可她那种神思恍惚的样子无法说服哥哥,"我想亲眼看这事了结。"

"你当然可以一起来。"季米特里插嘴说,"算了,亚历山大兄弟,别让这小伙子难堪了。喝点儿这个,瓦西娅,我们现在一起走吧。我还想办完这事就回去吃晚饭呢。"

他把皮酒囊递给她,瓦西娅大口喝着,享受那股能把疲倦都冲走的热流。现在风渐渐停下来,死者孤零零地蜷在雪地上。她看看他们,又移开目光。

索洛维在混战中没受伤,但闻到血腥味就把头抬得高高的,眼神狂野。

"走吧,"瓦西娅说,拍拍牡马的脖子,"我们的事情还没完。"

"我不喜欢这个,"索洛维跺着脚,"我们回森林里去好不好?"

"还不到时候,"她低语,"还不到时候。"

***

季米特里和卡西扬一马当先地走在队伍前面,一会儿这个在前,一会儿那个领先;一会儿小声交谈,一会儿保持沉默。男人们就是这样逐渐建立起信任的。萨沙一言不发地骑马走在索洛维旁边,僵硬地抓住受伤的手臂。

幸存者们逃跑时把雪地踩得一塌糊涂，沿途还有斑斑点点的血迹。索洛维什么也没说，但也不好好走路，而是侧身而行，几乎是在慢跑，两只耳朵转动着。

为了照顾疲惫的马，他们没有全速行进。白昼缓慢流逝。他们从阳光下跑进阴影中，又重新回到阳光下，觉得越来越冷。

最后季米特里的手下追上一个独自前行的受伤强盗。"其他人在哪儿？"大公问，卡西扬则按住那个在雪地里不断抽搐的人。

那人睁大双眼，用他自己的语言说了几句话。

"萨沙。"季米特里喊道。

萨沙从图曼的背上滑下来。让瓦西娅惊奇的是，她哥哥也能说这种语言。

那人疯狂地摇头，吐出一大串音节。

"他说他们的营地就在北面，不超过一俄里。"萨沙严肃地说。

"既然你这么识相，"季米特里对那强盗说，同时向后退，"我就给你个痛快的。来，瓦西娅，你那么英勇，这人归你杀了。"

"不，季米特里·伊凡诺维奇。"瓦西娅哽住了，而季米特里正把他自己的武器递过来，同时大气地朝那个方向做个手势。她怕自己会恶心，而索洛维已经处在暴跳的边缘。"我做不到。"

强盗一定猜得出他的意思，于是低下头，嚅动嘴唇祈祷。这时他不再是恶魔，不再是偷孩子的贼，而是一个恐惧的人，看着坟墓的门在面前徐徐打开。

萨沙虽然还稳稳地站着，却因为受伤而脸色发灰。他吸口气想说话，但卡西扬抢先开口。"瓦西里不过是个瘦弱的小伙子，季米特里·伊凡诺维奇，"他仍然紧抓住他的俘虏，"也许他不能一击致命,而大家今天还有很多事要做,不会愿意听人尖叫着死去。"

瓦西娅狠狠吞口唾沫,脸上的表情似乎说服了大公,于是大公暴躁地用刀抹过那人的喉咙。他耸耸肩,站了一会儿才恢复愉快心情,擦掉溅出来的血花,说:"也好。不过,瓦西里·彼得罗维奇,我们要在莫斯科把你喂饱,不久你就能用长矛一下捅死野猪了。"

***

强盗们的营地又小又简陋:有小屋为人保暖,有围栏圈住牲畜,此外再没别的了。没有墙、壕沟或栅栏,说明这帮强盗不怕袭击。

营地里没有声音,没有活动的东西,也没有炊烟。一片冰冷的寂静,冷酷而悲伤。

卡西扬呸了一声:"季米特里·伊凡诺维奇,我想那些幸存者已经逃了。"

"仔细搜。"季米特里说。

他的手下过去把每座小屋里外都搜个遍,在人类生活留下的煤灰、黑暗和恶臭中翻找。瓦西娅心头的恨意开始消散,只隐隐觉得有点儿恶心。

"什么也没有,"最后一块地方被搜过后季米特里说,"他们要么是死了,要么是逃掉了。"

"这一仗打得漂亮,大人。"卡西扬说。他摘下帽子,用一只手梳理纠缠在一起的头发。"我觉得他们不会再来骚扰我们了。"他出乎意料地转向瓦西娅:"什么事让你这么困惑,瓦西里·彼得罗维奇?"

"我们一直没找到他们的头儿,"瓦西娅说,又一次看向那肮脏的营地,"那个在森林里指挥他们的人。我把孩子们偷回来时见过他。"

卡西扬看上去吓了一跳："他们的头头是什么样的人？"

瓦西娅形容了一下："刚才战斗时我曾经找过他，死人我也都检查过了，"她总结道，"我记得他的脸。但他在哪儿呢？"

"如果他没死的话，应该是逃了吧，"卡西扬突然说，"在森林里迷路，还饿着肚子。别担心，小伙子。我们可以在这里生火。就算强盗头儿还活着，他也很难在荒原里纠集更多人来冒险。这事结束了。"

瓦西娅慢慢点头，但不是很赞同他的话："他们的俘虏呢？他们把她们带去哪里了？"她说。

季米特里下令生火，好让大家吃顿饱饭。"这无关紧要。"大公插嘴，"我们已经杀了强盗，不会再有村庄被烧毁。"

"但还有那些被抢走的孩子！"

"那又怎么样？理智些。"季米特里说，"如果小姑娘们不在这里，那她们就是死了，或者在离这里很远的地方。就为几个乡下孩子，我可不会骑着疲惫的马拼命跑着穿过森林。"

瓦西娅愤怒地张嘴想要反驳，但卡西扬的手重重落在她的肩膀上。她打住话头转身看他。季米特里已经走开，继续大喊着发号施令。

"别碰我。"瓦西娅厉声道。

"我没有恶意，瓦西里·彼得罗维奇，"卡西扬的红发在傍晚的阴影里显得更黑，"最好别跟大公们顶嘴。想达到你的目的可以有更好的方法。然而在这件事上，他是对的。"

"不，他错了，"她说，"一位好领主要呵护他的人民。"

人们正在收集所有可以用来生火的东西。木头燃烧发出的烟味开始飘进森林。

卡西扬哼了一声，好像觉得她的话很可笑。他的表情使她觉得自己还是乡下姑娘瓦西丽莎·彼得罗芙娜，而不是季米特里口中的"小英雄瓦西里"。"但是，问题在于哪些是人民，小子。我猜你父亲也是某个庄园的主人吧？"

她什么也没说。

"季米特里·伊凡诺维奇要为之负责的人数，是你父亲的一千倍，"卡西扬继续说，"他不能将手下人的力气浪费在没有价值的东西上。那些女孩已经回不来了。今晚别再逞英雄了。你都快站不住了，看起来像个疯小孩的鬼魂。"他扫一眼站在她身后的索洛维，"你的马也没好到哪儿去。"

"我好得很，"瓦西娅冷冷地说，同时挺直身子，但还是忍不住担心地瞥了索洛维一眼，"起码比那些被抢走的孩子强。"

卡西扬耸耸肩，望向远方的黑暗。"她们也许会觉得能过上奴隶的生活都是上天慈悲，"他说，"至少这些女孩对奴隶贩子来说是有价值的，比她们对家人的价值还要高。你觉得在二月里会有人想养个半大女孩，多添一张要喂饱的嘴吗？没有。她们会躺在炉顶上直到饿死。有些可能会死在去南方奴隶市场的路上。但如果她们走不动，奴隶贩子至少会发善心给她们来一下，让她们死得没那么痛苦，而强壮的会活下来。如果哪个女孩漂亮或聪明，她可能会被王公买走，在某个充满阳光的大厅里过着富有的生活。这总比待在罗斯的某块脏地板上好，瓦西里·彼得罗维奇。不是所有人都天生高贵，有个做领主的父亲。"

两人相对，默默无言，这时大公的声音打破了寂静。

"能休息就休息，"季米特里对手下人说，"月亮升起时，我们就上路。"

***

季米特里的手下放火烧掉强盗的营地,踏着银色的月光连夜返回圣三一修道院。虽然时间很晚,但许多村民都聚在修道院大门的阴影里,向返回的骑手们狂呼着表达敬意:"上帝保佑您,大人,"他们喊道,"亚历山大·佩列韦斯特!瓦西里·彼得罗维奇!"

虽然疲惫不堪,但瓦西娅听到这么多人在一起喊她的名字,又恢复了一些体力,至少能挺直后背骑在马上。

"把马交给我们吧,"罗季翁对所有人说,"我们会好好照顾它们的。"那年轻的修士没去看瓦西娅。"浴室已经烧热了。"他又说,看上去有些不自在。

季米特里和卡西扬立刻下马,互相推搡着,无忧无虑、得意扬扬。他们的手下在后面跟着。

瓦西娅马上开始忙碌地照顾索洛维,免得有人会奇怪她为什么不跟其他人一起去洗澡。

谢尔盖不知去了哪里。瓦西娅给马梳毛时,发现萨沙去找他了。

***

圣三一修道院有两间浴室。人们烧热其中一间,供在这里生活的居民使用。在另一间里,那天战斗中死去的、来自莫斯科的战士的尸体已经被清洗干净,并用布条裹好。这一切都是谢尔盖用稳健的手完成的。萨沙在这间浴室里找到了他的修道院长。

"上帝保佑您。"萨沙走进黑暗的浴室时说。这个井井有条的、水和热气构成的世界是罗斯人出生的地方,也是他们死后的停尸处。

"愿上帝保佑你。"说着,谢尔盖拥抱对方。有那么一会儿,萨沙又变回孩子，把脸贴在老修士虚弱无力的肩膀上。

"我们赢了，"萨沙说，同时振作精神，"感谢上帝慈悲。"

"你们赢了，"谢尔盖重复道，低头看着死者的脸，慢慢画个十字，"感谢你这个弟弟。"

老人那双泪汪汪的红眼睛看着自己弟子的眼睛。

"是的，"萨沙回答老人无声的提问，"她是我妹妹，瓦西丽莎。但她今天表现得很勇敢。"

谢尔盖哼了一声："那是自然。只有男孩和傻瓜才会认为男人比女人勇敢，冒着生命危险生孩子的又不是我们。但你学会这一课的方式够危险的，你和她都很危险。"

"我找不到更安全的办法，"萨沙说，"尤其是现在仗打完了。如果有人发现她是女儿身，会有骇人听闻的谣言传出来。而且季米特里的手下如果知道了她的秘密，说不定有人会开心地在某个黑夜里强暴她。"

"也许吧，"谢尔盖沉重地说，"但季米特里很信任你。他如果发现自己受骗，是不会手软的。"

萨沙没说话。

谢尔盖叹了口气。"如果你必须做什么，就放手去做吧，我会为你祈祷的。"修道院长亲了萨沙的双颊，"罗季翁知道的，对不对？我会跟他谈谈的。现在去吧。比起逝者，生者更需要你，而且他们更难安抚。"

***

黑暗把圣三一修道院这块圣洁之地变成异教徒的地盘，到处是阴影和奇怪的声音。钟响了，召唤修士去做晚课，但即便是雄浑的钟声都不能掩盖战后的黑暗和混乱，也无法打断萨沙纷乱的思绪。

浴室门外，人们零散地站在雪地中，因这场灾难而不名一文的村民大声赞美上帝的仁慈。浴室附近有个女人张着嘴哭泣。"我只有一个孩子，"她低声说，"只有一个，我的头生女，我的心头肉。你们没找到她吗？没有痕迹吗，大人？"

令人惊讶的是瓦西娅竟然还站在那里，像幽灵一样站在那悲痛的女人面前，好像一个虚幻的影子。"你的女儿现在安全了。"瓦西娅回答，"她和上帝在一起。"

那女人双手捂住脸。瓦西娅看了哥哥一眼，表情哀恸。

萨沙受伤的手臂又开始痛。"跟我来，"他对那女人说，"我们去礼拜堂为你的女儿祈祷。让我们请求无所不能的圣母，请她待你的孩子如亲生。"

那女人抬起头来，眼睛里闪烁着泪花，饱经风霜的脸上布满斑斑点点的泪痕。"亚历山大·佩列斯韦特……"她低声说，哭得讲不下去了。

慢慢地，他画了个十字。

周围还有许多来到教堂寻求慰藉的人，他和她一起祈祷了很长时间，直到大家都平静下来。他为基督徒而战，而且还要做善后工作。这是他的责任，他不会推辞。

瓦西娅一直待在教堂里，直到最后一个人离开。她也在祈祷，不过声音很小。当他们终于离开时，天已经快亮了。月亮落山很久了，圣三一修道院沐浴在星光中。

"你睡得着吗？"萨沙问她。

她摇摇头。他以前在战士身上见过这种表情——因精力耗尽而导致反常的清醒。他自己第一次杀人时就是这样。"我自己的房间里有一张小床给你,"他说,"如果你睡不着,那我们就向上帝祈祷,你再告诉我发生了什么事。"她点点头。

他们肩并肩穿过修道院,听着积雪在脚下呻吟。瓦西娅似乎在积蓄力量。"哥哥,我认出你时,是我这辈子最快乐的一刻,"她一边走,一边低声说,"很抱歉,之前我没能表现出来。"

"我见到你时也很高兴,小青蛙。"他回答。

她猛地停下来,好像被人打了一拳。突然,她呜呜大哭着扑向他。"萨沙,"她说,"萨沙,我好想你。"

"嘘,"他笨拙地拍她的背,"嘘。"

过了一会儿,她恢复了镇静。"你那勇敢的弟弟瓦西里可不该这样,是不是?"她一边说,一边擤鼻涕。他们又开始走路。"你为什么不再回家了?"她问。

"先别说那个,"萨沙回答,"你来这里干什么?你从哪儿弄到那匹马的?你离家出走了吗?逃婚了吗?现在说实话吧,妹妹。"

他们已经走到了他自己的小屋前。那是好几栋小茅屋中的一栋,蹲在月光里,显得很笨拙。他把门拉开,点上蜡烛。

她挺直肩膀,说:"爸爸死了。"

萨沙一动不动,手里拿着点燃的蜡烛。他曾经答应做了修士后会回家,但他从没回过家,从没有。

"我没有你这个儿子了。"他骑马走时,彼得曾怒气冲冲地说。

爸爸。

"什么时候?"萨沙问,他觉得自己的声音听起来很陌生,"怎么死的?"

"是熊杀了他。"

黑暗中,他看不清她的脸。

"进来,"萨沙对她说,"从头讲,把一切都讲给我听。"

***

当然,她讲的不是事实。她不可能实话实说。尽管瓦西娅很爱她的哥哥,也很想念他,但她并不了解这位宽肩膀、剃度过,还长着黑胡子的修士,所以她只讲出部分事实。

她给他讲金发祭司曾恐吓列斯纳亚辛里亚的人民;她告诉他严冬和火灾;她还告诉他有位求婚者过来要娶她,最后却撕毁婚约,独自骑马离开列斯纳亚辛里亚——说到这段时她还笑了笑。她说父亲后来想把她送进修道院;她告诉他保姆去世了——但没有告诉他后来发生的,还有关于一头熊的事;她说索洛维是父亲的马——尽管她看出他半信半疑。她没告诉他继母让自己在仲冬时节去找雪花莲,也没告诉他冷杉林中的那所房子。当然,她也没提起那位冷酷而反复无常,有时又很温柔的霜魔。

讲完后她沉默下来。萨沙皱着眉头。她回答了他用目光而不是言语提出的问题。"是的,如果我不跑到森林里,爸爸也不会去那里,"她低声说,"是我做的,是我的错,哥哥。"

"所以,你逃跑了?"萨沙问。他的声音——她记得之前还充满爱意的声音——很镇定,脸上的表情也很平静,因此她不知道他在想什么。"因为你害死了爸爸?"

她身体一震,低下头:"是的,就是这个原因。还有,村民们担心我是个女巫。祭司告诉他们要怕女巫,他们很听话。爸爸也不能再保护我了,所以我就逃出来了。"

萨沙没说话。她看不清他的脸,最后忍不住大声说:"看在上帝的分儿上,你说点儿什么吧!"

他叹了口气:"那你是女巫吗,瓦西娅?"

她张口结舌,心情激荡。她怎能忘记那么多条消逝的生命呢?她不再撒谎,也不再半吞半吐。

"我不知道,哥哥,"她说,"其实,我不知道女巫是什么样,但我从没打算害任何人。"

最后他说:"我觉得你做得不对,瓦西娅。女人打扮成这样真是造孽,而且你不该反抗爸爸。"

萨沙再次沉默。瓦西娅不知道他是否会想起自己当时是怎样反抗父亲的。

"但是,"他慢慢补充,"你一直很勇敢,能跑到这么远的地方来。我不是在责备你,瓦西娅,不是的。"

悲伤再次涌上喉咙,但瓦西娅把它吞了回去。

"那么,来吧,"萨沙生硬地说,"现在试着睡觉吧,瓦西娅。我们会带你去莫斯科,亲爱的奥尔加知道该拿你怎么办。"

我的奥尔加,瓦西娅想,心情一下子松快了。她就要再次见到奥尔加了。她关于温柔的双手和欢笑的最初记忆都属于她姐姐。

瓦西娅坐在哥哥对面火炉边的一张简易床上。萨沙已经生起了火,房间一点点暖和起来。突然之间,瓦西娅一心只想用毛皮外套盖住头,呼呼大睡。

但她还有最后一个问题:"爸爸爱你,他希望你能回家,你也答应我会回去的,但为什么没有?"

他没有回答。他一直在忙着生火,也许他没听到。但瓦西娅感觉他有无法说出口的遗憾,这遗憾一下子使两人间的沉默有了重量。

***

瓦西娅蒙头大睡,睡得像过冬的熊,又像患了很重的病。在她的梦中,那些强盗又都死了一回,他们有的视死如归,有的却在尖叫,内脏像黑色的珠宝散落在雪地里。那个穿黑斗篷的人镇定地袖手旁观,仿佛看透一切,在每个死者身上烙下属于他的印记。

但这次,一个可怕而熟悉的声音也在她耳边响起:"看看他吧,可怜的严冬之王,他在努力维持秩序。但战场是我的地盘,他只是来捡我的残羹剩饭的。"

瓦西娅猛地转过身,发现那只独眼熊在她肩膀上方懒洋洋地微笑。"你好,"他说,"我的杰作怎么样?"

"不要,"她喘着气,"不要。"

她逃走了,疯狂地冲过雪地,凭空被绊倒,掉进无尽的白色陷阱。她不知道自己是不是在尖叫。"瓦西娅。"一个声音说。

一只手臂搂住她免得她跌倒。她认出了那只手指纤长的手。她想:他现在来找我了,轮到我了。于是她开始拼命挣扎。

"瓦西娅,"他在她耳边说,"瓦西娅。"那声音中有残酷之意,就像冬天的风和古老的月光一样,声调粗暴而温柔。

不,她想,不,你这个贪婪的东西,别对我这么好。虽然她这么想,但所有的斗志都消失了。她不知道自己是醒着还是在做梦,便把脸贴在他的肩膀上,号啕大哭。

在她的梦中,那只手臂迟疑地搂住她,手放在她头上。她开始哭泣,眼泪划开记忆中那些化脓的伤口。最后她渐渐停止哭泣,抬起头来。

他们一起站在一块洒满月光的林间空地上，周围的树都已入睡。没有熊，熊被封印在很远的地方。她是在做梦吗？摩罗兹科是夜晚的一部分。他赤着脚，与这环境很不协调，他浅蓝色的眼睛看上去很困惑。此时此刻，有钟声、圣像和季节变换的那个鲜活世界似乎是个梦，而霜魔才是唯一真实的东西。

"我是在做梦吗？"她问。

"是的。"他说。

"你真的在这里吗？"

他什么也没说。

"今天……今天我看见……"她结结巴巴地说，"还有你……"

他叹口气，惊动了林中的树木："我知道你看见了什么。"他说。

她的双手握紧，又松开："你当时也在那儿吗？还是说你去那里，只是为了死者？"

他又没说话。她向后退去。

"他们要带我去莫斯科。"她说。

"你愿意去莫斯科吗？"

她点点头："我想去见姐姐。我想跟我哥哥多待一段时间。我不能永远女扮男装，但我也不想在莫斯科过女人的日子。他们会给我找个丈夫的。"

他沉默了一会儿，眼神黯淡："莫斯科到处是教堂，许多教堂。我不能——精灵们的力量在莫斯科会被削弱。"

她后退，双臂交叉抱在胸前："那又怎么样？我不会永远待在那里的。我并不是在向你求助。"

"是的,"他表示赞同,"你没有。"

"那晚在云杉树下……"她说不下去了。周围的雪像雾气一样浮动。

摩罗兹科似乎在努力振作起来,接着他笑了。那是严冬之王的微笑,苍老、美丽而又神秘。他脸上再没有别的表情。"好吧,一时冲动,"他问,"你想问我什么,还是说你怕了?"

"我不怕。"瓦西娅被激怒了。

这是真话,也是谎言。温暖的蓝宝石躺在她衣服下面,正在发光,但她看不见。"我不怕。"她重复说。

他凉凉的呼吸从她面颊上拂过,壮起了她的胆子,使她敢于把手伸进他的斗篷里,把他拉近些——反正这是在梦里。

他又吃了一惊,呼吸哽在喉咙里。他抓住她的手,但没有掰开她的手指。

"你来这里做什么?"她问他。

有那么一会儿,她以为他是不会回答的,但接着,他好像很勉强地说:"我听到你在喊。"

"我……你……你不能这样来找我,接着又离开,"她说,"救我的命?让我和三个孩子在黑暗中跌跌撞撞地走?再救我一次?你想要什么?别吻我,离开……我不……"她一时找不出话来表达,但她的手指深深抠进他长袍上闪闪发光的毛皮里,替她表达出难以启齿的情感。"你可以长生不老,也许在你看来,我是渺小的,"她终于恶狠狠地说,"但我的生命不是你能随意玩弄的。"

作为回应,他紧捏住她的手,几乎把它们捏碎。他依次掰开她的手指。他明亮的眼睛盯着她的眼睛,使它们也燃烧起来。

风再次吹动古老的森林。"你是对的。没有下回了，"他简单地说，听起来像是又一次许诺，"别了。"

不，她想，这样不对。

但他已经走了。

第十二章

勇者瓦西里

钟声响了，瓦西娅猛地睁开眼睛，但还没有完全从梦中清醒过来。沉重的被子压得她喘不过气。瓦西娅嗖地站起来，活像只落到陷阱里的小动物。清晨的寒冷激得她完全回过神来。

她戴着帽子和兜帽走出萨沙的小屋，渴望能洗个澡。人们在四周忙个不停，男男女女跑来跑去、喊叫、争吵、打包行李。危险已经过去，农民正要回家，小鸡被关进笼子里，牛被人们挥着棒子赶走，不听话的孩子挨耳光，火堆都被压熄了。

好吧，他们当然应该回家。一切都安定下来了，强盗们的老窝被抄了，人也都被杀掉了，不是吗？瓦西娅甩甩头，不再去想失踪的强盗头儿。

她正在想是去吃早饭呢，还是找个地方解手，脸色苍白的卡佳就跑了过来，跑得头巾都歪了。

"慢点儿，"瓦西娅抓住对方，免得她把自己撞倒在雪地里，

"一大早别到处乱跑,亲爱的卡佳。你是见到巨人了吗?"

卡佳激动得满脸通红,不停地流鼻涕。"原谅我,我是来找您的,"她喘着气说,"求您……大人……瓦西里·彼得罗维奇。"

"什么事?"瓦西娅马上警惕起来,"出什么事了?"

卡佳摇摇头,终于能把话说顺了:"一个男人……伊戈尔……米哈伊洛维奇……让我嫁给他。"

瓦西娅上下打量着卡佳。女孩看上去与其说是害怕,不如说是困惑。

"他是这么说的吗?"瓦西娅谨慎地问道,"伊戈尔·米哈伊洛维奇是谁?"

"他是个铁匠,有个铁匠铺,"卡佳结结巴巴地说,"他和他妈妈……他们对我和女孩们都很好……今天他说他爱我,而且……啊!"她用手捂住脸。

"那么,"瓦西娅问道,"你想嫁给他吗?"

无论卡佳之前指望波雅尔少爷瓦西里·彼得罗维奇说什么,显然都不会是这个温和且明智的问题。那女孩张开嘴,好像一条掉在地上的鱼。她低声说:"我喜欢他,或者说我之前喜欢他。但今天早上他问我,我不知道该怎样回答……"她看上去快掉眼泪了。

瓦西娅皱眉。卡佳看见了,把眼泪憋回去,虚弱地把话讲完:"我……我会与他订婚的。我想。晚些时候,春天吧。但我想回家去找妈妈,先请她同意婚事,再准备婚礼。我答应过要把安茹什卡和勒诺什卡送回家。但我不能自己一个人送她们回家,所以我不知道该怎么办……"

瓦西娅懊恼地发现自己见不得卡佳的眼泪,就像见不得自己妹妹的眼泪一样。瓦西里·彼得罗维奇会怎么做？"如果时机合适，我会帮你跟那小伙子谈谈，"瓦西娅温和地说，"之后我会送你回家。"她想了一下，"我和我哥哥，那位神圣的修士都会帮你。"瓦西娅诚挚地希望萨沙这个纯洁的化身足以打消卡佳母亲的疑虑。

卡佳再次停下来："你会吗？只要……你会？"

"我保证。"瓦西娅斩钉截铁地说，"现在我要去吃早饭了。"

***

瓦西娅发现一处隐蔽的厕所，于是以快得吓人的速度解了个手，之后她大步走进食堂，下意识地表现出自信的样子。狭长低矮的房间里很安静，季米特里和卡西扬正把面包蘸在热气腾腾的汤里吃。瓦西娅闻见那味道，吞了口口水。

"瓦西娅！"季米特里看见她，激情四射地吼道，"来，坐，吃。我们一会儿还要做法事，为我们的胜利感谢上帝，然后——回莫斯科喽！"

"早上你听到农民们怎么说吗？"她接过碗时卡西扬问道，"他们现在叫你'勇者瓦西里'，说是你把他们从魔鬼手里救出来的。"

瓦西娅差点儿被汤呛到。

季米特里哈哈大笑，在她肩胛骨之间擂了一拳。"这是你应得的！"他喊，"奔袭强盗窝，还骑着马战斗。但我还是觉得你该学会舞矛，瓦西娅。很快，你就会成为你哥哥那样伟大的传奇人物。"

"愿上帝与你们同在。"萨沙说。他像真正的修士那样把双手抄在袖筒里走进来时，正巧听到这句话。他起得很早，去跟修士们一起祈祷了。现在他严肃地说："我可不喜欢什么'勇者瓦西里'。他年纪还小，受不起这样的称呼。"虽然嘴上这么说，但他灰色的双眼闪着光。瓦西娅惊讶地看着哥哥,她突然想到:虽说他不情愿,但也很享受他们冒险欺骗带来的乐趣。她惊讶地意识到自己也是如此。在这些大人物之间,她冒险说出的每一个字都化作奔流在她血管里的醇酒,又仿佛炎热国度里的一眼甘泉。也许,她想,这就是萨沙离开家的原因。不是为了上帝,也不是为了伤爸爸的心,而是因为他想体验那些躲在道路转角处的惊喜。那是他待在列斯纳亚辛里亚时完全感受不到的。

她又咽下一口汤,说:"我必须送那三个乡下小姑娘回她们的村庄,再去莫斯科。我答应她们了。"

季米特里哼了一声,开始畅饮啤酒:"为什么?今天会有不少人回家,那些小姑娘可以跟他们一起走。你不必给自己找这种麻烦。"

瓦西娅什么也没说。

季米特里突然咧嘴笑了,打量着她的脸:"不行吗?你那副下定决心又故作礼貌的样子看上去跟你哥哥一样。你是看上那个大一点儿的姑娘了吗?她叫什么?别在那儿装正经人了,萨沙。你开始撩拨村姑时是多大年纪?好吧,我欠你一份人情,瓦西娅。就让你在漂亮小姑娘面前扮英雄吧。这简直太容易了,反正我们不用绕太远的路。吃饭吧,我们明天上路。"

***

离开圣三一修道院的前夜,亚历山大兄弟敲响了导师的房门。"请进。"谢尔盖说。

萨沙进门,发现老修道院长正坐在炉边盯着炉膛里的火焰,身旁放着个杯子(显然没被碰过)和一块面包(被老鼠咬掉了一点儿)。

"上帝保佑。"萨沙说,正好踩到一只从小床下探出头来看的老鼠的尾巴。他把那小东西拎起来，扭断它的脖子，扔到外面的雪地上。

"愿上帝保佑你。"谢尔盖微笑着说。

萨沙穿过房间，跪在修道院长脚下。

"我父亲去世了。"他直截了当地说，没有任何客套话。

谢尔盖叹口气。"愿上帝赐他安息，"他画了个十字，"我还以为是什么事让你妹妹跑进荒原里来呢。"

萨沙什么也没说。

"讲讲吧，我的孩子。"谢尔盖说。

萨沙慢慢复述瓦西娅给他讲的故事，这期间双眼一直盯着火。

他讲完后，谢尔盖皱起眉。"我老啦，"谢尔盖说，"也许脑袋有点儿不够用，但是——"

"一切都那么古怪，"萨沙简短地总结，"我从她嘴里问不出别的，但彼得·弗拉基米罗维奇永远不会——"

谢尔盖靠回椅背："叫他父亲，我的孩子。上帝不会计较这个，我也不会。彼得是个好人。我从来没有见过谁会像他那样伤心欲绝地舍不得自己的儿子走。可自从第一次失口以来，他就再没有对我说过半句难听话。而且在我看来，他可不是个傻瓜。你打算拿你这个妹妹怎么办？"

萨沙坐在导师脚边，像个孩子似的用胳膊搂着膝盖。火光从他脸上抹去几处战斗、长途旅行和长期独自祈祷留下的痕迹。萨沙叹了口气，说："带她去莫斯科，还能怎样？我妹妹奥尔加会悄悄带她进内宫，瓦西里·彼得罗维奇会消失。也许这一路上，瓦西娅能跟我说实话。"

"如果季米特里发现真相会不高兴的，"谢尔盖说，"如果你——如果瓦西娅拒绝躲起来呢？"

萨沙迅速抬起头，眉间出现条细线。窗外一片寂静，只有一位修士独自吟唱单声圣歌。村民们都已经离开，只留下三个打算第二天和季米特里的骑兵队一起走的小姑娘。

"她和你真是亲兄妹，一家人，"谢尔盖继续说，"我第一眼看到她时就知道。如果换成是你，你会愿意在驰骋荒原、杀贼救人后悄悄躲进内宫吗？"

谢尔盖描绘的这幅场景把萨沙逗得哈哈大笑。"可她是个姑娘家，"他说，"这不一样。"

谢尔盖挑起一条眉毛："我们都是上帝的子民。"他温和地说。

萨沙皱眉，没有说话，而是换了个话题："您怎么看瓦西娅讲的故事？她看到了那个强盗头儿，但我们一点儿线索也没找到。"

"好吧，此人要么死了，要么还活着。"谢尔盖务实地指出，"如果他死了，上帝会让他安息；如果他没死，我想我们终究会发现。"修士声调平稳，但双眼在火光中闪闪发亮。虽然修道院位置偏僻，谢尔盖却称得上消息灵通。神圣的阿列克谢在去世前曾想让谢尔盖接替自己，继任莫斯科都主教之位。"如果我们离开后，有关于强盗头儿的消息，我求您派罗季翁去莫斯科，"萨沙不情愿地说，"还有……"

谢尔盖咧开嘴笑了。他只剩下四颗牙齿。"还有，现在你很想知道这位红头发的领主到底是谁，对不对？年轻的季米特里现在正向他伸出友谊之手。"他说。

"正如您所说，巴图席卡。"萨沙用双手撑着坐回去，但受伤的前臂使他痛哼一声，"我走过罗斯全境，但从没听说过卡西扬·鲁托维奇此人。他突然从森林里冒出来，穿着华丽的衣服，骑着了不起的战马，简直不像是真实世界中的人。"

"我也这么想，"谢尔盖苦苦思索，"我觉得其中肯定有什么原因。"

他们心照不宣地互看一眼。

"我会到处打听，"谢尔盖说，"如果有消息，我会派罗季翁告诉你。但同时你要保持警惕。无论从哪里来，卡西扬都是个很会动脑子的人。"

"爱动脑的人也不一定就会作恶。"萨沙说。

"可能吧。"谢尔盖不再多说，"无论怎样，我会保持警惕。愿主与你同在，我的孩子。照顾好你妹妹，还有你那个老是被热血冲昏头脑的表弟。"

萨沙揶揄地看了谢尔盖一眼："我会尽全力。在某些方面，他们真是像得很。也许我该发誓避开红尘，隐居在这里，成为荒野里的圣人。"

"你当然应该这样做。这个选择肯定最能取悦我主，"谢尔盖尖刻地说，"如果我觉得自己能说服你的话，也会求你这么做的。你现在去吧。我累了。"

萨沙亲了亲导师的手，走了。

第十三章

遵守诺言的女孩

一行人花了两天时间到达了小姑娘们所住的村子。瓦西娅让索洛维驮着三个孩子。有时她和她们一起骑马,但更多时候她都在牡马旁边步行,或骑季米特里手下的马。他们扎营时,瓦西娅告诉小姑娘们:"别跑到我视线之外,待在我或我哥哥附近,"她停了停,"或索洛维身边。"自从那次战斗以后,牡马更加凶猛,就像见过血的年轻战士。

第一晚他们围着火堆吃饭时,瓦西娅抬起头,看见卡佳坐在对面的一根圆木上,哭得稀里哗啦。

瓦西娅吓了一跳。"出什么事了?"她问,"你是想妈妈了吗?过几天我们就能见到她啦,亲爱的卡佳。"

不远处的火堆边,男人们用胳膊肘互相顶来顶去;她哥哥看上去面色严峻,意味着他很烦恼。

"不,我听到那些男人开玩笑了,"卡佳小声说,"他们说你要爬上我的床——"她的喉咙哽住了，但又重新振作起来，"他们说那是你救了我们的命，又送我们回家的代价。我……我理解，但对不起，大人，我吓坏了。"

瓦西娅张大嘴听着，但随后意识到这一点，于是闭上嘴吞下炖菜，说："圣母呀。"男人们大笑起来。

卡佳低下头，把膝盖并在一起。

瓦西娅绕过火堆，坐在她身边，背对着火边的男人们。"来吧，"她低声说，"你之前一直很勇敢，现在连这点儿刺激都受不了吗？我不是向你保证过要保护你平安吗？"她停了停，不知是哪个小恶魔驱使她补上一句，"毕竟，我们可不是战利品。"

卡佳抬起头。"我们？"卡佳吸了一口气，垂下眼睛去看瓦西娅的身体——她被裹在毛皮衣服里，看不出体形。最后卡佳探询地去看瓦西娅的脸。

瓦西娅微微一笑，把一根手指放在嘴唇上说："来吧，我们该睡觉了，孩子们都困了。"

她们最后安心入睡，四人挤在一起，蜷缩在瓦西娅的斗篷和铺盖下。两个小姑娘挤在两个大姑娘中间，不断扭来扭去。

***

第三天，也就是最后一天，四个人一起骑在索洛维背上，就像她们之前从强盗头儿的剑下逃出来时一样。瓦西娅把安茹什卡和勒诺什卡搂在身前，卡佳则坐在她后面，搂着她的腰。

她们离村子越来越近，卡佳低声问："您的真名是什么？"

瓦西娅的身子僵硬，索洛维敏感地昂起头，把小姑娘们吓得尖叫起来。

"求您了。"卡佳固执地追问,马停下脚步,"我没有恶意,只是不想在祈祷时说错您的名字。"

瓦西娅叹了口气。"确实是'瓦西娅'没错,"她说,"是'瓦西丽莎·彼得罗芙娜'。但这是个大秘密。"

卡佳什么也没说。其他人走在她们前方不远处。当一片树木暂时挡住他们的视线时,瓦西娅单手伸进鞍囊取出一把银币,悄悄塞进姑娘的袖筒。

卡佳低声说:"您是……在贿赂我,让我保密吗?我可欠您一条命呢。"

"我——不是,"瓦西娅吓了一跳,"不。别那样看着我。这是你的嫁妆,还有这两个小家伙的。留着它以防万一。你可以买些漂亮的布,再买头牛。"

有好一会儿,卡佳什么也没说。直到瓦西娅转过身轻夹马肚,叫索洛维赶上其他人时,卡佳才低声在她耳边说:"我会留着它们的,瓦西丽莎·彼得罗芙娜,我也会为您保守秘密。我永远爱您。"

瓦西娅紧紧握住这女孩的手。

他们穿过最后一片森林,女孩们所住的村庄就在他们眼前。屋顶反射着晚冬的阳光。村民们已经开始清理废墟。炊烟从未被损坏的烟囱中升起,那种极度凄凉压抑的感觉消失了。

听到渐近的马蹄声,有个女人惊叫着跳起来,接着是另一个,又一个。尖叫声撕破清晨,卡佳紧紧搂住瓦西娅。有人在喊:"不是——嘘——看那些马。他们不是强盗。"

人们从屋子里冲出来聚在一起,直勾勾地盯着他们。"瓦西里!"季米特里喊道,"来,到我身边来,小子。"

瓦西娅本来让索洛维走在马队末尾,但现在她发现自己在微笑。"抓紧。"她告诉卡佳,同时把孩子们搂得更紧些,再夹一下马肚。索洛维欢天喜地地加快脚步飞奔起来。

于是,瓦西丽莎·彼得罗芙娜和莫斯科大公并辔跑完了到卡佳村子的最后一段路。骑手们接近时,喊声越来越大。有个女人突然从人群里冲出来,大喊:"安茹什卡!"马匹跃过被清理了一半的残余栅栏,人们围了上来。

两个小姑娘被送下马,递到那个哭泣的女人怀里,索洛维全程一动不动地站着。

如雨般的祝福话语落在骑手们头上,还有尖叫、祈祷和"季米特里·伊凡诺维奇!"以及"亚历山大·佩列斯韦特!"的叫喊。

"勇者瓦西里,"卡佳告诉村民们,"他救了我们。"

村民们又开始大叫瓦西里的名字。瓦西娅瞪了女孩一眼,后者微微笑着,随即身体僵住不动。一个孤零零的女人站在人群之外,站在伊斯巴的阴影下,几乎看不清楚。

"妈妈。"卡佳喘着气,那声音意外地使瓦西娅心头剧痛。接着,卡佳滑下马背跑过去。

那女人张开双臂紧紧搂住女儿。瓦西娅没去看这使她伤情的一幕,而是转身去看那伊斯巴的门。门里站着小小的、结实的多毛沃伊,眼睛如快燃尽的煤块,手指如小树细枝,被煤烟熏黑的脸上露出笑容。

这不过是惊鸿一瞥。人群拥过来,多毛沃伊就消失了。但瓦西娅认定自己看到一只小手举了起来,向她致敬。

第十四章

两河之间的城市

"好啦。"季米特里开心地说,"你已经扮过英雄了,瓦西里,这也好。但现在不能再娇惯孩子了,我们必须快马加鞭。"他停顿了一下,"我想你的马也会赞同我的话。"这时他们已经走进森林,走在平整的雪地上,再看不见卡佳的村子。

索洛维开心地弓背跃起。下了一周雪后,明亮的阳光使他很高兴,同时背上一下少了三个人的感觉也很棒。

"他肯定赞同。"瓦西娅气喘吁吁,"真是疯了,"她恼怒地对马加了一句,"你能好好走路吗?"

索洛维摆出一副不跟她计较的样子,不停跳跃,还踢着腿,直到瓦西娅身体前倾,瞪着他那固执的眼睛:"看在上帝的分儿上。"季米特里大笑起来。

那天他们打马飞奔直到天黑。时间流逝,但行军速度只增不减。天黑时他们吃面包,黎明的第一缕阳光冒头时就上路,直到阴影再次吞没树林。他们沿着伐木工人踩出的路走，必要时就自己开路。雪地表面是层硬壳，下面则是厚厚的雪粉，马走起来很困难。一个星期后，所有的马中只有索洛维仍然眼睛明亮，脚步轻快。

到达莫斯科的前一晚，夜幕降临时，他们正好走到莫斯科河岸边的树林里。季米特里停下来，低头望着宽阔的河面。正值月亏，乌云遮住了星星。"最好在这儿扎营。"大公说，"这样明天就可以骑得轻松些，我们能在上午十点左右到家。"他从马上滑下来。虽然在这段漫长的日子里他瘦了一些，但行动仍然很轻松。"今晚蜜酒管够，"他提高声音补充说，"也许我们的战斗修士会为我们抓到兔子打牙祭。"

瓦西娅和其他人一起下了马，她把索洛维胡须上的冰弄掉。"明天就到莫斯科了。"她对他低声说，心怦怦直跳，双手冰凉，"明天！"

索洛维弓起脖子，泰然自若地用鼻子顶她："你还有面包吗，瓦西娅？"

她叹了口气，卸下鞍子，从头到脚为他按摩肌肉，喂他吃面包皮，放他去雪地里用鼻子到处拱草吃。有木柴要砍，有雪要清理，有火要生，还有一条壕沟要挖，好让大家睡在里面。现在男人们都叫她瓦西娅，一边工作一边取笑她。她惊讶地发现自己如今也能像男人们一样讲些粗鲁的笑话，而且不比他们讲得差。

萨沙回来时手里拎着三只死兔子，肩上搭着张松了弦的弓。男人们爆发出一阵欢呼，为他祝福，把肉放在火上炖。营火熊熊燃烧，人们互相传递装蜜酒的皮囊，等着吃晚饭。

瓦西娅正在挖自己睡觉的壕沟时，萨沙走到她面前。"你一切都好吗？"他问她，有点儿不自在，因为他还不知道该用什么口气跟自己的前妹妹、现弟弟讲话。

瓦西娅调皮地朝他咧嘴一笑。他虽然很困惑，但还是决心努力在路上护着她。这一做法减轻了她内心的痛苦和孤独。"我还是喜欢睡在火炉上，吃别人做的炖菜，"她说，"但我很好，哥哥。"

"好。"萨沙说。那些男人常开玩笑，因此他的严肃表情在其中显得很不协调。他递给她一个染血的小包，她打开它，发现里面是三只兔子的肝脏，上面的血已经发黑了。

"上帝保佑你。"瓦西娅先做好心理准备，才咬下第一口。那种又甜又咸、近似钢铁味道的生命之味在她的舌头上炸开。索洛维在她背后嘶鸣，因为他不喜欢血腥味。瓦西娅没理他。

她正吃着的时候，她哥哥就溜走了。瓦西娅舔着手指目送他离开，想着如何才能使他脸上的担忧神色消失。

她不再挖沟，而是坐在火堆边的一段圆木上，双手托着下巴看着萨沙带着高深莫测的表情为大家祝福，为他们的肉祝福，又坐在火堆另一边喝下蜜酒。祝福完毕后，萨沙就不再讲话，甚至季米特里也开始评论，说亚历山大兄弟离开圣三一修道院后总是沉默寡言。

当然了，他现在烦得很呢，瓦西娅想，因为我打扮成男孩子，而且还跟强盗战斗，还有，他跟大公撒了谎。但我们没有选择，哥哥。

"你哥哥真是位英雄。"卡西扬的话打断了她的思绪。他在瓦西娅身边坐下，递给她一个酒囊。

"是的，"瓦西娅回答，有些尖刻，"是的，他当然是英雄。"卡西扬的声调似乎带着一丝嘲讽。她没接那酒囊。

卡西扬抓过她戴手套的手，把酒囊拍在她手中。"喝吧，"他说，"我无意侮辱他。"

瓦西娅犹豫了一下，喝了一口。她还不知道该怎样回应这个男人莫测的双眼和突然爆发出的大笑。上路一周后,他的脸也许苍白了一点儿,但这使他的脸庞更加生动。尽管她从来就不是那种爱害羞傻笑的女孩子,但她偶尔同他对视时还是忍不住脸红。她有时会想,如果知道我是个女孩子,他会有什么反应呢?

别想这个了,他永远也不会知道。

他们继续沉默,但他没有走开的意思。为打破沉默,瓦西娅问:"您之前去过莫斯科吗,卡西扬·鲁托维奇?"

他撇撇嘴。"新年过后不久,我就去了莫斯科,去向大公求助。之前也去过一次,不过是很久之前的事了。"他的声音中有一丝无聊,"也许每个年轻的傻瓜都会去大城市,并实现心中的梦想。我再也没去过,直到这个冬天。"

"那么,您心中的梦想是什么呢,卡西扬·鲁托维奇?"瓦西娅问。

他善意而轻蔑地看她一眼:"你怎么一副我奶奶的口气?你是在炫耀自己的青春年少吗,瓦西里·彼得罗维奇?你以为我的梦想是什么?我爱过一个人。"

火堆对面,萨沙转过头来。

季米特里之前一直在讲笑话,同时盯着炖菜,活像守在鼠洞边的猫咪——分到的食物远远满足不了他的食欲。他无意中听到他们的谈话,先开了口。"是吗,卡西扬·鲁托维奇?"他饶有兴致地问,"是个莫斯科女人吗?"

"不,"卡西扬说,转向正在倾听的同伴,声音柔和,"她从很远的地方来,非常美丽。"

瓦西娅咬住下唇。卡西扬通常独来独往,沉默寡言,只是有时和季米特里并肩骑马，友善地互相传递酒囊。但现在大家都竖起耳朵听他讲话。

"她怎么样了？"季米特里问，"来吧，让我们听听你的故事。"

"我爱她，"卡西扬谨慎地挑选词汇，"她也爱我。但就在我要带她回巴什尼亚科斯德结婚的那天，她消失了。我再也没见过她。"他停顿了一下，"她现在死了，"他又急急补充，"整个故事就这样结束了。再给我来点儿炖菜，瓦西里·彼得罗维奇，不然那些吃货就要把肉都吃光了。"

瓦西娅起身去给他盛菜，她对卡西扬的表情很是好奇。谈起逝去的爱人时，他露出怀旧的温柔神色，但有那么一瞬——就在他讲完时，他不知为何露出狂暴的神情，使她的血液都快凝固了。她走开，去跟索洛维一起喝汤，决定不再去想卡西扬·鲁托维奇。

***

天气仍然冷得要命，黑霜冻仍然肆虐，乞丐仍不断死去，但季米特里·伊凡诺维奇得胜归来骑马入城的那天，多日不化的坚硬积雪有了融化的迹象。他的两个表弟——修士亚历山大·佩列斯韦特和小伙子瓦西里·彼得罗维奇走在他身边，此外还有卡西扬及其手下。因季米特里一再要求，后者暂时没有回乡。

"来吧，哥们儿，去莫斯科和我们一起过谢肉节[①]吧，你们将是

[①] 谢肉节最初是异教徒庆祝冬天结束的节日，但最终被纳入东正教日历，成为大斋节（大致相当于西方的狂欢节）开始前的盛大节日。家里所有的动物制品都会在节前吃完。节日期间，人们用最后剩下的黄油和油烤圆蛋糕（象征新生的太阳）。现代社会中，谢肉节庆祝将持续一周。本书中的节日庆祝持续了三天。谢肉节的最后一天叫作"宽恕日"。按传统，如果你在那天去找曾被你伤害过的人请求原谅，那个人必须答应。

我的贵客,"季米特里说,"莫斯科的姑娘比你们古老骷髅塔里的要可爱得多。"

"那是肯定的,"卡西扬挖苦地说,"但我觉得你是想敲定我的纳税额,大人。"

季米特里龇着牙。"那也是一方面原因。"他说,"我做得不对吗?"

卡西扬只是大笑。

那天早晨,他们冒着飘洒的细雪,骑马沿着莫斯科河广阔而倾斜的河岸向莫斯科进发。那座城市仿佛戴在黑暗山尖上的一顶白色王冠。风卷着雪花飘过,好像重重幕布,使人看不清她。她苍白的墙壁散发着石灰的味道,高高的塔楼似乎要刺破苍穹。萨沙一看到这情景,心就怦怦跳动。

瓦西娅骑马走在他旁边,眉毛上积着雪花。别人看到她脸上的微笑,也会不由自主地高兴起来。"今天,亲爱的萨沙,"当第一簇塔楼出现在眼前时,她说,"我们今天就会见到奥尔加啦。"索洛维也感受到骑手的情绪,几乎要跳起舞来。

瓦西娅现在已经能相当自如地扮演瓦西里·彼得罗维奇这个角色了。如果她骑着索洛维表演马术,他们会为她喝彩;如果她拿起一支长矛,季米特里会嘲笑她的笨拙,并答应要教她;她提问,就会得到答案。虽然还有所顾虑,但她的脸上已流露出开心的神色。萨沙觉得这是自己的谎言造成的后果,但他不知道该怎么办。

季米特里很看重她,他已经答应要送她宝剑长弓,还有华丽的衣饰。"我会让你在宫里有一席之地,"季米特里说,"等你再长大些,可以加入我的队伍,手下也会有一批人。"

瓦西娅当时点头同意,高兴得脸通红;旁观的萨沙却在咬牙切齿。希望上帝能告诉亲爱的奥尔加该怎么做,他想,因为我束手无策了。

***

他们走进大门的阴影下,瓦西娅屏住呼吸。莫斯科的那带铁箍的橡木城门拔地而起,有五个她那么高。城头门前都有守卫,更奇妙的是城墙本身。在那片遍布森林的土地上,季米特里倾其父亲之国库及其人民之血汗,为莫斯科建造了石墙。城墙根周围的焦痕是他有先见之明的最好证据。

"看到了吗?"季米特里指着其中一个地方说,"三年前,阿尔吉达斯人和利陶夫斯基人包围了这座城市,当时我们差点儿就顶不住了。"

"他们还会再来吗?"瓦西娅盯着烧焦的地方问。

大公笑了:"如果他们聪明些就不会。因为我娶了下诺夫哥罗德①大公的长女——她是只下不出蛋的鸡。阿尔吉达斯人要是敢于同时挑战我和她父亲的话,那就太傻了。"

大门呻吟着打开,城墙后的建筑物遮天蔽日,比瓦西娅听说过的任何东西都要大。一时间她有逃跑的冲动。

"勇敢点儿,乡下小子。"卡西扬说。

瓦西娅感激地看他一眼,催促索洛维往前走。

马儿顺从地向前走,但还是用一只耳朵表示自己很不高兴。他们穿过大门——苍白的拱门,如果有人在门洞里喊,会听到回声。

---

① 下诺夫哥罗德是俄罗斯的一个城市。——译者注

"是大公！"

有人喊道，随后喊声此起彼伏，响彻莫斯科的大街小巷。"莫斯科大公！上帝保佑您，季米特里·伊凡诺维奇！"甚至还有人喊，"保佑我们吧！战斗修士！光明的勇士！亚历山大兄弟！亚历山大·佩列斯韦特！"

喊声如水波一样一圈圈向外扩散，往复来去，破碎又聚合，像暴风雨中急急旋转的树叶。人们沿着街道跑来，克里姆林的大门处聚起一大群人。季米特里骑马进门，虽然风尘仆仆，但样子仍高贵威严。萨沙弯下腰把手伸给下面的民众，同时在他们头上画着十字。一位老妇人热泪盈眶，一个少女举起颤抖的双手……

喊叫声中瓦西娅听到有人在谈论："看那匹枣红马。你见过这么好的马吗？"

"而且没戴马勒。"

"还有，骑在他背上的人不过是个男孩。一片羽毛，却骑在这样一匹马上。"

"他是谁？"

"他到底是谁？"

"勇者瓦西里。"卡西扬半开玩笑地插嘴。

人们重复这个称呼："勇者瓦西里！"

瓦西娅对着卡西扬眯起眼睛。他耸耸肩，在胡子下面偷笑。让她感激的是，突然吹过一阵凉风，使她有借口把兜帽和帽子压得更低，盖住面孔。

"我才发现你是个英雄，萨沙。"她说。这时她哥哥骑马上前，走在她身边。

"我是个修士。"他答道,双眼明亮。图曼轻松地走着,同时弓起脖子。

"修士怎么会得到那种称号,'光明使者亚历山大'?"

他看上去很不舒服:"如果可能,我会阻止他们这样叫我。它听起来不像个基督徒。"

"你是怎么得到这个称号的?"

"迷信。"他回答得很简洁。

瓦西娅张开嘴想多探些话,但就在这时,一群裹得严严实实的孩子蹦跳着跑过来,差点儿撞到索洛维的蹄下。牡马跳了一下,用后腿站立起来才勉强停下,尽量不踩伤其中任何一个孩子。

"小心!"她对他们说,"没事了,"她又用抚慰的口吻对马说,"我们很快就穿过人群了。听我说,听我说,听着——"

马勉强镇定下来,因为至少他现在把四只蹄子都踩在地上。"我不喜欢这里。"他告诉她。

"你会喜欢的,"她说,"很快。奥尔加的丈夫会在马厩里为你准备上好的燕麦,我也会给你带蜂蜜面包来。"

索洛维转动耳朵,看上去并没被她说服:"我闻不到天空的味道了。"

瓦西娅对此无话可答。他们刚刚经过莫斯科城边的小屋、铁匠铺、货栈和商店,现在已经接近城市中心。这里有升天大教堂、天使长修道院和亲王们的宫殿。

瓦西娅抬头凝视,塔楼反射的阳光在她眼中闪亮。莫斯科所有的钟同时鸣响,那声音震得她的牙齿咯咯作响。索洛维跺着脚,全身发抖。

她把手放在马脖子上,叫他安静下来。但她没对他说什么,因为她已经欢喜得呆了，因为她突然之间就明白人类的手能做出多大、多美的东西。

"大公回来了！是大公！"喊声越来越大，"亚历山大·佩列斯韦特！"

街市上人头攒动，色彩鲜明。这里立着个架子，上面搭着布料；那里有个巨大的烤炉，在泥泞的雪堆中冒烟。到处都是新鲜的气味：香料和甜食的味道，还有锻铁炉的刺鼻烟味。十个男人正在建一处雪滑道，笑闹着把石块举起又扔下。高大的马匹、油漆过的雪橇和热情拥挤的人群为大公的骑兵队让出路来。骑士们穿过贵族宅第的木门，门后是绵延的宫殿、塔楼和步道，门上杂乱地涂着油漆，颜色在连年的雨水冲刷下糊成一片。

骑手们在最大的那扇门前停下来。它轰然洞开，他们进入巨大的院子。里面的人群更加拥挤：有仆人、马夫和大喊大叫的跟班，还有波雅尔。后者全是穿着彩色土耳其式长衫的大块头，满面笑容，但眼里并不是都含着笑意。季米特里喊叫着向他们问好。

人们聚集过来，越来越近。

索洛维野蛮地翻起眼睛，突然踢出前蹄。

"索洛维，"瓦西娅对马喊道，"别紧张，别紧张。你会踢死人的。"

"后退！"那是卡西扬，他也在紧紧勒住自己的阉马，"后退，你们都傻了吗？那是匹儿马①，你觉得他不会把你的脑袋踢掉吗？"

---

① 儿马指未受过训练的年轻牡马。——译者注

瓦西娅感激地看着他,同时继续同索洛维较劲。萨沙出现在她的另一边,图曼用蛮力把人群挤开。

人们诅咒着,给他们闪出一块地方。瓦西娅发现周围都是好奇的眼睛,但至少索洛维安定下来了。

"谢谢。"她对两人说。

"我只是在为马夫们担心,瓦西娅,"卡西扬轻快地说,"难道你想让你的马多踢碎几个脑壳吗?"

"我可不想。"她说,一瞬间,语气里的温暖烟消云散。

他一定看到她的脸色变了。"不,"他说,"我不是有意——"

她下马,站在那些正探究地看着自己的人群之间。索洛维已经平静下来,但耳朵仍然迅速地前后摆动。

瓦西娅搔着他下巴下面那块柔软的地方,喃喃道:"我必须待在这里……我想见我姐姐,但你……我可以放你走,让你回到森林里,你不需要……"

"如果你在这儿,那我也留下。"虽然身体仍在颤抖,但索洛维打断她,用尾巴扫着侧腹。

季米特里把缰绳扔给马夫,跳到地上。他的马同他本人一样,泰然自若地站在人群中。有人往他手里塞了一只杯子,他喝干杯里的东西,向瓦西娅挤过来。"比我预想的要好,"他说,"我还以为一进第二道门你就会控制不住他。"

"您以为索洛维会被惊到脱缰?"瓦西娅愤愤地问。

"我当然会这么想啦,"季米特里说,"一匹儿马,没戴笼头,又和你一样不习惯周围挤着这么多人。别摆出那么一副生气的样子,瓦西里·彼得罗维奇,你看上去就像新婚之夜的少女。"

她的脸红到脖子根。

季米特里拍拍马的侧腹。索洛维看上去像是觉得受了侮辱。"我们把这家伙放进我的牝马群里吧,"大公说,"三年后,就连萨莱的可汗也会嫉妒我的马厩。这是我见过的最好的马,脾气暴烈得像火,但又懂得服从。"

索洛维的耳朵逐渐温驯地耷拉下来,因为他喜欢听奉承话。"虽说如此,但现在最好单独给他个围栏,"季米特里还是很务实的,"否则他会把我的马厩蹄塌的。"大公下了令,又大声说,"来吧,瓦西娅。你自己去安顿这牲畜吧,除非你觉得哪个马夫能搞定他,给他套上缰绳。之后你可以在我的宫里洗澡,把一路的风尘都洗掉。"

瓦西娅觉得自己的脸色又变得苍白,不知该说什么好。一个马夫战战兢兢地走过来,手里拿着根缰绳。

啪嗒一声,马猛地咬过去,那马夫急忙后退。

"他不需要缰绳,"瓦西娅试图向大公解释,"季米特里·伊凡诺维奇,我想马上去见姐姐。我们有那么长时间没见过面了。她远嫁时,我还是个孩子。"

季米特里皱眉。如果他坚持的话,瓦西娅不知道自己该怎么去洗澡,说自己是个畸形人,不愿被人看到吗?什么样的畸形人才会让一个男孩……

萨沙拔刀相助。"谢尔普霍夫亲王妃也急于见到弟弟,"他说,"她会为他的平安抵达感谢上帝。那匹马可以待在她丈夫的马厩里,如果您准许的话,季米特里·伊凡诺维奇。"

季米特里仍旧眉头紧皱。

"也许我们该让他们去团聚,"卡西扬已经把缰绳交给马夫,神气地站在那儿，好像混乱中的一只悠闲的猫，"等马休息好了，我们有的是时间把他放到牝马中去。"

大公耸耸肩。"很好，"他有点儿恼怒，"但见完你姐姐后，马上到我这儿来，你俩，不，别摆出那副样子，亚历山大兄弟。你不可能一路骑马跟我们到莫斯科，一进城门就又变身成孤独的苦行僧。如果你想的话，可以先去修道院鞭打自己，哭着向天祈祷，但之后你就得回宫里来。我们得祷告，还要制订计划。我已经等得太久了。"

萨沙什么也没说。

"我们会去的，大人。"瓦西娅赶紧插嘴。

大公和卡西扬一起消失在宫殿里，一边还谈着什么。仆人和互相推搡的波雅尔跟在他们后面。就在进门时，卡西扬回头看了瓦西娅一眼，接着就消失在阴影中。

***

"这边走，瓦西娅。"萨沙把她从沉思中唤醒。

瓦西娅再次骑上索洛维。马顺从地走起来，尾巴仍然沙沙地扫来扫去。

一出大公的宫殿门他们就向右拐，马上就被卷入繁忙城市的人流旋涡中。两位骑者并肩从比树梢还要高的宫殿墙脚下走过，在泥泞的垃圾中穿行，把肮脏的积雪踢到一边。一路上，瓦西娅目不暇接。

"瓦西娅，你真该死，"他们骑马向前走时萨沙说，"我开始可怜你的继母了。你本应该装病，而不是同意跟季米特里·伊凡诺维奇共进晚餐。你以为莫斯科跟列斯纳亚辛里亚一样吗？大公周围的人都在争着讨他的欢心。他们会嫉恨你，因为你是他表弟，还因为大公宠着你，把他们都比下去了。他们会向你挑战，灌你酒，你能保证不会说错话吗?"

"我不能拒绝一位大公,"瓦西娅回答,"瓦西里·彼得罗维奇应该也不会拒绝。"她漫不经心地听着。布局杂乱无章的宫殿光芒万丈,似乎是从天上无意中跌落到俗世的。积雪为塔楼戴上白色的帽子,但仍能辨认出建筑物那明艳的颜色。

一群高贵的女士戴着厚面纱从他们身边走过,周围有男人护送。这边冻得嘴唇发紫的奴隶气喘吁吁地跑来跑去,那边有个鞑靼人骑着匹凶猛矮壮的牝马跑过。

他们来到另一扇木门前,这扇门没有季米特里宫殿的那扇精美。门卫一定是认出了萨沙,因为门马上就打开了。他们走进前院,发现里面是个安静且秩序井然的小王国。

不知为何,虽然门前一片喧哗,但这里让她想起了列斯纳亚辛里亚。"亲爱的奥尔加。"瓦西娅低声说。

一位衣着朴素的管家来迎接他们,面对一个脏兮兮的男孩、一位修士和两匹疲惫不堪的马也不动声色。"亚历山大兄弟。"他鞠了一躬。

"这是瓦西里·彼得罗维奇,"萨沙的声音中有一丝厌恶,想必已极度厌倦这个谎言,"他是我出家前的弟弟。牵他的马去围场,带他去见他姐姐。"

"请这边来。"那管家犹豫了一下,似乎吃了一惊。

他们跟着他走。跟他们父亲的庄园一样,谢尔普霍夫亲王的宫殿本身就是个住宅区,但更精致豪华。瓦西娅在布局杂乱无章的主殿旁边看到了面包房、啤酒厂、浴室、厨房和一个冒着烟的小棚子。宫殿的下层房间是半地下式的,上层房间只能通过外部楼梯进入。

管家领着他们经过低矮整洁的马厩,里面有动物身上好闻的气味和阵阵暖风。后面有个空空的马围场，围着一圈高栅栏。里面有个方形的挡雪棚子和一个马槽。

索洛维在围场外停下来，厌恶地打量着这一切。

"如果你不愿意，"瓦西娅又低声对他说，"你不必留在这里。"

"常来看我，"那马只是说，"还有，别在这里待太久。"

"不会的，"瓦西娅说，"我们当然不会待太久。"

她不会的，因为她想去看整个世界。但此时此刻，瓦西娅不想去任何地方，也不想要金子或珠宝。莫斯科就在她眼前，所有的奇迹都在等待她去发现，而且姐姐也近在咫尺。

管家不耐烦地向身后跟着的马夫做个手势，后者放下围场栅栏的木条，索洛维屈尊跟他进去。瓦西娅解开牡马的肚带，把鞍囊挂在自己肩上。

"我自己背着吧。"她对管家说。一路上她视鞍囊如命，而且现在她发现自己不能把它们随便丢给这座美丽而可怕的城市里的某个陌生人。

索洛维有点儿悲哀地说："小心呀，瓦西娅。"

瓦西娅拍拍马脖。"别跳出来。"她低声说。

"我不会的，"马回答，然后停顿了一下，"如果他们给我燕麦吃的话。"

她转身把这事交代给管家。"我会回来看你的，"她对索洛维说，"很快。"

他朝她脸上喷了口气，很暖和。

他们离开围场，瓦西娅跟着哥哥一路小跑。拐弯前她回头看了眼马厩。马正目送她离开，在白雪的映衬下十分刺眼。全错了，索洛维不应该像普通的马一样站在栅栏后……

　　之后路一拐,他就消失在一堵木墙后。瓦西娅把疑虑甩开,跟着哥哥走了。

第十五章

撒谎者

奥尔加听到季米特里的骑兵队回城了。她不可能听不到,因为钟声响亮到连内宫的地板都在震动,紧接着就是人们大喊:"季米特里·伊凡诺维奇!亚历山大·佩列斯韦特!"

听到哥哥的名字,她提得高高的心终于落回原处。但她没显出宽慰的样子,因为她的骄傲不允许她这样,而且她也没有时间——马上要过谢肉节,她一心扑在节日的准备工作上。

谢肉节为期三天,是莫斯科最古老的节日之一,其历史比教堂钟声和十字架要久远得多。这实际是个异教节日,但披上了基督教的外衣。今天是节前的最后一天,也是复活节前大家有机会吃肉的最后一天。奥尔加的丈夫弗拉基米尔仍然待在谢尔普霍夫,但奥尔加要为全家人安排盛宴:野猪肉、炖兔肉、野鸡和鱼。

接下来的几天之内,人们还可以吃黄油、猪油、奶酪和其他含动物油脂的食物,所以大家正在厨房里做黄油蛋糕——几十份、上百份,足够大家大吃几天的。

奥尔加的工作间里挤满边聊天边吃东西的女人。她们戴着面纱,穿着长袍,挤在欢天喜地的人群中间做针线活。她们喜欢奥尔加的宫殿,因为这里暖和,还方便闲聊天。街道上的兴奋情绪似乎已经高涨起来,也传染了待在这座宁静塔楼里的人。

玛丽亚到处乱蹦,大喊大叫。虽然手里忙着干活儿,奥尔加仍在为女儿担心。自从闹鬼的那天晚上以来,玛丽亚经常尖叫着把保姆吵醒。

奥尔加忙里偷闲地在炉边坐了一会儿,和旁边的人寒暄几句,又叫玛丽亚过来,把她从头到脚看一遍。炉子另一边,达琳卡仍在喋喋不休。奥尔加希望自己的头别那么痛。

"我到康斯坦丁祭司那儿去忏悔了,"达琳卡大声说,声音在拥挤的房间里的低语声中显得分外刺耳,"他不久就要隐居在修道院里了。那位金发祭司康斯坦丁看起来是那么圣洁,而且确实能以公义来指引我。他告诉了我许多关于女巫的事。"

没有人抬头看她,女人们加紧做针线。在为期一周的节日狂欢中,莫斯科会像新娘一样披上闪闪发光的衣裳。所有的女人都必须去教堂不止一次,还得穿戴华丽,罩上面纱。再说达琳卡已经不是第一次向她们讲起那位圣人了。

玛丽亚以前听过达琳卡讲的故事,而且对母亲的唠叨感到厌烦,于是挣开母亲的手跑掉了。

"他说那些天生的女巫就在我们之中行走,"达琳卡继续说,并不因为听众少而降低兴致,"你永远不会知道她们是谁,但等你知道时就太晚了。他说她们会诅咒善良的男基督徒,于是他们就会幻视,或者幻听，能听到恶魔的声音……"

奥尔加已经听过谣言，说这祭司痛恨女巫。这使她很是不安，因为只有他知道瓦西娅……

"够了，"奥尔加自言自语，"瓦西娅死了，而康斯坦丁祭司也去了修道院，让这事过去吧。"奥尔加很喜欢这节日前的喧闹，因为它能把女人们的注意力从关于某个英俊祭司的胡言乱语上移开。

瓦尔瓦拉溜进工作间，玛丽亚气喘吁吁地紧跟在她后面，抢在那女奴之前脱口而出："萨沙舅舅来了！是亚历山大兄弟，"看到母亲皱眉，她马上改口，又忍不住补充说，"他还带了个男孩。他们都想见您。"

奥尔加皱眉。这孩子的丝绸小帽歪到一边，萨拉芬也撕裂了。该给她换个保姆了。"很好，"奥尔加说，"赶紧带他们上来。坐下，玛丽亚。"

玛丽亚的保姆姗姗来迟，气喘吁吁地走进房间。玛丽亚恶狠狠地看了她一眼，保姆往后缩了缩。"我要见舅舅。"女孩对她妈妈说。

"还有个男孩跟他在一起呢，玛丽亚，"奥尔加疲倦地说，"你现在是个大姑娘了，最好别这样。"

玛丽亚皱起眉头。

奥尔加疲惫地扫视周围的人群："瓦尔瓦拉，把客人带到我的房间来。准备热酒。不行，玛丽亚，听你保姆的话，你待会儿会看到舅舅的。"

***

白天，奥尔加自己的房间不像人头攒动的工作间里那么暖和，但胜在安静。床前挂着帘子，在这里接待访客也不会失礼。奥尔加坐下来，正好听到脚步声响起，接着她刚从远方归来的哥哥就出现在门口。

奥尔加艰难地站起来。"萨沙，"她说，"你杀死那些强盗了吗？"

"是的，"他说，"再也不会有村子被烧毁了。"

"感谢上帝。"奥尔加说。她在胸前画了个十字，拥抱他。

萨沙用莫名其妙的严肃口气说："亲爱的奥尔加。"接着走到一边。

他身后有个瘦高的、绿眼睛的男孩躲在门口，戴着兜帽，披着斗篷，穿着柔软的皮革和狼皮做的衣服，肩上晃着两个鞍囊。看到奥尔加，男孩立刻脸色发白。鞍囊砰的一声掉在地板上。

"这是谁？"奥尔加随口问道，从牙缝里挤出一声震惊的叹息。

男孩嘴唇嚅动，大眼睛闪闪发亮。"亲爱的奥尔加，"她低声说，"我是瓦西娅。"

瓦西娅？不，瓦西娅已经死了。这不是瓦西娅。这是个男孩。无论如何，瓦西娅只是个鼻子扁平的孩子。可是，可是……奥尔加又看向他。那双绿眼睛……"瓦西娅？"奥尔加气喘吁吁地说，膝盖发软。

萨沙扶她坐到椅子上，奥尔加双手放在膝盖上，身体前倾。那男孩在门口犹豫不决地徘徊。"过来，"奥尔加逐渐恢复了理智，"瓦西娅。我简直不敢相信。"

那所谓的男孩关上门，背对着他们，用颤抖的手指摸索着去解兜帽的带子。

一根沉重的闪亮黑色发辫落下来，她再次转身面向火炉。摘下帽子后，奥尔加发现小妹妹已经长大成人了：那个难带的奇怪孩子变成了不真实的陌生女人。她没死，还活着，就在面前……奥尔加喘不过气来。

"我的奥尔加，"瓦西娅说，"奥尔加，对不起。你脸色那么苍白。奥尔加，你还好吗？噢！"绿眼睛亮起来，她双手合十，"你快生孩子了是吗？什么时候——"

"瓦西娅！"奥尔加又能说出话了，于是打断对方，"瓦西娅，你还活着。你是怎么来到这儿的？还穿得这么……哥哥，坐下。你也坐下，瓦西娅，对着光。我要看看你。"

萨沙温顺地照做，这是以前从没有过的事。

"你也坐下，"奥尔加对瓦西娅说，"不，坐这里。"

那姑娘看上去热切又害怕。她坐在奥尔加指定的小凳上，四肢灵活而优雅。

奥尔加抬起她的下颌，把她的脸转向亮光。这真是瓦西娅吗？她的妹妹曾是个丑孩子，但眼前这个女子不丑，虽说她醒目的五官与"美丽"二字沾不上边。宽嘴、大眼和长手指使她看起来很像康斯坦丁形容过的巫女。

她的绿眼睛充满悲伤、勇气和可怕的脆弱。奥尔加永远不会忘记小妹的眼睛。

瓦西娅试探地叫了声："奥尔加？"

奥尔加·弗拉基米罗芙娜意识到自己在微笑："见到你真开心，瓦西娅。"

瓦西娅跪下来，把脸埋在奥尔加膝上，哭得像个孩子。"我想你，"她结结巴巴地说，"我可想你了。"

"嘘——"奥尔加说，"小点儿声。我也想你，小妹妹。"她抚摩着妹妹的头发，也哭起来。

最后瓦西娅抬起头，嘴唇还在颤抖。她擦干眼泪，吸口气，抓起姐姐的双手。"奥尔加，"她说，"爸爸死了。"

奥尔加觉得心里有一小块地方慢慢冷下来，而且范围还在扩大，那是对这个鲁莽女孩的怒火和爱。但她什么也没说。

"奥尔加，"瓦西娅说，"你没听见吗？爸爸去世了。"

"我知道。"奥尔加说，画了个十字，但控制不住声音中的那股寒意。萨沙瞟了她一眼，皱起眉头。"上帝会让他安息。康斯坦丁祭司已经把一切都告诉我了。他说你逃走了，他以为你已经死了。我之前也以为你已经死了，还为你哭泣。你是怎么来到这里的，还穿成这样？"她有些失望地看着妹妹，打量着那根蓬乱的漂亮发辫、靴子、绑腿和短外衣，还有对方身上那种令人不安的野兽般的优雅风度。

"告诉她，瓦西娅。"萨沙说。

瓦西娅没回答姐姐的问题，也没顺从哥哥的命令，而是拖着僵直的腿站起来："他在这儿吗？在哪里？他在做什么？康斯坦丁祭司告诉了你什么？"

奥尔加慎重地选择词句："他说爸爸从一头熊嘴里救了你，自己却死在熊掌下。还说你——噢，瓦西娅，最好别说他了。回答我的问题：你来这里做什么？"

瓦西娅停顿了一下，一屁股坐回凳子上，仿佛周身的力气瞬间被抽干了。"本来该死的人是我，"她低声说，"却是他。奥尔加，我并不想……"她把后面的话吞回去，"别听那祭司的，他——"

"够了，瓦西娅。"她姐姐先是斩钉截铁地说，而后怒气冲冲地问，"孩子，你是怎么想的？为什么要从家里逃出来？"

***

"你觉得她说的都是实话吗?"不久后奥尔加这样问她哥哥。这时他们在她的小礼拜堂里,因为在这里小声交谈不会太奇怪,也不容易被人偷听。瓦西娅已被秘密地送去洗澡,瓦尔瓦拉会照顾她。"她说的和那祭司讲的故事差不多,但细节上有出入。当时我几乎难以相信,是什么驱使一个姑娘做出这样的事来呢?她是疯了吗?"

"不,"萨沙疲倦地说。在他上方的高处,基督和圣徒们穿着华丽服饰站在那里。奥尔加的圣障画得真是精美。"她身上一定发生了什么事。我想她一定有什么没告诉我们。她不会告诉我的,但我不相信她疯了。她总是做事不顾后果,而且自高自大,有时我甚至为她的灵魂担心。但她头脑很清楚,她没疯。"

奥尔加点点头,咬着嘴唇。"如果不是她,爸爸就不会死,"她终于忍不住脱口而出,"还有妈妈,也——"

"这种话,"萨沙一针见血地说,"很伤人。我们必须等待,然后再判断,妹妹。我会去跟那祭司谈谈。也许他能帮我们把她的故事补全。"

奥尔加抬头看着圣像。"我们现在该拿她怎么办呢?我该让她穿上件萨拉芬,给她找个丈夫吗?"她突然想到另一点,"我们的妹妹这一路就是女扮男装骑马过来的吗?你是怎么对季米特里·伊凡诺维奇解释的?"

尴尬的沉默。

奥尔加眯起眼。

"我……好吧,"奥尔加的哥哥怯懦地说,"季米特里·伊凡诺维奇以为她是我弟弟,瓦西里。"

"他——什么？"奥尔加咬牙切齿，声音完全不像个正在祈祷的人。

萨沙断然而镇静地说："她告诉他自己叫瓦西里，我当时觉得还是默认为好。"

"看在上帝的分儿上，为什么？"奥尔加努力压低声音反驳，"你当时该告诉季米特里她是个可怜的疯孩子，是个精神错乱的圣愚，再马上秘密地把她带来交给我。"

"一个圣愚不会救出三个孩子，再骑马带她们飞奔到圣三一修道院，"萨沙回答，"我们花了两周时间搜寻强盗，结果一无所获；她却能把他们挖出来。在所有这些事发生后，我是不是该为她道歉，再把她藏起来不让大家看到？"

这就是谢尔盖曾提出的问题。这句话脱口而出时，萨沙才意识到这一点，他感到有些狼狈。

"是的，"奥尔加疲惫地说，"你在莫斯科待的时间不够久，你不明白。不要紧，就这么定了。必须把你的弟弟瓦西里马上送走。我会把瓦西娅藏在内宫，直到人们忘记她。我会为她安排一场婚礼，不能是太好的人家，她可不能招大公的眼。"

萨沙觉得焦躁不安，这对他来说是件奇怪的事。周围点着许多蜡烛，投下一团团光晕，还有一片片阴影。他在这光影交错之中来回踱步，烛光映着他的黑发，很像奥尔加和瓦西娅的头发——这是他们去世的母亲的遗赠。"你还不能把她关进内宫。"他说，他费了好大劲才停下脚步。

奥尔加交叉双手搭在小腹上："为什么不能？"

"季米特里·伊凡诺维奇一路上对她很感兴趣，"萨沙谨慎地说，"她帮他找到强盗，帮了他很大忙。他已经答应要赐予她荣誉和马匹，让她在宫里有一席之地。谢肉节前，瓦西娅不能消失，否则就是对大公的侮辱。"

"侮辱？"奥尔加咬着牙说。那种为符合礼拜堂氛围才装出来的声调又一次消失了，她身体前倾，"如果他发现这勇敢的男孩实际上是女儿身，你觉得他会怎么想？"

"会很糟，"萨沙干巴巴地说，"但我们不会告诉他的。"

"难道我就应该……应该袖手旁观吗？看着我还没出嫁的妹妹跟季米特里那帮花天酒地的波雅尔一起在莫斯科到处跑？"

"那就别看。"萨沙建议。

奥尔加什么也没说。自从十四岁嫁到莫斯科起，她每天都在跟人玩政治游戏，比萨沙花在上面的时间还要长。她必须这样，因为孩子们的人生全靠大公们的心血来潮。她和她的哥哥都承担不起激怒季米特里·伊凡诺维奇要付出的代价，但如果瓦西娅被发现了……

萨沙以更温和的声音补充："现在没有选择，节日期间我们必须尽全力为瓦西娅保密。"

"瓦西娅小时候我就该派人去接她的，"奥尔加动了感情，"我很久以前就该派人去接她。我们的继母没把她管教好。"

萨沙疲惫地说："我现在开始觉得这事没人能胜任。我耽搁的时间够久了，我得去修道院看看有什么消息，再同那祭司聊聊。让瓦西娅休息吧，她白天在这里待着，没人会为此感到奇怪，但每天晚上他都得去大公的宫殿。"

"女扮男装吗？"奥尔加问。

她哥哥咬紧牙关。"女扮男装。"他说。

"还有，"奥尔加问，"我该把这事告诉我丈夫吗？"

"这个嘛，"萨沙说着转身向门口走去，"就看你的啦。如果他回来的话，我强烈建议你：让他知道得越少越好。"

第十六章

来自萨莱的贵族

离开妹妹后,亚历山大兄弟马上去了天使长修道院。这处修道院是一处独立的建筑群,远离王公贵族们的宫殿。安德烈祭司热情地欢迎萨沙。"我们先来感谢上帝,"修道院长宣布,"然后你来我的房间,把一切都告诉我。"

安德烈并不奉行肉体的禁欲。他的修道院和莫斯科一样,通过向南方银器、蜡、毛皮和钾碱征收贸易税而变得越来越富有。修道院长的房间布置得很舒适,他的圣像穿着银箔和珍珠镶嵌的衣服,成群结队地站在属于自己的角落里向下张望,看上去好像很不赞成这一切。一缕寒冷的阳光从上面射进来,使炉子里的火苗褪色,仿佛晃动的幽灵。

祈祷完毕,萨沙感激地坐下,把兜帽掀到身后,暖了暖手。

"还没到吃晚饭的时候。"安德烈说。他年轻时去过南边的萨莱,现在仍然怀念可汗宫廷里的藏红花和胡椒。"但是,"考虑到萨沙,他补充道,"对于刚从荒野回来的人,我们可以破例。"

那天修士们煮了一大块牛肉,以便在大斋之前补充元气,此外还有新烤的面包和浓稠的淡奶酪。食物端上来,萨沙开始一心一意地大吃。

"你这一趟的差事办糟了吗?"安德烈看着他吃东西,问道。

萨沙嘴里还嚼着东西,于是他摇摇头,把食物咽下去才说:"不。我们找到了强盗,把他们消灭掉了。季米特里·伊凡诺维奇非常开心。他已经回宫了,兴高采烈得像个孩子。"

"那你怎么这么——"安德烈停下来,脸色变了,"啊哈,"他慢慢说,"你有父亲的消息了。"

"我是得到父亲的消息了,"萨沙承认,他把木碗放在灶台上,皱着眉用手背擦嘴,"看来你也知道了。是那祭司告诉你的?"

"他把所有事情都告诉我们了。"安德烈皱着眉说。他为自己盛了碗美味的肉汤,里面还浸着夏天剩下的最后一点儿肥肉。但他不情愿地把碗放在一边,身体前倾。"他讲了个邪恶的故事,说你妹妹是个女巫,害彼得·弗拉基米罗维奇在冬天跑进森林里。他还说你妹妹也死了。"

萨沙变了脸,修道院长完全误会了他的神色。"你不知道吗,我的孩子?对不起,我让你伤心了。"萨沙没说话。安德烈匆匆说下去:"也许她还是死了的好。俗话说,龙生九子,各有不同。你和你妹妹不一样,至少她还没来得及造更多孽就死了。"

瓦西娅在灰蒙蒙的清晨骑马的一幕生动地出现在萨沙眼前。他没说话。安德烈站起来:"我要叫康斯坦丁祭司来,他还有很多话没讲。他不停地祈祷,但我肯定他会抽时间把所有事都告诉你的。他可是一位非常神圣的人……"安德烈看上去仍然心慌意乱,好像不知道是该赞美那位祭司,还是该怀疑他。

"不需要了,"萨沙生硬地说着,同时站起来,"告诉我他住在哪儿,我去找他。"

他们之前分配给康斯坦丁一个小房间,房间小却整洁,是专门为那些想独自祈祷的修士准备的。萨沙敲敲门。

门内寂静。

接着里面响起迟疑的脚步声,门开了。那祭司看到萨沙时,脸瞬间变得苍白,随后重新恢复血色。

"愿上帝与你同在。"萨沙说,他审视着对方的表情,"我是亚历山大兄弟,把你带出荒原的人。"

康斯坦丁恢复了自制力:"愿上帝祝福你,亚历山大兄弟。"他的脸好像雕塑,除了刚才被吓到时不禁抽搐了一下,就再无表情。

"我断绝尘缘之前,我的父亲是彼得·弗拉基米罗维奇。"萨沙冷冷地说,因为疑惑已经悄悄占据他的心。也许这个祭司说的是实话,他撒谎又有什么好处呢?

康斯坦丁点点头,看上去丝毫不惊讶。

"我听妹妹奥尔加说,你是从列斯纳亚辛里亚来的,"萨沙说,"她还说你曾目击我父亲去世。"

"并没有亲眼看见,"祭司回答,他挺直身体,"我看到他跑出去,去追他的疯女儿。我还看见人们把他被撕碎的尸体带回家。"

萨沙下巴上的一块肌肉抽动了一下,但隔着胡子,对方看不见。"我想听事情的整个经过,你能记住多少就说多少,巴图席卡。"他说。

康斯坦丁迟疑了一下:"如您所愿。"

"我们去回廊上谈吧。"萨沙连忙说。祭司狭窄的房间里飘出一股酸臭,那是恐惧的味道。他突然很想知道这位康斯坦丁祭司在为什么祈祷。

***

这个故事貌似真实,但它跟瓦西娅讲的并不完全相同。这两人中至少有一个在说谎,萨沙想,或者两个人都没说实话。

瓦西娅之前没提到过继母的事,只说她去世了。萨沙对此也没有在意,因为死人很常见。但瓦西娅没提到过安娜·伊凡诺芙娜是和他们的父亲死在一起的……

"于是瓦西丽莎·彼得罗芙娜死了,"康斯坦丁带着微妙的怨恨之情把故事讲完,"上帝会让她的灵魂安息,她父亲和继母的灵魂也将安息。"修士和祭司在回廊里绕圈子,看向外面被灰雪覆盖的果菜园。

他恨我妹妹,萨沙想,他被自己的这个念头吓了一跳。祭司现在仍然恨着她,可不能让这两个人见面,波雅尔的服饰骗不过他的眼睛。

"告诉我,"萨沙突然问,"我父亲的马厩里是不是有匹上好的枣红牡马?鬃毛很长,脸上还有颗星星斑?"

这个问题完全出乎康斯坦丁意料。他眯起双眼。"没有,"他停了一下后说,"没有。彼得·弗拉基米罗维奇有许多马,但没有哪匹像您描述的一样。"

啊哈,萨沙想,你这条金发的蛇。你想起了什么事,对吧?你在撒谎,讲起故事来半真半假,就像瓦西娅一样。

这俩人真该死。萨沙想,我只想知道我父亲是怎么死的!

看着祭司那张瘦得两颊凹陷的灰色面孔，萨沙知道自己再问不出什么了。"谢谢您，巴图席卡，"他突然说，"为我祈祷吧。我得走了。"

康斯坦丁鞠了一躬，画了个十字。萨沙大步走过回廊，感觉自己好像刚摸到什么黏滑的东西。他不知为何对这可怜而虔诚的祭司感到隐隐的惧意，虽说此人看似悲哀而正直，还用深沉动听的声音回答了所有的问题。

***

能干的瓦尔瓦拉把瓦西娅的每个毛孔都搓洗得干干净净。这个女奴已获得女主人的完全信任，也真正做到了"泰山崩于前而色不变"，甚至那个蓝宝石吊坠也只是使她轻蔑地哼了一声。这女人脸上有什么东西熟悉得使瓦西娅心神不宁，或者只不过是她敏捷的动作使瓦西娅想起了顿娅。瓦尔瓦拉为瓦西娅清洗肮脏的头发，在浴室里熊熊燃烧的火炉旁将它烤干。"你该把这个剪掉，小伙子。"她一边为瓦西娅编辫子，一边干巴巴地说。

瓦西娅皱起眉头。继母的声音总是活在她身体里的某个地方，像块小石子似的硌着她。那女人总是尖锐地说："瘦得皮包骨的、笨得要命的、丑丫头。"但就连安娜·伊凡诺芙娜也从没批评过瓦西娅泛着红光的黑发。然而瓦尔瓦拉的声音里有一丝轻蔑之意。

"好像午夜时快要熄灭的炉火。"瓦西娅儿时的保姆顿娅曾经这样评价这头长发。当时顿娅已经老了，总是溺爱孩子。瓦西娅也记得自己曾在火边梳头发，而有位霜魔在看着她，尽管他是偷偷看的。

"没人会看我的头发，"瓦西娅对瓦尔瓦拉说，"我总是戴着兜帽和帽子。现在是冬天。"

"可笑。"女奴说。

瓦西娅固执地耸耸肩,瓦尔瓦拉不再说话。

洗完澡后奥尔加出现了,她抿着双唇,脸色苍白,来帮妹妹穿衣服。季米特里派人送来绿色和金色相间的华丽土耳其长袍,甚至配得上王公。奥尔加把它搭在胳膊上。"别喝酒。"谢尔普霍夫亲王妃毫不客气地悄悄走进热气腾腾的浴室,对瓦西娅说,"别露馅。别说话。和萨沙待在一起。尽快回来。"她放下长袍,瓦尔瓦拉找出件新衬衫和绑腿,还有瓦西娅自己的靴子——它们已被草草清理好了。

瓦西娅屏住呼吸,点点头,希望自己当初是以另一种方式出现在奥尔加面前的。那样她们就可以像以前一样一起哈哈大笑,而姐姐也不会生气。

"好奥尔加——"她试探地说。

"现在别说这些,瓦西娅。"奥尔加说,同瓦尔瓦拉一起整理瓦西娅的衣物,动作轻快而机械。

瓦西娅沉默了,她还记得自己小时候的事。当姐姐去喂鸡时,蓬乱的头发会从辫子里溜出来。但眼前这个女人用精致的衣物和头巾武装自己,因怀孕而更加稳重。她美如皇后,态度却拒人千里之外。

"我赶时间,"奥尔加放缓口气继续说,她扫了瓦西娅一眼,"原谅我,妹妹,但我只能做这么多。日落时,谢肉节的庆祝活动就要开始了,而我必须照顾一大家子人。这周就让萨沙照顾你。宫殿里在男人住的那侧有个房间给你住,别在其他地方睡觉。闩好门。藏好你的头发。保持警惕。别让其他女人看到你。我最终会把你当作妹妹带进内宫,到时候我可不想让其中的聪明人认出你。节日结束后我会再跟你谈谈。我们会尽快把瓦西里·彼得罗维奇送回家的。你现在去吧。"

最后一根带子也系好了。瓦西娅打扮得像位莫斯科王公，一顶用皮毛沿边的帽子低低压在眉毛上，下面有兜帽盖住头发。

瓦西娅觉得奥尔加的计划无懈可击，但也十分冷酷。她觉得很受伤，张开嘴想说话，但迎接她的是姐姐那坚定的目光。于是她闭上嘴，走出浴室。

她身后，奥尔加和瓦尔瓦拉久久地对视一眼。

"送信去列斯纳亚辛里亚，"奥尔加说，"秘信。告诉我的兄弟们：我们的妹妹还活着，在我这里。"

***

萨沙在谢尔普霍夫亲王的宫门口见到瓦西娅时已经是黄昏时分。他们一起转身，开始步伐稳健地爬坡。克里姆林建在小山顶，峰尖上矗立着大教堂和大公的宫殿。

七扭八弯的街道上布满车辙印。积雪很厚，在上面走起来很困难。瓦西娅注意盯着脚下，尽量不让靴子弄上任何脏东西，同时还要跌跌撞撞地跟上萨沙。索洛维是对的，她一边想着，一边躲开行人，因为他们那种木然的仓促神色使她有点儿怕，那个镇子跟这里比起来什么都不是。

她悲哀地想：我是不会住在内宫里的。如果他们要让我恢复女儿身，我就逃跑。多年来，这是我第一次见到姐姐，难道也是最后一次吗？而且这一次，她还在生我的气。

季米特里宫殿门口的卫兵向他们致敬。兄妹俩走进去，穿过前院。这个院子比奥尔加的院子更大、更漂亮、更吵闹，也更脏。两人爬上一段楼梯，开始没完没了地穿房过屋。瓦西娅没想到这里会这么臭，到处尘土飞扬，但它们漂亮得像童话里的房子一样。

他们爬上第二段楼梯,从这里能直接看到这座城市的嘈杂人群和烟尘。这时,瓦西娅试探地问:"我给你和奥尔加惹大麻烦了,是不是,萨沙?"

"是的。"她哥哥说。

瓦西娅停下脚步:"我可以现在就离开。索洛维和我今晚就能消失,而且不会再来烦你们。"她试着表现得骄傲些,但却听到自己的声音变了调。

"别傻了。"她哥哥回答,并没放慢脚步,也没转过头来。隐秘的愤怒似乎在啃咬着他的心。"你能去哪里呢?你要在这里过完谢肉节,再把瓦西里·彼得罗维奇这个身份扔掉。现在我们快到了。尽量少说话。"他们已爬到楼梯顶端。面前是一扇装饰着雕花嵌板的大门,上面打了蜡,看上去油光锃亮。门前站着的两名守卫迅速地画了个十字,低头行礼。"亚历山大兄弟。"他们说。

"愿上帝与你们同在。"萨沙说。

门开了,瓦西娅走进那间低矮却华丽的宴会厅,发现里面烟雾弥漫,挤满了人。

离门口最近的人转过头来。瓦西娅的双脚像被钉在门口,觉得自己像一头误入狗群的鹿。她感觉自己好像一丝不挂,确信人群中肯定会有人哈哈大笑,对他的同伴说:"看哪!那里有个女人,穿得像个男孩!"但没人说话。他们身上的汗味和油脂味,以及晚餐的香气使本身就闷热的空气更加令人窒息。她从没见过这么多人挤在同一个房间里。

卡西扬走过来,衣饰整齐,神情镇定:"你们好呀,亚历山大兄弟,瓦西里·彼得罗维奇。"甚至在这片珠光宝气的海洋里,卡西扬仍然如鹤立鸡群。他头发的颜色如火鸟，衣饰上缀着珍珠。瓦西娅真是感激他。"我们又见面了。大公在宫里赐我一席之地，我们可以一同过节。"

很快瓦西娅就发现，看她那位著名哥哥的人远比看自己的要多，于是她觉得又能呼吸了。

季米特里的座位安在一个小台子上。他从那里吼道："表亲们！过来这里，你俩。"

卡西扬微微鞠躬，指指那边。乱成一团的波雅尔向墙边退去，给他们让出一条路。

瓦西娅跟着哥哥穿过房间，身后渐渐涌起人们的议论声。珠宝、长袍和油漆墙壁的颜色交织在一起，把她弄得晕头转向，她强迫自己昂首阔步地跟在萨沙后面走。乱七八糟的地毯和毛皮铺在地板上，面无表情的仆人站在角落里。窗户小到只剩下墙上的几条缝，只能放进一点点空气供人呼吸。

季米特里坐在人群中间一把雕花椅子上。他刚洗过澡，脸色红润，心情愉快，在周围聊天的波雅尔之间显得很自在。但瓦西娅认为自己在他眼里看到了骚动，从他的表情中识别出某种坚硬而平淡的东西。

萨沙在她身边动了动——他也看出来了。

"我带我弟弟来见您，季米特里·伊凡诺维奇。"萨沙简洁而正式地说，声音盖过大厅里众人的低语声。他双手抄在袖子里，瓦西娅几乎能感觉到他在颤抖。"这是瓦西里·彼得罗维奇。"

瓦西娅深深地鞠了一躬，暗自希望帽子别掉下来。

"欢迎，欢迎。"季米特里的态度也同样正式。他把她介绍给一大群堂兄弟或远房堂表兄弟,人数多到使她眼花缭乱。当她还陷在那一大堆名字里没回过神儿来时,大公瞥一眼乱糟糟的人群说:"介绍得够多了。你饿吗,瓦西娅?好吧,我们换个地方吃东西,顺便聊聊天。跟我来。"

说着,大公起身,领他们去另一个房间。所有人盯着他看,行礼恭送他离开。第二个房间里空无一人,令人愉快。瓦西娅长出一口气。

火炉和窗户之间有张桌子,季米特里一挥手,仆人就开始往桌上堆蛋糕、汤和大盘菜肴。瓦西娅带着毫不掩饰的渴望注视着一切,她几乎记不得"吃饱肚子"是什么感觉。过去的两个星期里,不管她吃什么,寒冷总能帮她消耗掉养分。刚才在浴室里,她能清晰地看见自己的每根肋骨。

"坐吧。"季米特里说。他的外套上织着闪亮的银线,缀着宝石和赤金,十分挺括。他的头发和胡子都已清洗过,并抹过油。华丽的衣服赋予他一种权威的新神气:犀利、严格,还有点儿吓人,不过他还是把这种神气藏在圆脸上的微笑下面。瓦西娅和萨沙坐在狭窄的桌旁,手边放着热腾腾的甜葡萄酒。桌子中央有张大馅饼,上面点缀着卷心菜、鸡蛋和熏鱼。

"波雅尔们今晚会来,"大公说,"我得招待他们所有人,等这帮吃货吃肉吃到昏头后,我还得派人送他们回家。他们必须在大斋戒开始前饱餐一顿。"季米特里看了瓦西娅一眼,发现瓦西娅的眼睛仍然注视着盘子,他的脸色变得温和起来,"但我觉得我们的瓦西娅等不及要吃晚饭了。"

瓦西娅点点头,咽口唾沫,勉强说:"自从上路以来,我的胃就成了个无底洞,季米特里·伊凡诺维奇。"

"本该如此！"季米特里喊，"你还是个半大小子呢。来吧，吃吧，喝吧，你俩。给我表弟倒酒，给我们的战斗修士——还是说你已经开始持斋了呢，表哥？"他揶揄而亲昵地看萨沙一眼，把馅饼往瓦西娅那边推了推，"给瓦西里·彼得罗维奇切一块。"季米特里吩咐那仆人。

馅饼被切下了一角，瓦西娅快活地开始大吃。酸卷心菜、鸡蛋和奶酪里盐的滋味萦绕在她的舌尖……她一心一意地向食物进攻。肚里有食，心情也随之放松。吃完馅饼，她又像小狗一样扑向炖肉和烤牛奶。

但季米特里那和蔼的好客态度骗不了萨沙。"出什么事了，表弟？"瓦西娅大吃时，他问大公。

"碰巧了，有好消息，也有坏消息。"季米特里说，向后靠在椅背上，把戴戒指的手交握住，慢慢露出满意的微笑，"现在我可以原谅我那愚蠢的妻子总是哭泣和疑神疑鬼了，因为她怀孕了。"

瓦西娅猛地从食物上抬起头来。"愿上帝保佑他俩。"萨沙说，抓住他表弟的肩膀。瓦西娅也结结巴巴地表示祝贺。

"上帝派她来，为我生个继承人，"说完，季米特里喝了一大口酒。他喝酒时，那种无忧无虑的轻快神气慢慢消失。当他再抬头时，瓦西娅觉得自己第一次看清了他：不是路上那个心情愉快的表兄，而是个脾气暴躁、背负着远超他这个年纪该承担的负担的人，是位掌握着成千上万人生命的大公。

季米特里擦擦嘴，说："现在来谈谈坏消息吧。萨莱又派来一位使者。他来自可汗的王廷，带着马匹和弓箭手。我把他安置在专门接待使者的宫殿里。他要求我立即缴纳所有税款，说可汗不会再容忍拖欠贡赋，甚至还公然说，如果我们不纳贡赋，马迈将军[①]将率领一支军队从伏尔加河下游进军。"

他的话仿佛一记重锤。

"也许不过是在危言耸听。"萨沙顿了顿说。

"我不确定。"季米特里之前没吃多少，只是把食物戳得乱七八糟，现在他把餐刀放在一边，说："我听说马迈在南方有个老对手，是位名叫脱脱迷失[②]的手握军权的领主。此人也对汗位很有野心，如果马迈必须跟他这个对手打一仗……"

季米特里停下来，他们面面相觑。"那么马迈就必须先向我们征税，"瓦西娅突然开口，替他们把话说完。这一举动甚至让她自己都很吃惊。她刚才被两人的对话深深吸引，忘记了害羞。"这样他就能筹到军费，和脱脱迷失一战。"瓦西娅说。

萨沙极其严厉地看她一眼，意思是闭嘴。瓦西娅摆出一副无辜脸。

"聪明的孩子，"季米特里心烦意乱地说，看上去愁眉苦脸，"我有两年没纳贡啦，但没人注意到这一点。我以为他们不会发现。他们忙于给对方下毒，好为自己或自己肥胖的儿子谋得汗位。但将军们可不像那些野心家那么蠢。"季米特里停顿一下，和萨沙四目相对，"而且就算我想纳贡，我该去哪里弄钱呢？在瓦西娅追踪那帮强盗，找到他们的老窝之前，这一冬天有多少村子被烧了？那些人如何

[①] 马迈传说是来自中国的契丹或者汉人权臣，曾凭战功官拜万夫长，历经三代金帐汗而不倒，执掌汗国大权23年。——译者注

[②] 脱脱迷失是铁木真长孙斡儿答的后人，得帖木儿帮助推翻兀鲁思汗，成为白帐汗，1382年，他借助帖木儿的力量击败大汗庭的权臣马迈，成为金帐汗。——译者注

填饱肚子呢？我又该如何收税呢？"

"那帮人以前就是这么干的。"萨沙阴郁地指出这点。桌边的气氛与屋外欢快的尖叫声形成奇怪的对比。

"是的，但现在鞑靼人分裂成两个汗国，我们就有机会挣脱枷锁，获得自由。每辆南下运送贡赋的马车都会削弱我们的实力，我们为什么还要给萨莱的宫廷纳贡呢？"

修士没说话。

"一次彻底的胜利，"季米特里说，"就能结束这一切。"

瓦西娅觉得他们之前肯定已经就这个问题辩论过不止一次。

"不，"萨沙反驳道，"我们不会赢的。即使能赢一次，鞑靼人也必定会反扑。虽然金帐汗国已不复昔日辉煌，但他们仍然非常骄傲。胜利会为我们赢得时间，但无论汗位落到谁手里，他都会向我们反扑。到那时，他们就不是想简单地制伏我们，而是想惩罚我们。"

"如果我要筹钱，"大公慢慢说，"你所救的农民中，有些就会饿死，瓦西娅。你说得对，萨沙，"他对修士说，"我很重视你的建议，把它告诉大家吧。因为我已经厌烦了做这些外邦人的狗。"最后那个字听起来像碎冰一样尖锐，瓦西娅畏缩了一下。"可是——"季米特里顿了一下，又放低声音，"我不会给我的儿子留下一座被烧毁的城市。"

"您很明智，季米特里·伊凡诺维奇。"萨沙说。

瓦西娅想起莫斯科各地村庄里成百上千的卡佳。他们挨饿是因为大公必须向领主纳贡，而正是这些收了贡赋的人烧毁了他们的家园。

她又想说话，但萨沙从桌子对面恶狠狠地瞪她一眼，于是她闭上嘴。

"无论如何,我们必须欢迎这位使者,"大公说,"别让人说我不会招待客人。把你的晚餐吃完,瓦西娅。你们都跟我来。还有我们的卡西扬·鲁托维奇。他长得帅,衣服也漂亮。如果必须要请某个鞑靼贵族息怒,我也可以做得很好。"

***

克里姆林东南角附近有座小巧玲珑的宫殿孤零零地矗立着,周围的墙比其他宫殿的都要高。它的外观和位置给人一种说不清道不明的距离感。

瓦西娅、萨沙、卡西扬和季米特里,还有季米特里的几位主要家族成员都从大公的宫殿里走出来。守卫沿途阻止那些好奇的人围观。

"做人要谦逊,"季米特里对瓦西娅说,带着一丝黑色幽默感,"骄傲的人才会骑马。可不要在萨莱的贵族面前趾高气扬,否则你可能会死,你的城会被烧毁,你的儿子也会成为穷光蛋。"

他的眼里流露出痛苦的回忆,那些回忆比他出生的日子还要久远。那时大汗的武士们第一次来到罗斯,拆毁她的教堂,强奸并屠杀她的人民,迫使他们臣服。那已经是近二百年前的事了。

瓦西娅无言以对,但也许因为她的脸上流露出同情之色,大公粗声粗气地说:"不要紧孩子,当大公的人有更糟的事要做,而当附庸国的大公还要更糟糕些。"

他看上去心事重重。瓦西娅想起他在过去漫长日子里的笑声,那时雪花落在杳无人迹的浓密森林里。她一时冲动,说:"季米特里·伊凡诺维奇,我将尽我所能,为您效劳。"

季米特里停下脚步,萨沙全身僵硬。"我若需要,必宣召你,"这个十六岁就被加冕的人毫不装腔作势,"愿上帝与你同在。" 他把一只手放在瓦西娅戴着兜帽的头上。

他们继续走。季米特里低声对萨沙说:"我可以对人卑躬屈膝,但这不会填满我的金库。我听你的劝告,可是——"

"无论如何,谦卑可能会推迟算总账的时间,"萨沙也低声回答,"脱脱迷失可能会比我们预期的更早袭击马迈,每一次拖延都可能为你赢得时间。"

瓦西娅的耳朵很尖,而且她就紧跟在哥哥身后,能听到他们的对话。于是她想:怪不得萨沙从来不回家。他怎么回得去呢?大公是如此需要他。她不禁考虑到未来:萨沙撒谎了。为了我,他撒谎了。我走后,他该如何面对大公呢?

他们走到大门口,守卫允许他们进去,但不准他们带来的卫士进入。他们被领到一间瓦西娅见过的最富丽堂皇的房间里。

瓦西娅对奢侈没有概念,甚至不知道这两个字该怎么写。她只是环顾四周,惊得说不出话来。对她来说,温暖就可以称得上奢侈,当然还有身体干净、袜子干燥,以及不挨饿等状态。但这个房间让她隐约感觉到什么是真正的奢侈,她高兴地四处打量。

精心铺设的木地板被擦得锃亮,地板上的碎花地毯一尘不染。这种地毯她压根儿不认识,只看到上面绣着露齿嗥叫的猫。

屋角的火炉镶着瓷砖,瓷砖上画着树木和鲜红的鸟,炉膛里的火烧得正旺。很快瓦西娅就觉得这里太热了,感到汗珠顺着脊梁滚下来。男人们像雕像一样立在墙边,穿着紫红色的外套,戴着奇怪的帽子。

我要去萨莱看看,瓦西娅想,感觉自己身上这件长袍实在是件俗丽的、粗制滥造的东西。我要去远方,和索洛维一起,我和他会看到的。

她闻到一种气味——当时她不知道那是没药的香气——使她的鼻子发痒。屋对面有个铺着地毯的小台子，一行人在距它几步远的地方停下来。她拼命忍住喷嚏，差点儿撞到萨沙。季米特里跪下来，把头埋在地板上。

瓦西娅泪流满面，看不清那使者。她听到一个镇定的声音命令莫斯科大公站起来。季米特里问候可汗，她默默地听着。

跪在她前面的这位贵族丝毫不像她认识的那位勇敢的大公。他低声道歉，鞠了一躬，把礼物递给侍从。大家的问候还在继续。"愿上帝保佑你们的妻儿，"季米特里提高声音，才使瓦西娅回过神来注意去听。"一个又一个村庄被抢劫，"季米特里用恭敬而响亮的声音说，"被付之一炬。我的人民很难熬过这个冬天，再没有更多的钱了，要等到明年秋收时才行。我不是不尊重您，但我们都能力有限，请您理解——"

那鞑靼人用他自己的语言回答，声音尖锐。瓦西娅皱起眉头。她还不敢抬起眼睛，因此只能看到台下的那位翻译。但那声音使她不由得抬起头来。

她呆若木鸡。

瓦西娅认得那使节。她上次看见他时是在黑暗中，对方举着弯刀狠狠向自己砍下来。也正是这个声音发出作战时的呐喊，召唤部下。

他现在穿着灿烂的丝绒和貂皮大衣，但她不会认错那宽阔的肩膀、坚硬的下巴和冷酷的眼睛。他正在用平稳的声音和翻译说话。但有那么一瞬，鞑靼人的使节——或者说那强盗头儿把目光转向她，他撇撇嘴，似笑非笑，满怀敌意。

***

瓦西娅离开觐见厅时,既愤怒又害怕,同时还满腹疑云。不,不可能是他。那男人是个强盗,不是鞑靼贵族,也不是可汗的仆人。你认错人了。你只在火光下和黑暗中见过他。你不能确定。

是吗?她真的会忘记自己在躲过一刀后看到的那张脸吗?那个差点儿杀了她的男人的脸?

现在此人竟然油腔滑调地大谈联盟和季米特里的忘恩负义,同时手上还染着罗斯人的鲜血……

不。那不是他。怎么会呢?然而有谁能既是贵族又是强盗呢?他是个骗子吗?

季米特里一行人沿原路返回,快速穿过克里姆林。周围的人群都在尽情享受着节日,城中一片喧闹,到处是欢笑、呐喊、时断时续的歌声。当大公经过时,人们为他让路,并呼喊他的名字。

"我得和你谈谈,"瓦西娅迅速下了决定,同时急切地紧紧握住哥哥的手腕,"就现在。"

季米特里宫殿的大门出现在他们面前,第一批火把已被点燃。卡西扬看见兄妹俩边走边交头接耳,好奇地瞥了他们一眼。

"好吧,"萨沙犹豫了一下,"来,回谢尔普霍夫的宫殿去。这边人太杂。"

瓦西娅咬着嘴唇等着。她哥哥皱着眉头,迅速向同样皱着眉的季米特里解释几句,跟她一起走了。

时近傍晚,金色的夕阳照亮莫斯科的塔楼,在宫殿脚下投下阴影。刺骨的风在建筑物之间呼啸。现在街上一片混乱,瓦西娅几乎站不住脚。这么多老百姓跑来跑去,有的大笑,有的皱眉,有的互相推揉着取暖。灯亮起来，油饼煎得嗞嗞响。瓦西娅转过头来，忘我地对飞来飞去的雪球微笑。所有这一切上方，火烧云迅速遮住天空。这一天就要过去了。

索洛维的围栏位于奥尔加院子里一个安静的角落。他们走到那里时，瓦西娅又开始觉得肚子饿。一看到她，索洛维长着白色星星的大脑袋唰地昂起来。瓦西娅爬过栏杆向他走去。她抚摩他的全身，用手指为他梳理鬃毛，让他用鼻子蹭她的手，同时斟酌词句，准备和哥哥谈谈。

萨沙靠在栅栏上，说："索洛维很棒。现在你又有什么话要对我说？"

天空已变成高贵的紫罗兰色，第一拨星星已冒出头来。月亮在起伏的宫殿屋脊上方画出一道淡淡的银色曲线。

瓦西娅深吸一口气。"你说过，"她开始讲，"当我们追赶强盗时，你说你很奇怪，那些强盗有精心锻造的好刀，还有强壮的马。'真奇怪'，你当时说，'他们的营地里还有蜜酒、啤酒和盐。'"

"我知道是为什么，"瓦西娅的语速越来越快，"那个强盗头儿，那个抢走卡佳、安茹什卡和勒诺什卡的人，就是那个叫切鲁贝的家伙，就是马迈将军派来的使者。他们是同一个人，我敢肯定，那使者是个强盗。"

她停下来，有点儿喘不过气。

萨沙的眉毛拧在一起："这不可能，瓦西娅。"

"我敢肯定，"她又说，"我上次看到他时，他用刀向我的脸砍来。你怀疑我吗？"

萨沙慢慢说："当时天黑，你又吓坏了。你无法确定。"

她倾身向前，声音因激动而沙哑："如果我不确定，我会说出来吗？我确定。"

她哥哥揪着胡子，没说话。

她爆发了："他一边瞎说大公忘恩负义，一边又从罗斯姑娘身上谋利。那意味着——"

"意味着什么？"萨沙突然用挖苦的口吻反驳，"伟大的贵族总要有人帮他们做脏活儿。使节怎么会带着一伙强盗闯到乡下去？"

"我知道自己看到了什么，"瓦西娅说，"也许他根本不是什么贵族。莫斯科还有人认识他吗？"

"我又认识你吗？"萨沙反驳道，"难道你说的就都是实话？"他像一只猫似的跳下栅栏，靴子落在雪地上，惊得索洛维抬起头。

"我——"

"告诉我，"她哥哥说，"这马是哪儿来的？我是指你骑的这匹人人夸奖的枣红马，是爸爸的马吗？"

"索洛维？不……他……"

"或者告诉我，"萨沙说，"你继母是怎么死的？"

她轻轻吸气："看来你已经和康斯坦丁祭司谈过了。但那些和这事无关。"

"无关吗？我们是在谈事实，瓦西娅。康斯坦丁祭司把父亲去世的全部经过告诉了我。是你害死他的，他说。不幸的是，他在对我撒谎。但你也是。祭司不会说他为什么恨你，你也没说为什么他认为你是个女巫。你没说那匹马是从哪儿来的，没说为什么你会在冬天发了疯似的跑进熊的洞里，也没说为什么爸爸会傻到跟着你去。我永远也不会相信那祭司的话；但骑马赶路一星期之后，我也不会相信你的话，瓦西娅。这全是谎言。现在我要知道真相。"

她什么也没说，眼睛在逐渐昏暗的暮色中睁得大大的。索洛维紧张地站在她身边，她不安的手摆弄着马鬃毛，把毛卷紧又松开。

"妹妹，说实话。"萨沙又说。

瓦西娅咽口唾沫，舔舔嘴唇，心想：霜魔把我从死去的保姆身边救出来，又送我这匹马，还在火光中吻了我。我能这么说吗，在我的修士哥哥面前？"我不能把一切都告诉你，"她低声说，"连我自己都搞不明白。"

"那么，"萨沙断然说，"我能相信康斯坦丁祭司吗？你是女巫吗，瓦西娅？"

"我……我不知道，"她痛苦而诚恳地说，"我能说的都已经说了，而且我没撒谎，真的没有。我现在也没有说谎。只是——"

"你独自一人女扮男装在罗斯到处跑，还骑着我所见过的最好的马。"

瓦西娅咽口唾沫，想找话回答，却发现自己口干舌燥。

"你有个鞍囊，里面装满旅行所需的一切东西，甚至还有银币。是的，我看过了。你有一把精钢刀，你从哪儿弄到它的，瓦西娅？"

"别说了！"她喊道，"你以为我想离开吗？你觉得我想做这些事吗？我没有办法，哥哥，我没有办法。"

"所以呢？你到底有什么事瞒着我？"

她沉默地站着，想到了精灵和活死人，想到了摩罗兹科，说不出话来。

萨沙厌恶地轻哼一声。"够了，"他说，"我会保守你的秘密，而且愿为此付出代价，瓦西娅。虽然我再也见不到父亲，但我还是他的儿子。但我不一定要相信你，也不必相信你的那些幻想。鞑靼使节不是强盗，你也不用许诺未来继续为大公服务。尽你所能少撒谎吧，该闭嘴时就别说话。也许你能安全度过这周，不会被人发现你的秘密。这才是你应该关心的事。"

萨沙轻盈优雅地跃过围场的栅栏。

"你去哪儿？"瓦西娅傻乎乎地喊。

"我要带你回奥尔加的内宫，"他说，"你这一晚已经看得、说得、做得够多了。"

瓦西娅犹豫着，反对的话卡在嗓子里。只要看看他紧绷的后背，就知道他不会再听她讲话。她喘着粗气，摸摸索洛维的脖子作为告别，跟在哥哥后面走了。

第十七章

海盗玛丽亚

瓦西娅的房间位于宫殿里男人们居住的区域。它虽然小,但温暖干净,比季米特里宫殿里的任何东西都干净。火炉上温着酒,旁边还有一小堆黄油蛋糕,只被某只胆大的老鼠咬坏了一点儿。

萨沙送她到门口,说了声"上帝保佑你"就离开了。

瓦西娅倒在床上。莫斯科人庆祝节日的声音从那狭窄如裂缝的窗子里挤进来。一连好几个星期,她每天骑马,忍受战斗和疾病的折磨,疲劳早已渗入每一条骨缝儿中。瓦西娅闩上门,脱下斗篷和靴子开始吃喝,但她觉得食物嚼起来没有味道。她钻进一堆毛皮被子下面。

尽管毯子很厚,炉火也一刻不停地给房间带来温暖,她还是浑身发抖,无法入睡。她一次又一次地回味自己的谎言,听着康斯坦丁祭司用低沉的声音花言巧语地为兄姐讲故事,一个近乎真相的故事。她又听到强盗头儿的呐喊,看到他的剑在月光下闪闪发亮。莫斯科的喧闹声和火光把她弄糊涂了,她不知道哪个才是真实的。

瓦西娅终于迷迷糊糊地睡着了。午夜刚过时,她突然惊醒,浑身颤抖。四周寂静无声,空气中弥漫着浓浓的湿羊毛味和熏香味。瓦西娅茫然地望着房顶的椽子,渴望呼吸冬天清新的风。

她屏住呼吸,因为她听见有人在哭泣。

那人边哭边走,声音越来越近,呜咽声像针一样刺穿谢尔普霍夫亲王宫殿的墙壁。

瓦西娅皱着眉头下床。她没有听到脚步声,只有喘息声和压抑的哽咽声。

那声音更近了。

是谁在哭?瓦西娅没有听到脚步声,也没有衣服的沙沙响声。一个女人在哭。哪个女人会来这里?这里是男人住的地方。

那人更近了。

哭泣的人停下来,就停在门外。

瓦西娅几乎停止呼吸。那些死人就是这样哭着回到利斯纳亚辛里亚,求人让它们进屋取暖。荒谬,这里没有死人。熊已被封印了。

瓦西娅鼓起勇气,抽出冰刃,小心翼翼地穿过房间,把门打开一条缝儿。

门外有张脸,正盯着她看:那是一张苍白的脸,满脸好奇,咧着嘴笑。

"你,"它咯咯叫着,"滚出去,滚——"

瓦西娅砰地关上门,猛地倒在床上,心怦怦直跳。某种骄傲,或者说某种保持沉默的本能使她忍住尖叫,呼哧呼哧地喘着粗气。

她没闩门,门慢慢地开了,吱呀呀地响。

不,现在那里空无一物,只有影子,仿佛刚才只是月光玩的一个把戏。刚才那是什么？鬼吗？梦吗？愿上帝保佑我。

瓦西娅望了很长时间，但再没有东西移动，黑暗中也不再有声音。最后她鼓起勇气起身穿过房间，关上门。

又过了很久，她才入睡。

***

瓦西丽莎·彼得罗芙娜在谢肉节的第一天醒来，觉得全身僵硬，饥肠辘辘，心里很懊悔。一双又大又黑的眼睛正俯视她。

瓦西娅眨眨眼，把双脚曲起，移到身下，谨慎得像头狼。

"您好，"大眼睛的主人顽皮地说，"小姨。我是玛丽亚·弗拉基米罗芙娜。"

瓦西娅目瞪口呆地望着那孩子，竭力想表现出大哥被激怒时的威严样子。她的头发仍然藏在兜帽里。"你真没礼貌，"她生硬地说，"我是你的瓦西里舅舅。"

"不，你不是。"玛丽亚说，同时退后几步，双臂交叉抱在胸前。她那双小靴子上面绣着火红的狐狸，黑发上系着丝带，用银环扣住。她的脸白得像牛奶，眼睛像煤炭落在积雪里烧出的洞。"昨天晚上我跟在瓦尔瓦拉后面溜进来，妈妈和萨沙舅舅说的话我都听见了。"她上下打量瓦西娅，把一根手指放在嘴上，"你是我的丑小姨瓦西丽莎，"她又以一种漫不经心的态度说，"我比你漂亮。"

如果玛丽亚的脸色没那么苍白的话，她完全可以被称为美人坯子。

"你的确比我漂亮，"瓦西娅说，不知道是该觉得有趣还是沮丧，"但没有被灰狼抢走的美人叶莲娜那么漂亮。是的，我是你的瓦西丽莎小姨，但这是个大秘密。你能保守秘密吗，玛丽亚？"

玛丽亚抬起下巴，坐在火炉边的长凳上，小心地整理着裙子。

"我可以保守秘密，"她说，"我也想成为一个男孩。"

瓦西娅觉得一大早上不该谈这个。"可是，如果你妈妈失去了小女儿玛丽亚，"她有些急切地问，"她会怎样呢？"

"她不在乎，"玛丽亚反驳道，"她想要儿子。此外，"她鼓起勇气继续说，"我肯定是要离开这里的。"

"你妈妈可能想要儿子，"瓦西娅承认，"但她也想要你。你为什么一定要离开宫殿？"

玛丽亚吞口唾沫，那种活泼的勇敢劲头第一次从她身上消失了："你不会相信我的。"

"这可不一定哟。"

玛丽亚低头看着自己的手。"鬼要来吃我。"她低声说。

瓦西娅挑起一条眉毛："鬼？"

玛丽亚点点头。"保姆不准我搬弄是非让妈妈担心。我不说，但我很害怕。"说到最后一个词时，她的声音渐渐低下去，"就在我睡着的时候，鬼一直在等我。我知道她打算吃我。所以我必须离开宫殿，"玛丽亚好像重新下定决心，"让我和你一起扮男人吧，否则我会告诉所有人，你其实是女的。"她恶狠狠地威胁，但当瓦西娅从床上跳下来时，她连连后退。

瓦西娅跪在小女孩面前。"我相信你，"她温和地说，"我也见过这个鬼。我昨晚看到了。"

玛丽亚瞪着她："你当时害怕吗？"她终于问道。

"是的，"瓦西娅说，"但我想鬼魂也害怕了。"

"我讨厌她！"玛丽亚突然冲口而出，"我讨厌鬼。她总是缠着我。"

"也许下次我们应该问问她想要什么。"瓦西娅若有所思地说。

"她不听我说话，"玛丽亚说，"我叫她走开，她不听。"

瓦西娅仔细打量着她的外甥女："玛丽亚，你见过你的家人看不到的东西吗？"

玛丽亚显得很警惕。"没有。"她说。

瓦西娅等待着。

孩子低下头。"浴室里有个男人，"她说，"还有个人在烤炉里。他们吓到我了。妈妈说我不能讲这样的故事，否则就没有王子愿意娶我。她……她当时生气了。"

瓦西娅清楚地记得，当人们说她看到的那个世界并不存在时，自己心头那种无助的困惑感。"浴室里的那个人是真的，玛丽亚。"她抓住孩子的肩膀，"你不要怕他。他会保护你的家人。他还有许多同类：一个看守院子，一个看守马厩，还有一个看守壁炉。他们不做坏事。他们和你一样真实。你绝不能怀疑自己的眼睛，你绝不能害怕你所看到的东西。"

玛丽亚皱眉："你也能看见他们吗，小姨？"

"是的，"瓦西娅回答，"我会做给你看。"她停顿一下，"如果你答应不告诉任何人我是女孩。"

小女孩的整张脸明亮起来。她想了一下，以公主般的神态回答："我发誓。"

"非常好，"瓦西娅说，"让我穿衣服吧。"

***

太阳还没有升起来，灰蒙蒙的世界毫无亮点。莫斯科全城笼罩着一种甜蜜的、有所期待的寂静。袅袅的烟雾在独自起舞，仿佛正满怀爱恋地为城市罩上面纱。奥尔加宫殿的院子里和楼梯上都一片静寂，只有厨房、面包坊、酿啤酒的房间和熏制房里有嘈杂的人声。

瓦西娅的目光准确无误地落在面包坊那边。空气中弥漫着早餐的香味。她想到抹奶酪的面包，忍不住咽口唾沫，急忙跟在玛丽亚后面。玛丽亚正沿着放置着屏风的走道往浴室跑去。

小姑娘正要拉开门闩，瓦西娅及时从后面抓住她的斗篷。"先看看有没有人在里面。"瓦西娅恼怒地说，"难道没有人告诉过你做事前要动脑子想想吗？"

玛丽亚局促不安。"没有，"她说，"她们只是叫我别去做。但后来我还是想去，我忍不住。有时保姆的脸都气紫了，那样最好。"她耸耸肩，挺直的肩膀耷拉下来，"但是有时候妈妈说她会为我担心。我不喜欢那样。"玛丽亚振作起来，挣脱瓦西娅的手，指着烟囱，"没有烟，所以屋里没人。"

瓦西娅紧握着女孩的手，拉开门闩走进寒冷的黑暗中。玛丽亚躲在瓦西娅后面，紧紧抓住她的斗篷。

前一天洗澡时太匆忙，瓦西娅没有注意到周围的环境。现在她羡慕地盯着那些绣花靠垫和光滑的橡木长凳看，因为她的家乡列斯纳亚辛里亚的浴室一般注重实用性，没有这些漂亮的装饰。她对着昏暗的屋子说："班尼克，主人，老爷爷，你能和我们谈谈吗？"

一片沉寂。玛丽亚小心翼翼地把头从瓦西娅的斗篷里探出来。早晨气温还很低，她们的呼吸变成了白雾。

"在那儿。"瓦西娅说。

她一边说，一边皱起眉头。

粗看上去，她可能指的是一团被火光照亮的水蒸气。但如果你稍稍移开视线，就会看到有位老人盘腿坐在垫子上，脑袋歪向一边。他甚至比玛丽亚的个头儿还小，头发丝好像云朵，眼神冷漠而恍惚。

"是他！"玛丽亚尖叫着说。

瓦西娅什么也没说。这位班尼克看上去比丘多沃的那个还要模糊，比卡佳村里哭泣的多毛沃伊还要朦胧，比蒸汽和余烬强不了多少。当康斯坦丁恐吓她的族人，把列斯纳亚辛里亚的精灵们驱逐出去时，瓦西娅的血曾使他们恢复活力。但这些精灵的衰弱过程似乎更温和，也更难阻止。

总有一天一切都将结束，瓦西娅想。在这个奇妙的世界里，浴室里的水蒸气可能是个会预言未来的生灵。而总有一天，只会有钟声和基督教徒的盛大游行。精灵们将烟消云散，只存在于记忆中，还有夏天新萌发的大麦里。

她想到严冬之王摩罗兹科，那个能任意塑造冰霜的人。不，他不会消亡的。

瓦西娅把这些想法抛到脑后，走到水桶边舀出一勺水。她的衣袋里有块面包皮，她把它和屋角里的一根桦树枝放在那团水汽前。

班尼克的形象清晰了一点。

玛丽亚倒抽一口气。

瓦西娅拍拍外甥女的肩，把孩子的手从斗篷上掰开："来吧，他不会伤害你的。你必须心怀敬意。这位是班尼克，你可以叫他老爷爷，因为他就是位老爷爷。你还可以叫他主人，这是他的头衔。你必须给他桦树条、热水和面包。有时他能预言未来。"

玛丽亚抿着如玫瑰花蕾一般的嘴唇，毕恭毕敬地低声说："老爷爷。"她的声音稍有点儿颤抖。

班尼克没说话。

玛丽亚犹豫地向前走了一步,递给他一小块压扁的蛋糕屑。

班尼克慢慢露出笑容。玛丽亚颤抖着,但没有动。班尼克用模糊的手拿起蛋糕。"这么说,你们真的能看见我,"他说,声音就像水浇在热炭上,咝咝作响,"已经很久没人能看见我了。"

"我能看见你,"玛丽亚说,同时凑得更近些,小孩子们总是容易忘记恐惧,"我当然能看见你。你以前从没说过话,为什么不说呢?妈妈说你不是真的。我很害怕。你会预言未来吗?我会嫁给谁?"

一旦你来了月经,就会嫁给某位面色阴沉的大公,瓦西娅郁郁地想。"够了,玛丽亚,"她大声说,"走吧,你不需要预言。你结婚还早着呢。"

那精灵笑得活像个邪恶的鬼魂:"她为什么不能听呢?瓦西丽莎·彼得罗芙娜,你已经听过关于自己的预言了。"

瓦西娅什么也没说。在列斯纳亚辛里亚时,那里的班尼克曾说她会在冬天的时候去采雪花莲,因自己的选择而死,并为一只夜莺哭泣。"我听到它时,已经长大成人了,"她最后说,"但玛丽亚还是孩子。"

班尼克笑了,露出模糊的牙齿。"这是你的预言,玛丽亚·弗拉基米罗芙娜,"他说,"你的人民倾听钟声,膜拜画出来的圣像,虽然我现在不过是一团水汽,但这点儿小事我还是知道的。你会在很远的地方长大,就在季节交替的地方,会爱一只鸟胜过母亲。"

瓦西娅身体僵硬,而玛丽亚的脸涨红了。"一只鸟?"她低声说,"绝不!你错了!"她握紧拳头,"把预言收回去!"

班尼克耸耸肩，仍然带着一丝恶意微笑着。

"收回去！"玛丽亚尖叫着，"收回！"

但是班尼克把目光转向瓦西娅，他燃烧的眼睛中有某种坚硬的东西在闪光。"在谢肉节结束之前，"他说，"我们都将看到。"

瓦西娅很替玛丽亚生气："我不明白你的意思。"

但她面对的是空荡荡的角落，班尼克不见了。

玛丽亚看上去很受打击："我不喜欢他。他说的是真话吗？"

"这是预言。"瓦西娅慢慢说，"也许是真的，但完全不是你想的那样。"

女孩的下唇颤抖着，大大的黑眼睛里一片迷茫。于是瓦西娅说："还早呢。我们去骑马好吗，就你和我？"

黎明的阳光照在玛丽亚的脸上。"好，"她立刻说，"哦，好的，请吧。我们现在就去吧。"

她把欢喜得发狂的神情掩藏起来，因此瓦西娅明白，家里是不准玛丽亚在街上乱跑的。瓦西娅不知道自己是否又犯错了。但她也记得儿时自己是多么喜欢和哥哥一起骑马，让风吹在脸上。

"跟我来，"瓦西娅说，"你必须跟紧我。"

她们蹑手蹑脚地走出浴室。烟雾蒙蒙的晨光已变成鸽子灰色，浓密的蓝色阴影开始退去。

瓦西娅很想像个大胆的男孩子那样大步向前走，但这很困难，因为玛丽亚紧紧握着她的手。尽管玛丽亚看上去无法无天，但她只能在母亲的侍女的簇拥下离开父亲的宫殿去教堂。甚至对她来说，独自在院子里走走就算是离经叛道的举动了。

索洛维站在围场里，闻着早晨空气的味道，两眼炯炯有神。有那么一小会儿，瓦西娅觉得有个长着胡子的、四肢修长的家伙坐在他背上梳理马鬃。但就在这时，修道院的钟声一齐响起来。瓦西娅眨眨眼睛，发现那里根本没有人。

"噢，"玛丽亚说，猛地停住脚步，"那是你的马吗？它好大。"

"是的，"瓦西娅说，"索洛维，这是我外甥女，她想骑你。"

"我现在不太想了。"玛丽亚说，惊慌地望着那匹牡马。

索洛维喜欢小孩子，或许他只是不知道该如何对待那些个头儿比他小得多的生物。他踏着小步走到栅栏边，向瓦西娅脸上喷口热气，接着低下头，吻了吻玛丽亚的手指。

"哦，"玛丽亚说，声音跟刚才完全不一样了，"哦，他很温柔。"她抚摸着他的鼻子。

索洛维的耳朵高兴地前后摆动，瓦西娅笑了。

"告诉她别踢我，"索洛维轻咬着玛丽亚的头发，使她咯咯笑起来，"也别拉我的鬃毛。"

瓦西娅转述给玛丽亚，并把后者举到栅栏顶上。

"他需要马鞍。"孩子抓住栏杆，紧张地告诉瓦西娅，"我见过我父亲的手下骑马出去，他们都有马鞍。"

"索洛维不喜欢马具，"瓦西娅回答，"上来。我不会让你掉下去的。还是说你怕了？"

玛丽亚高傲地抬起头，动作笨拙地抬起一条裹在裙子里的腿跨过去，重重地坐在马肩隆上："不，我不怕。"

但当马叹口气，开始调整重心时，她尖叫着紧紧抓住他。瓦西娅咧开嘴笑，爬过栅栏坐在外甥女后面。

"我们怎么出去呢？"玛丽亚注意到这个实际问题，"你没开栅栏门。"然后她倒吸一口气,"噢!"

瓦西娅在她后面大笑起来。"抓住他的鬃毛,"她说,"但别揪它。"

玛丽亚什么也没说,两只小手死死地抓住鬃毛。索洛维猛地转身。玛丽亚急促地呼吸。瓦西娅身体前倾。

马跃向空中,孩子尖叫起来。助跑几步后,马纵身一跃,像树叶一样轻盈地飘过栅栏。

她们着陆时,玛丽亚哈哈大笑。"再来一次!"她喊,"再来一次!"

"等我们回来时再跳,"瓦西娅向她许诺,"我们有一整座城市要去看。"

离开宫殿的过程简单到令人惊讶。瓦西娅把玛丽亚藏在斗篷里,站在阴影里面。门卫跳起来拉开门闩,毕竟他们的职责是把人挡在外面,而不是关在里面。

在谢尔普霍夫亲王的宫殿门外,这座城市刚刚醒来。煎饼的声音和气味打破早晨的寂静。紫罗兰色的黎明光线中,一群小男孩在雪滑梯上玩耍,过会儿大点儿的男孩们就过来把他们轰走。

她们骑马经过时,玛丽亚看着他们。"格莱布和斯拉瓦昨天在我们的院子里做冰滑梯,"她说,"保姆说我年纪太大了,不该玩那个了,但妈妈说也许可以。"那孩子的声音听起来很向往,"我们不能在这个滑梯上玩会儿吗?"

"我想你妈妈不会愿意你玩这个的。"瓦西娅遗憾地说。

太阳从克里姆林的墙上露出一点边,好像一个铜环,从所有富丽堂皇的教堂那里借来些色彩。于是灰色光线消失,世界闪出翠绿、鲜红、钴蓝的光。

玛丽亚的脸也被朝阳照得通红，看上去非常开心——不是在母亲的塔楼里跑来跑去时的那种粗野的兴高采烈，而是一种更安静、更快乐的情绪。太阳照得她乌黑的眼睛亮晶晶的，好像镶着钻石。她把面前的一切都看在眼里。

索洛维连走带跑，大步流星地穿过这座正在苏醒的城市。他们走下去，经过面包房、酿酒厂、客栈和雪橇店，还经过一座户外烤炉，有个女人正在那儿烙黄油煎饼。瓦西娅觉得肚子饿了，就滑到地上。索洛维也赞成吃煎饼，于是满怀希望地跟着她。

厨娘目不转睛地盯着火，用勺子去戳马儿伸过来试探的鼻子。索洛维愤怒地往后一跳，还好他及时想起身上的小骑手可能会被掀下来。

"这个不行，"厨娘对马说，摇摇勺子以示强调。他的马肩隆远远高于她的头顶。"我敢打赌，要是让你吃，你一定会把这堆都吃光，你这样的大块头。"

瓦西娅忍住笑说："原谅他吧。你的煎饼闻起来好香。"接着买了一大摞油腻腻的饼。

厨娘心平气和地又往上面放了几块。"吃了会发胖的，少爷。别让那孩子吃得太多。"她甚至带着屈尊的神气，亲自喂索洛维吃了一块煎饼。

索洛维毫无怨言，温柔地叼起那块饼，用鼻子嗅她的头巾，直到厨娘笑着把他推开。

瓦西娅又上了马，两个姑娘一边骑马一边吃东西，脸上沾满油脂。索洛维不时一脸期待地把头扭过来，而玛丽亚就再喂他一片。她们慢慢地走着,看着城市苏醒过来。

当克里姆林的墙矗立在她们面前时,玛丽亚张大嘴巴向前探着头,用她两只沾满黄油的手抱着索洛维的脖子。"我之前只从很远的地方见过它们,"她说,"真没想到它们有这么大。"

"我和你一样,"瓦西娅承认,"我也是昨天才知道的。我们走近些。"

姑娘们穿过大门,现在轮到瓦西娅惊奇地吸气。克里姆林大门外的巨大露天广场上,人们正在搭建市集。商人们摆好摊位,男人们则在一旁大声喊着互相问候,并在手上呵气取暖。他们带来的小孩子跑来跑去,叫声像欧椋鸟一样。

"噢,"玛丽亚东张西望,"哦,看,那儿有梳子!有布!有骨针,还有马鞍!"

这里应有尽有。她们经过卖糕饼、酒、上等木材、银器、蜡、羊毛、塔夫绸和蜜渍柠檬的小贩。瓦西娅买了个柠檬,高兴地闻闻,咬了一口,接着倒吸一口气,急忙把柠檬递给玛丽亚。

"这不是直接吃的,你做汤时可以放上一点。"玛丽亚愉快地闻着那东西,"它们必须走上一年零一天才能到达这里,这是萨沙舅舅告诉我的。"

那孩子像松鼠一样热切地环顾四周。"绿色的布!"她会喊道,或者说,"看,那梳子做得像只睡着的猫!"

瓦西娅还在为这个柠檬后悔,这时她看见一群马被圈在广场南边。她碰碰索洛维,让他过去看一眼。

一匹牝马对着牝马嘶叫。索洛维弓起脖子,看上去很高兴。"你现在想要媳妇了,是吗?"瓦西娅低声问道。

马贩子瞪大眼睛说:"少爷,你不能把那马牵得这么近。他会让我的牲畜们闹个不停的。"

"我的马站在这里很安静,"瓦西娅说,试图装出富有的波雅尔的傲慢态度,"你的马做什么就与我无关啦。"但对方的马群显然越来越焦躁不安,于是她让索洛维退后,自己打量那些牝马。但除了向索洛维叫的那匹,她们长得都很像。那是匹栗色马,腿杆是白色的,个头儿比其他马都高。

"我喜欢那匹。"玛丽亚指着栗色马说。

瓦西娅也喜欢。她突然有了个疯狂的念头:买一匹马。离开家之前,她从未买过任何东西,但现在她口袋里有一把银币。自信油然而生,温暖她的血液。"把那匹牝马牵来给我看看。"瓦西娅说。

马贩子怀疑地打量这个纤瘦的男孩。

瓦西娅傲然坐着等待。

"遵命,大人,"那男人低声说,"马上。"

烦躁不安的栗色牝马被牵了出来,马贩子在雪地里来回赶着她走。"这匹马非常棒,"他说,"养三年就能上战场,能让任何人成为英雄。"

牝马先抬起一只蹄子,又抬起另一只。瓦西娅想走近她,摸摸她,看看她的腿、她的牙齿,但是她不想让玛丽亚一个人孤零零地坐在索洛维背上,因为周围的人都会看到她。

"你好。"于是瓦西娅只好对牝马说。

牝马被吓了一跳,放下蹄子,耳朵向前支棱着。然而她并不傻。"你好?"她试探地说,好奇地把鼻子伸过来。

又有马蹄声在克里姆林大门的拱顶上空回荡。牝马猛往后一跳,半抬起前蹄。马贩子咒骂一声,牵着绳子把她扯下来。她三步并作两步跑回围栏里。

"瓦西娅。"索洛维说。

瓦西娅转过身,看见三个男人骑着胸脯宽阔的马走进广场,马蹄声沉闷地响着。他们排成燕尾队形,领头的戴着顶圆礼帽,神态威严。是切鲁贝,瓦西娅想,土匪头子,所谓的可汗使节。

切鲁贝转过头来,他的坐骑放慢步伐。然后三个骑手都改变方向,直奔马栏。切鲁贝用蹩脚的俄语大声道歉,在人群中挤出一条路。人们转头盯着鞑靼人看,脸上带着敬畏和愤怒的表情。

太阳升得更高了。冰冷的白色火焰在冰封的河面上燃烧。骑手们身上的珠宝折射出耀眼的光芒。

瓦西娅把斗篷向前拉,好遮住孩子。"安静,"她低声说,"我们得走了。"她轻夹马肚,让索洛维装作随意的样子走向克里姆林的大门。玛丽亚静静地坐着,但瓦西娅能感觉到她的心跳得很快。

她们的动作本应再快点儿,但三个骑手熟练地散开,突然把索洛维围在中间。马愤怒地直立起来。瓦西娅紧紧抱着外甥女,让他把蹄子放下。骑手们熟练地勒住马,引起旁观者一阵窃窃私语。

切鲁贝骑着他那匹矮壮的牝马,面带微笑,举止优雅而沉着。他那看似轻松的威严风范使她想起了季米特里。那一刻,切鲁贝完全不像那个黑暗中的愤怒的刀客。她觉得自己可能认错人了。

"急着走吗?"切鲁贝极其优雅地躬身为礼,对瓦西娅说,随后目光转向玛丽亚,很有兴趣地看着她。那孩子被瓦西娅的斗篷半掩住身子,不断扭动。"我真不是想耽误你的时间。不过我想,我以前见过你的马。"

"我是瓦西里·彼得罗维奇。"瓦西娅答道,僵硬地点头还礼,"我想不出你能在什么地方见过我的马。我得走了。"

索洛维开步走。但切鲁贝的两个手下把手放在刀柄上,挡住他的去路。

瓦西娅转回来,装出若无其事的样子,但心里开始害怕。"让我过去。"她说。广场上的所有人几乎都不动了。太阳升得很快,不久街上就会挤满人,她和玛丽亚必须回去。她非常讨厌鞑靼人那满含威胁的微笑。

"我能肯定,"切鲁贝沉思着说,"我以前见过那匹马。我一眼就认出他了。"他装模作样地思考,"啊,"他掸掉华丽衣袍上的一点灰尘,"他向我走来。那是在一座森林里,当时夜已经深了。奇怪的是我在那里遇到一匹牝马,他跑掉了。那马跟你的马好像是双胞胎。"

那双野蛮的黑眼睛盯着她,瓦西娅知道她没有认错人。

"是你说的,当时天黑了,"瓦西娅终于回答,"你只在黑暗中见过一匹马,很难再认出他来。你见到的一定是另一匹马,而这匹是我的。"

"我知道我当时看到了什么,"切鲁贝目不转睛地看着她,"你也一样,小伙子。"

他的手下催马向前。他知道我认出他了,瓦西娅想,这是他的警告。

索洛维的个头儿比鞑靼马要高大,很可能速度也比他们更快,他能硬闯过去。但那些人有弓,还要考虑到玛丽亚……

"我想买你的马。"切鲁贝说。

她又惊又怒,回答脱口而出:"买他做什么?"她问,"他是不会驮你的。我是唯一能骑他的人。"

那鞑靼人微微一笑:"噢,他最后肯定会驮我的。"

玛丽亚在斗篷下面发出沉闷的声音,表示反对。"不行。"瓦西娅说,放大声音,使整个广场都能听见。她被怒火冲昏头脑,只能说出一个答案:"不,我不卖。给多少钱都不行。"

她的回答像涟漪般在商人中一圈圈扩散。她看见那些人变了脸色:有人震惊,有人赞许。

鞑靼人的嘴咧得更大了。她恐惧地意识到对方已经料到她的反应,而自己刚刚送给他一个完美的借口,可以让他先斩后奏,回头再去跟季米特里道歉。但还没等切鲁贝行动,一个洪亮的声音从河流的方向传来,大声发着牢骚。"圣母啊,"那声音说,"如果想要在莫斯科骑马兜风,就非得挤过人群吗?躲开,靠边站。"

切鲁贝的微笑渐渐消失,瓦西娅的双颊烧起来。

卡西扬穿着绿衣,骑着高头大马招摇地穿过人群。他看看瓦西娅,又看看鞑靼人:"有必要逗孩子们吗,我的切鲁贝大人?"他问道。

切鲁贝耸耸肩:"在这个泥洞般的城市里还有别的事可做吗?卡西扬·鲁托维奇,是不是?"

他回答的轻松腔调使瓦西娅感到不安。卡西扬催马挤到瓦西娅身边,冷冷地说:"这小子得跟我走,他表哥想见他。"

切鲁贝左右看看。人群一片寂静,但显然大家都站在卡西扬这边。"我不怀疑这一点。"说着,切鲁贝鞠了一躬,"孩子,如果你想卖他,我出一袋金子。"

瓦西娅摇摇头,死死盯着他的眼睛。

"你还是接受吧。"鞑靼人低声补充,"如果你接受,我就把我们之间的恩怨一笔勾销。"他仍然微笑,但眼中那强硬的威胁之意清清楚楚。

"走吧。"卡西扬不耐烦地说。他的马绕过其他骑手,直奔克里姆林大门而去。

瓦西娅不知道当时自己是怎么想的。她愤怒地催马直奔最近的那个骑手,清晨的阳光在她的双眼里闪亮。只迈了一步,那人就明白她的意图,于是咒骂着从马鞍上跳下来。下一瞬,索洛维凌空跃起,跃过他的马背。瓦西娅双手紧抱玛丽亚。索洛维像鸟一样落地,追上卡西扬。

瓦西娅转过身。那人已经站起来,身上沾满泥泞的积雪。切鲁贝和围观人群一起哈哈大笑。

卡西扬保持沉默,一直走到那障碍重重、七拐八弯的街道上才开口:"玛丽亚·弗拉基米罗芙娜,我猜?"他头也不回地对那孩子说,"很高兴见到你。"

玛丽亚瞪他一眼:"我不应该和男人说话,"她告诉他,"这是妈妈说的。"她微微打了个寒战,但终于英雄般地保持镇定,"哦,妈妈会生我气的。"

"生你们俩的气,我猜,"卡西扬说,"你真是个傻瓜,瓦西里·彼得罗维奇。切鲁贝本来是要剁了你,回头再跟大公赔不是。你发的什么疯,要带谢尔普霍夫亲王的千金出来骑马?"

"我不会让任何人伤害她的。"瓦西娅说。

卡西扬嗤之以鼻:"如果那使节拔出剑来,你自己都难逃一死,还说什么要保护这孩子。另外,她被外人看见了,那就算是很大的伤害了,问问她母亲就知道。不,我说错了,不用你开口问,她母亲最后肯定会告诉你的。还有,你激怒了切鲁贝。别看他总是笑着,他很记仇。在萨莱的王廷中,他们都是当面笑脸迎人,背后咬住你的喉咙再撕开。"

瓦西娅对他的话充耳不闻,她正想着玛丽亚走出女人的牢笼,看到广阔的世界时脸上的那种欢喜和渴望。"玛丽亚被看见又怎么了?"她有些火了,"我只不过是带她出来骑马。"

"是我想来的!"玛丽亚突然插嘴,"是我想出来看看。"

"好奇心,"卡西扬用教训的口吻说,"是姑娘们身上最要不得的品质。"他尖刻地咧嘴一笑,好像很开心,"问问雅加婆婆就知道了。'操心多,老得快。'"

他们快走到谢尔普霍夫亲王的宫殿了。卡西扬叹口气:"好吧,好吧。现在是节日,对吧?除了保护贞洁少女的闺誉不受流言损害,我也没别的更好的事做了。"他突然厉声说,"把她藏在你的斗篷里,直接去牡马的围栏,在那里等我。"卡西扬催马向前,向守卫们喊叫,手上的戒指在阳光下闪亮,"是我,卡西扬·鲁托维奇,来和年轻的瓦西里·彼得罗维奇喝酒。"

为庆祝节日,大门没有上闩,门卫向他致敬。卡西扬骑马进门,瓦西娅紧跟在他后面。管家匆匆走上前来。

"把我的马牵去,"卡西扬大模大样地命令,跳下马,把缰绳塞给管家,"瓦西里·彼得罗维奇必须自己去照管他那匹牲畜。过会儿见,小子。"卡西扬大步向宫殿的方向走去。恼怒的管家留在原地,手里拿着那匹阉马的缰绳,几乎没去看瓦西娅。

瓦西娅夹夹马肚,索洛维就向围场走去。她不知道卡西扬做了什么，但她们跳过栅栏，且玛丽亚相当开心时，瓦尔瓦拉就已匆忙赶到，苍白的脸上那种无声的愤怒表情吓得瓦西娅和玛丽亚都缩头缩脑。瓦西娅连忙抱着孩子滑下马背。

"来，玛丽亚·弗拉基米罗芙娜，"瓦尔瓦拉说，"宫里人想见你。"

玛丽亚看上去吓坏了，但还是对瓦西娅说："我像你一样勇敢。我不想进去。"

"你比我更勇敢，玛丽亚，"瓦西娅对外甥女说，"这次你得进去。记住，等下次你再见到鬼魂时，可以问她想要什么。她不会伤害你的。"

玛丽亚点点头。"我们一起骑马，我很高兴，"她低声说，"就算妈妈生气也无所谓。而且，我们从那鞑靼人的马上跃过时，我也很开心。"

"我也是。"瓦西娅说。

瓦尔瓦拉坚定地抓住孩子的手，把她拖走。"我家夫人想在礼拜堂见您，"瓦尔瓦拉扭头说，"瓦西里·彼得罗维奇。"

***

瓦西娅没想要去违抗命令。小礼拜堂顶上有几个小圆顶，并不难找。瓦西娅顶着一百位圣像不赞成的目光走进去等待。

不久，奥尔加拖着沉重的脚步走向瓦西娅——因为她快要临盆了。她在胸前画十字，在圣障前低头施礼，然后转向妹妹。

"瓦尔瓦拉告诉我，"奥尔加直截了当地说，"你在太阳升起的时候骑马出去，带着我的女儿在大街上晃荡。这是真的吗，瓦西娅？"

"是的。"瓦西娅说，奥尔加的声调让她全身发冷，"我们去骑马了，但我没有——"

"圣母啊，瓦西娅！"奥尔加说，脸上仅有的一点血色也褪去了，"你没有考虑过我女儿的名声吗？这里不是列斯纳亚辛里亚！"

"她的名声？"瓦西娅问，"我当然在乎她的名声。她没跟任何人讲话，衣着也很得体，我还把她的头发遮住了。他们以为我是她舅舅。我为什么不能带她去骑马？"

"因为，"奥尔加停下来，费力地吸气，"她必须待在内宫里。没出嫁的闺女不能出宫。我女儿必须学会做淑女。照目前的情况来看，如果你再这样跟她胡闹一个月，她的名声会被永远毁掉。"

"你是说待在这些房间里，这个塔楼里？"瓦西娅的目光不由自主地转向窗户——一条安了百叶窗的窄缝，又转向那一排排圣像，"永远？但她既勇敢又聪明。你的意思不会是要——"

"我就是这个意思，"奥尔加冷冷地回答，"别再捣乱，否则我发誓，我要告诉季米特里·伊凡诺维奇你到底是谁，之后你就能进修道院了。够了，走吧，你自己找乐子去吧。天亮才不过一小时，你就把我累成这样。"她转身向门口走去。

瓦西娅受了打击，想都不想就开了口："你也必须待在这儿吗？你之前去过别的地方吗，亲爱的奥尔加？"奥尔加被她尖锐的声音震慑得停住脚步。

奥尔加的肩膀僵硬。"我过得很好，"她说，"我是一位亲王妃。"

"可是，好奥尔加，"瓦西娅向她走去，"你想待在这里吗？"

"小姑娘，"说着，奥尔加突然怒火中烧，"你认为我们想什么重要吗？你以为我会容忍你的疯狂、鲁莽和无礼吗？"

瓦西娅瞪着她，一言不发，一动不动。

"我不是我们的继母，"奥尔加继续说，"我不会容忍这些。你不再是孩子了，瓦西娅。想想看，你只要听话，哪怕一次，那么爸爸就不会死。记住这个，安分些！"

瓦西娅的嗓子没有问题，但她说不出话来。她的目光仿佛穿过礼拜堂的围墙，盯着记忆中的某个场景。最后她说："我——他们想送我走。爸爸不在家。我怕。我的本意不是让他——"

"够了！"奥尔加厉声说，"够了，瓦西娅。孩子才会这样找借口，而你已经是大人了。木已成舟，覆水难收。但从今以后你得改邪归正。少说话，直到节日结束，看在上帝的分儿上。"

瓦西娅的嘴唇冰冷。孩童时代她就崇拜美丽的姐姐，觉得姐姐像童话中的那个奥尔加一样，和鹰王子住在宫殿里。但现在那些幼稚的梦想褪色成现实：年华渐老的女人，高贵、美丽却孤独。她的塔楼的门从来没有开过，她想把自己的女儿培养成真正的淑女，但从来没有计算过代价。

奥尔加看着瓦西娅的眼睛，目光疲倦，却仿佛能洞悉一切。"来吧，"她说，"生活有时比童话好，有时还不如童话。总有一天你会明白，我的女儿也会明白。别摆出这副样子，像只被剪短翅膀的鹰。玛丽亚会没事的，幸运的是她还太小，不会有耸人听闻的丑闻传出来。希望她没被人认出来。她迟早会找准自己的位置，然后欣然接受。"

"她会吗？"瓦西娅问道。

"会的，"奥尔加斩钉截铁地说，"她会的。你也一样。我爱你，小妹妹。我会为你尽最大努力，我发誓。轮到你时，你也会有儿女,还会有仆人伺候。这一切不幸都会被忘记。"

瓦西娅充耳不闻。礼拜堂的墙壁使她透不过气,仿佛奥尔加那漫长而孤独的岁月一样令人窒息。她勉强点点头说:"那么请原谅我,奥尔加。"她从姐姐身边走过,走出门,走下台阶,走进下面节日集会的喧闹声中。就算奥尔加曾叫她回来,她也听不到。

第十八章

驯马者

卡西扬在大门口等着她。

"我以为你是来和我一起喝酒的。"瓦西娅说。

卡西扬哼了一声。"好啊,你人都来了,"他轻松地回答,"酒当然也会有的。你看起来好像确实需要喝点儿。"他的黑眼睛盯着她的眼睛,"好吧,瓦西里·彼得罗维奇,你姐姐刚才是不是在你头上敲碎了一个碗,命令你马上迎娶外甥女,好为她被毁掉的美德赎罪?"

瓦西娅不确定卡西扬到底是不是在开玩笑。"没有,"她简短地说,"但她非常生气。我——谢谢你帮我把玛丽亚送回家,没有让管家和卫兵看见。"

"你应该喝个大醉,"卡西扬轻蔑地耸耸肩,"烂醉如泥会对你有好处。你现在生气了,但不知道该对谁生气。"

瓦西娅勉强咧嘴笑笑。她强烈地感到自己眼下享受的自由的可贵。"前面带路吧,卡西扬·鲁托维奇。"她说。整个城市都在尖叫和沸腾,就像一壶烧开的水。

卡西扬紧闭的嘴唇微微弯曲。他们从奥尔加的宫殿出发,沿着泥泞的街道拐个弯,立刻沉浸在这座城市的欢乐气氛中。音乐响起,女孩们在狭窄的小街道上围成圈跳舞。一支游行队伍正在慢慢成形。瓦西娅看见大笑的人群把一个拄着拐杖的女稻草人举过头顶,有只戴着绣花项圈的熊像狗一样被牵着走。钟声在他们头顶上响起。现在雪滑梯上挤满了人,人们互相推搡着,结果有的从滑梯后面掉下来,有的头朝下从滑梯前面滚下来。

卡西扬停下脚步。"那使节,"他说,"我指切鲁贝。"

"什么?"瓦西娅说。

"他好像认识你。"卡西扬说。

前面的街道上一片喧闹。"那边出什么事了?"瓦西娅问道。他们前面的人群正在后退。下一刻有匹脱缰的马狂奔过来。

是市场上的那匹牝马,是瓦西娅想要的那匹。她的四蹄飞快踩过肮脏的雪地。人们叫喊着,为她让出路来。瓦西娅张开双臂,想阻止那牝马。

牝马想绕过她,但瓦西娅敏捷地抓住断掉的缰绳说:"等一下,女士。怎么啦?"

牝马在卡西扬面前惊退,被人群吓得要命,用后腿立起来。"退后!"瓦西娅对他们说。人们略微退后,接着传来三匹马笃定的马蹄声,切鲁贝和他的随从沿着街道小跑着过来。

鞑靼人懒洋洋地看了瓦西娅一眼,似乎很惊讶。"又见面啦。"他说。

既然玛丽亚现在已安全回家,瓦西娅就觉得自己没什么好怕的,于是她挑起一条眉毛，说：“你买了这匹马，她跑掉了，是不是？”

切鲁贝很镇定：“好马总是有脾气的。帮我抓住她，你真是个好小子。”

“好马是有脾气，但这也不是你吓唬她的借口。”瓦西娅反驳，"还有，别叫我小子。"牝马在她手中颤抖，吓得又把头猛昂起来。

“卡西扬·鲁托维奇，”切鲁贝说，“管好这孩子。否则我可要把这个冒失鬼打一顿，再抢走他的马。他现在可以留着那匹小牝马。”

“如果这匹小马是我的，”瓦西娅冒失地说，“我能在正午钟声敲响之前骑上她，不会让她在莫斯科的大街小巷惊慌地乱跑。”

她愤愤地看到那强盗好像觉得这事很有趣。“说大话的小孩子。来，把她给我。”他说。

"我可以押上我的马。"瓦西娅无动于衷。她想到卡佳要挨饿，因为季米特里必须征下一年的税，于是怒气冲冲，说话也不计后果。"三个钟头内，我就能骑在这马上。"

卡西扬开口：“瓦西娅……”

她没看他。

切鲁贝哈哈大笑。"你行吗？"他盯着那不安的惊马，"那就如你所愿，让我们看看这奇迹。但如果你输了，我肯定会牵走你的马。"

瓦西娅鼓起勇气：“如果我赢了，我想要这匹马。”

卡西扬急切地抓住她的胳膊：“这是一个愚蠢的赌注。”

"如果这个男孩想把财产浪费在吹牛上，"切鲁贝对卡西扬说，"那是他自己的事。现在走吧，小子。我看你怎么骑上她。"

瓦西娅没有回答，而是仔细打量那匹受惊的马。她在缰绳另一端挣扎，每跳一次，瓦西娅的胳膊就被猛地抻一下，几乎没有哪匹马比她更难驾驭了。

"我需要一个围场，围墙要高些。"瓦西娅终于说。

"这里没有任何障碍物，只有一圈围观者，"切鲁贝说，"下注之前，你应该看看手里有什么。"

他脸上的笑容消失了。现在他讲话干脆，面色严肃。

瓦西娅又想了一下。"去市场广场吧，"她沉默了一会儿，说，"那边空间更大些。"

"随你的便。"切鲁贝用居高临下的口吻说。

"如果你哥哥发现你做的好事，瓦西里·彼得罗维奇，"卡西扬低声说，"我是不会为你说情的。"

瓦西娅不理他。

***

他们排成一行向广场走去，消息沿着街道飞一般传开：瓦西里·彼得罗维奇和鞑靼贵族切鲁贝打赌了，快去广场。

但瓦西娅没有听见。她只听到牝马的喘息声。她走在马旁边，而那畜生拼命要挣脱绳子。她和马说话，大部分都是胡言乱语、赞美、情话，任何她能想到的话。她也听着马要说什么。离开这里是牝马现在脑子里的唯一念头，是她的耳朵和颤抖的四肢所能表达的一切：离开这里，我必须离开。我想和其他马在一起，我想要青草和安静。离开这里，跑。

瓦西娅听着马的话，希望自己没有做极其愚蠢的事。

***

虽说切鲁贝是异教徒，但罗斯人喜欢善于出风头的人，而切鲁贝很快就证明自己恰巧就属于这类人。如果人群中有人高声赞扬，他就会鞠躬致意，同时有意炫耀手上切割工艺粗糙的宝石；如果有人藏在人群中嘲笑他，他会咆哮着回答，让观众大笑。

他们向大广场走去，切鲁贝的随从立刻动手清理空地。商人们开始诅咒，但最终还是让出地方。健壮的鞑靼马一动不动地站着，甩着尾巴，深深地踩在积雪中挡住人群。

切鲁贝用蹩脚的俄语把打赌的全部情况告诉所有人。不顾在场教士的反对，围观的人立刻开始下注，下得还很高。孩子们爬上市场的摊位观看。瓦西娅和受惊的牝马站在新围成的圈子中间。

卡西扬站在圈子的最里面。他看上去半是厌恶，半是好奇，垂着眼睛，似乎在拼命思考。人群越来越密集，声音越来越大，但瓦西娅的全部注意力都集中在那匹牝马身上。

"来吧，女士，"她在马滔滔不绝的独白声中说，"我不会伤害你的。"

牝马全身僵硬，没有回答。

瓦西娅想了想，吸口气，不顾危险地在众目睽睽之下走上前去，扯下笼头。

人群无声地表示惊讶。

牝马定定地站了一瞬，和围观者一样回不过神来。就在此时，瓦西娅从牙缝中挤出一句话："现在去吧！快逃！"

牝马不再需要任何鼓励，奔向第一匹草原马，转过身去，又跑向另一匹，再次跑开。如果她想停下来，瓦西娅就驱使她跑下去。当然，要想驮人，马必须先服从命令，而此刻牝马唯一会服从的命令就是逃跑。

走开。这个命令还有另一层意思。在列斯纳亚辛里亚,如果有小马驹不听话,瓦西娅心爱的牝马米什就会把小马驹暂时赶出马群。她甚至对瓦西娅也这样做过一次,让女孩很懊恼。这是一匹小马所能承受的最可怕的惩罚,因为集体就是马的生命。

和这匹小马相比,瓦西娅就像牝马,一匹聪明的老牝马。瓦西娅从她的耳朵就看得出来,现在小马正在思考这个两腿生物是否能听懂自己的话,自己是否不再孤单。

周围的人群一片死寂。

突然,瓦西娅一动不动地站住,与此同时小马停下脚步。

人群发出一声叹息。

牝马的眼睛盯着瓦西娅。"你是谁?我不想一个人待着,"小马告诉瓦西娅,"我害怕。我不想一个人待着。"

"那就来吧,"瓦西娅转过身来说,"到我这里来,你就再也不会孤单。"

小马舔着嘴唇,竖起耳朵。接着,随着怀疑的轻柔叫声,小马向前迈了一步,又一步,第三步,第四步,直到把鼻子靠在女孩的肩上。

瓦西娅笑了。

喊声四起,但她并不在意。她搔着小马的马肩隆和两肋,就像马们彼此之间做的那样。

"你闻起来像匹马。"牝马用鼻子嗅着她,怀疑地说。

"很遗憾我不是。"瓦西娅说。

女孩随意地走起来。牝马跟着她,鼻子还贴着瓦西娅的肩膀,这边走走,那边走走,转身。

瓦西娅停下来,牝马也停下来。

通常瓦西娅会让马待在那儿，保持安静，记住不要害怕。但现在她打了赌。她还有多少时间？

人们默默地看着，她瞥见卡西扬神秘莫测的眼睛。"我要骑到你背上，"瓦西娅对马说，"就一会儿。"

牝马半信半疑。瓦西娅等待着。

牝马舔舔嘴唇，不高兴地低下头。信任刚刚建立起来，还很脆弱。

瓦西娅把身体靠在马肩隆上，没把全身重量都压上去。牝马颤抖着，但没动。

瓦西娅在心里祈祷，尽可能轻快地跳起来，抬起一条腿，跨上马背。

牝马扬起前腿，然后站定，颤抖着，两只耳朵向后，恳求地指向瓦西娅。动作一旦有错，甚至呼吸出错，牝马就会全速奔跑，女孩的所有努力就会付诸东流。

瓦西娅什么也没做，只是抚摩着牝马的脖子，低声说话。当她感到马放松了一点——就那么一点点时，她就用脚跟轻轻碰碰对方："走。"

牝马仍然僵硬地竖着耳朵，走了几步就站住，腿像小马驹一样僵硬。

这就足够了。瓦西娅滑到地上。

迎接她的是一片死寂。

喧闹声迎面扑来。"瓦西里·彼得罗维奇！"他们喊道，"勇者瓦西里！"

瓦西娅感觉有点儿晕，她强忍着向人群鞠了一躬，看见切鲁贝脸上满是恼怒,但仍强颜欢笑。

"我现在就把她带走啦,"瓦西娅说,"毕竟,要想骑马,先得马同意。"

有那么一会儿,切鲁贝什么也没说。随后他哈哈笑起来,使她很吃惊。"我不知道自己居然会被一个小巫师和他的花招儿打败,"他说,"向你致敬,魔术师。"他在马背上,向她躬身行礼。

瓦西娅没有还礼。"对眼界狭隘的人来说,"她的脊梁挺得笔直,"任何技巧看上去都像魔术。"

周围的人都笑起来。鞑靼人脸上的微笑不变,但那种嘲弄之色消失了,"那就来和我决斗吧,小子。"他低声回答,"我会扳回一局的。"

"今天不行。"卡西扬坚定地说,走上前来,与瓦西娅肩并肩站着。

"好吧,那么,"切鲁贝故作温和地说,向手下招手,一个精美的绣花笼头出现在眼前,"算是我的贺礼,"他说,"她是你的了。愿你长生。"

他的眼神却泄露了他的真实想法。

"我不需要缰绳。"瓦西娅骄傲且漫不经心地说,转过身去。牝马仍然紧紧地盯着她,焦急地用鼻子嗅她的肩膀。

"你真是惹麻烦的天才,瓦西里·彼得罗维奇,"卡西扬无奈地说,下马走在她身边,"你刚刚为自己树敌了。但你确实有马术的天赋。真是场精彩的表演。你叫她什么?"

"齐玛。"瓦西娅不假思索地说。冬天,这很适合牝马的优雅风度和白脚杆。她抚摩着牝马的脖子。

"那么，你打算养马喽？"

牝马的呼吸呼哧呼哧地喷在瓦西娅耳朵里，好像风箱。姑娘吃惊地转过身来，望着牝马那张点缀着洁白绒毛的脸。养马吗？好吧，她现在有了这匹马，她会生小马驹。她有一件用金线织成的长袍，是大公送她的礼物；还有一把苍白的刀，挂在腰间的刀鞘里，是霜魔的馈赠。那蓝宝石项链挂在胸前，是父亲的遗赠。她有这么多礼物，而且礼物都很珍贵。

她也有了自己的名字：瓦西里·彼得罗维奇，就是人群之前齐声喊出的那个。勇者瓦西里。瓦西娅感到自豪，好像这个名字真是她自己的。

在那一刻，瓦西娅觉得自己可以成为任何人，成为她的真实身份——彼得的女儿、出生在遥远森林里的瓦西丽莎——之外的任何人。我是谁？瓦西娅想，心中若有所失。

"来，"卡西扬说，"这消息将在天黑前传遍莫斯科。现在他们要叫你驯马师瓦西里，你的绰号会比你哥哥的还多。把这可爱的小牝马放在围场里，跟索洛维待在一起吧，让他来安慰她。现在你得不醉不归啦。"

瓦西娅没有更好的主意，于是跟着他沿原路往回走。他们再次穿过喧闹的城市，她一只手放在牝马的脖子上。

***

面对一匹真正的牝马时，索洛维表现得与其说是高兴，不如说是满腹怀疑。牝马盯着枣红马，情况也好不到哪里去。他们面面相觑，耳朵耷拉下来。索洛维冒险发出低沉的声音安抚对方，却得到一声尖叫和飞舞的马蹄作为回应。最后两匹马分退到围场的两头，瞪着对方。

没戏了。瓦西娅抄着手靠在围场的栏杆上看着他们。她一度梦想过拥有一匹继承了索洛维血统的小马驹，一群完全属于她自己的马，以及一处可以让她任意支配的庄园。

另一方面，她内心中那个理智的自己耐心地劝告她，说这是完全不可能的。

"喝吧，瓦西里·彼得罗维奇。"卡西扬靠在瓦西娅旁边的栏杆上，递给她一个装着浓郁黑啤酒的酒囊，那是他刚刚在路上买的。她喝了一大口，拿开酒囊，深深呼出一口气。"你还没回答呢，"卡西扬接过酒囊，"为什么那个切鲁贝看上去好像认识你？"

"就算我说了，你也不会相信我，"瓦西娅说，"我哥哥就不相信我。"

卡西扬短促地吐出一口气。"我建议，"他不悦地灌了一大口酒，"你试试再说，瓦西里·彼得罗维奇。"

这几乎是在激将。于是瓦西娅盯着他的脸，把事情的始末告诉了他。

"都有谁知道这事？"她说完后，卡西扬厉声问她，"你还跟谁说过？"

"除了我哥哥吗？没有了。"瓦西娅苦涩地回答，"你相信我吗？"

短暂的寂静。卡西扬转过身去，看着从一百座烤炉上袅袅盘旋而起，直升入明净天空的炊烟，但似乎什么也没看进去。"是的，"卡西扬说，"是的，我相信你。"

"我该做什么呢？"瓦西娅问，"这意味着什么？"

"这个民族祖祖辈辈都是强盗，"卡西扬回答，"还能意味着什么呢?"

瓦西娅认为:如果他们只是强盗,也无法建起使节住的那处精美的宫殿。她也不认为生来就是强盗的人会有切鲁贝那种优雅风度。但她没有争辩。"我想告诉大公,"她说,"可是我哥哥说我不能去。"

卡西扬思考着,用食指敲着牙齿:"去找季米特里·伊凡诺维奇之前,你必须先拿出实在的证据。口说无凭,我要派个人去找烧毁的村庄。我们会找到个祭司,或者某个看到过强盗的村民。除了你,我们必须找到更多目击证人。"

一阵感激之情涌上瓦西娅的心头,因为他相信她,也知道该怎么做。钟声在他们头顶上响起。两匹马到处嗅着,去找雪下的干草,有意不理对方。

"那我就等着啦,"瓦西娅重拾信心,"但我不能等太久。无论有没有目击证人,我都必须尽快去找季米特里·伊凡诺维奇试试运气。"

"理解,"卡西扬拍拍她的肩膀,"去洗个澡吧,瓦西里·彼得罗维奇。我们必须去教堂,宴会就要开始了。"

第十九章

谢肉节

太阳在五彩斑斓的火烧云中慢慢西沉,夜空中星光闪烁。晚上,瓦西娅和沉默的哥哥、季米特里·伊凡诺维奇、一大群波雅尔及其夫人一起去参加礼拜。特殊日子里,妇女们可以戴着面纱走在昏暗的街道上,和家人一起去做礼拜。

奥尔加没有去,因为她快要生产了,玛丽亚也和母亲一起待在内宫。其他莫斯科贵族妇女则穿着绣花靴子,笨拙地走在车辙纵横的路上,和仆人及孩子们走在一起。她们华丽的衣饰仿佛冬天里的一片开满鲜花的草地,令人惊叹。此外,她们从头到脚蒙着面纱。瓦西娅走在季米特里的波雅尔们中间,被挤得半死。她怀着既好奇又恐惧的心情望着那些穿着鲜艳衣服的身影,直到有人嘲弄地用胳膊肘戳戳她的肋骨。大公队列里的一个小伙子说:"陌生人,最好不要看太久,除非你想要个妻子,或一个破碎的脑袋瓜。"

瓦西娅不知道自己是该笑还是该生气,只好把目光转向别处。

在落日的余晖中，大教堂的塔楼像一簇有魔力的火苗。教堂的两扇大门有两个成年男人叠起来那么高，上面镶嵌着青铜钉。他们从教堂前厅走到有隐隐回音的广阔中殿，瓦西娅静静地站了一会儿，目瞪口呆。

这是她所见过的最美丽的地方。光是那宏大的规模就足以使她敬畏，还有那股熏香味，镶金的圣像、彩绘的墙壁、拱顶上的蓝色银质星星，沸腾的人声……

瓦西娅本能地走到中殿左边的女席，幸好她很快就回过神来。之后她站到大公身后的人群中，继续惊叹。

这么长时间以来，瓦西娅第一次开始同情康斯坦丁祭司。这就是他失去的东西，她想，因为他去了列斯纳亚辛里亚。虽然只是一瞥，我也知道这里是他光彩照人的天堂，是他享受信徒的崇拜和爱的地方。难怪这一切最后都变成威胁、痛苦和诅咒。

仪式继续进行，这是瓦西娅经历过的最长的礼拜。她一直半梦半醒地站着，直到大公和随从离开大教堂。瓦西娅已经有些审美疲劳，所以很高兴自己能离开。三小时的冷静仪式后，人们要在当晚狂欢作乐。

大公的队伍向季米特里的宫殿走去，在街道中绕行；主教们为人群祝福。

他们很快就与另一支队伍迎头撞上。自发聚集起来的人群跟在高高举起的人偶"谢肉节女神"后面，在雪地里前进。混乱中有群年轻的波雅尔走上前来，把瓦西娅围在中间。

金黄的头发、大眼睛、戴着珠宝戒指的手指和歪歪斜斜的腰带，说明他们无疑是大公的另一群表亲。瓦西娅双臂交叉抱在胸前。他们像猎狗一样聚拢。

"我听说你非常受大公的宠爱。"其中一人说。他脸颊瘦削,胡须刚刚长出来,估计日后应该短不了。

"这有什么不对吗?"瓦西娅反问,"我喝酒千杯不醉,而且我骑马比你强。"

有个年轻的贵族推了她一把,但她动作优雅地躲开,站稳脚。"今晚风真大呀,是不是?"她说。

"瓦西里·彼得罗维奇,你觉得自己比我们都强吗?"另一个小伙子咧着嘴笑,露出一颗腐烂的门牙。

"可能吧。"瓦西娅说。她小时候那种任性曾经被人压制,现在它却在这个粗野的世界里疯长,在灵魂里轻率地复活。她对年轻的波雅尔们笑笑,发现自己真的不再害怕了。

"比我们都强?"他们奚落道,"你只不过是个乡下贵族的儿子、无名小卒、暴发户、贵贱通婚①的产物。"

瓦西娅用临时想出来的几句侮辱话大笑着反唇相讥。最后他们告诉她:他们打算绕着季米特里·伊凡诺维奇的宫殿跑两圈,获胜者会得到一坛酒。

"愿意奉陪。"瓦西娅说。孩提时代起她就是个飞毛腿。她把土匪、神秘事件和失败都抛在脑后,打算好好享受属于自己的夜晚。"我可以让你一段距离。"

---

① 夫妻中社会地位较低的一方或其子女不能继承对方的头衔或财产。——译者注

***

瓦西娅醉醺醺地捧着酒坛,被一群新朋友抬进季米特里·伊凡诺维奇的大厅,原有的一点点担心也被胜利的喜悦淹没。结果她发现被自己女扮男装骗过的大多数主要人物已经在那里了。

季米特里当然坐在中央。一位女士坐在他身旁,长袍从肩膀上笔直地披下来,圆圆的脸上流露出酸溜溜的自得,那是他的妻子……

卡西扬——瓦西娅皱起眉头。卡西扬一如既往地平静且衣着华丽,但表情严肃,红色双眉之间有一条线。瓦西娅正在想他是不是有什么坏消息,这时她哥哥出现,抓住了她的胳膊。

"你已经听说了?"瓦西娅无奈地说。

萨沙把她拉到角落里,把原本躲在那里的一对调情男女赶走,使那两人都很恼火。"奥尔加说你把玛丽亚带出宫了?"他问。

"是的。"瓦西娅说。

"你打赌赢了切鲁贝一匹马?"

瓦西娅点点头。她能听到他咬牙切齿的声音。"瓦西娅,别再这样了好不好?"萨沙说,"你出风头,却把那个孩子搅进来?你必须——"

"什么?"瓦西娅不耐烦地说。她是那么爱这个眼睛明亮、双手强壮的哥哥,因此更加生气。"要我趁夜安静地回去,回到奥尔加宫殿里上锁的房间里,铺好床睡觉,早晨祈祷,调动仅存的一点儿魅力引诱年轻贵族,同时让索洛维在院子里憔悴下去?那么,哥哥,如果我进内宫,你是打算卖掉我的马,还是把他据为己有呢?你是个修士,但我看你也没待在修道院里,亚历山大兄弟。难道你不应该去果菜园,不停地吟唱祈祷吗?相反,你却成了莫斯科大公最亲密的顾问。为什么是你，哥哥？为什么你能做这些，而我却不能？"她耸耸肩，这一通长篇大论连她自己也感到惊讶。

萨沙什么也没说。她意识到他曾在修道院的沉思默想中问过自己上述所有问题。他曾辩论、反驳，却无法得出答案。他面露困惑，不高兴地望着她，使她的心怦怦直跳。

"不，"她抓住他扯在自己衣袖上的手，觉得它瘦削而强壮，"你和我一样清楚，我不能进内宫，就像真正的男孩一样不能。我就在这里，我不会走。除非你在大家面前揭发咱俩，说我们都是骗子。"

"瓦西娅，"他说，"你这样不是长久之计。"

"我知道。我要结束这一切。我发誓，萨沙。"她撇撇嘴，脸色阴沉，"可是目前没有办法。让我们大吃大喝吧，哥哥，一起说谎。"

萨沙退缩了。不等他回答，瓦西娅就昂首挺胸地从他身边走开，怒气渐渐消退。在那顶讨厌的帽子下面，汗水在额头上凝结，同时她眼睛里汪起泪水。她哥哥爱着那个叫瓦西丽莎的孩子，但是，如果那孩子长大成人后是那个样子，还有谁会爱她呢？她总是那么鲁莽，还天不怕地不怕的。

我得走了，这个念头突然清晰地闯进她的脑海，我等不及过完谢肉节了。为自己的利益，我撒了这个谎，这是对他最大的伤害，我必须走。

*明天，哥哥，*她想，*明天我就走。*

季米特里招手叫她过去，一如既往地微笑，只有那岩石般冰冷的清醒状态表明，也许大公并不像他表现出来的那样轻松自在。他的人民和波雅尔们心情激动，议论纷纷。有个鞑靼贵族正懒洋洋地待在城里，要求纳贡。大公的心叫喊着要战斗，他的头脑却叫他等待。这两件事都需要钱，可他拿不出来。

"我听说你赢了切鲁贝一匹马。"季米特里对她说，熟练地从脸上把烦恼之色抹去，换上一副镇定自若的表情。

"是的。"仆人把一只大浅盘端过来，正巧撞在她背上。第一道菜已经上桌了。它们在穿过院子时沾上了一点雪粉。没有肉，只有用面粉、蜂蜜、黄油、鸡蛋和牛奶做出来的各种美味。

"干得好，小子，"大公说，"虽然我不太赞同这么做，切鲁贝毕竟是客人。但年轻人嘛，做什么都可以得到原谅。"季米特里向她眨眨眼。

直到现在，瓦西娅才感同身受，明白萨沙对大公撒谎时感到有多痛苦。她之前从来没有为什么事内疚过。但是现在她想起了关于效忠的许诺，于是良心开始谴责她。

好吧，至少有一个秘密是可以讲出来的。"季米特里·伊凡诺维奇。"瓦西娅突然说，"有件事我必须告诉你，是关于那位使节的事。"

卡西扬本来在一边喝酒一边听，现在他站起来，把红发往后甩了甩。

"节日期间，我们不该找点儿乐子吗？"他醉醺醺地在房间里吼道，完全盖过她的声音，"我们不该来点儿消遣吗？"

他微笑着转向瓦西娅。他在做什么？

"我有个提议，"卡西扬接着说，"瓦西里·彼特罗维奇是位伟大的骑手，我们都见过。好吧，让我来掂掂他的分量。你明天参加比赛吗，瓦西里·彼得罗维奇，在全莫斯科面前？我现在向你挑战，在场的都是证人。"

瓦西娅目瞪口呆。赛马吗？那和我有什么……

人群中传来愉快的窃窃私语。卡西扬带着奇怪的紧张神情注视她。"我接受，"她不由自主地说，"如果你允许的话，季米特里·伊凡诺维奇。"

季米特里往后一坐，看上去很高兴："我不是想要扫兴，卡西扬·鲁托维奇，但我看你的马都比不上索洛维。"

"尽力而为。"卡西扬微笑着回答。

"那么，我听见，也亲眼看见了！"季米特里叫道，"明天早上。现在大家伙吃饭吧，感谢上帝。"

谈话声、歌声和音乐响起。"季米特里·伊万诺维奇。"瓦西娅又开始说。

但卡西扬跌跌撞撞地离开长凳，在瓦西娅身旁坐下，单手搂住她的肩膀。"别犯傻。"他在她耳边低声说。

"我受够谎言了，"她低声对他说，"季米特里·伊凡诺维奇可以相信我，也可以不相信我。他是大公嘛。"

在她另一侧，季米特里正为即将降生的儿子大声祝酒，一只手搭在面带微笑的妻子的肩上，同时把啃完的骨头扔给脚边的狗。午夜将近，炉火越烧越红。

"这不是谎言，"卡西扬说，"但急不得。真理如鲜花，要在适当的时候采摘。"那只强壮的胳膊紧紧搂着瓦西娅的肩膀，"你喝得还不够，孩子，远远不够。"他把酒倒进杯子里，递给她，"给你的，喝吧。我们明天早上要去赛马，你和我。"

她接过杯子抿了一口。他看着她，慢慢露出笑容。"不。多喝点儿，这样我就能轻松获胜。"他向前倾身，吐露心事，"如果我赢了，你要把一切都告诉我，"他低声说，头发几乎拂过她的脸。她一动不动地坐着。"一切，瓦西娅，关于你和你的马的一切，还有挂在你身上的那把漂亮的蓝匕首。"

瓦西娅惊讶地张大嘴。卡西扬把自己杯里的酒一饮而尽。"我以前来过这里，"他说，"就在这座宫殿里。很久以前，我在找东西，找我失去的东西。我几乎失去了，又不完全是。你觉得我会再找到它吗，瓦西娅？"他茫然的双眼闪着光，看着远处。他的胳膊把她越搂越紧。瓦西娅第一次感到不安。

"听着，卡西扬·鲁托维奇……"瓦西娅说。

她觉得他全身僵硬，觉得他确实在听，但不是在听她说话。瓦西娅沉默下来。慢慢地，她也感觉到一种沉寂，古老而渺小的沉寂，在宴会的喧闹之下慢慢汇聚，慢慢被冬日轻柔的微风填满。

瓦西娅完全忘记了卡西扬。仿佛有一道纱幕从她眼前升起。在莫斯科，在这场波雅尔的宴席上的臭气、烟雾和喧闹声中，另一个世界悄然而至。那个世界的生灵也在与人类共享盛宴。

桌子底下有个穿着华丽破衣服的家伙正忙着打扫面包屑。他有个大肚子和长胡子。多毛沃伊，瓦西娅想，这是季米特里家的多毛沃伊。

季米特里的桌子上站着个头发蓬松的矮小女人，在盘子之间跳来跳去，有时还会踢翻某个粗心大意的男人的杯子。那就是奇奇莫拉——多毛沃伊有时也会有妻子。

高处传来翅膀扑棱的声音。瓦西娅抬起头，正对上一个女人直勾勾的眼睛。她随即消失在天花板的烟雾中。瓦西娅感到一阵寒意，因为这只长着女人头的鸟是命运的象征。

无论看得见还是看不见他们，瓦西娅都能感觉到他们目光的分量。他们在观望，在等待——为什么？

瓦西娅抬起头，看见摩罗兹科出现在门口。

他站在昏暗的火光中，火光漫过他的身影，在他身后融入黑夜。他没戴帽子，脸上没有胡须，衣上的雪也没有融化。如果不是因为上述特点，他就像个真正的男人，体形和脸色都像。他的蓝衣仿佛冬天的暮色，衣边上结着霜。他乌黑的头发被一阵松香味的风吹得飘起来。风打着旋，吹散大厅里的一点儿烟雾。

音乐声一变，男人们在长凳上坐直。但是似乎没有人看见他。

除了瓦西娅。她盯着霜魔，好像在看一个幽灵。

精灵们转过头。上空的鸟展开巨大的翅膀。多毛沃伊停止清扫。他的妻子也停下来。他们都死死地站着不动。

瓦西娅穿过大厅中央走过来，穿过一桌桌嗓门儿沙哑的宾客，穿过正看着她的精灵们。摩罗兹科站在那里看着她走来，嘴角微微弯起，形成一个笑容。

"你怎么到这儿来了？"她低声说。她离他那么近，近到能闻到雪花、岁月和那个纯洁而狂野的夜晚的味道。

他对着那些注视着自己的精灵挑起一条眉毛，"难道我不能加入这群人吗？"他问道。

"可是你为什么想这样呢？"她问他，"这里没有雪，也没有荒野。难道你不是严冬之王吗？"

"早在这座城市出现之前，人们就会举办宴会来欢迎太阳神，"摩罗兹科答道，"但早在这种习俗出现前，我就诞生在这世界上。过去人们曾经会在这个晚上将几个少女勒死在雪地里，以此来召唤我，或是驱赶我离开，让夏天到来。"他上下打量她，"现在当然不会再有祭品。但有时我仍会来参加宴会。"他的眼睛比星辰更亮、更高远，带着冰冷的温柔之情，盯着周围人们喝得通红的脸，"这些人仍然是我的子民。"

瓦西娅什么也没说。她在想童话里死去的女孩。那个大人常在寒冷的夜晚用来吓唬孩子们的故事掩盖了一段血淋淋的历史。

"这宴会代表我的力量在衰退，"摩罗兹科温和地说，"很快春天就要到了，到时我会待在自己的森林里。那里的积雪常年不化。"

"那你到这里来，是要找个女孩勒死吗？"瓦西娅问，声音中有一股寒意。

"为什么这么说？"他问，"这里会有一个吗？"

他们面面相觑，安静了一会儿。"在这座疯狂的城市里，发生什么都不稀奇。"瓦西娅说，暂时不去想那种陌生感。她没再去看那双经历了漫长岁月的眼睛。"我不会再见到你了，对不对？"她问，"我指的是在春天里。"

他什么也没说。他移开目光，皱着眉头扫视整个大厅。

瓦西娅顺着他的目光看过去，觉得好像瞥见卡西扬正在看着他们。但当她有意看过去时，卡西扬已经不在了。

摩罗兹科叹口气，垂下如星辰般的眼睛。"没什么，"他几乎是在自言自语，"阴影让我眼花。"他又把目光转向她，"是的，你不会再看见我了，"他说，"因为春天时我不在。"

看着他脸上那淡淡的忧伤，她不由得一本正经地问道："那今晚你会坐在那张最高的桌子上吗，严冬之王？"但接下来她实事求是地指出，"那些波雅尔都喝到桌子下面去了，有地方给你。"这句话把之前的效果都破坏掉了。

摩罗兹科大笑起来,看起来很惊讶:"人类的大厅里没有我的位置,已经有很长时间没人邀请我赴宴了。"

"那么我来邀请你,"瓦西娅说,"虽然我不是这大厅的主人。"

他们都转身去看那张高桌。确实有些人摔下长椅,躺在地上打鼾。但那些仍能坐直的人已经邀请女人坐过来。他们的妻子都已回卧室就寝。大公一边搂着一个女孩,用大手抓住其中一个的乳房。瓦西娅红了脸。摩罗兹科忍着笑在她身边说:"好吧,还是算了吧。你能跟我一同骑马来代替赴宴吗,瓦西娅?"

周围的人大吼、尖叫、唱歌,闹成一团。突然间,莫斯科使她窒息。她受够了这腐臭的宫殿、冷酷的眼神、欺骗、失望……

精灵们在周围看着他们。

"好的。"瓦西娅说。

摩罗兹科优雅地朝门口做个手势,跟着她走进夜幕中。

***

索洛维先看见他们,发出一声响亮的嘶鸣。摩罗兹科的白色牝马站在他身边,在积雪的映衬下仿佛苍白的幽灵。齐玛蜷缩在栅栏旁,看着新来的客人。

瓦西娅从栅栏间探进身子,低声安慰小牝马,然后跳上索洛维的背,毫不在意自己的漂亮衣服。

摩罗兹科骑上白马,把手放在她的脖子上。

四周都是围场的高栏。瓦西娅策马冲过去。索洛维越过栅栏,那匹白马只落后他一步。头顶上最后一片云被吹散,星光快活地照下来。

他们像幽灵一样经过谢尔普霍夫亲王宫殿的大门。在他们身旁，人们在庆祝节日。克里姆林的大门依然敞开，正下方的波萨德①里到处是红色的炉火光芒和低沉的歌声。

但是瓦西娅不喜欢炉火和歌曲。现在，另一个古老的世界以纯洁的美、神秘和野性占据了她的心。他们悄无声息地飞奔，穿过克里姆林的大门，再向右转，在正大开宴席的千万处住宅间互相追逐。接着马蹄声变了，缎带一般的河流在面前展开，城市的烟雾被甩在身后，四周都是白雪和皎洁的月光。

虽然夜晚的空气扑面而来，多少驱散了醉意，可瓦西娅还是晕乎乎的。她大声喊叫，索洛维的步子迈得越来越大。他们沿着莫斯科河飞奔而去。两匹马大步跑过冰面和银色的积雪，你追我赶。瓦西娅咧开嘴，迎风大笑。

摩罗兹科与她并肩奔跑。

他们跑了很长时间。瓦西娅骑够了，便拉着索洛维步行。她一时冲动，笑着冲下满是积雪的堤岸。她穿着厚重的衣服，汗流浃背，于是扯下帽子和兜帽，在夜色中露出蓬乱的黑发。

索洛维停下来，轻轻一跃，落在冰封河面上，同时摩罗兹科也停下来。之前赛马时，他那狂野的快乐和她差不多，可现在他脸上却流露出一丝谨慎。"那么，你现在是位少爷了。"摩罗兹科说。

瓦西娅因忘却烦恼而产生的轻松感消失了。她站起来，掸去身上的灰尘："我喜欢做个贵族。为什么我生为女儿身呢？"

摩罗兹科垂下眼皮，遮住眼中闪过的一道蓝光："有哪个女孩能

---

① 波萨德与罗斯城镇的坚固城墙毗连，但不在其内，通常扮演贸易站的角色。几个世纪以来，它经常演变成独立的行政中心或城镇。

像你这么疯?"

酒劲儿上涌,她的脸发烫——肯定是因为醉酒,而不是别的。她心情大变:"那么,这就是我全部的生活了吗?成为幽灵,成为一个难辨真假身份的人?我喜欢做个年轻的贵族,我可以留在这里帮助大公。我能训练马匹,管理手下,还能挥刀。但不行,因为他们迟早会知道我的秘密。"

她突然转过身,星光映在她睁得大大的眼睛里:"如果我不能成为贵族,我仍然可以做个旅行者。如果索洛维能驮我的话,我想骑马到世界的尽头。我会看到比日落还要远的绿地,就是那个岛——"

"布岩岛①吗?"摩罗兹科在她身后低语,"在那里,海浪拍打着布满岩石的海岸,风带来冰冷的石头和橘子花的香味。是那个岛吗?它的主人是天鹅少女,有一双像海水一样的灰眼睛。是童话里的那个岛吗?那是你想要的吗?"

酒和一路狂野骑行带来的热劲儿现在正逐渐散去。黎明的风还没有刮起来,周围一片死寂。虽然裹着狼皮衣,黑发也披在身上,但瓦西娅突然全身颤抖。"你就是为这个来的吗?"她问,并没转过身来,"来引诱我离开莫斯科?或者你是来告诉我最好待在这里,换上女装嫁人?为什么那些精灵会来参加宴会?为什么加玛优②等在上空?是的,我知道那只鸟意味着什么。有什么事情要发生了吗?"

"我们不能和人类一起参加宴会吗?"

---

① 布岩岛是斯拉夫神话里的海中神秘岛屿,能自行出现和消失。几个俄罗斯民间故事中对此曾有所提及。

② 加玛优是俄罗斯民间传说中会预言的角色,通常被描绘成一只长着女人头的鸟。

她什么也没说，又开始走动。虽然头顶是长空，脚下是辽阔的冰面，四周有深不可测的森林，但她像关在笼子里的猫一样踱步。"我想要自由，"她终于自言自语地说，"但我也想要一席之地和生活目标。我不确定是否能得到其中一个，更不敢奢望两者兼得。而且我不想活在谎言里。我正在伤害哥哥姐姐。"她突然停下来转过身，"你能帮我脱离这个困境吗？"

摩罗兹科挑起眉毛。拂晓的风把马蹄边的雪卷成旋涡。"我是先知吗？"他冷冷地问她，"我能在月光下骑马赴宴，但不愿被召去倾听罗斯姑娘诉苦。你的小秘密和你哥哥的良心跟我有什么关系呢？我的回答是：你不应该再听童话故事。我之前已经说得很清楚了，你的世界不在乎你想要什么。"

瓦西娅抿紧嘴："我姐姐也这么说。但你是怎么想的？你在乎我的想法吗？"

他陷入沉默。云层在头顶集结，牝马全身颤抖。

"你可以嘲笑我。"瓦西娅接着说，现在轮到她生气了，她越走越近，"但你会永远活着。也许你什么都不想要，或者什么都不在乎。可是，你现在却在这里。"

他什么也没说。

"难道我要一直做个假贵族，直到他们发现我的秘密，把我送进修道院吗？"她问，"我应该逃跑吗？应该回家吗？还是该跑远，终生不再见哥哥他们？我属于哪里？我不知道。我不知道我是谁。我在你家里吃过饭，还差点儿死在你怀里，你今晚和我一起骑马，而且——我希望你能帮我。"

她一说出口，就觉得这个词听起来很蠢，于是咬着嘴唇。寂静继续。

"瓦西娅。"他说。

"你从来没这么想过,"她退后,"你是长生不老的,而这不过是个游戏。"

他的回答并不是言语,而是他的手。他掐住她的下巴,她的脉搏在他指尖跳动。她没动。他的眼睛冰冷而沉静,像苍白的星星,使她迷失其中。"瓦西娅,"他的声音低沉嘶哑,就在她耳边,"我虽然在这世上活了这么久,但并不像你想象的那么聪明。我不知道你应该选择什么。每次你选一条路,都会怀念另一条,并带着这种怀念活下去。选择看上去最好的那条吧,这一条或那一条,各有各的苦涩,各有各的甜蜜。"

"这算什么建议?"她说。风吹起她的头发,拂过他的脸。

"言尽于此。"说着,他抚摩她的头发,吻了她。

她发出呜咽般的声音:愤怒,而又渴望对方。她双手搂住他。

她之前从没有被人这样吻过。这个吻并不长,而且很慎重。她不知道怎么做,但他教会了她,不是用语言,而是用他的嘴,用他的指尖,还有那种难以言喻的感觉。他的指尖忧郁而细腻,在她的皮肤上拂过。

她紧紧地抱着他,从内到外放松下来,全身都被冰冷的火焰点燃。现在甚至连哥哥们也会骂你该死,她想。但她根本不在乎。轻风催着最后一片云彩掠过天空,明亮的星光照在两人身上。

他终于同她分开,她睁大眼睛,满脸通红,红得要烧起来。他的双眼明亮而完美,是焰心的蓝色。在那一刻,他曾经是人类。

他突然放开她。

"不行。"他说。

"我不明白。"她捂住嘴,全身颤抖,警惕得像那个曾被他扔上马肩隆的女孩。

"不行,"他说,单手扯着自己的卷发,"我的意思不是——"

她很受伤,双臂交叉抱在胸前,说:"不是吗?那你来是为了什么?"

他咬牙切齿。他已经转过身,双手紧紧握拳:"因为之前我想要告诉你——"

他打住话头,看着她的脸。"莫斯科上空有块阴影,"他说,"然而每当我试图凑近细看时,就会被拒之门外。我不知道是什么原因。你没有——"

"我没有什么?"瓦西娅问。她听见自己的声音,尖细痛苦,令人讨厌。

他眼里的蓝色火焰黯下来。"没什么,"摩罗兹科说,"但是,瓦西娅——"

有那么一会儿,他似乎真想泄露什么秘密似的。但他叹了口气,闭上嘴。"瓦西娅,小心点儿,"他最后说,"无论你选择什么,都要小心。"

瓦西娅并没有认真听他讲话。她站在那里,又冷又紧张,心里火烧火燎。不行?为什么不行?

如果她年纪再大一点儿,就会从他的眼神中看到纠结的情感。"我会的,"她说,"谢谢你的提醒。"她转过身,不慌不忙地走开,跳上索洛维的背。

她疾驰而去,所以没有看见他站了很久,一直目送她离开。

稍后，在黎明前那个寒冷刺骨的一小时里，莫斯科上空闪过一道火红的光。少数人看到了它，说这是个预兆；但大多数人没有看到，他们睡着了，梦见了夏天的骄阳。

卡西扬·鲁托维奇看到了。他微笑着离开季米特里在宫殿里为他安排的房间，走到院子里做最后的安排。

摩罗兹科本应知道这道闪光意味着什么，但他没看见，因为他正孤零零地打马飞奔在荒野里，板着脸面对寂寞的寒夜。

第二十章

火焰和黑暗

第二天,一缕微黄的阳光羞怯地照进瓦西娅的小房间。她被阳光照醒,翻身爬起来,觉得头一抽一抽地痛,于是开始后悔头天晚上喊叫、奔跑、喝酒和哭泣得有些过分。

"今晚"这个词就像鼓点,在她的脑壳里敲。她将会把自己知道和怀疑的有关切鲁贝的情况告诉季米特里;她将会低声向奥尔加和玛丽亚告别,但要轻轻地说,这样她们就听不见,也不会喊她回来。然后她就要走了。南方很温暖,没有能在夜里骚扰她的霜魔。世界广阔,而她的家人已经因为她受够了苦难。

但首先,她要去赛马。

瓦西娅迅速穿好旧衬衫和短外套,打好有羊毛衬里的绑腿,再把斗篷和靴子套在外面。她跑到阳光中抬起头,感到天边吹来一缕暖风。不久雪花莲就会在隐蔽的角落盛开,冬天就要结束。

黎明时分下过一场小雪,整个院子一片白。瓦西娅直接走进索洛维的围场,靴子踩在雪上,咯吱咯吱响。

马儿的眼睛明亮,就像冲锋前的战马。小牝马齐玛现在平静地站在他身边。

"尽量别赢得太过分,"瓦西娅看到索洛维跃跃欲试,于是对他说,"我可不想有人指控我对马施魔法。"

索洛维只是抖抖鬃毛,用蹄子刨雪。

瓦西娅叹口气,说:"我们今晚就要离开,那时正是狂欢的高潮时间。所以你千万不要在赛马时消耗太多体力。我们必须在天亮前赶到很远的地方。"

这话使索洛维稍微镇定下来。她给他刷毛,嘴里念叨着天黑后带着鞍囊一起出城的计划。

卡西扬穿着银色、灰色和浅黄褐色相间的衣服,靴尖上还有刺绣。他走进奥尔加的院子时,红日刚刚从城墙上露出头来。他在围场栅栏前停下。瓦西娅抬头,发现他正在看着自己。

现在他的凝视不会再给她压力。前一天晚上经历过摩罗兹科的凝视后,她不再怕任何人的目光。

"早上好,瓦西里·彼得罗维奇。"卡西扬说,汗水把几缕鬈发贴在额头上。瓦西娅想知道他是不是紧张。将要骑着匹普通马与索洛维对抗的人怎会不紧张呢?这个想法使她差点儿露出微笑。

"早上天气不错,大人。"瓦西娅说,鞠了一躬。

卡西扬瞟了索洛维一眼:"让马夫照顾你的马吧,别把自己弄脏了。"

"索洛维不喜欢。"瓦西娅简洁地说。

他摇摇头:"我并无意冒犯,瓦西娅。我们都这么熟了,应该会彼此了解。"

是吗？她点点头。

"幸运的马，"卡西扬说，又看了索洛维一眼，"他那么爱你，这是为什么呢？"

"粥，"瓦西娅说，"索洛维抗拒不了它的吸引力。你来是有话要对我说吗，卡西扬·鲁托维奇？"

卡西扬身体前倾。瓦西娅把一只胳膊搭在索洛维的背上。马的鼻孔张得大大的，不安地躁动。卡西扬盯着她的眼睛不放。"我喜欢你，瓦西里·彼得罗维奇，"他说，"从我见到你的那一刻起，在我知道你是谁之前，我就喜欢上你了。春天时你得到南方的巴什尼亚科斯德去。我的马多如草叶，你可以随便骑。"

"我很愿意，"瓦西娅说，尽管她知道春天来时自己就已在远方了，"如果大公准我假的话。"有那么一会儿，她真希望这是真的。像草叶那么多的马……

卡西扬上下打量她，仿佛可以潜入她的灵魂，窃取她的秘密。"跟我回家吧，"他低声说，带着一种从未有过的情感，"你要什么，我就给你什么。有件事，我只能告诉你——"

他是什么意思？还没等他说完，几匹马嗒嗒地从大门外跑进来。一小队人马疾驰而入，大喊大叫，愤怒的管家在后面追赶。

瓦西娅不明白卡西扬的意思，他要告诉她什么？

跑进来的人就是常跟在季米特里身后的年轻波雅尔，就是那些曾经在大厅里辱骂和推搡她的人。他们穿着毛皮裤子，使劲夹马肚，让马直立起来，他们还敲着马嚼子和马镫，发出上战场前的喧闹声音。"小子！"他们喊道，"小狼崽！瓦西娅！"他们大声说着下流的笑话。一个人弯下腰,伸出手,用胳膊肘杵卡西扬,问他被那个外套像是好久没洗,马也没套笼头的小孩子打败会是什么感觉。

卡西扬大笑起来。不知是不是错觉,瓦西娅觉得他有一刻仿佛真情流露。

最后年轻的波雅尔们被劝说着骑马离开。在白雪覆盖的围场外,在弗拉基米尔的木门外,这座城市睁开眼睛慢慢醒来。一声尖叫从上方的高塔里传出来,又被一记耳光和尖锐的斥骂声镇压下去。空气中弥漫着烧柴火的烟味和成百上千的蛋糕被烘烤的香味。

卡西扬仍然在那里徘徊,红色眉毛之间挤出一条沟。"瓦西娅,"他又开始说,"昨晚——"

"你自己没有马要照看吗?"瓦西娅厉声问,"我们现在是对手,能互相信任到这种程度吗?"

卡西扬撇着嘴,盯着她的脸看了一会儿。"你会——"他开始说。

但是他的话又被一个访客打断。此人装束极其朴素,戴着兜帽抵御寒风,脸绷得紧紧的。瓦西娅咽口唾沫,转过身鞠了一躬。"哥哥。"她说。

"请原谅,卡西扬·鲁托维奇,"萨沙说,"我想和瓦西娅单独谈谈。"

萨沙看上去好像已经睡醒很久,或者从未上床睡觉。

"上帝保佑你。"瓦西娅礼貌地向卡西扬道别。

卡西扬看上去好像吃了一惊,用一种冷冰冰的、奇怪的声音说:"你最好还是听我的。"之后他大步走开。

短暂的沉默。"那个人闻起来怪怪的。"索洛维说。

"卡西扬吗？"瓦西娅问，"此话怎讲？"

索洛维甩甩鬃毛："他身上有灰尘和闪电的味道。"

"卡西扬想做什么？"萨沙问她。

"我不知道，"瓦西娅老实地回答，盯着哥哥的脸，"你之前一直在干什么？"

"我？"他疲倦地倚在栅栏上，说，"我正在追查有关马迈使节切鲁贝的谣言。伟大的贵族不会突然从地下钻出来。全城总该有人听说过他，哪怕是第四手的消息也行。可尽管他那么显赫，我却查不到任何关于他的消息。"

"所以？"瓦西娅回答。绿眼睛和灰眼睛相对。

"切鲁贝有文牒，有马，有随从，"萨沙慢慢说，"但没人听说过他。"

"所以你现在怀疑使节是强盗，是吗？"瓦西娅孩子气地问，"你终于相信我了吗？"

她的哥哥叹口气。"如果我找不到更好的解释，那么，是的，我相信你，虽然我从未听说过这样的事。"他停顿一下，几乎是在自言自语，"如果某个强盗，或者不管什么人，能把我们大家都骗得团团转，那么一定有人帮忙。他从哪里弄到钱、抄写员、纸、马和服饰来冒充鞑靼贵族的？可汗会派这样的人来吗？当然不会。"

"谁可能会帮助他呢？"瓦西娅问。

萨沙慢慢地摇头："比赛结束后，如果季米特里·伊凡诺维奇愿意认真听你说，你就把一切都告诉他。"

"一切吗？"她问，"卡西扬说我们需要证据。"

"卡西扬，"她哥哥反驳道，"是很聪明，但总是为自己做打算。"

他们的目光第二次相遇。

"卡西扬?"她回答哥哥用目光提出的问题,"不可能。是那些强盗烧毁他的村庄,他才来找季米特里·伊凡诺维奇求助。"

"是的,"萨沙慢慢地说,看上去仍没想通,"这倒是真的。"

"我要把我所知道的一切都告诉季米特里,"瓦西娅匆匆说,"但之后我要离开莫斯科。我需要你的帮助。你必须照顾好这匹小马——我的齐玛,对她好一点儿。"

她哥哥身体僵硬,看着她的脸:"瓦西娅,你没有地方可去。"

她微微一笑:"我有整个世界,哥哥。我有索洛维。"

他没说话。为掩饰心痛,她不耐烦地补充:"你知道我是对的。你不能把我送进修道院,我也不嫁任何人。我不能在莫斯科做个贵族,但我也不会成为淑女。我要走了。"

她不敢看他,转身去梳索洛维的鬃毛。

"瓦西娅。"他开口。

她仍然不看他。

他愤怒地咬牙,发出咯吱咯吱的声音。他从围栏的木条之间钻进来:"瓦西娅,你不能就这样——"

她转身看他。"我能,"她说,"而且我也会这么做。如果你想阻止我,就把我锁起来吧。"

她看见他吃惊的样子,意识到自己已经热泪盈眶。

"这不现实。"萨沙说,但声音变了。

"我知道,"她斩钉截铁地说,觉得强烈的悲哀涌上心头,"对不起。"

就在这时,大教堂的钟响了。时间到了。"在我走之前我会把实情告诉你,"瓦西娅说,"关于爸爸的死,关于那头熊和其他所有的事。"

"回头再说吧,"萨沙顿了顿,但觉得也没别的话好说,"我们回头再谈。小心有人耍花样,小妹妹。尽量小心些。我……我会为你祈祷的。"

瓦西娅笑了。"我打赌卡西扬没有马能比得上索洛维,"她说,"但如果你能为我祈祷,我会很高兴的。"

牡马打了个响鼻,摇着头;萨沙阴沉的表情柔和下来。他们突然紧紧拥抱在一起。从儿时起就熟悉的哥哥身上的气味笼罩了瓦西娅。她偷偷在他肩上擦干眼泪。"去吧,上帝与你同在,妹妹,"萨沙在她耳边喃喃说,随即后退,举起一只手为她和马祝福,"转弯时别太快。你一定要赢。"

围场的栅栏边又聚起看热闹的人群,那是奥尔加家的马夫。瓦西娅跳到索洛维背上。机灵的马夫让开路,傻一点儿的目瞪口呆地站着。瓦西娅让索洛维走到篱笆边,他一跃而过。有瓦西娅约束着,他才没从几个挡路的家伙的头上跳过去。萨沙跨上图曼的马鞍,兄妹一起策马穿过大门。

瓦西娅穿过大门的时候回头看,觉得看到了一个王后般的身影正从塔楼的窗户向外望,另一个较小的身影紧紧抓住她的裙子,渴望地看着阳光。然后她和哥哥就跑到街上去了。

他们后面的人群蜂拥而上,大声欢呼。瓦西娅激动不已,向人群举起一只手,人们狂吼着回应她。佩列斯韦特!她听到了,还有勇者瓦西里!

莫斯科大公从宫殿那边走过来,身后跟着波雅尔和随从,再后面是大声喊叫的人群。"你准备好了吗,瓦西娅?"季米特里过来同他们一起走,把他的随行人员远远甩在后面。莫斯科所有的大贵族都在后面你推我搡地抢位置。"我可在你身上押了笔大的。"

"我准备好了,"瓦西娅回答,"或者至少索洛维准备好了。我会紧紧贴在他脖子上,尽量不让他丢脸。"

确实,索洛维在这个明媚的早晨看上去光彩夺目,他的皮毛像面黑镜子,鬃毛垂下来,嘴上没戴笼头。大公看看马,笑了:"疯小子。"他的声音里有浓浓的欣赏之情。

后面的波雅尔们嫉妒地看着这对身手不凡的、受到季米特里宠爱的表兄弟。

"如果你赢了,"季米特里对瓦西娅说,"我会把你的钱袋填满金子。我们还会给你找个漂亮的太太生孩子。"

瓦西娅差点儿哽住,只能点点头。

***

喧嚣声渐渐平息。瓦西娅回头看看有着厚厚积雪的街道,看到卡西扬从山顶独自骑着马走下来。

季米特里、瓦西娅、萨沙和所有的波雅尔都呆若木鸡。

瓦西娅见过索洛维骄傲地在雪地上奔跑,还见过摩罗兹科的白牝马在晨曦中高高抬起前蹄,但她从未见过哪匹马能与卡西扬骑的金色马相媲美。

这匹牝马的皮毛仿佛金色的火焰,侧腹上有几处斑点。她的鬃毛披散在脖子和肩膀上,只有一两处颜色稍浅些。她四肢修长,肌肉结实,个头儿甚至比索洛维还高。

那匹牝马的头上戴着金色笼头和金嚼子,还拴着条金色的缰绳。

卡西扬以此来控制她，使她的鼻子几乎贴到胸前。看起来如果不是被骑手紧紧勒住，她就会转身逃跑。她的每个动作、每次转身和金色鬃毛的每次抖动都是完美的。

嚼子锯齿状的尖端从她嘴里支出来。瓦西娅一看见这种马笼头就讨厌。

马在人群面前畏缩不前，她的骑手踢她，让她向前走。她很不情愿地甩着尾巴走。她想用后腿立起来，但卡西扬把她压下去，用马刺扎她的侧腹，让她一直向前跑。

他到来时，人群没有欢呼，而是一动不动地站着，被那轻快的脚步迷住了。

索洛维的耳朵指向前："她应该跑得很快。"他边说边用蹄子刨着地面。

瓦西娅直起身子，面色严肃。这匹牝马和索洛维一样，也不是普通的马。卡西扬从哪里弄到她的？

好吧，她想，无论如何，这是场势均力敌的比赛了。

金色的马停下来，骑手微笑着鞠躬。"上帝保佑你们，季米特里·伊凡诺维奇、亚历山大兄弟、瓦西里·彼得罗维奇。"卡西扬脸上流露出快活的、恶作剧般的神情，"我的女士驾到了。我叫她佐洛塔娅。这名字跟她很配，对不对？

"是的。"瓦西娅说，"怎么从来没见过她？"

卡西扬的微笑不变，但眼神黯下来："她对我来说很珍贵，我不常骑她。但我想你的索洛维够资格和她比试。"

瓦西娅心不在焉地鞠躬，没有回答。她瞥见另一个多毛沃伊，模糊的身影坐在屋顶上。她仿佛感觉到头上有翅膀在拍动，抬头见那人头鸟正站在塔顶上盯着自己看。奇怪的感觉开始顺着她的脊柱蔓延。

在她身旁，季米特里一时说不出话。最后他说"好吧"，同时拍拍瓦西娅的背："上帝保佑，我们有好戏看了。"

瓦西娅点点头，王公们有的咧嘴笑，有的哈哈大笑，紧张的气氛缓和下来。这是个阳光刺眼的冬日，也是节日的最后一天，整个莫斯科都在为他们欢呼。他们一路谈笑着向克里姆林的大门走去，卡西扬走在她身边。人群大声咆哮，为这毛色一亮一暗的两匹马鼓劲。

他们走下山坡，穿过克里姆林的大门，来到波萨德。

全城人都挤在墙头上、河岸处和闪闪发光的积雪田野里。勇敢的男孩们抓着河对岸的树权爬上去，让树上的积雪像水一样浇到下面的观众身上。"那小伙子！"瓦西娅听到了，"那小伙子！他轻得像羽毛一样，没啥重量。那匹枣红色的大牲畜能驮着他赢得比赛！"

"反对！"另一个声音喊着回答，"反对！看看那匹牝马，看看她就知道谁能赢了！"

牝马摇摇头，在附近慢跑，口吐泡沫，每一个动作都使瓦西娅的心直颤。

队伍穿过空荡荡的集市广场，下到河边。"祝你好运，瓦西娅，"季米特里说，"快点儿骑，表弟。"

大公策马疾驰，在终点处找个地方站好。萨沙跟在后面，久久望着瓦西娅。

索洛维和那匹金色的马镇定地向起跑线走去，骑手们的膝盖几乎顶在一起——他们的马差不多一样高。枣红马斜过一只耳朵，温和地对着金色的牝马吹气；但她只是支起耳朵龇牙咧嘴，试图挣脱金色的缰绳。

河上宽阔的冰面在阳光中闪耀。河对面，贵族和主教开始聚集在起点和终点处。他们穿着毛皮和天鹅绒的衣服，在白色冰面的映衬下一个个仿若珠宝。所有人都在盯着这两个选手走近。

"你想下注吗，瓦西娅？"卡西扬突然问。两人脸上的渴望神情是那么相似。

"下注？"瓦西娅惊奇地问。她碰碰索洛维，让他走到金色牝马够不到的地方。因为靠近看能发现她明显想打架，情绪暴躁得像炽热的蒸汽。

卡西扬咧嘴笑，无意掩饰眼中胜利的喜悦。"下注，"他说，"我能看出来，你其实是个赌徒。"

"如果我赢了，"她一时冲动，"你就把你的马送我。"

索洛维的两只耳朵都向她倾斜，金色牝马的耳朵抽动着。

卡西扬抿着嘴，但他的眼里仍然充满笑意。"大奖，"他说，"真是个大奖。我明白了，你现在做起收集好马的生意了，瓦西娅。"他说她名字时带着种温柔的亲切感，让她突然说不出话来，"很好，"他继续说，"我拿我的马和你的婚事打赌。"

她震惊地盯着他的脸。

她发现他俯身趴在马脖子上，笑得鼻子呼哧呼哧响："你以为我们都像大公一样瞎吗？"

她想：坏了。然后她应该承认，还是否认？他一直都知道吗？但还没等她说话，他已经催马向起跑线走去，笑声仍然飘过来，在清晨寂静的空气中像钻石般坚硬。

两匹马一跃而起，落在冰面上，发出砰的一声。他们向闪闪发光的人群跑去。跑道已被标好：绕城墙两圈，最后再沿河往回跑，跑到大公站着的地方。

瓦西娅从唇间吐出白气。他知道了。他想要什么？

身下的索洛维抬起头，身体僵硬。狂野的冲动涌上她心头：逃跑，躲到邪恶永远找不到的地方去。不，她想，不，最好是面对他，如果他有恶意的话，我逃跑是无济于事的。但她冷冷地对索洛维说："我们会赢的。无论发生什么事，我们一定要赢。如果我们赢了，他就永远不会说出我的秘密。因为他是个男人，他绝不会承认有个女孩子打败过他。"

马耳朵耷拉下来，算是回答。

两匹马在宽广的冰面上越走越远，人群中的喧闹声和下注声慢慢沉寂。在寂静中，唯一能动的是在纯净天空中盘旋的烟雾。

没时间说话。雪地上布满卵石，起跑线被踩得乱七八糟。一位嘴唇冻得发紫的主教戴着黑色的帽子和十字架站在明净的天空下，等着为骑手祝福。

祝福完毕，卡西扬向瓦西娅龇龇牙，拨转马头走开。瓦西娅夹一下马肚，索洛维转过身，向相反方向走去。两匹马绕场一周，肩并肩地走到起跑线上。

她能感觉到身下的骏马越来越暴躁，越来越渴望飞奔。她胸中也涌起无拘无束的野性与之呼应。

"索洛维。"她满怀爱意地低声说道，知道那匹马能明白。最后，她看了白炽的太阳、白雪和天空一眼。天空的颜色和摩罗兹科的眼睛一模一样。接着两匹马同时冲出。就算瓦西娅又说了什么，也都被马带起的风和人群发出的令人窒息的尖叫声掩盖了。

***

赛程的第一段中,他们将直接沿河而下,在那里急转弯,穿过城市脚下的雪地。索洛维像野兔一样跳跃着跑。他们第一次从人群面前跑过时,瓦西娅发出一声怒吼,向他们、对手和整个世界发出挑战。

人们大喊着回应,声音在雪地上飘荡。天地间好像就只剩下两匹马,孤独地在原野上奔跑。

牝马飞奔,疾若流星。瓦西娅简直不敢相信,在开阔的地面上,她跑得比索洛维还快。牝马领先一步,又一步。骑手用沉重的缰绳抽打她。她的唇边泡沫飞溅。她能坚持下去吗,能以这样的速度绕城两圈吗?瓦西娅安静地坐在索洛维背上,身子向前倾。她的马跑得很快,也很轻松。他们冲到拐弯处,瓦西娅能看见滑溜溜的蓝色冰面。索洛维振作精神,稳稳冲上河岸。

那匹金色马跑得太快,差点儿收不住脚,卡西扬用力勒住她。她绊了一下,但很快就恢复平衡,长长的耳朵抿在头上。她的骑手大声呵斥,让她继续跑。瓦西娅低声对索洛维说话,他迈开一小步,收紧后身,平稳地向右跑,逐渐缩短距离。他的头与牝马的臀部在一条水平线上。牝马被骑手不停地鞭打,几乎发狂,拼命挣扎。索洛维连续大步跳跃,很快就追上来,前蹄几乎碰到卡西扬的马镫。

经过卡西扬身边时,卡西扬露出牙齿,向她欢呼致意。瓦西娅忘记了害怕,哈哈大笑。恐惧和胡思乱想都消失了,只有速度、风和寒冷。马在她身下完美地腾跃起伏。她身体前倾,低声鼓励索洛维。马的耳朵向她倾斜,又加快速度。瓦西娅差不多超出对手一马身的距离。她的眼泪冻在脸上,嘴唇被风吹得干裂,牙齿冻得生痛。他们又向右转,冲进厚厚的积雪,在克里姆林墙下奔跑。喊叫声像雨点一样从墙上落下来。他们跑下去，跑下去，越来越快。瓦西娅用腿、身体和柔和的声音命令马飞奔，昂首向前冲。"跑，"她说，"跑！"

索洛维如同暴风雨般再次卷到冰面上，领先于对手。波雅尔们齐声欢呼。他们已跑完第一圈。

有年轻人在冰上策马疾驰，和飞奔的索洛维比赛。但即使是那些以逸待劳的马也跟不上他的速度，被他远远甩在后面。瓦西娅大笑着骂他们，他们也报以同样的回答。她冒险回头看了一眼。

那匹金色的牝马已经回到河边，埋头在冰面上奔跑，速度比瓦西娅见过的任何一匹马都要快。观众们的喊叫声追在后面。她又接近索洛维，泡沫溅在胸膛上。瓦西娅向前探过身子，小声对马说话。牝马似乎发掘出自己的潜力，深吸一口气，步伐更加敏捷。牝马赶上来时，他和她齐头并进。这次他们并肩拐过弯。卡西扬吸取之前的教训，先让牝马迈出一大步，免得她在冰上滑倒。

语言和思想都失去意义。两匹马像被套在马车上一样，肩并肩地绕着城墙转，全速奔跑，但谁都无法超过对方，直到再次跑到通向波萨德的曲折道路上，再次奔向河岸和终点。

但就在那儿有辆雪橇。粗心的驾雪橇的人停得太早，挡住了他们的路。人们都围着它，叫喊着、喘着气。这些傻瓜没想到骑手们的速度这么快，所以路被堵住了。

卡西扬快活地看她一眼，仿佛在邀请她。瓦西娅忍不住也冲他咧嘴一笑。他们飞快冲向高高堆着货物的雪橇。瓦西娅一只手搭在索洛维的脖子上，数他的步数。三，二，没有空间再迈步了。那匹马收回前蹄，腾身跃到空中，一闪而过，轻飘飘地落在光滑的雪地上，向终点开始最后的冲刺。

牝马在雪橇后面一大步的地方起跳，像只鸟一样落在冰面上。然后他们在平地上继续飞奔，全莫斯科的人都在尖叫。瓦西娅第一次向索洛维大声喊叫，于是他继续加速。但牝马已经追平他，拼命奔跑，眼睛瞪得大大的。两匹马一起跑下冰面，骑手的膝盖互相碰撞。

瓦西娅看到那只手时，为时已晚。

卡西扬刚刚还在骑马，手指紧握住缰绳。下一秒，他就伸手抓住她兜帽上的带子，一把扯开。羊皮帽掉下来，她的辫子散开，黑发披散下来，又高高飘起，所有人都能看见。

索洛维即使想停也停不下来，他不顾一切地继续向前冲。瓦西娅狂热的斗志瞬间冷却消失。她只能气喘吁吁地抱住他。

那匹牝马超过索洛维一头，然后超过一马肩，最后如飓风般卷向终点。人群目瞪口呆地看着她。瓦西娅知道，无论比赛输赢，卡西扬都已经在另一场比赛中击败了她——那是一场她甚至都没意识到的比赛。

***

她坐直身子。索洛维放慢脚步。牝马大口喘气，筋疲力尽。就算她打算按之前的想法逃走，马也没力气再跑了。

瓦西娅跳到地上，好让马感觉轻松一点。她转身面对那群波雅尔和主教，还有大公本人。后者正站在那儿看她，目瞪口呆。

她的头发披在身上，挂在斗篷的毛边上。卡西扬已经跳下金色的牝马。那马一动不动地站着，垂下头。马嚼子深深勒进她嘴里，血和口沫从柔嫩的嘴角涌出来。

瓦西娅虽然也惊恐万分，但突然对那金笼头生起气来。她猛地伸手过去，想把它扯下来。

但卡西扬戴着手套的手突然伸出来，挡开她的手，把马拖回来。

索洛维尖叫着用后腿立起，奋力踢出，卡西扬的手下拿着绳子，把筋疲力尽的马挡住。瓦西娅被扔到大公面前的雪地里跪下，头发披散在脸上。整个莫斯科都在注视着她。

季米特里浅金色胡须上方的脸变得比盐还要白。"你是谁？"他问，"这是怎么回事？"他周围的波雅尔都在盯着看。

"求求您，"瓦西娅说，用力甩开那些按住她的手，"让我和索洛维在一起。"在她身后，马又嘶鸣起来。人们大声喊叫。她扭过身去看。他们已经把绳子套在他的脖子上，但他仍在与他们搏斗。

卡西扬解决了这个问题。他把瓦西娅拖起来站着，将刀放在她喉咙上，极其温柔地说："我要杀了她。"他的声音很轻，只有女孩和那匹耳朵很尖的牡马能听见。

索洛维站住，一动不动。

他什么都知道，瓦西娅想。他知道她是女人，知道索洛维能听懂人类讲话。他紧握住她的胳膊，肯定已把它捏青了。

卡西扬轻轻对索洛维说："让他们牵你去大公的马厩，别出声。她会活下来，我会把她活着送还给你。这是我的承诺。"

索洛维嘶鸣着抵抗，猛地踢腿，马上就有个男人倒在雪地里喘气。瓦西娅，她从骏马狂野的眼神中读出了这个词，瓦西娅。

卡西扬的手紧紧地抓着她的胳膊，她喘着气，觉得刀子已经划开皮肤……

"快跑！"瓦西娅绝望地对马喊道，"别被他们关起来！"

但是那匹马已经低下头，屈服了。瓦西娅感到卡西扬心满意足地舒了口气。

"把他牵走。"他说。

瓦西娅胡乱大喊着反抗,但马夫们都跑上前来,给索洛维戴上笼头,上面还连着根锁链。愤怒的泪水流到她嘴里。那匹疲惫不堪的牡马低着头,任人牵走。卡西扬的刀消失了,但他没有松开她的手臂。他把她转过身来面对着大公和那群波雅尔。"你今天早上就该听我把话说完的。"他对着她的耳朵低声说。

萨沙还骑在马上。图曼使劲挤出一条路,来到冰面上,她的哥哥手里拿着一把剑,兜帽垂在背上,脸色苍白。他的眼睛盯着从她喉咙上流下来的血。

"放开她。"萨沙说。

季米特里的卫兵已经拔出剑,卡西扬的手下骑着骏马围着他转。刀刃在冷漠的阳光下闪着炫目的光。

"我没事,萨沙。"瓦西娅对她哥哥喊,"不要——"

卡西扬打断她:"我之前怀疑过,"他用平稳的声音向大公说话,使马上要动手的众人暂时停下来,"但直到今天才能确认,季米特里·伊凡诺维奇。"卡西扬表情严肃,但眼睛闪着光,"这至少是个弥天大谎,是严重的失礼之举。"他转向瓦西娅,用滚烫的手指碰碰她的脸颊,"不过这当然是她那爱撒谎的哥哥的错,他想欺骗一位大公,"他补充说,"要是我,我就不会怪这姑娘,她那么年轻,也许还有点儿疯疯癫癫的。"

瓦西娅什么也没说,绞尽脑汁想办法。索洛维已经走了,她的哥哥被武装士兵包围……不知有没有精灵在附近,但她没看到。

"摩罗兹科,"她不情愿地、愤怒地、绝望地低声说,"求你……"

卡西扬一巴掌扇在她嘴上。嘴唇裂开,她尝到了血腥味。他恶狠狠地啐了一口:"住嘴。"

"把她带到这儿来。"季米特里的声音就像是被人掐住了喉咙。

卡西扬还没来得及迈步,萨沙就还剑入鞘,滑下马背,向大公走去。一排长矛对着他,迫使他停下来。萨沙解开挂剑的腰带,把剑扔进雪地里,赤手空拳,于是长矛稍往后退。"表弟,"萨沙说,但看到季米特里愤怒的表情,他改了口,"季米特里·伊凡诺维奇——"

"你知道这事吗?"季米特里从牙缝儿里挤出这句话,因为发现自己被人背叛,脸上流露出毫不掩饰的震惊。

此时此刻,瓦西娅仿佛从季米特里的脸上看到了一个悲哀的孩子。这个孩子曾全心全意地爱着、信任着她的哥哥,但现在他的幻想破灭了。瓦西娅吸了口气,发出近乎哭泣的声音。那孩子消失了,只剩下莫斯科大公孤独地主宰着他自己的世界。

"我知道,"萨沙回答,声音仍然平静,"我知道。我求您不要因为这件事惩罚我妹妹。她还年轻,不明白自己在做什么。"

"把她带到这儿来。"季米特里又说,闭上灰色的眼睛。

这一次,卡西扬把她拖了过来。

"这真是个女人吗?"季米特里问卡西扬,"我不能弄错。我不敢相信……"

我们曾一起打过强盗,瓦西娅在心里替他说完这句话,我们曾一起冒着风雪赶夜路;我曾在你的大厅里喝酒,还说要为你效劳。所有那些事都是瓦西里·彼得罗维奇做的,因为瓦西里·彼得罗维奇不是真的,所以这一切像是个鬼魂做的。

季米特里咬紧牙关,嘴角显出深深的皱纹。也许在他看来,瓦西里·彼得罗维奇已经死了。

"很好。"卡西扬说。

瓦西娅不知道发生了什么事,直到感觉到卡西扬的手抓住她斗篷的带子。之后她明白过来,于是朝他撞过去,大声咆哮。但卡西扬抢先拿起她的匕首,一脚把她脸朝下踹到雪地里。她自己的刀刃冰冷而精准地从她背上滑下来。"安静点儿,野猫。"卡西扬低声说。他忍住声音里的笑意:"不然我就连你一起切开。"

她听见萨沙的声音模模糊糊地传来:"不要,季米特里·伊凡诺维奇,不要,那是真正的姑娘,那是我的妹妹瓦西丽莎,我求你不要——"

卡西扬把衣服拉开。冰冷的手碰到瓦西娅的皮肤时,她猛地抖了一下。然后卡西扬把她拽起来,用另一只手把她的上衣和衬衫一起扯下来,使她在全城人面前裸露出上身。

她因震惊和羞愧而热泪盈眶,于是闭上眼睛,在心里对自己说:站稳了。别昏过去。别哭。

空气寒冷刺骨,刀一样刮着皮肤。

卡西扬一只手死死捏住她的胳膊,另一只手抓住她的头发向后扯,使她的脸完全露出来,于是她连最后的遮羞物都失去了。

围观的人群发出一阵喧哗,笑声中夹杂着正义的愤慨。

卡西扬停下来,向她耳朵里呼气。她感到他的目光掠过自己的胸部、喉咙和肩膀,接着望向大公。

瓦西娅站在那里浑身发抖,为哥哥害怕。他之前想扑过来,但被三个士兵按倒,死死按在雪地里。

大公和波雅尔们盯着她看。有人困惑,有人恐惧,有人愤怒,有人暗中窃笑，还有人一副色眯眯的表情。

"我说得没错，她是个女孩，"卡西扬继续说，声音理性，动作却残酷，"我想，她是个天真的傻瓜，被她哥哥支使着做事。"他遗憾地看着萨沙。后者跪在地上，惊恐万分，被卫兵死死地按住。

人群中一阵窃窃私语。她听到"佩列斯韦特"，还有"巫术、女巫、假修士。"

季米特里不带丝毫感情的目光从她穿靴子的脚移到裸露的乳房上，最后停在她的脸上不动了。

"这个女孩必须受到惩罚！"一个年轻的波雅尔叫道，"她和她哥哥亵渎神明，让我们所有人都蒙羞。用鞭子抽她，烧死她。我们不允许女巫进入城市。"

人群赞同地大喊，血色慢慢从瓦西娅脸上褪去。

又有人说："这不合适。"声音并不洪亮，但坚决果断，因说话者的高龄而显得沙哑。声音的主人很胖，嘴周围有一圈胡须。即使群情鼎沸，他的语调也很平静。安德烈祭司，瓦西娅想，在心中叫出他的名字。天使长修道院的院长。

"不宜在全城人面前讨论如何惩罚罪人。"修道院长说，目光转向河岸上愤怒的人群。喊声越来越大，越来越急迫。"他们会闹事的，"他意有所指地说，"而且可能危及无辜的人。"

瓦西娅觉得冷，觉得难受，还很怕。这些话使她感到前所未有的恐惧。

卡西扬的手又紧了紧。瓦西娅抬起头，看到恼怒从他脸上一闪而过。卡西扬想要人民暴动吗？

"照你说的办，"季米特里听上去很疲倦，"你——姑娘。"

他说出这词时撇撇嘴,"在我们想好怎么处置你之前,你得待在修道院里。"

瓦西娅张开嘴又想反对,但卡西扬先说话:"也许这个可怜姑娘跟她姐姐待在一起会好些,"他说,"我认为她与她哥哥的阴谋无关。"

瓦西娅看见他眼中的恶意一闪而过,但他的声音听起来同平常没什么不同。

"很好,"大公冷淡地说,"修道院或塔楼都一样。但我会让卫兵守在门口。还有你,亚历山大兄弟,你会被圈禁在修道院里。"

"不!"瓦西娅喊,"季米特里·伊凡诺维奇,他没有——"

卡西扬又一次扭住她的胳膊。萨沙盯着她的眼睛,微微摇头。他伸出双手,让人把他绑起来。

瓦西娅颤抖着,看着哥哥被拖走。

"把那姑娘放在雪橇上。"季米特里说。

"季米特里·伊凡诺维奇,"瓦西娅不顾卡西扬紧抓着她,再次喊起来。她痛得热泪盈眶,但她决心把话说完,"你答应过要做我的朋友。我求求你——"

大公恶狠狠地瞪着她。"我只曾向某个说谎者,还有某个死去的男孩许过诺,"他说,"带她走,我不想再看到她。"

"来吧,野猫。"卡西扬轻声说。她不再挣扎。他从雪地里抓起她的斗篷裹在她身上,拖着她走了。

第二十一章

魔法师的妻子

瓦尔瓦拉迅速把这个消息带给奥尔加。实际上,她是第一个跑着冲进王妃工作间的人。她脸色阴沉,发白的辫子上还挂着雪粉。

奥尔加的后宫里挤满了衣着华丽的女人。她们在这狭窄的塔楼里大吃大喝,一边彼此攀比丝绸织锦、饰头巾和香料,一边听着外面狂欢的喧闹。

盛装的厄多基娅面色阴沉,坐得离火炉最近。几位仰慕者坐在她身边,恭维她的宝宝,并请求帮助。但即使是厄多基娅肚子里的胎儿也比不上这场著名的赛马。那天早上有不少人咯咯笑着偷偷下注,但那些虔诚的人则紧闭双唇。

"赢的人会是那个英俊的小伙子、奥尔加的弟弟吗?"她们彼此询问,哈哈大笑,"还是那位红头发王公卡西扬?听奴隶们说,他的笑容像圣人,在浴室里脱下衣服时又像异教神灵。"卡西扬是最受欢迎的,因为一半的少女都爱上了他。

"不！"女人们吃蛋糕时，玛丽亚勇敢地喊道，"赢的人会是我的卡西里舅舅！他是最勇敢的，他有世界上最棒的马。"

骑手们出发时，人群的咆哮震得后宫的墙壁直颤，尖叫声淹没整个城市。女人们挤在一起，倾听骑手们经过时的马蹄声。

奥尔加把玛丽亚抱到膝上，紧紧地搂着她。

喧闹声消失。"比赛结束了。"女人们说。

还没有结束。喧闹声又响起来，比之前的声音更大、更令人烦躁。喧闹声没有消失，反而离塔楼越来越近，像涨起的潮水一样拍打着奥尔加宫殿的围墙。

潮水把瓦尔瓦拉托上来，像把一堆漂浮物推到岸边一样。她故作平静地溜进工作间，径直走向奥尔加，弯下腰在她耳边低语。

虽然瓦尔瓦拉是最先到的，但她还不够快。

突然之间消息像浪头一样涌上来，打在楼梯上，又慢慢破碎散开。瓦尔瓦拉刚在奥尔加耳边低声通报完灾难，女人们就开始互相耳语："瓦西娅是个女孩！"厄多基娅尖叫起来。

奥尔加来不及做任何事，当然也没时间让她清空塔楼，甚至没有时间让她们平静下来。

"送到这儿来，你说什么？"奥尔加问瓦尔瓦拉，同时拼命思考事情的来龙去脉。季米特里·伊凡诺维奇一定很愤怒。把瓦西娅送到这里，只会把奥尔加夫妇与欺骗行为联系在一起，只会更加激怒大公。这是谁的主意？

卡西扬。奥尔加想，卡西扬·鲁托维奇，这场游戏里的新晋玩家、我们神秘的领主。难道还有更好的办法能让他接近大公吗？他想要一箭双雕，同时解决萨沙和我丈夫。之前没看出来，我真是傻瓜。

好吧，那是他们的错误，她必须尽量补救。一位住在塔里的王妃还能做什么呢？奥尔加挺直脊梁，强迫声音平静下来。

"叫侍女来伺候我，"她对瓦尔瓦拉说，"再给瓦西娅准备个小房间，"她犹豫了一下，"门能从外面闩上那种。"奥尔加双手环抱着腹部，指节发白，但她保持自制力，不肯失态。"带上玛丽亚，"她补充说，"注意别让她碍事。"

玛丽亚那如聪明小妖精一般的脸上写满惊恐。"出大事了，对吧？"她问妈妈，"他们知道瓦西娅是个女孩了？"

"是的。"奥尔加从来没对孩子撒过谎，"去吧，孩子。"

玛丽亚脸色苍白，乖乖跟着瓦尔瓦拉出去了。

消息在客人中传播，快得像燎原的野火。厚道些的女人正收拾东西，嘴巴抿得紧紧的，准备赶紧离开。

不过她们花了很长时间整理层层头巾、斗篷和面纱。不久又有脚步声顺着楼梯传上来，听起来人还不少。

工作间里的人一齐转过头。虽然不知发生了什么事，但那些正要离开的人也欣然坐下来。

里间的门开了，季米特里的两个手下架着瓦西娅站在门口。那姑娘被夹在他们中间，胡乱裹着件斗篷。

妇女们发出喜气洋洋的惊叫。奥尔加都能想象出她们之后会怎么聊这事："你见到那姑娘了吗？她的衣服都被扯破了，还披头散发。噢，是的，我那天也在，就是谢尔普霍夫亲王妃和亚历山大·佩列斯韦特倒台的那天。"

奥尔加死死盯着瓦西娅。她本以为妹妹会低声下气，甚至后悔（傻瓜，她可是瓦西娅啊），可瓦西娅气得双眼发亮。男人们轻蔑地把她推到地板上,她打了个滚儿,使狼狈的跌倒动作也变得优美。所有的女人都倒抽一口冷气。

瓦西娅站起来,漆黑的头发瀑布般地披散在脸和斗篷上。她把它甩到身后,盯着对面震惊的人群。她不是男孩,但她也不像那些扣紧纽扣、系紧衣带、在塔里长大的女人,她就像鸡群中突然闯进的一只猫。

守卫们在她身后踱步,斜视着那苗条的身材和乌黑发亮的头发。"你们已经完成了使命,"奥尔加厉声对他们说,"退下。"

他们没有动。"大公命令把她关起来。"其中一个说。

就在那一瞬,瓦西娅闭上眼睛又睁开,快到使人看不清。

奥尔加低下头,双臂交叉,放在沉重的腹部前面。她突然露出摄人心魄的神情,和她妹妹如出一辙。她冷冷地望着那些人,直到他们局促不安。"退下。"她又说。

他们犹豫了一下,转身离开,但还是摆出傲慢的样子,因为他们看得出风向。奥尔加甚至能从他们肩膀的动作中判断出塔外的形势。她紧紧咬住下唇。

门被上了闩,哗啦直响。外间的门也被关上了。姐妹俩面面相觑,那群情绪狂热的女人在围观。瓦西娅紧紧抓住肩上的斗篷,冷得直发抖。"亲爱的奥尔加……"她开口。

房间里一片死寂,大家都不愿错过哪怕一个字。

好吧,她们已经看得够多了,足够不久后传闲话用了。"带她去浴室,"奥尔加冷冷地命令仆人,"之后送她回房,锁上门,留人看守。"

***

守卫是季米特里的手下,他们跟着瓦西娅来到浴室,站在门外。

浴室里，瓦尔瓦拉剥下她被撕破的衣服，动作轻快，但不带一丝感情，甚至懒得去看那条蓝宝石项链。但脱下衣服后，瓦尔瓦拉久久注视着女孩手臂上青一块紫一块的瘀伤。瓦西娅简直无法忍受看到自己雪白的身体——它曾使她蒙羞。

女仆用勺子往火炉上滚烫的石头上浇水，把瓦西娅推进浴室里间，关上门让她一个人待着。瓦西娅坐在长凳上，在热浪中赤身裸体，第一次哭出声来。她用拳头堵住嘴，一声不吭地哭泣，直到羞愧、悲伤和恐惧渐渐平复。在这之后，她镇定下来，抬头对着正在静听的空气低语。

"帮帮我，"她说，"我该怎么办？"

她并不孤单，因为空气回答了她的问题。

"可怜的傻瓜，记住这个许诺，"奥尔加那肥胖而虚弱的班尼克伴随着水汽的咝咝声说，"记住我的预言。我的日子不多了。也许这是我最后的预言：谢肉节结束之前，一切都将尘埃落定。"他比蒸汽还虚弱，只有一阵奇怪的空气流动能表明他的存在。

"什么许诺？"瓦西娅问，"什么将会被决定？"

"记住。"班尼克轻声说，接着消失了。

"所有的精灵都该杀。"瓦西娅闭上眼睛说。

她洗了很长时间，而且希望能永远这样洗下去，不去管那些在外面讲粗俗笑话的守卫——她能清楚地听见他们的声音。火炉上升起的每一团蒸汽似乎都带走了很多马和汗水的味道，那代表着她得来不易的自由。瓦西娅离开浴室时，再次变回女儿身。

最后瓦西娅汗流浃背地走进前厅，浇凉水，擦干身子，涂上药膏，穿上衣服。

她们为她找来的内衣、上衣和萨拉芬还带着前主人浓郁的味道。它们沉重地挂在瓦西娅的肩膀上,之前已被她摆脱的枷锁重新锁住她。

瓦尔瓦拉迅速为女孩编起辫子,她的手劲很大。"奥尔加·弗拉基米罗芙娜的敌人盼着她生完孩子之后就进修道院,"她对瓦西娅咆哮,"那孩子该怎么办?自从你来到这里,奥尔加就一再受打击。你怎么就不能再次悄悄离开呢?偏要留在这里出洋相!"

"我知道,"瓦西娅说,"对不起。"

"对不起!"瓦尔瓦拉情绪激动地啐了一口,"小姐你在跟我说对不起。现在知道说对不起了?在我看来就是这个!"她打了个响指,"等着大公决定你的命运吧。到时候他连响指都懒得打。"她用一段绿色毛线扎好瓦西娅的辫梢,"跟我来。"

她们之前在内宫里为她找了个小房间:阴暗狭小,顶棚很低,但很暖和,因为下面正对着工作室里的火炉。房间里有食物——面包、葡萄酒和汤。奥尔加的善意比怒火更使瓦西娅内疚。

瓦尔瓦拉把瓦西娅送到门口。瓦西娅最后听到的声音是门被闩上的声音,还有她走开时敏捷轻快的脚步声。

瓦西娅扑倒在小床上,双手紧紧握拳,忍住不哭。她不配得到安慰,尤其是当她给兄姐捅出这么大娄子的时候。"还有你爸爸,"她脑海里有个温柔的声音在嘲弄她,"别忘了他。因为你的不听话,使他丢掉了性命。你就是个丧门星,瓦西丽莎·彼得罗芙娜。"

"不,"瓦西娅低声与那声音辩论,"不是这样,根本不是。"

但她的记忆已经模糊。在令人窒息的昏暗房间里,她穿着条令人窒息的萨拉芬,姐姐冰冷的神情还在眼前晃动。

为了他们,瓦西娅想,我必须挽回局面。

但是她不知道该怎么做。

***

这场大戏一唱完，奥尔加的客人们就告辞回家了。她们都离开后，谢尔普霍夫亲王妃迈着沉重的步子，下楼去瓦西娅的房间。

"说说吧，"奥尔加把门在身后关上，就开口说，"道歉吧。说你想不到事情会发展成这样。"

姐姐一进来，瓦西娅就站起来，但她什么也没说。

"我想到了，"奥尔加接着说，"我警告过你和我的傻哥哥。你知道自己做了什么吗，瓦西娅？对大公撒谎，还把哥哥拖下水，你最好的结局是被送进修道院，最坏的下场是被当成女巫审判，而我对此无能为力。如果季米特里·伊凡诺维奇认定我也有份，他会让弗拉基米尔休掉我，把我也送进修道院。瓦西娅，他们还会带走我的孩子。"

说到最后一个词时，她声嘶力竭。

瓦西娅恐惧地瞪大眼，死死盯着奥尔加的脸！"但是——为什么他们要把你送进修道院，奥尔加？"她低声说。

奥尔加斟酌词句，好能尽量刺痛她的傻妹妹："如果季米特里·伊凡诺维奇大发脾气，认为我也是同谋，他就会这样决定。但我不会让人把我的孩子带走。我会先告发你的，瓦西娅，我发誓。"

"奥尔加，"瓦西娅低下头，"你有权这么做。对不起，我……太对不起了。"

她勇敢，却可怜巴巴——刹那间，妹妹又变回了八岁时的样子。当时父亲因为妹妹又犯蠢，无奈地鞭打她，而奥尔加则愤怒而又怜悯地望着她。

"我也很抱歉。"奥尔加说。她确实觉得很抱歉。

"你该做什么就去做吧,"瓦西娅说,声音哑得像渡鸦,"这是我欠你的。"

***

谢尔普霍夫亲王的府第外,流言满世界乱飞。节日的喧嚣和骚乱是滋生流言蜚语的绝佳温床。有多少年没出过如此耸人听闻的大事了!

"那位年轻的贵族,瓦西里·彼得罗维奇。他根本不是个贵族,而是个姑娘!"

"不会吧。"

"真得不能再真。是个少女。"

"光着身子,大家都看见了。"

"无论如何,是个女巫。"

"她甚至耍花招儿,让亚历山大·佩列韦斯特落入陷阱。她在季米特里·彼得罗维奇的宫殿里秘密做放荡的勾当。只要她喜欢,可以随意挑人,王公和修士轮流上阵。真是世风日下,人心不古啊。"

"是卡西扬领主结束了这一切,他揭发了她的恶行。卡西扬是位伟大的贵族。"

在那漫长的一天里,谣言快乐地在城里蔓延,甚至传到了某位金发祭司耳中。此人藏在修士住的小屋里,好躲开记忆中的怪物。祈祷到一半时,他猛地抬起头,脸一下子变白了。

"不可能,"他对客人说,"她已经死了。"

卡西扬·鲁托维奇正在细细打量腰带上的黄色刺绣,不满地撇着嘴,头也不抬。"真的吗?"他说,"所以,那就是个幽灵喽。我展示给大家看的是个年轻漂亮的幽灵。"

"你不该这么做。"祭司说。

卡西扬咧嘴一笑,抬起头来:"为什么?因为你不能亲自到场去看吗?"

康斯坦丁后退几步,卡西扬笑出声来:"别以为我不知道你对女巫的狂热是怎么回事,"他靠在门上,漫不经心,气宇轩昂,"你和那妖婆的外孙女在一起待得太久了,是不是?看着她一年年长大,那双绿眼睛里有太多含义,那是种永远不属于你,也永远不属于神的野性。"

"我是神的仆人。我不——"

"哦,闭嘴吧。"说着,卡西扬挺直身子,一步步向祭司走去,逼得康斯坦丁后退几步,跟跟跄跄,几乎撞到烛光下的圣像,"你瞒不过我,"他喃喃地说,"我知道你侍奉的是哪个神。他只有一只眼睛,对不对?"

康斯坦丁舔舔嘴唇,盯着卡西扬的脸,一言不发。

"这就对了,"卡西扬说,"现在听我的话。你到底想不想复仇?你有多爱那个女巫?"

"我——"

"还是恨她?"卡西扬笑道,"对你来说,这是一回事。如果你照我说的去做,你就能随心所欲地复仇。"

康斯坦丁流下泪来,久久地注视圣像。他不去看卡西扬,只是低声说:"你需要我做什么?"

"听我的话,"卡西扬说,"同时记住你的主子是谁。"卡西扬俯身对康斯坦丁耳语。

祭司猛地往后缩了一下:"一个孩子?但是——"

卡西扬继续用柔和而慎重的声音说下去，最后康斯坦丁慢慢地点点头。

***

瓦西娅本人既没听到谣言，也没听到密谋。她被锁在房间里，坐在那道窗缝旁边。太阳慢慢沉到高墙后面，她一直想着该如何逃跑，如何挽救局面。

她竭力不去想象，要是自己的秘密没有泄露，那这一天结束时下面的街道将是什么样子。但那些画面总是悄悄溜进她的脑海：她失去的胜利、她胸中燃烧的烈酒、欢笑和欢呼、大公的宠爱、所有人钦佩的目光。

还有索洛维——比赛结束后，有没有人带他遛圈子，让他慢慢恢复过来？有人照顾他吗？生命中第一次疲惫不堪地屈服之后，他会不会让步，同意让马夫碰他？也许牡马抗争过，也许他们已经把他杀了。如果没有呢？他现在在哪儿？戴着笼头，被绑起来，被锁在大公的马厩里吗？

还有卡西扬，那个贵族一直对她很和善，却在莫斯科全城人面前笑着侮辱她。这个问题再次跳到她面前：他从这件事里能得到什么好处？然后就是：是谁帮切鲁贝装成使节来见大公？谁供养那些强盗？是卡西扬吗？但为什么，为什么呢？

她找不到答案，只能一遍又一遍地想这些问题，想到头都痛起来。最后她蜷在小床上，恍惚地浅睡了一会儿。

***

傍晚时分她猛地惊醒，发现房间里的阴影伸展开身体，长得可怕。瓦西娅想起远在列斯纳亚辛里亚的妹妹伊丽娜，思绪不由自主涌上心头：她的哥哥们站在夏日厨房的火炉边，美丽的仲夏夜色从厨房门溜进来，还有她父亲脾气温和的马、顿娅做的蛋糕……

瓦西娅无助地哭起来，就像孩子一样。她从没这么哭过。她无比想念死去的父母、被囚禁的哥哥、遥远的家乡……

咝咝的低语，还有衣摆从地板上拖过去的声音，让她突然停止哭泣。

瓦西娅猛地挺直身子，脸还湿漉漉的，泪水噎得她说不出话。

一团黑暗往前动了一下，又动了一下，接着在微弱的光线中停住。

那根本不是黑暗，而是个灰色的东西，咧着嘴笑，外形像是女人，但又不是女人。瓦西娅的心怦怦跳起来，她站起来后退："你是谁？"

灰东西脸上的一个洞开开合合，但瓦西娅什么也没听见。"你为什么到我这里来？"她鼓起勇气问。

沉默。

"你会说话吗？"

两个黑洞凝视着她。

瓦西娅既想要光亮，又暗自庆幸屋里很黑，因为黑暗可以把那张没有嘴唇的脸藏起来。"你有什么事要告诉我吗？"她问道。

那东西点头——那是点头吗？瓦西娅想了一会儿，把手伸进衣服里，那个凉凉的、边缘锋利的蓝色护身符正挂在那儿。她犹豫了一下，用它的边缘划破手掌，血从她的指缝中涌出。

血滴滴答答地落在地板上，鬼魂伸出瘦骨嶙峋的手，一把抓住那珠宝。瓦西娅猛地把手缩回来。"不，"她说，"这是我的。不——但给你这个。"她伸出血淋淋的手递给那个可怕的东西，希望自己这次没做傻事。"给，"她笨拙地又说一遍，"血液有时对死人有用。

你是死了吗？我的血能让你更强壮吗？"

没有回答。但是影子蹑手蹑脚地走过来，把凸凹不平的脸贴在她手上，舔着流出来的血。

它紧紧地叼住瓦西娅的手，贪婪地吮吸，正当瓦西娅要把它推开时，幽灵松开嘴，跟跟跄跄地退了回去。

瓦西娅意识到那是个女人。她看上去还是那么丑，但那终年不见风的干枯的灰色肉体好像丰盈了一些，黑洞一般的嘴里长出了舌头，有舌头就能说话。

"谢谢。"它说。

至少是个有礼貌的鬼魂。"你在这里做什么？"瓦西娅问，"这不是给死人住的地方。你之前一直在吓唬玛丽亚。"

鬼摇摇头。"这不是……给活人住的地方，"她费力地说，"但是……我很抱歉。那孩子。"

瓦西娅又一次感到有堵墙把她和外部世界隔绝开。她咬了下嘴唇："你来是想告诉我什么？"

鬼的嘴在动："去。快跑。今晚，他今晚要动手。"

"我跑不了，"瓦西娅说，"门是锁着的。今晚会发生什么吗？"

骨瘦如柴的双手扭在一起。"快跑，"她指着瓦西娅说，"这个——他要对你动手。今晚，今晚他将娶一位新妻子，他要征服莫斯科。快跑。"

"谁？"瓦西娅问，"卡西扬吗？他独自一人，怎么征服莫斯科？"

她想到切鲁贝，想到他的宫殿里挤满了训练有素的骑手。

一个可怕的念头浮出水面。"鞑靼人吗？"她低声说。

鬼魂的双手紧紧地扭在一起。"快跑!"她说,"快跑!"她的嘴张得大大的,喉咙深如地狱。

瓦西娅禁不住吓得直往后退,喘着气,忍住不尖叫出声。

"瓦西娅。"一个声音从她身后传来。这声音意味着自由、魔力和敬畏,与塔中令人窒息的世界毫无关系。

鬼魂走了,瓦西娅猛地转过身。

黑发黑衣的摩罗兹科几乎融入黑暗,眼里闪着古老而可怕的光。"没时间了,"他说,"你必须走。"

"我知道,"她站着不动,"你为什么来?圣母啊,当我在全莫斯科面前赤身裸体时,我喊过,我求过,当时你没有理睬我!为什么现在要帮助我?"

"我今天根本不能来见你,直到现在才可以,"他的声音柔和而平稳,但他的目光从她泪痕斑斑的脸颊滑落到流血的手上时,声音有轻微的颤抖,"他使出浑身解数想把我拒之门外。今天一切都在按他的谋算进行。今天我不能靠近你,除非你的血接触到蓝宝石。他可以躲着我,我不知道他已经回来了。如果我知道,我永远不会让——"

"谁?"

"魔法师。"摩罗兹科说,"就是那个你叫他卡西扬的人。他在那些我看不见的奇怪地方待了很久。"

"魔法师?卡西扬·鲁托维奇吗?"

"以前,人们叫他科谢伊[①],"摩罗兹科说,"他永远不会死。"

[①] "不死的科谢伊"是东斯拉夫神话中的主要反面人物,常以恶毒吝啬的高个子老人形象出现。——译者注

瓦西娅盯着他。但那是在童话故事里呀。不过，不过，霜魔也是。

"不死？"她费力地说。

"他发明了一种魔法，"摩罗兹科说，"他已经把生命藏在身体之外，所以作为死神的我可能永远无法靠近他。他永远不会死，而且他很强大。他不让我看见他，今天他也躲开了我。瓦西娅，我绝不会——"

她想躲在他的斗篷里消失不见。她想搡他、揉他、放声大哭，但她保持住了平静。"不会什么？"她低声问。

"不会让你独自面对今天的一切。"他说。

她想看清他黑暗中的眼睛，他却缩回了身子。有那么一瞬，他的脸仿佛人类的脸，他的眼睛里有她无法理解的答案。告诉我。但他没说话，只是歪着头，好像在倾听："走吧，瓦西娅。骑马离开。我会帮你逃跑的。"

她可以去找索洛维，骑马离开，和他一起跑进月光下的黑暗中。他的眼里有个承诺，但他无法将它说出口。可是——"可是我的哥哥和姐姐。我不能抛弃他们。"

"你不会——"他开口。

走廊里传来沉重的脚步声，瓦西娅转过身来。门闩响时，她正好面对着门。

奥尔加看上去比那天早上更疲倦：脸色苍白，被未出生的孩子压得脚步蹒跚。瓦尔瓦拉站在旁边，怒目而视。"卡西扬·鲁托维奇来看你了，"奥尔加简短地说，"听听他要说什么，妹妹。"

两个女人匆忙走进瓦西娅的房间，灯光扫过房间的角落，霜魔已经消失了。

***

瓦尔瓦拉把瓦西娅蓬乱的辫子整理好,又齐着她的眉毛系好刺绣头巾,让冰冷的银环垂下来贴着她的脸颊。之后瓦西娅走上冷得要命的楼梯,奥尔加和瓦尔瓦拉一左一右走在她身边。她们下了一层楼,瓦尔瓦拉又打开一扇门。她们穿过前厅,走进一间散发着芬芳油味的起居室。

奥尔加在门口鞠了一躬,说:"我的妹妹来了,大人。"她让到一边,让瓦西娅过去。

卡西扬刚刚洗过澡,穿着白色和淡金色相间的节日盛装,鬈发活泼地垂在刺绣的衣领上。

他严肃地说:"奥尔加·弗拉基米罗芙娜,我请求你离开我们。我想私下跟瓦西丽莎·彼得罗芙娜谈谈。"

既然现在瓦西娅又恢复了女儿身,就不应让她跟任何男人单独在一起,除非那是她的未婚夫。但奥尔加微微点点头,离开了。

门被关上,发出轻轻的咔嗒一声。

"你好,"卡西扬轻声说,嘴角挂着一丝微笑,"瓦西丽莎·彼得罗芙娜。"

她故意以男人的方式鞠了一躬。"卡西扬·鲁托维奇,"她冷冷地说。魔法师。这个词在她的脑海里翻腾,那么奇怪,然而……"在丘多沃的浴室里,是你派人追赶我吗?"

他微笑:"我很惊讶你之前没猜到。我杀了四个人,因为他们没抓到你。"

他的目光掠过她的身体。瓦西娅双臂交叉,抱在胸前。她从头到脚都裹得严严实实的,但觉得自己从来没有像现在这样一丝不挂。刚才洗的那个澡似乎冲掉了恳求的力气和野心。她现在必须观察,等待,让其他人表演,而自己对一切都毫无办法。

不,我和昨天相比没有什么不同。但这很难让人相信。他的眼神意味深长,有种愉快的自信。

"别靠近我。"瓦西娅说,几乎是从牙缝儿里挤出这几个字。

他耸耸肩。"我爱怎么做就怎么做,"他回答,"当你打扮成男孩出现在克里姆林时,你就没资格提什么贞操了。现在连你姐姐也阻止不了我。你的小命就捏在我的掌心里。"

她什么也没说。他笑了。"但现在不说这个了,"他补充道,"我们为什么要彼此为敌?"他的语气缓和下来,"我把你从谎言中救出来,现在你可以做你自己,可以换回女装了。"

她撇撇嘴。他优雅地耸耸肩,就此打住。

"你和我一样清楚,现在我只能进修道院,"瓦西娅把双臂背在身后靠着门,木刺扎进她的手掌,"否则我会被关进笼子里当成女巫烧死。你来这里做什么?"

他单手捋捋赤褐色的头发。"为今天的事道歉。"他说。

"你乐在其中。"瓦西娅反驳,又想起那屈辱的一幕,希望自己的声音没有沙哑。

他微笑着,向炉子做个手势:"坐下好吗,瓦西娅?"

她没动。

他大笑一声,坐到火炉旁的雕花长凳上。有只镶琥珀的酒坛放在两个杯子旁边。他给自己倒了一杯酒,把那清澈的液体喝下去。"嗯,我确实乐在其中,"他承认,"耍弄我们急躁的大公,看着你自以为是的哥哥局促不安。"他斜眼望着站在门边的瓦西娅,后者因为厌恶站着一动不动。于是他更严肃地加上一句:"还有你自己。没人会把你当成美人,瓦西丽莎·彼得罗芙娜,但你很可爱,穿着男装也很有魅力,还能跟我对着干。我再等不了那么久了。我早就知道,这你知道的。无论我跟大公说什么,我从始至终就知道。所有那些在路上的夜晚我都知道。"

他的目光柔和下来,语调也像是在请她软化态度,但他的眼睛里仍含着笑意,仿佛觉得自己的话很可笑。

瓦西娅想起空气在皮肤上留下冰冷的吻,想起波雅尔们色眯眯的目光,觉得浑身起鸡皮疙瘩。

"来吧,"他继续说,"全城人的眼睛都盯着你,你难道没有乐在其中吗,小野猫?"

她觉得反胃:"你想要什么?"

他又倒了些酒,抬起头来望着她:"救你。"

"什么?"

他半垂着眼皮,转头看着炉火。"我想你很了解我,"他说,"就像你自己说的,等着你的是修道院,或者是一纸认定你是女巫的判决。不久以前我遇见了一位祭司。啊,那真是个圣洁的人,那么英俊,那么虔诚,他非常愿意向大公揭发你的恶行。如果你被判有罪,"他若有所思地继续说,"你哥哥还能活下去吗?你姐姐会被关起来吗?季米特里·伊凡诺维奇现在是莫斯科的笑柄。如果一位大公被人嘲笑,他的宝座就不会太稳固。这一点他是知道的。"

"你说要救我,"瓦西娅咬牙切齿地说,"是什么意思?"

卡西扬回答前先停顿了一下,仔细品酒。"过来,"他说,"让我告诉你。"

她站着没动。他温和而恼怒地叹口气,又吞下一口酒。"很好,"他说,"你只要敲下门就行了,那女奴会走进来,带你回房间。人们会烧死你,而我会在旁边看着,很不开心。瓦西丽莎·彼得罗芙娜,我一点儿也不开心。还有你那可怜的姐姐,她得哭得多么伤心啊!她再也见不到孩子们了!"

瓦西娅大步走向火炉,坐在他对面的长凳上。他对她笑了笑,毫不掩饰自己的喜悦。"真乖!"他喊道,"我就知道你很理智。喝酒吗?"

"不。"

他给她倒了一杯,自己也抿了一口。"我能救你,"他说,"还有你的哥哥和姐姐。如果你嫁给我。"

片刻的沉默。

"你是说你打算娶我这个妖婆,一个穿着男装在莫斯科街头晃来晃去的荡妇?"瓦西娅尖刻地问,"我不相信你。"

"一个姑娘家,这么爱怀疑人,"他高兴地回答,"这可不对劲。我爱你的那些小伪装,瓦西娅。我从一开始就喜欢你的灵魂。别人怎么不怀疑你?我真想不出来。我要娶你,带你去巴什尼亚科斯德,今天早上我就是想跟你说这个。本来这一切都可以不发生,你知道……但没关系。我们结婚后,如果时机合适,我会让你哥哥重获自由,回到圣三一修道院,平静地过日子。"他做出个厌恶的表情,"无论如何,修士不该掺和政治。"

瓦西娅没有说话。

他看着她的眼睛,身体前倾,更加温柔地补充:"奥尔加·弗拉基米罗芙娜可能会和孩子们继续在塔楼里生活,高墙会保证她的安全。"

"你觉得我们的婚事会让大公消气吗?"瓦西娅问。

卡西扬大笑。"把季米特里·伊凡诺维奇交给我吧。"他说,垂下的眼睛里有一道精光划过。

"你收买强盗头目,让他冒充使节,"瓦西娅看着他的脸说,"为什么?是你花钱,让他烧掉你自己的村庄吗?"

他朝她咧嘴一笑,但她觉得他的眼神冷酷。"你自己去找真相吧。你是个聪明的孩子,若我都说了还有什么乐趣呢?"他靠得更近,"如果你嫁给我,瓦西丽莎·彼得罗芙娜,会有许多谎言和诡计,还有激情,激情!"卡西扬伸出手,手指沿着她脸侧划下来。

她躲开,什么也没说。

他坐回去。"来吧,姑娘。"他现在轻快地说,"我看我是最好的求婚者了。"

她几乎不能呼吸:"给我一天时间想想。"

"绝对不行。你可能不够爱你的兄姐,你可能会逃跑,留下他们在困境中挣扎,也会留下我,因为我已经完全被激情冲昏头脑。"他平静地说,"我不是那样的傻瓜,小女巫。"

她身体僵直。

"啊,"他说,仿佛读懂了她的表情,"我们聪明的姑娘和神奇的马。她从来都不知道自己的身世,是吗?好吧,如果你嫁给我,你会明白的。"他往后一靠,满怀期待地看着她。

她想起了幽灵的警告,还有摩罗兹科的警告。

但是萨沙和奥尔加呢?玛丽亚呢?我能看见的东西,玛丽亚也能看见。如果女人们发现她的秘密，玛丽亚就会被打上女巫的烙印。

"我愿意嫁给你，"她说，"如果我的哥哥和姐姐安全的话。"也许以后她能想出逃跑的办法。

他的脸上突然露出灿烂的笑容。"好极了，好极了，我可爱的小骗子，"他亲切地说，"我向你保证，你不会后悔的。"他停顿了一下，"嗯，你可能会后悔的，但你的生活永远不会无聊。你就怕这个，对不对？怕那个为罗斯少女准备的镀金笼子？"

"我已经同意了。"瓦西娅只是说，"我爱怎么想就怎么想。"她站起来，"我现在要走了。"

他一动不动地坐在椅子上："别那么快。你现在属于我，我不许你离开。"

她站着没动："你还没有把我买下来。我开了个价，你还没有兑现。"

"没错，"他说，向后靠在椅子上，伸出手指，"可是，如果你不听话，我还是可以毁约的。"

她待在原地。

"到这儿来。"他轻轻地说。

她木然地走到他坐着的长凳边，但几乎没有意识到自己的怒火烧得有多旺。昨天她是个小少爷，谁也不怕，今天就变成了这个野心家砧板上的肉。她竭力不让情绪表现在脸上。

他一定看到她内心在挣扎，因为他说："很好，很好。我喜欢斗志。现在跪下。"她没动。他说："这儿——我两脚之间。"

她照他的话做，动作生硬得像个洋娃娃。经历过月光下霜魔那令人迷惑的甜蜜后，这个男人身上那兽性的尘土味和香水味，以及在喉咙里滚动的笑声使她猝不及防。他托起她的下巴,手指沿着脸上骨骼的线条抚摩。"真像,"他低声说,声音粗哑,"就像另一个人一样。你也会和她一样的。"

"像谁?"瓦西娅问。

卡西扬没有回答,而是从袋里掏出个东西。它在他的手指间闪闪发光。她发现那是条粗大的金项链,上面挂块红色的石头。

"给新娘的礼物。"他低声说,几乎笑出声来,对着她的嘴喘气,"吻我。"

"不。"

他疲倦地抬起眉头,掐她的耳垂,使她的眼泪涌出来。"我不能容忍再三拒绝,小瓦西娅。"这个孩子气的小名从他嘴里说出来真难听,"莫斯科有许多恭顺的姑娘愿意做我的新娘。"他再次探过身来,低声说,"如果我提出要求的话,也许大公会让你们三个人一起被烧死。彼得·弗拉基米罗维奇的孩子们被烧死,这画面多令人开心啊!而你的外甥和外甥女就在一旁看着。"

她的胃在翻腾,但还是向前倾过身体。他面带微笑,因为她还跪着,他们脸对脸。

她把嘴凑到他的嘴上。

他猛地举起手,按住她的后脑上的辫子根儿。她本能地往后一缩,厌恶得喘不过气来,但他只是抓得更紧,悠闲地把舌头伸进她嘴里。她勉强控制住自己不把它咬下来。项链在他的另一只手上闪闪发光,他要把它套在她头上。瓦西娅又猛地闪开,心里充满新的恐惧。那个金色的东西沉沉地从他的拳头里坠下来。他把她的头扭回来。

卡西扬咒骂一声,手里的珠宝掉到地上。他急促地呼吸着,拎出瓦西娅的蓝宝石护身符。那石头在他们之间微微闪着蓝光。

卡西扬咝咝吸气，扔下蓝宝石给了她一耳光。她眼前金星乱迸，跌倒在地板上。"贱人！"他咆哮着站起来，"白痴！这么多人，偏偏是你——"

瓦西娅晃晃悠悠地站起来，摇着头。卡西扬要送出的礼物躺在地上，好像一条蛇。卡西扬把它轻轻捡起来，皱着眉头站起来。"我想是你让他干的吧，"他说，眼睛里闪烁着恶意的光芒，但她觉得有恐惧躲在深处，"我想是他用那双蓝眼睛说服你戴上的。我很惊讶，姑娘，真的，你竟然允许那个恶魔奴役你。"

"我不是任何人的奴隶，"瓦西娅厉声道，"那宝石是我父亲送给我的礼物。"

卡西扬笑了。"谁告诉你的？"他脸上的笑容消失了，"去问他，傻瓜。问他死神为什么会和村姑交朋友。看看他怎么回答。"

瓦西娅感到说不清道不明的惧意。"死神告诉我你还有另一个名字，"她说，"你的真名是什么，卡西扬·鲁托维奇？"

卡西扬微微一笑，没有回答。他思考着，眼睛黯下来，眼珠迅速转动。他突然大步走上前，抓住她的肩膀，把她按在墙上，再次吻她，悠闲地啃她的嘴，另一只手抓住她的胸。她很痛。

她忍耐着，僵硬地站着。他没有再试着给她戴项链。

他突然走开，把她推到一边，又回到屋里。

她笨拙地站稳，呼吸急促，觉得自己要呕吐了。

他用手背抹抹嘴。"够了，"他说，"你会听话的。告诉你姐姐，你已经接受这门亲事。婚礼之前你只能待在家里。"他停顿一下，声音变得严厉，"就在明天。到那时，你得把那个讨厌的小东西取下来毁掉。再不听话，你的家人就会遭殃，瓦西娅。哥哥呀，姐姐呀，孩子们呀，都一样。你现在去吧。"

她踉踉跄跄地向门口走去，嘴里还有他恶心的味道。她逃进大厅，他那温柔而满足的笑声一直追在后面。

瓦西娅一头撞在瓦尔瓦拉身上，接着在大厅里弯下腰来干咳。

瓦尔瓦拉撇撇嘴。"有个英俊的贵族要拯救你免于被毁灭。"她说，声音中有尖锐的讽刺，"你就不感激吗，瓦西丽莎·彼得罗芙娜？还是说他在炉边夺去了你的贞操？"

"不，"瓦西娅反驳，竭力挺直身子，"他……他想让我害怕他。我想他成功了。"她用手擦擦嘴，差点儿又要吐。大厅里笼罩着跳动的、热切的黑暗，瓦尔瓦拉手里的灯只能照亮一小块地方。但也许那不过是她想象出来的黑暗。瓦西娅很想并拢双膝，大哭一场。

瓦尔瓦拉的嘴唇抿得更紧，但她只是说："来吧，可怜鬼，你姐姐想见你。"

***

奥尔加独自一人待在工作间，手里翻来覆去地玩弄着卷线杆，但并没做活。她觉得背痛，觉得自己上了年纪，十分疲惫。瓦尔瓦拉把瓦西娅领进来时，她立刻抬起头。

"怎样？"她直截了当地问。

"他向我求婚，"瓦西娅说，并没有走进房间，而是远远地站在门边的阴影里，骄傲地歪着头，"我同意了。他说如果我嫁给他，他会向大公进言，平息这事。萨沙会被赦免，而你也不必受连累。"

奥尔加打量着妹妹。在莫斯科能找出几十个比她更漂亮的女孩，而且出身也更高贵。卡西扬不会被她的美德折服，但他还是想要瓦西娅，甚至可以屈尊娶她。为什么？

他想要她，奥尔加想，不然他为什么要这样做？而我把她独自留在他身边……

好吧，那又如何？反正瓦西娅曾经跟着他在大街上游荡，还穿着男装。

"那么，进来吧，瓦西娅，"奥尔加隐约感到内疚，还有些恼火，"别在门口待着。告诉我，他对你说了什么？"她把卷线杆放在一边，"瓦尔瓦拉，添点儿柴。"

女奴无声无息地走开，瓦西娅走上前来。从那天早晨起，她脸上的飞扬神采已经完全消失。她的眼睛又大又黑。奥尔加觉得四肢疼痛，希望自己感觉别那么苍老，别那么愤怒，别那么为妹妹难过。"你本来是配不上一桩体面婚事的，"她说，"你差点儿就要进修道院，或者下场更糟，瓦西娅。"

瓦西娅点点头，黑色睫毛垂下来："我知道，亲爱的奥尔加。"

就在这时，谢尔普霍夫亲王的宫门外传来一声怒吼，似乎在赞同瓦西娅的话。人们刚把谢肉节女神的雕像扔进火里。火舌舔舐着雕像，她的头发抖动着，眼睛发亮，就像活人一样。

奥尔加竭力抑制，尽量不让自己脸上流露出愤怒和怜悯的神色。一阵剧痛刺穿她的身体。"那么，过来，"她尽可能亲切地说，"跟我一起吃饭吧。我们让她们上蛋糕和蜂蜜酒，好庆祝你们的婚事。"

蛋糕端上来，姐妹俩一起吃，但都吃不下。寂静持续下去。

"我刚来这儿的时候，"奥尔加突然对瓦西娅说，"比你现在还小一点儿。当时我很害怕。"

瓦西娅之前一直在低头看手里那个没咬过的蛋糕,但现在她迅速抬起头来。"我一个人也不认识,"奥尔加接着说,"什么也不懂。我婆婆本来想给她的儿子找位真正的公主,她恨我。"

瓦西娅痛苦地发出表示同情的声音,奥尔加举起手让她闭嘴:"弗拉基米尔无法保护我,因为这不关男人的事,这是内宫里的事。但宫里最老的女人,也是我所认识的最老的女人对我很好。我哭泣时,她抱着我;我想念家的味道时,她给我端来粥。有一次我问她为什么这么好心。'我认识你的外祖母。'她当时回答。"

瓦西娅沉默下来。据说她们的外祖母某天独自骑马来到莫斯科。没有人知道她从哪里来。关于这位神秘少女的消息传到大公的耳朵里,大公开玩笑似的召她来,却爱上了她并娶了她。后来那女孩生下她们的母亲玛丽娜,然后死在塔楼里。

"'你很幸运,'这个老妇人对我说,"奥尔加接着说,"'你长得不像她。'她是烟雾和星辰的孩子,完全不适应宫里的生活,就像暴风雪不能待在塔楼里一样。然而,她骑着匹灰色的马,心甘情愿地来到莫斯科,仿佛整个地狱都在后面追赶她似的。她二话不说就嫁给伊凡,但在新婚之夜痛哭。她试着做个贤惠的妻子。若非她的野性,她也许能成功。她会在院子里散步,看着天空;她会满怀渴望地谈论那匹灰色的马,但那匹马在她结婚那夜就消失了。'你为什么要留下来?'我问过她,但她没有回答。早在她的肉体死去之前很久,她的心就已经死了。她的女儿玛丽娜嫁到远离城市的地方,我很欣慰——"

奥尔加停了停。"也就是说,"她继续说,"我不像我们的外祖母,我现在是位王妃,是府里的女主人,生活得不错,有苦有乐。可是你——当我第一次见到你的时候,就想起外祖母骑着灰马来到莫斯科的那个故事。"

"我们的外祖母叫什么名字?"瓦西娅低声问。她问过保姆,但顿娅从不告诉她。

"塔玛拉,"奥尔加说,"她叫塔玛拉。"她摇摇头,"没关系,瓦西娅,你的命运不会和她一样。卡西扬有广阔的土地,还有许多马,乡下的生活比莫斯科自由。你在那儿会快乐的。"

"和那个在全莫斯科面前剥光我衣服的人在一起吗?"瓦西娅厉声问。吃了一半的蛋糕被侍女端走了,奥尔加没有回答。"亲爱的奥尔加,如果我必须嫁给他,才能挽救大家,那么我就嫁给他。但是——"她犹豫了一下,匆匆把话说完,"我相信是卡西扬买通强盗的,是他放出强盗去烧村子。而且那强盗头儿现在就在莫斯科,假扮成鞑靼使节。他与卡西扬联手,我认为他们打算废黜大公。我想就在今晚。我必须——"

"瓦西娅——"

"必须警告大公。"瓦西娅说完下半句。

"不可能的,"奥尔加说,"今晚我们家的人谁也不能接近大公。我们都以你为耻。不管怎么说,这都是一派胡言。一个贵族为什么要花钱雇人烧掉自己的家产呢?不管怎样,卡西扬·鲁托维奇不可能取得莫斯科大公国的封授状[①]!"

[①] 封授状指金帐汗国的任命状。罗斯王公须取得封授状,才能获得对大公国的统治权。

"我不知道。"瓦西娅说,"但季米特里·伊凡诺维奇没有儿子,只有个怀孕的妻子。如果他今晚死了,谁会继位?"

"这不是你的责任,也不关你的事,"奥尔加厉声说,"他不会死的。"

瓦西娅似乎没有听见,在房间里踱来踱去。这时,她看起来更像瓦西里·彼得罗维奇,而不是她自己。"为什么不会呢?"她低声说,"你的丈夫弗拉基米尔亲王不在这里,所以,必须把大公最信任的两个人调开。因为卡西扬揭穿谎言,季米特里很生萨沙的气。这是我的错。卡西扬在城里有他自己的人手,而切鲁贝的手下更多。"瓦西娅努力停下脚步,焦躁不安地站在房间中央。"他想推翻大公。"她低声说,"但他为什么必须娶我?"她的目光转向姐姐。

但奥尔加已经听不下去了。她耳朵里的血管猛烈跳动,好像鸟的翅膀在扑腾,下坠般的剧痛开始从体内吞食她。"瓦西娅。"她低声说,手放在腹部。

瓦西娅看到奥尔加的脸,自己的脸色也变了。"孩子?"她问,"现在?"

奥尔加费力地点点头。"去叫瓦尔瓦拉。"她低声说,摇摇欲坠。瓦西娅扶住了她。

第二十二章

母亲

奥尔加用作产房的那间浴室又热又暗,潮湿得像夏天的夜晚,室内弥漫着新鲜木香、烟雾、热水和腐败东西的味道。奥尔加的侍女们看见瓦西娅也在,但没人质疑,因为她们没有力气也没有时间提问。瓦西娅的双手强壮灵活,之前也见过产妇生孩子。水汽氤氲,光线半明半暗,女人们什么也没问。

和其他人一样,瓦西娅脱掉衣服只剩内衣。在分娩的紧要关头,她忘掉了愤怒和疑惑。她姐姐已经一丝不挂地蹲在产凳上,黑发披下来。瓦西娅跪在地上抓住姐姐的手。奥尔加几乎把她的手指捏碎,但她没把手抽回来。

"你看起来像我们的妈妈,"奥尔加低声说,"我的瓦西娅,我之前告诉过你吗?"阵痛再次袭来,她的脸色变了。

瓦西娅握住她的手。"不,"她说,"你从来没有告诉过我。"

奥尔加的嘴唇苍白。阴影使她的眼睛变大,双眼间的距离因此变小。奥尔加一丝不挂，瓦西娅也差不多，她们仿佛又变成小女孩——那个时候，两人之间还没有这么多隔阂。

阵痛袭来，奥尔加喘着气，流着汗，忍住尖叫。瓦西娅不时和姐姐说话，把外面世界的烦恼抛在脑后。汗水和阵痛一波接一波。浴室越来越热，蒸汽环绕着汗流浃背的身体。近乎赤裸的侍女们在黑暗中忙活，但孩子还没有生下来。

"瓦西娅，"奥尔加靠在妹妹身上喘着气，"瓦西娅，如果我死了——"

"你不会的。"瓦西娅厉声说。

奥尔加笑了，眼神开始涣散。"我肯定不愿死，"她说，"可是，你必须把我的爱讲给玛丽亚听。告诉她我很抱歉。她会生气，她不会明白的。"奥尔加打住话头，阵痛又来了。她仍然没有尖叫，但有个声音从喉咙后面挤出来。瓦西娅觉得自己的手会被姐姐捏断。

房间里现在充满汗味和羊水的气味，奥尔加的大腿间还流着黑血。蒸汽中，女人们身影模糊，不断流汗。血腥气堵在瓦西娅的喉咙里，令人窒息。

"痛啊。"奥尔加低声说，气喘吁吁地坐在那里，四肢无力，身体沉重。

"勇敢点儿，"接生婆说，"一切都会好起来的。"她的声音很亲切，但瓦西娅看到她和身边的女人交换阴郁的眼神。

浴室的热浪中，瓦西娅的蓝宝石突然冰冷地燃烧起来。奥尔加越过妹妹的肩膀看过去，眼睛突然瞪大。瓦西娅转过身顺着姐姐的目光望去，看见有个影子在角落里望着她们。

瓦西娅放开奥尔加的手。"不。"她说。

"我本来可以不让你看到这些。"影子回答说。她熟悉那声音，也熟悉那苍白、冷漠的目光。她见过这目光，当她父亲去世的时候，当……

"不，"瓦西娅说，"不，不，走开。"

他什么也没说。

"求你了，"瓦西娅低声说，"求你了。走吧。"

当我在人群中行走时，他们总是恳求，摩罗兹科曾经告诉她，如果他们看见我，就会恳求。邪恶由此而来。所以我最好还是轻轻地走过，最好只让死者和垂死的人看见我。

好吧，她一定是受到诅咒才会开天眼，因此他在她面前无法躲藏。现在该轮到她恳求了。侍女们在她身后交头接耳，但除了他的眼睛，她看不见别的东西。

她想都没想，穿过房间，把一只手放在他胸膛中央。"请你离开吧。"有那么一瞬，她好像碰到了一道阴影，但接着他的肉体就在她掌下成形，冷冰冰的。他退后，好像她的手已经伤害到了他。

"瓦西娅。"他喊道。那张冷漠的脸上看不出是否有感情。她再次向他伸出手，恳求他。她碰到了他的手，他身体僵硬，看上去很困惑，这一切不再那么像噩梦了。

"我在这里，"他告诉她，"我没有选择。"

"你能选择，"她回答，不断向他的方向逼近，"别带走我姐姐。让她活下去。"

死神的阴影几乎延伸到奥尔加坐着的地方。她筋疲力尽地坐在浴室的长凳上，周围都是汗流浃背的女人。瓦西娅不知道其他人看到了什么，也不知道她们是否认为自己在对黑暗说话。

他爱瓦西娅的母亲,人们这样说她的父亲,他爱那个玛丽娜·伊凡诺芙娜。她为生瓦西娅而死,她下葬时,彼得·弗拉基米罗维奇的半个魂儿也跟着去了。

奥尔加哭起来,发出令人毛骨悚然的微弱哭声。"血,"瓦西娅身后的人群喊道,"血……血流得太多了。请祭司来。"

"求你了!"瓦西娅对摩罗兹科喊道,"求你了!"

浴室里的喧闹渐渐消失,墙壁也跟着消失。瓦西娅发现自己站在林间空地上。黑色的森林在白雪上投下灰色的阴影,死神就站在她的面前。

他穿着黑衣。霜魔的眼睛是最浅的蓝色,但面前这个是他更古老的自我,对瓦西娅来说是个陌生人。他的眼睛像水一样:无色,或者近乎无色。他的个头儿比她以前任何时候见过的都要高,而且面前的他更安静。

微弱的喘息和哭声传来。瓦西娅松开他的手转过身来,发现奥尔加极其痛苦地呼吸着,蜷缩在雪地里,近乎半透明的身体上满是鲜血,一丝不挂。

瓦西娅弯下腰把姐姐扶起来。她们在哪里?这里还是尘世吗?她能闻到浴室里那股热烘烘的臭味从树林之外的某个地方传来。奥尔加的皮肤还是温暖的,但那气味和温暖正在消退。森林里很冷。瓦西娅紧紧抱着姐姐,试图把自己所有的体温,还有她燃烧着的狂暴生命力都倾注到她的身上。她觉得自己的手炽热到要烧起来,但垂在她胸前的珠宝却依旧冰冷。

"你不能来这里,瓦西娅。"死神说,平静的声音里透出一丝惊讶。

"不能吗?"瓦西娅反驳,"你不能带走我姐姐。"她紧紧抓住奥尔加，想找条路回去。浴室还在那儿，在她们附近。她能闻到，但她不知道该怎样走回去。

奥尔加无力地躺在瓦西娅的怀里，眼睛呆滞无光，混浊不清。她转过头来，轻声地问死神："我的孩子怎么样了？我的儿子呢？他在哪里？"

"是个女儿，奥尔加·彼得罗芙娜。"摩罗兹科回答，话里没有感情，声音低沉、清晰而冷酷，"你们不可能都活下去。"

他的话像拳头一样击中瓦西娅，她紧紧地抓住姐姐："不行。"

奥尔加挣扎着挺直身子，脸上已经不见血色，也不再美丽。她把瓦西娅的胳膊拨到一边。"不行吗？"她对霜魔说。

摩罗兹科鞠躬。"这孩子不可能活着生下来，"他平静地说，"女人们可能会强行把它弄出来；或者你可以活着，让它窒息而死。"

"她，"奥尔加气若游丝地说。瓦西娅想说话，却发现自己说不出来。"她。一个女儿。"

"你说得对，奥尔加·彼得罗芙娜。"

"好吧，那就让她活下去吧。"奥尔加简洁地说，伸出一只手。

瓦西娅忍不住了。"不！"她扑到奥尔加身上，把那只伸出来的手拨开，把姐姐抱在怀里，"活下去，我的奥尔加，"她低声说，"想想玛丽亚和丹尼尔。活下去，活下去。"

死神眯起眼睛。

"我愿意为我的孩子而死，瓦西娅，"奥尔加说，"我不怕。"

"不。"瓦西娅抽着气。她好像听到摩罗兹科在说话，但她不在乎他说什么。就在那一刻，她和姐姐之间涌起一股爱、愤怒和失落交织的激流，将其他一切淹没并冲走。瓦西娅使出全身力气，把奥尔加拖回浴室。

瓦西娅回过神来，发现自己靠在浴室的墙上。木刺扎进她的手心，头发贴在她的脸和脖子上。人们汗流浃背地在奥尔加周围转来转去。许多胳膊伸出来，似乎要把她掐死。她们中间站着一位穿黑法衣的人，正吟诵最后的圣歌，声音能轻松盖过所有人。一缕金发在黑暗中闪烁。

是他？瓦西娅瞬间火冒三丈，怒气冲冲地大步穿过房间，从人群中挤过去握住姐姐的手。祭司低沉的声音突然停下来。

瓦西娅没时间想他。在瓦西娅的脑海里，她看到另一个黑发女人，另一个浴室，另一个害死自己母亲的孩子。"亲爱的奥尔加，活下去，"她说，"求你了，活下去。"

奥尔加动了一下，脉搏在瓦西娅手指下重新跳动起来。她茫然的眼睛睁得大大的。"头出来了！"接生婆喊，"那里，再来一次！"

奥尔加看着瓦西娅，痛苦地睁大眼睛。她的肚子像暴风雨里的水面一样起伏着，接着，孩子滑出来了，嘴唇发紫，一动不动。

接生婆把女婴嘴里的污垢清除干净，向她嘴里吹气。人们开始还发出宽慰的声音，但现在屋里充斥着令人不安和窒息的寂静。

她一动不动。

瓦西娅的目光从那个灰色的小身体转到姐姐脸上。

祭司向前冲去，把瓦西娅挤到一边，把油抹在婴儿头上，开始念洗礼词。

"她在哪里？"奥尔加结结巴巴地说，用无力的手摸索，"我女儿在哪儿？让我看看。"

孩子还是一动不动。

瓦西娅两手空空地站在那里,被人群推挤着。汗水顺着她的肋骨往下流。她的怒火冷却下来,在嘴里留下灰烬的味道。但瓦西娅没有看奥尔加或祭司,而是看着一个穿黑斗篷的人非常轻柔地伸出手,抱起那个白垩色的、身上还沾着血的小娃娃,把她带走了。

奥尔加哀号一声。康斯坦丁的手落下来,洗礼结束——这是活人能对这孩子表达的唯一善意。瓦西娅站在原地。你活下来了,亲爱的奥尔加,她想,我救了你。但这个想法软弱无力。

***

奥尔加疲惫的眼神似乎要看穿她的身体:"你杀了我的女儿。"

"奥尔加,"瓦西娅开口说,"我——"

一只穿着黑袍的手臂伸出来抓住她。"女巫。"康斯坦丁从牙缝儿里说。

这句话如同巨石一样落下,随之而来的是一片寂静。一圈面目模糊的旁观者中,瓦西娅和祭司面对面地站着,眼睛都是红红的。

瓦西娅最后一次见到康斯坦丁·尼科诺维奇时,对方吓得缩成一团,因为她吩咐他回去:回莫斯科,或者沙皇格勒,或者地狱——只要别打扰她家人的平静生活就行。

好吧,康斯坦丁确实回莫斯科了,而且看上去仿佛一路上受到地狱般的折磨。他嶙峋的瘦骨在美丽的脸上投下阴影,打结的金发垂在肩上。

女人们静静地看着。有个婴儿刚死在她们怀里,她们的手无助地颤抖。

"这是瓦西丽莎·彼得罗芙娜。"康斯坦丁吐出这几个字,"她杀了自己的父亲,现在又杀了她姐姐的孩子。"

在他身后,奥尔加闭上眼睛,单手轻轻抚在婴儿头上。

"她能跟魔鬼说话,"康斯坦丁死死盯着她的脸,"奥尔加·弗拉基米罗芙娜太善良,不愿把自己撒谎的妹妹赶走。而现在,这就是后果。"

奥尔加什么也没说。

瓦西娅沉默了。该怎么为自己辩护呢?婴儿静静地躺着,像树叶一样蜷曲着。角落里有团蒸汽——像个胖胖的小老头儿——也在哭泣。

祭司的目光落在班尼克模糊的身影上——她敢发誓确实如此。他苍白的脸更加苍白。"女巫,"他又低声说,"你要为你的罪行受到惩罚。"

瓦西娅打起精神。"我会负责的,"她对康斯坦丁说,"但不是在此地。你犯了错误,巴图席卡。奥尔加——"

"出去,瓦西娅。"奥尔加说,没有抬头。

康斯坦丁把瓦西娅从浴室的里间拖出来,她疲倦地踉跄着,糊满泪水的双眼看不清东西。他砰的一声关上身后的门,隔绝了血腥味和悲伤的哭泣声。

瓦西娅的亚麻内衣挂在肩膀上,因浸透汗水而变得透明。一阵寒风从开着的外间门吹进来,于是她站定脚跟。"至少让我穿上衣服吧,"她对祭司说,"或者你想让我冻死?"

康斯坦丁突然放开她。瓦西娅知道他能看到自己身体的每一处线条,还有内衣下坚挺的乳头。"你对我做了什么?"他咬牙切齿地说。

"对你?"瓦西娅回答,温度的突然变化使她头晕眼花。她脸上挂着冷汗,赤脚踩在木地板上。"我什么也没做。"

"骗子！"他厉声说，"骗子。我是个好人，以前，我看不见恶魔。而现在——"

"你现在能看见他们，对吗？"尽管既震惊又悲伤，但瓦西娅只能用这种尖刻的幽默口气说话。她双手沾满姐姐的血，提醒她胎儿已死去这一残酷的现实。"好吧，也许那是你自找的，因为你总是谈论恶魔。你就没想到这点吗？躲进修道院吧，没人需要你。"

他的脸色和她一样苍白。"我是善良的人，"他说，"我是。你为什么要诅咒我？为什么要缠着我？"

"我才没有，"瓦西娅说，"我缠着你做什么？我到莫斯科是来看我姐姐的。但看看现在发生了什么！"

她冷淡地转过身，厚着脸皮脱掉湿内衣。一会儿还得走到门外的夜幕中，她并不想找死。

"你在干什么？"他吸了口气。

瓦西娅伸手去拿之前脱在前厅的萨拉芬、上衣、衬衫和外袍。"穿上干衣服，"她说，"你觉得我要干什么？有个孩子躺在那里死去了，你是不是还觉得我要为你跳舞，就像春天里的乡下姑娘？"

他看着她穿衣服，手张开又握起。

她根本不在乎，而是系好斗篷，挺直脊梁。"你想把我带到什么地方去？"她带着尖刻的幽默问道，"我想你根本不知道。"

"你要为自己的罪行负责。"康斯坦丁勉强说，声音介于愤怒和困惑之间。

"在哪里？"她问。

"你在嘲笑我吗？"他多少恢复了一点儿往日的自信，一只手抓住她的上臂，"去修道院吧。你会受到惩罚的。我答应过要追捕女巫。"他走近了一些,"然后我就不会再看到恶魔,一切都会恢复原样。"

瓦西娅没有后退,而是走近他。他显然没有料到,僵在原地。

瓦西娅走得更近些,有许多东西会让她害怕,但其中并不包括康斯坦丁·尼科诺维奇。

"巴图席卡,"她说,"如果我能,我会帮助您的。"

他紧闭双唇。

她摸摸他布满汗珠的脸,他没有动。她的头发湿漉漉地披在她身上,他的手紧紧抓住她的手臂。

瓦西娅不去管他那铁钳般的手,站着不动。"我能帮您什么吗?"她低声说。

"卡西扬·鲁托维奇答应过我可以复仇,"康斯坦丁瞪着眼睛低声说,"只要我能——但没关系,我不需要他。你在这里,这就足够了。现在到我这儿来。让我重新完满。"

瓦西娅盯着他的眼睛:"没门儿。"

她抬起膝盖,精准地命中目标。

康斯坦丁没有尖叫,也没有气喘吁吁地倒在地上,因为他的长袍太厚了。但他哼了一声弯下腰来,这对瓦西娅来说已经足够了。

她冲进夜幕,跑过步道,穿过院子冲了出去。

第二十三章

北国的宝石

灰色的月亮刚刚爬上奥尔加宫殿的塔尖。人们仍在外面的街道上狂欢，尖叫声在谢尔普霍夫亲王的院子里回响。但瓦西娅知道现在仍然有人守卫宫门，而且康斯坦丁很快就会叫人来。她必须去警告大公。

瓦西娅向索洛维的围场跑去，但随即她想起来，他已经不在那里了。

身后传来沉重的脚步声，积雪在马蹄下面咯吱咯吱地响。

瓦西娅如释重负地转过身来，用双臂搂住那匹牝马的脖子。

那不是索洛维，而是匹白马，背上还有一个骑手。

摩罗兹科从牝马肩上滑下来，女孩和霜魔在苍白的月光下面对面。"瓦西娅。"他喊道。

浴室里的臭气和血腥味还沾在瓦西娅的皮肤上。"这就是你今晚要我逃跑的原因吗？"她痛苦地问他，"这样我就不会看到姐姐死去了？"

他没有说话，但一团火焰在他们之间烧起来，颜色蓝得像夏日的天空。没有柴火，然而热气驱走寒气，拥抱着她颤抖的身体。她不愿表示感激。"回答我！"她咬紧牙关，踩在火苗上。火马上熄灭，和燃起来时一样快。

"是的，我知道母亲或孩子会死，"摩罗兹科后退，"你本来不必看到。但是现在——"

"奥尔加把我赶出来了。"

"她做得没错，"他冷冷地说，"那个选择不该由你来做。"

瓦西娅觉得这话像一记重拳，有什么东西沉沉地坠在肚子里。她说不出来话，脸上满是干涸的泪痕。

"我是来救你的，瓦西娅。"摩罗兹科说，"因为——"

她又能说话了，于是冲口而出："我不在乎为什么！我不知道你是否会告诉我真相。我为什么要听你说？你领着我团团转，好像我是条猎狗。你叫我去这里，去那里，却什么都不告诉我。所以，你知道奥尔加今晚会死？或者我父亲就要死在熊的地盘上？你当时怎么不警告我？还是——"她从衬衣下面掏出蓝宝石，举起来，"这是什么？卡西扬说你用这个奴役我。摩罗兹科，他在说谎吗？"

他沉默下来。

她贴近他，低声补充说："如果你关心过那个在黑暗中亲吻过的可怜傻瓜，哪怕只是一点点，你都会告诉我所有真相。今晚我再也不想听到谎言了。"

他们面无表情地看着彼此，周围的积雪在黑暗中闪着银光。"瓦西娅，"他在阴影里低声说，"现在不是时候。走吧，孩子。"

"不，"她吐出一口气，"是时候了。难道我是那种注定被哄骗的孩子吗?"

见他还没说话,她又加了一句,声音微微颤抖:"求你了。"

他面颊抽搐一下。"在他死前那天晚上,"摩罗兹科平静地说,"彼得·弗拉基米罗维奇躺在被烧毁的村庄的灰烬旁,没有睡着。我是在月落后去找他的。我告诉他:你们的精灵日渐消亡,而那祭司播下恐惧的种子,还有那头熊正慢慢挣脱封印。我告诉彼得:如果他死,就可以拯救人民。他很愿意,心甘情愿。熊被封印的那天,我领着你父亲穿过树林及时来到空地。他死了,但不是我杀的。我让他选择,而这就是他的选择。只有对方心甘情愿,我才能带走某条生命,瓦西娅。"

"那么,你对我撒了谎,"瓦西娅说,"你曾告诉我,说我父亲是碰巧出现在那片空地上,出现在熊面前的。摩罗兹科,你还撒过什么谎?"

他又沉默了。

"这是什么?"她低声说,把宝石举在两人中间。

他的目光从宝石转到她的脸上,锐利如陶瓷碎片。"是我做的,"他说,"用冰块亲手做的。"

"顿娅——"

"她替你保存它。是你父亲交给她的,而它又是我送给你父亲的。当时你还是个孩子。"

瓦西娅猛地把项链拉下来握在手里,链子断了,晃来晃去:"为什么?"

有那么一会儿,她觉得他不会回答,但随后他说话了。"很久以前,我在人们的梦中出生。他们为寒冷和黑暗创造出我,让我来统治他们。"他的目光游移,不去看她的眼睛,"但是时代在前进。修士们带来羊皮纸和墨水,带来圣歌和圣像,我的力量也在消退。现在我只存在于吓唬坏孩子的童话中。"他看着那颗蓝色的宝石,"我不会死,但我会消亡;我能忘记,也会被人们忘记。但我还没有准备好忘记。于是我把自己和某个人类女孩绑在一起,因为她的血液里流淌着力量,能让我重新变得强大。"他苍白的眼睛泛起一抹蓝光,"我选择了你,瓦西娅。"

瓦西娅感到很不自在。那么,这个就是他们之间的羁绊,而不是并肩冒过的险和苦涩的牵挂,甚至不是他在她心中唤起的火热情感,而是这么个玩意儿。这颗宝石毫无神奇之处。她想起那些苍白虚弱的精灵在回荡着钟声的世界里渐渐消逝,而她的血、言语和礼物会让它们暂时强壮起来。

"所以,你才把我带到森林中的房子里吗?"瓦西娅低声说,"你为什么要帮我驱散噩梦,还送我礼物?你为什么在黑暗中吻我?因为你要我崇拜你?做……做你的奴隶?这一切都是你的谋划,目的是让自己更强大吗?"

"你不是奴隶,瓦西丽莎·彼得罗芙娜。"他厉声说。

她一声不吭,于是他把口气放温和些,继续说下去:"我的负担已经够沉重了。我需要从你那里得到的是感情,感情。"

"是崇拜,"瓦西娅反驳,"可怜的霜魔。你所有可怜的信徒都转而信奉新的神,把你扔在脑后,于是你只能去撩拨那些无知傻姑娘的心。所以你才总是来了又走,所以你命令我戴着这宝石,同时要记住你。"

"我救过你的命,"他回答,声音刺耳,"两次。你戴着那颗宝石,你的力量可以帮助我。这难道不是公平交易吗?"

瓦西娅说不出话来。她几乎听不清他的话。他利用了她。她是个丧门星,毁了家人,还有自己的心。

"你再找一个吧,"她惊讶于自己声音的平静,"再找个人来戴这小东西。我是不能了。"

"瓦西娅——不,你听着——"

"我不会要它了!"她大叫道,"我不需要你的任何东西。我谁也不需要。世界这么大,你肯定能再找到一个人。也许这次你不会利用她的无知。"

"如果你现在离开我,"他同样平静地回答,"处境会很危险。魔法师会找到你的。"

"那你就帮帮我吧,"她说,"告诉我卡西扬要做什么。"

"我看不到。魔力环绕在他周围,我进不去。你最好离开,瓦西娅。"

瓦西娅摇摇头:"也许我会像其他人一样死在这里,但我不会再做你的傀儡。"

不知怎的,在她心跳停顿的一瞬起了风,瓦西娅觉得他们似乎独自站在雪地中,城市的臭气和外形都消失了。月光下只有她和霜魔,风在他们周围呼啸,急促而含糊地说着什么,但是她的辫子在狂风中一动不动。

"让我走吧,"她说,"我不是任何人的奴隶。"

她松开手,让蓝宝石落下来。他抓住它,它在他手中融化,只留下掌心里的一摊水。

突然间风停了,只有庞大的宫殿立在雪中。

她转过身去不再看他。谢尔普霍夫亲王的院子看上去从未这么大过，积雪也从未这么深过。她没有回头。

第四部分

第二十四章

女巫

赛马结束后,季米特里派六名手下把萨沙带到天使长修道院,关在一间小屋里。他们走后,萨沙在屋里绕着圈,边走边沉思。他想着在全莫斯科面前被剥去上衣的妹妹。她很勇敢,没有屈服,只关心他的安危。

"你将被送到主教们面前,"晚餐端上来时,安德烈对他说,接着阴郁地补充,"接下来大家会讨论该怎么处治你。要么秘密处死,要么季米特里可能会亲手砍下你的头。他气得很,要是他祖父就准会这么干。我会尽力帮你,但很难说结果如何。"

"祭司,如果我死了,"萨沙在门被关上之前伸出手,"你必须为我妹妹尽力。我的两个妹妹,奥尔加是被迫的,而瓦西娅——"

"我可不想知道你的瓦西娅是怎么回事。"安德烈尖刻地说,"你替那个女巫说谎,如果你不是出家人,早就没命了。"

"至少给谢尔盖捎个信,"萨沙说,"他很爱我。"

"这个可以。"说完,安德烈走了。

※※※

外面的钟声响起,有脚步声经过,到处都有人在交头接耳。萨沙开始祈祷,但语无伦次,最后只好中断。黄昏悄然变成黑夜,月亮升起。莫斯科人喝得醉醺醺的,兴高采烈。这时修道院里响起脚步声,萨沙的房门嘎吱响起来。

他站起来背靠着墙,出什么事了?

门轻轻地开了,安德烈那张焦急的胖脸又从门缝儿里露出来,胡子乱蓬蓬的。他旁边站着个戴兜帽的壮实年轻人。

令人难以置信的寂静。片刻后萨沙大步走上前去。"罗季翁!你来这儿干什么?"安德烈一只手拿着火炬。借着火光,萨沙看到他朋友的脸已经疲惫不堪,鼻子上还有块冻伤。

安德烈看上去愤怒、恼火又害怕。"罗季翁兄弟从圣三一修道院火速赶来,"他说,"带来与莫斯科大公有关的消息。"他停顿一下,"还有关于你朋友的事,我指卡西扬·鲁托维奇。"

"我去过巴什尼亚科斯德,"罗季翁插嘴说,"我跑死两匹马才及时赶到。"他站在寒冷狭窄的小屋门前,不安地看着他的朋友。

萨沙从来没有在罗季翁脸上看到过这样的表情:"那进来吧。"

他本没这个资格发号施令,但他们毫无异议地走进牢房并反锁上门。

在黑暗中,罗季翁轻声讲了个关于废墟、尸体和惨剧的故事。"名副其实,"他总结说,"巴什尼亚科斯德果然是骷髅之塔。我不知道这个卡西扬·鲁托维奇是什么样的人,但这房子肯定不是给活人住的。如果这还不够,还有,是卡西扬——"

"买通切鲁贝,让他冒充使节,带人手进城,"萨沙替他说完,想起瓦西娅,他的心头一阵剧痛,"我知道了。罗季翁,你必须马上离开。别说你见过我,去大公那里。告诉他——"

"什么使节?卡西扬付钱给那些强盗,让他们去烧村子,"罗季翁打断他,"我在丘多沃找到了为他们办事的人,那家伙帮他们买刀和马。"

看来罗季翁这阵子忙得很。"雇强盗烧他自己的村子?"萨沙厉声问道,"还卖小姑娘换钱?"

"我想是的。"罗季翁说,被冻伤的脸上显出严峻的神情。

安德烈默默地站在门边。

"也许卡西扬用这事来引诱大公到荒野里去,这样假使节就更容易溜进城了。"萨沙慢慢说。

罗季翁看看萨沙,又看看安德烈:"我是来晚了吗?我看你已经遭殃了。"

"我活该,"萨沙用带着黑色幽默的口吻说,"我看错了妹妹和卡西扬·鲁托维奇。但我不会再犯同样的错误。去吧,我在这里能应付得来,你快去警告——"

一阵喧闹声打断他的话。接着火把亮起,外面传来喊叫声、奔跑的脚步声和砰砰的关门声。

"出什么事了?"安德烈喃喃自语,"起火了?遭贼了?这可是上帝歇脚的地方。"

喧闹声越来越大。有人在喊叫,又有人陆续回应。

安德烈嘀咕着从门里钻出来,转身要去闩门。他犹豫了一下,阴沉地看了萨沙一眼,神情还算友好。"看在上帝的分儿上,你这段时间不要逃跑。"他匆匆走开,没锁门。

罗季翁和萨沙面面相觑。黑暗中有火把迅速穿梭,照亮两人剃度过的脑袋。"你必须去警告大公,"萨沙说,"然后去找我妹妹,谢尔普霍夫亲王妃。告诉她——"

罗迪翁说:"你妹妹要生孩子,她已经进产房了。"

萨沙的动作僵住:"你怎么知道的?"

罗季翁低下头:"有个信使来找那祭司。康斯坦丁·尼科诺维奇,就是那个在列斯纳亚辛里亚认识你父亲的人。他离开去照顾你妹妹了。我来时听到的。"

萨沙猛地转过身去,低头看着那双手,上面仍有那天战斗造成的瘀伤。除非产妇垂死,否则他们不会请祭司。那就是说,他,那个厚脸皮的家伙,会待在我垂死的妹妹身边……"无论生死,上帝都会保佑她。"萨沙说,但眼里闪过一道光。若是谨慎的安德烈看见他现在的样子,准会喘着气赶回来,把门连上三道闩。

外面的喧闹声并没有减弱,但突然有个清晰的声音冒出头来,听上去十分刺耳。萨沙听出说话者是谁了。

萨沙把罗季翁推到一边,顺着回廊飞奔而去,罗季翁赶忙跟在他身后。

***

瓦西娅站在院子里的大门后,披着件肮脏的斗篷,双手合十放在身前,脸色苍白——这样一副形象不应该出现在深夜的修道院里。"我一定要见我哥哥!"轻柔的声音与周围愤怒的吼声形成对比。

季米特里的卫兵待在这里,与其说是看守萨沙房间那扇闩上的门,不如说是在享受安德烈的好啤酒。他们迷迷糊糊地摸索着找剑,有些修士举着火把，所有人看起来都很愤怒。人越聚越多，瓦西娅站在他们中间。

"她一定是爬墙进来的，"一名守卫结结巴巴地辩解，同时画了个十字，"她不知是从哪儿冒出来的，邪恶的婊子。"

修建这堵墙的目的更多的是维护修士们虔诚的神性，而不是为了阻挡那些一心要闯入的人。虽说如此，它也相当高了。萨沙打起精神，走进火炬围成的圈里。

萨沙听到惊慌愤怒的尖叫，某个守卫试图用剑去刺他的喉咙。萨沙几乎都不用看，空手扭住对方的手夺过武器。然后他握紧剑，所有的修士都后退。士兵们摸索着找自己的刀，但萨沙不理他们，只注意到了妹妹手上有血。

"你来做什么？"他问道，"发生了什么事，是奥尔加？"

"她的孩子没了。"瓦西娅平静地说。

萨沙抓住妹妹的胳膊："她还活着吗？"

瓦西娅不由自主地发出微弱的呻吟。萨沙记起了当时卡西扬也是这样抓住她的胳膊，当众剥下她的衣服，于是慢慢放手。"告诉我。"他强作镇静。

"是的，"瓦西娅狂热地说，"是的，她还活着，她会活下去的。"

萨沙松了口气。痛苦的阴影遮住他妹妹的眼睛。

安德烈挤进人群。"大家安静，"修道院长说，"姑娘——"

"您现在必须听我说，巴图席卡。"瓦西娅打断他。

"我们才不会！"安德烈生气地回答。但萨沙说："你要说什么，瓦西娅？"

"就在今晚,"她说,"今晚要举行宴会,莫斯科全城人都会喝醉。卡西扬要杀掉大公,让莫斯科陷入混乱,再趁乱自己登上王位。季米特里没有儿子,而弗拉基米尔在谢尔霍普夫。你必须相信我。"她突然转向站在修士们身后的罗季翁。"罗季翁兄弟,"她口齿清楚地说,"你这么快赶来莫斯科是有什么事吗?你相信我吗,兄弟?"

"是的,"罗季翁说,"我去过巴什尼亚科斯德了。这事要放在一周前我会嘲笑你。但现在,也许你说的是对的。"

"她在撒谎。"安德烈说,"女孩子经常撒谎。"

"不,"罗季翁慢慢说,"不,我想她没说谎。"

萨沙问:"所以你扔下奥尔加来找我?她现在肯定更需要你。"

"她把我赶出来了,"瓦西娅盯着哥哥的眼睛,一字一句地说,"我们必须警告季米特里·伊凡诺维奇。"

"我不能放你走,亚历山大兄弟,"安德烈绝望地插嘴,"否则我自己的位置和生命都会不保。"

"他休想走。"一个卫兵粗声粗气地打断他。

修士们面面相觑。

萨沙和罗季翁都曾久经沙场。他们看看修道院长,又看看那群喝醉酒的男人。瓦西娅歪着头等在一边,仿佛能听到他们听不到的声音。

"我们会逃走的。"萨沙轻轻地低声对安德烈说,"我是个危险分子。闩上大门吧,巴图席卡,派个人去望风。"

安德烈久久地凝视年轻人的脸,神情严肃。"今天之前,我从来没有批评过你的判断。"他也轻声回答,接着把声音压得更低,"愿上帝与你同在,我的孩子们。"他顿了顿,不情愿地补充,"还有你,我的女儿。"

瓦西娅对他笑笑。安德烈紧闭双唇，看着萨沙的眼睛。"拿下！"他大声说，"把亚历山大兄弟送进——"

但萨沙已经举起了剑，三两下就制伏了喝得醉醺醺的守卫，其余的人都被他们打昏。罗季翁用斧柄开路，瓦西娅明智地躲在两人之间。他们杀出人群，沿修道院的回廊向后门跑去——从那里，他们可以进入莫斯科。

***

瓦西娅的一击使康斯坦丁痛得看不清东西。他在臭气熏天的浴室里弯腰站了一会儿，眼前红光乱闪。他听到门开了，又砰的一声被关上。一片寂静，只有里间传来哭声。

他睁开眼睛，感到恶心想吐。

瓦西娅不见了，只有一个像水汽般脆弱的家伙坐在那里，严肃而认真地打量着他。

康斯坦丁猛地挺直身子，视线又一次模糊了。

"你被那个独眼的神碰过，那个吞食者。"班尼克对祭司说，"所以你能看见我们。我很久没见过你这样的人了。"胖胖的班尼克上身赤裸，稳稳地坐着，"你想听听关于自己的预言吗？"

康斯坦丁浑身冒着冷汗，摇摇晃晃地站直："滚，魔鬼，离我远点儿！"

班尼克没动。"人们会尊崇你，"他恶狠狠地对祭司说，"但你只会为此感到恐惧。"

康斯坦丁汗湿的手重重地放在门闩上："人们会尊崇我？"

班尼克哼了一声，泼出一勺滚烫的水："贪婪的家伙，真是可怜。出去，让死者安息。"他接着泼水。

康斯坦丁尖叫着从浴室里跑出来，浑身湿淋淋的，还被烫伤了。瓦西娅，瓦西娅在哪儿？她可以解除诅咒，她可以告诉他……

但瓦西娅已经走了。他跌跌撞撞地绕着前院走了一会儿，四处寻找，但找不到她的踪影，连脚印都没有。她当然要走，难道她不是女巫，和恶魔勾结在一起吗？

卡西扬·鲁托维奇曾经答应他复仇，只要他能完成一件小任务。"恨那些小女巫吗？"卡西扬说，"好吧，你的瓦西娅不是莫斯科唯一的女巫。为我做这件事，然后，我会帮助你……"

承诺，空洞的承诺。管他卡西扬·鲁托维奇说什么呢？上帝的仆人不会报复，但是……

这就是复仇，康斯坦丁想。与恶争战，主视之为善。此外，如果卡西扬所说的都是真的，康斯坦丁可能真的会成为主教，只要首先……

康斯坦丁·尼科诺维奇带着他痛苦的灵魂，向内宫所在的塔楼走去。塔楼里几乎空无一人，只有正渐渐熄灭的炉火。奥尔加的侍女们都和王妃在一起，在塔楼后面的浴室里。

但不是完全没人。一个黑眼睛小女孩正在内宫睡觉，无辜的双眼中藏着鬼魂。在这个混乱的夜晚，看守她的只有一位慈祥的老保姆，而这老保姆永远不会怀疑他作为祭司的权威。

***

萨沙、罗季翁和瓦西娅在修道院墙壁的阴影中停下来喘口气。他们身后的修道院里，人们在互相交谈，能听到声音像泉水一样汩汩涌出。不久，季米特里的卫兵们就会怒冲冲地追上来。"快。"瓦西娅说。

现在狂欢快要结束，醉鬼们正跌跌撞撞地走回家，第二天就是宽恕他人的日子。这三个人藏在阴影里跑上山坡，一路没引起任何注意。萨沙带着抢来的剑，罗季翁握着把斧子。

大公的宫殿巍然屹立在山尖，坚不可摧。火把照亮木门，两个瑟瑟发抖的守卫站在木门两侧，胡子上结着冰——这里看起来不像要大祸临头的样子。

"现在怎么办？"罗季翁低声说。此时他们正躲在对面墙角的阴影里。

"我们必须进去，"瓦西娅不耐烦地说，"必须叫醒大公，向他示警。"

"你怎么能……"罗季翁说。

"除了正门，还有两扇较小的门，"萨沙插嘴，"但它们是从里面闩上的。"

"我们必须翻过这道墙。"瓦西娅简短地说。

萨沙看着他的妹妹。他从没有把她当作女孩子，而现在她身上的最后一丝温柔也已经消失了。她思路敏捷的头脑和强壮的四肢虽然一直被长裙拖累，但现在它们开始以凶猛且近乎挑衅的姿态发挥作用。此时此刻，她比以往任何时候都更有女人味，但又更不像女人。

女巫，这个词在他脑海中掠过，没有其他名称，我们只能以此称呼这类女人。

她似乎明白他心中所想，心烦意乱地低下头说："我比你们俩个头儿都小。如果你们帮我，我就能翻过那堵墙。我可以为你们打开门。"她的目光再次扫过白雪覆盖着的、寂静无声的街道，"你们得给我望风。"

"我们为什么要听你的?"罗季翁勉强说,"你是怎么知道这一切的?"

"怎么,"萨沙也不耐烦地打断他的话,"你是想自己去给我们开门吗?"

瓦西娅露出无忧无虑的笑容,使两个男人都满腹疑云。"给我望风。"她说。

萨沙和罗季翁面面相觑。他们见过要上战场的人露出这样的笑容,但这样的人最后一般都没有好下场。

瓦西娅像个幽灵一样朝莫斯科大公的宫墙冲去。萨沙跟着她。她容光焕发,他不喜欢她这个样子。"把我举起来。"她说。

"瓦西娅——"

"没时间了,哥哥。"

"圣母啊。"萨沙嘟囔着,弯下腰去做她的垫脚石。她像鸟一样轻盈地踩上他的背,然后他直起身子。可即便踏在他肩膀上,她也还是够不到墙头。随后她纵身一跃,使他不由自主地向后倒去。离墙头还有一小段距离,但她有力的指尖抠住了墙头。她没戴手套,纯凭蛮力往上攀,抬起一只穿靴子的脚跨上去。眨眼间瓦西娅就已蹲在墙上,萨沙几乎看不见她。然后她坠进墙另一边的深雪里。

萨沙站起来掸去身上的雪。罗季翁摇着头走到他身后。"在列斯纳亚辛里亚见到她时,我在雨中迷了路,"他说,"当时她正在采蘑菇,浑身湿漉漉的,像个水精灵,骑着匹没有缰绳的马。我知道她不是为修道院而生的,但是——"

"她就是她自己,"萨沙说,"该受到诅咒,也该得到祝福。只有上帝能审判她,但这次我相信她。我们必须望风,同时等待。"

***

瓦西娅落在墙角堆成斜坡的积雪中，毫发无伤地站起来。她绕着季米特里·伊凡诺维奇的宫殿跑过，那似乎已经是很久以前的事了。但那次愚蠢的赛跑还是有些用处的，起码能让她了解这里的布局。那里是马厩，那里是酿酒厂，那些是熏制房、制革厂、铁匠铺，还有宫殿本身。

瓦西娅特别需要索洛维。她需要他的力量、温暖的呼吸和单纯的爱。没有他，她就像裹着裙子的迷路女孩；骑在他的背上，她就会觉得自己所向无敌。

但那次赛跑还有另一个好处，她必须利用它。

瓦西娅用冻僵的手指重新解开手腕上的伤口——那是她早些时候给鬼魂喂血时造成的。她在雪里滴下三滴血。

德沃罗伊是庭院中的精灵，比多毛沃伊更少见，更难与人沟通，有时甚至性情邪恶。这个德沃罗伊看上去像堆肮脏的雪，好像是被从星光和泥泞的大地上轻柔地剥落下来的。他和莫斯科的其他精灵一样虚弱。

瓦西娅见到他很高兴。

"又是你，"它露出牙齿说，"你闯进我的院子了。"

"我是为了救你的主人。"瓦西娅回答。

德沃罗伊笑了："也许我需要换个新主人。红发魔法师会唤醒那个沉睡的人，会让钟声沉寂。这样也许人们就会再次给我贡品啦。"

沉睡者……瓦西娅使劲摇头。"你不能对主人挑三拣四，"她告诉他，"你与你的人民的命运联系在一起，你必须在他们需要的时候提供帮助。我没有恶意，你现在能帮我吗？"她小心翼翼地伸出手，把血淋淋的手指按在德沃罗伊冰冷丑恶的脸上。

"你要我做什么?"德沃罗伊警惕地问道。身上染上她的血腥味后,他比刚才更像有血有肉的实体。

瓦西娅冷冷地对他笑。"大吵大闹。"她说,"唤醒整个被诅咒的宫殿,你现在已经不需要保密了。"

***

酒醉后的寂静笼罩着大公的宫殿,外面的街道也全无声息。但这并不像人们大吃大喝几天之后应有的宁静,因为寂静中弥漫着紧张的气氛,使瓦西娅觉得毛骨悚然。德沃罗伊眯着眼睛听她说完,突然消失了。

从孩童时代起,瓦西娅就能像猫一样无声地走路,但现在她像做贼一样,小心地躲在阴影中蹑手蹑脚地前进,几乎不敢呼吸,同时注意要沿着墙的右侧走。后门在哪里?她避开火炬的光,一边找门,一边提防着警卫,同时还要倾听、倾听……

突然从前院那边传来一声尖叫,好像有一千只猫同时被踩住尾巴。狗舍里的狗也开始狂吠。

有人举着支火炬沿着楼上的走廊跑,有盏灯亮起来,接着又是一盏,再一盏。前院里的喧闹声越来越大,有个女人尖叫起来。瓦西娅差点儿笑起来,因为现在谁都没法儿暗中行事了。

接着瓦西娅被一条人腿绊了一跤,扑倒在厚厚的积雪里。她爬起来转过身,心怦怦直跳。在她的右边就是那扇后门,门周围的积雪笼罩在一片阴影中。唯一的门卫坐在门口,头垂在胸前——就是他的腿绊倒了她。

瓦西娅走近些——那人没动。她把手指靠近他的脸——没有呼吸。她摇他的肩膀——他的头耷拉在脖子上。他的喉咙被割破了，割得很深。那不是雪地上的阴影，而是血。

前院的喧闹声越来越大。突然，从对面的阴影里冲出来一群人——四个或六个人。他们身体强壮，轻捷地朝宫殿的台阶冲去。是卡西扬在狂欢时放他们进来的，瓦西娅想，我来得太晚了。她鼓起勇气，把冻僵的双手塞到死去的警卫的腋下把他拖走。他的尸体在雪地上滑过，她为他的灵魂轻声祈祷。

她一打开门，萨沙就从她身边冲进院子。"罗季翁在哪里？"她问道。

她哥哥只是摇头，抬头盯着上方那令人眩晕的阴影、打作一团的人、火光和黑暗。又有声音传来，是打斗的声音——肯定没错。有个男人翻过楼梯两侧的细格栅，大叫着摔在院子里。狗仍在狗舍里狂吠。瓦西娅似乎瞥见卡西扬紧张地站在宫门前，红色的头发在暗中变成黑色。

接着有个中气十足的呐喊压过所有声音，那是莫斯科大公在喊。虽然声音由于惊讶和焦急而变得嘶哑，但至少说明他还活着。

"米季亚。"萨沙呼出一口气。季米特里在十六岁加冕后，大概就再没人当面用这个孩子气的乳名叫过他了。瓦西娅突然想：这个名字会使他们回忆起两人共同度过的少年时代。这就是哥哥不回家的原因。尽管他爱我们，但他更爱这位大公；季米特里也需要他。

"待在这里，瓦西娅，"萨沙说，"藏起来。把大门闩上。"他直接冲向战场，手中的剑映着头上的火光。全体守卫向前院聚集，接着从大门那边传来震耳欲聋的撞击声。卫兵的脚步迟疑，不知该顾哪头。萨沙毫不犹豫地跑到南侧楼梯下，杀入黑暗中。

瓦西娅按萨沙的吩咐把门闩上，犹豫不决地在阴影里站了一会儿。她看看颤抖的大门，看看不知所措的宫内守卫，又看看宫殿窗缝儿里疯狂摇曳的光影。

她听到哥哥的声音在喊，还有他剑的长吟。瓦西娅一边轻声为他祈祷，一边去找马厩。如果除了示警她还想为大公做些什么的话，那么她需要马。

她走到那狭长低矮的马厩前，再次躲在阴影中。

院子里有个卫兵被墙上飞来的一支箭射中，惨叫着倒在地上。整个前院人声喧闹，到处都是不知所措的人跑来跑去，其中不少人都喝得醉醺醺的。箭如飞蝗，更多的人倒下了。在喧闹声中，她又听到了季米特里的声音。瓦西娅祈祷萨沙能及时赶到他身边。

大门正遭到更猛烈的撞击。她必须找到索洛维。他还在吗？他已经被杀掉、带走，还是受伤了？

瓦西娅噘起嘴唇吹声口哨。

她立刻得到了回应——一声熟悉的、愤怒的嘶鸣，于是她松了口气。接着传来一声巨响，好像索洛维想把马厩踢倒似的。其他马也开始嘶鸣，很快，整个马厩乱成一团。另一种声音也加入进来，那是仿佛哀鸣般的哨声，但瓦西娅从没听过哪匹马会发出这样的叫声。

马夫们在半睡半醒中喊叫，瓦西娅听了一会儿，判断好时机冲了进去。

她发现马厩里一片混乱，几乎和外面的院子一样糟糕。惊慌失措的马冲来挤去，而马夫们不知道是该先让他们平静下来，还是该先看看外面的喧闹到底是怎么回事。马夫们都是奴隶，手无寸铁，惶恐不安。现在可以清楚地听到箭破空而来的声音和咆哮声，还有此起彼伏的尖叫声。

"做你该做的，然后滚出去，"有个小声音说，"敌人近了，你们把马吓坏了。"瓦西娅抬头望着干草垛，在阴影中看见一张小脸，上面嵌着双小眼睛。对方正瞪着她，她举起一只手向他打招呼。

精灵们在衰亡，她想，但他们目前还在。这个想法使她振作起来。她皱起眉头，因为马厩中亮起一道奇怪的光。

她避开忙乱的马夫，沿着畜栏往里面跑。红光更加强烈，她无声无息地走着，脚步颤抖。

卡西扬的那匹金色牝马正在发光，似乎有明亮的火花从她的鬃毛和尾巴上溅出来。她仍然戴着金笼头、嚼子、缰绳等全套装备。她把一只耳朵斜对着瓦西娅，轻轻喷了口气，白色的呵气模糊了她身上的光芒。

离牝马三个畜栏远的地方站着索洛维，正竖着耳朵望着她。只有这两匹马在喧闹声中静静站着。他也戴着笼头，被紧紧地拴在马厩的门上，前蹄还戴着足枷。瓦西娅飞快地跑了十几步，双臂搂住牡马的脖子。

"我之前还怕你不会来了，"索洛维说，"我不知道该怎么去找你。你身上有血腥味。"

她定定神，摸索着找笼头上的扣环，使劲一拧，整个笼头就掉到了地上。"我在这里，"瓦西娅低声说，"我在这里。为什么卡西扬的马会发光？"

索洛维哼一声，摇摇头，开心地挣脱束缚。"她是我们当中最强大的，"他说，"最伟大的，也是最危险的。起初我没认出她，因为我不相信她会向人类屈服。"

牝马竖起耳朵看着瓦西娅和马，火辣辣的双眼里流露出坚定而警惕的表情。"放开我。"她说。

马一般用耳朵和身体说话，但瓦西娅听到的这个声音仿佛来自她的身体深处。

"她是你们之中最强大的吗？"瓦西娅低声对索洛维说。

"让我自由。"

索洛维不安地用蹄子蹭着地板。"是的。我们走吧，"他说，"让我们到森林里去，这里不是我们该待的地方。"

"不，"她回答，"这里没有我们的一席之地。但我们必须等等，还有账要算。"她把牝马脚上的足枷都弄断。

"放开我。"金色牝马又说。瓦西娅慢慢站起来。牝马用熔金般的眼睛看着瓦西娅和马，皮肤下似乎有汹涌的力量要破体而出。

"瓦西娅。"索洛维不安地说。

瓦西娅好像没听见。她盯着牝马那双如同炽热焰心的眼睛走了一步，又走一步。索洛维在她身后尖叫："瓦西娅！"

牝马戴着满是唾沫的金嚼子，直视瓦西娅。瓦西娅意识到自己怕这匹马，然而她这辈子从来没有害怕过哪匹马。也许正是出于对这种感觉的厌恶，瓦西娅伸出手抓住金扣环，把笼头拧了下来。

牝马僵住，瓦西娅愣住，索洛维一动不动，似乎整个世界都静止不动。"你是谁？"她低声对牝马说。

牝马低下头，很慢，很慢地去碰那堆被丢弃的金马具，然后抬头用鼻子吻瓦西娅的脸颊。

那块地方被烧得滚烫，她倒抽了一口冷气用手去捂，发现那里起了个水泡。

一切又开始活动起来。索洛维在她后面人立起来:"瓦西娅,回来。"

牝马高昂起头。瓦西娅后退。牝马人立起来,瓦西娅觉得自己的心脏会因那可怕的美而停止跳动。她感到热气扑面而来,喘不过气。我是被生出来的,索洛维曾对她说,或者也可能是被孵出来的。她连连后退,感觉到索洛维的气息扑在背上。她摸索着拉开他畜栏门上的闩,但始终盯着那匹金色的牝马。

夜莺,瓦西娅想,索洛维的名字意味着夜莺。

难道就没有其他类似的马吗?那些马……这匹牝马……不。不是牝马。根本不是。因为在瓦西娅的眼前,那匹直立的马变成一只金色的鸟,比瓦西娅见过的任何鸟都要大,有蓝色、橙色和鲜红色的火焰翅膀。

"札尔彼蒂萨。"瓦西娅一边说,一边细细品味这个词,仿佛她从来没有坐在顿娅脚边听过火鸟的故事。

鸟儿拍打着翅膀,把烫人的热气扇到她脸上,翅膀边缘的羽毛像火焰一样冒着烟。索洛维发出一声尖叫,一半因为恐惧,一半因为欢欣鼓舞。到处都是马在惊恐地嘶叫,踢来踢去。

热量在寒冷的空气中如波浪般扩散。火鸟冲断马厩的栅栏,就好像它们是小树枝一样。她冲天而起撞向屋顶,火星如雨般纷纷落下。屋顶没有障碍物,因此那鸟拖着闪亮的尾羽一头撞穿屋顶,越飞越高,像太阳一样明亮,把黑夜变成白天。瓦西娅听到有声怒吼从前院的某个地方传来。

她大张着嘴,着迷地看着那只鸟飞走,什么都说不出来,害怕得要命。火鸟洒下一串火星,点燃干草和木柴。热浪再次扩散,灼痛了瓦西娅烧伤的面颊。

火焰和刺鼻的烟雾开始在四周蔓延，速度快得惊人。

瓦西娅大叫一声回过神来，跑去把马从围栏里放出来。有那么一会儿，她觉得自己看见那个干草色的矮个儿马厩精灵就在她身边，咬牙切齿地叫道："傻丫头，把火鸟放出来！"它跑开去开畜栏门，速度甚至比她还快。

有些马夫已经跑掉，但没关门。微风轻轻吹进来。火借风势烧得更大。还有些马夫虽然搞不清怎么回事，但还记得自己的责任，于是跑去帮助马群。现在马群只是烟雾中一团团模糊的形状。瓦西娅、索洛维、马夫们还有马厩精灵——那个小瓦兹拉把受惊的马拉出来。烟把他们呛得喘不过气，瓦西娅不止一次险些被踩死。

最后，瓦西娅找到了齐玛。她之前被带进大公的马厩，现在正惊慌失措地在畜栏里扑腾。瓦西娅躲开飞踢的马蹄，拉开畜栏门。"出来吧，"她暴躁地说，"那边。走！"同时在马臀上拍了一巴掌。小牝马被吓坏了，夺门而出。

索洛维出现在瓦西娅的肩膀上方。火焰现在绕着她转，像春天的舞者一样，热浪仿佛要烤焦她的脸。有那么一瞬，瓦西娅以为自己看见了穿黑衣的摩罗兹科。

燃烧的稻草落在索洛维的侧腹，他嘶鸣起来："瓦西娅，我们必须出去！"

还有马没被放出来，她能听到剩下的几匹迷失在火场中的马在绝望地哀鸣。

"不行！他们会——"但她还没说完就住了嘴。

前院传来一声尖叫，那是她熟悉的声音。

第二十五章

塔中少女

瓦西娅翻身上马,索洛维飞奔出马厩,噼啪作响的火舌像狼一样在他后面紧追不舍。火光亮如白昼,燃烧的马厩照得前院仿佛地狱。季米特里的宫殿四处起火。

人们仍在院里苦战,吼声震天。瓦西娅听不到哥哥的声音,而且在夜幕中她已经分不出敌友。

大门处传来悠长的破裂声——它坚持不了多久了。奴隶们跑着拿来桶和湿毯子灭火,有半数守卫现在正帮助他们。在木建筑居多的城市中,火与箭同样可怕。

那熟悉的尖叫又响起来。燃烧的马厩暂时照亮了整个院子,火光闪烁中,她看到康斯坦丁·尼科诺维奇正沿着围墙内侧蹑手蹑脚地走。

他在这里做什么?瓦西娅很好奇。起初她只是感到惊讶,接着,她惊恐地看到祭司正抓着一个孩子的手腕。那小姑娘没披斗篷,没戴饰头巾,也没穿靴子,冷得直哆嗦。"瓦西娅小姨!"她用瓦西娅熟悉的声音尖声道,"瓦西娅小姨!"她的声音清晰地穿过闷热的空气,"放开我!"

"玛丽亚!"瓦西娅难以置信地喊道。一个孩子?亲王的女儿?出现在这里?

她看到卡西扬·鲁托维奇跑到院子里,愤怒而又得意地张着嘴。他跳上一匹正在逃跑的没戴鞍子的马,转过身来,不顾箭矢,沿着围墙飞奔而来。

瓦西娅一时没明白是怎么回事。

说时迟,那时快,卡西扬追上康斯坦丁,一把抓住女孩拎起来,把她脸朝下摔在汗淋淋的马背上——时间掐得正好。

"玛丽亚!"瓦西娅喊道。索洛维已经转身去追他们,飞奔的马蹄溅起泥浆,好似长虹。瓦西娅伏在他脖子上,顾不得飞来飞去的箭。她还要横跨整个院子,但卡西扬已顺利登上内宫的台阶。他跳下马背,用一只胳膊夹住拼命踢他的玛丽亚。他抬起头来与瓦西娅对视。"现在,"卡西扬龇着牙对她喊,眼里的火焰越烧越旺,"你要为自己的骄傲后悔了。"

他和玛丽亚快步走进黑暗中。"你答应过的!"康斯坦丁在他后面喊道。他跌跌撞撞地走到楼梯底下,却在黑暗的楼梯通道前迟疑着停下脚步:"你说过——"

回答他的是一阵狂笑,随后一切陷入沉寂。康斯坦丁目瞪口呆地望向黑暗中。

索洛维和瓦西娅从院子另一头冲过来,康斯坦丁转过身来面对他们。索洛维抬起前蹄,带起的风从祭司头上扫过,吓得康斯坦丁向后倒去。他们身后的大门上仍不断传来重击声,头顶刀剑交鸣。瓦西娅探身向前,目光和声音一样冷淡:"你做了什么?他要我外甥女干什么?"

"他答应过要帮我复仇,"康斯坦丁低声说,浑身发抖,"他说我只要——"

"看在上帝的分儿上!"瓦西娅从索洛维的肩膀上滑下来,"为什么复仇?我救过你的命,那时候你还算个正常人。我救过你的命,你忘记了吗?他要她做什么?"

刹那间,她又看到了那个被埋在重重痛苦之下的画家和祭司。"他说如果我想要你,就得拿她同他换,"康斯坦丁低声说,"他说我可以——"他的声音越来越尖,"我也不想这样!但是你离开了我!你留下我独自一人,还总是能看到魔鬼。我该怎么办呢?过来。你现在在这里,我只想——"

"你又上当了,"瓦西娅冷冷地打断他,"走开,别让我再看见你。你为我姐姐的孩子施过洗,看在她的面上我不杀你。"

"瓦西娅,"康斯坦丁伸手去够她。索洛维的黄牙猛地咬过去,吓得他缩回手。"我是为你才这样做的,是因为你。我……我恨你。你……真美丽。"他说话的口气像诅咒,"只要你能听我的……"

"你只不过是为虎作伥,"她回答,"但我已经受够了。下次再见到你,康斯坦丁·尼科诺维奇,我就要杀了你。"

他向前一步,也许还想说话,但她没时间了。她对索洛维低声说了句话,那匹牡马像蛇一样敏捷地直立起来。康斯坦丁张大嘴巴,跟跟跄跄地后退躲开马蹄,然后落荒而逃。瓦西娅听见他边跑边哭,但她没有目送他。尽管庭院的其余地方都被燃烧的马厩照亮,但楼梯上仍然漆黑一片，十分可怕。她鼓起勇气，独自匆匆向上走去。"索洛维，"她一边回头看，一边踏上第一级台阶，"你必须——"

她突然停下来，因为周围打斗的声音变了。瓦西娅又转过身去看前院，看到马厩里的火焰蹿得比树还高，发出奇怪的暗红色光芒。

黑乎乎的东西流着口水，开始从红色的阴影里爬出来。

瓦西娅的血冷下来。季米特里的手下在院子里跌跌撞撞地走，到处都有剑从无力的手中落下。高处有个男人在尖叫。

"索洛维，"瓦西娅低声说，"怎么——"

随着最后一声劈裂般的巨响，大门洞开。切鲁贝飞奔着冲进火光中，无所顾忌地发令。他左右都有弓箭手，箭雨笼罩了院子。

季米特里的手下已经开始动摇、溃逃。现在瓦西娅能感受到他们的失落和恐惧。院子里一片混乱，马群盲目地乱跑，箭从墙头上飞过。四周都是苍白的死人，从闪着血红光芒的黑暗中摇摇晃晃地冒出来，伸着手，腐臭的脸上挂着笑容。它们后面是骑着快马的战士，举着亮闪闪的剑，稳步向前推进。

这就是魔法吗？卡西扬能把地狱中的恶魔召唤出来，并驱使它们吗？他和玛丽亚在塔里做什么？马厩里的火焰似乎浸透了鲜血，越来越多的死人从阴影中爬出来，将季米特里的守卫逼到袭击者的刀下。

一支箭从她头上呼啸而过，嘣的一声射中旁边的柱子。瓦西娅吓了一跳。有个恐怖的家伙咧着嘴笑，伸手向她抓来。它两只眼睛是瞎的。索洛维用前蹄猛踢，那东西向后倒去。

切鲁贝低沉的声音又在发号施令，箭雨越来越密。季米特里的手下群龙无首，无法联手对付这新出现的敌人——会战斗的死人。过不了多久，罗斯人就会被逐个消灭。

萨沙的声音响起，清晰而平静。"上帝的子民，"他说，"不要害怕。"

***

萨沙之前把妹妹留在后门口，循着大公的吼声、尖叫声和刀剑相击声跑上楼梯，冲进乱成一团的宫殿。在他下面，狗吠马嘶。宫殿的正门不断受到撞击，卡西扬的手下和切鲁贝的鞑靼人号叫着唤醒死者。魔法为袭击者争得的先手优势已经消失，现在他们唯一的希望在于速战速决，在于制造混乱和恐惧。在瓦西娅发出警报之前，曾有多少人蹑手蹑脚地从后门潜进来呢？

老熊皮散发出的霉臭气提醒了他，接着有把剑在近乎全黑的楼梯处刺向萨沙的头。他挡开这一击，双剑相交，声音刺耳，迸出一串火花。进攻的人是卡西扬的一个手下，萨沙没时间和他交手，躲开第二击，闪身把他踹下楼梯，继续跑。

一扇门半开着，他冲进第一个候见室，没见到人，只有死去的仆役躺在地上，还有喉咙被割开的守卫。

萨沙仿佛听到季米特里的叫声从宫殿的更高处传来。前院的火光突然穿过狭窄的窗缝儿照进来。萨沙继续跑，语无伦次地祈祷着。

候见室里寂静无声，也没有活动的物体，只有王座后面的门半开着。萨沙能听到后面刀剑相交的声音，还看到黄色的火光。

萨沙飞跑着穿过房间，看见季米特里·伊凡诺维奇就在那里，身边只剩下一个活着的守卫。四个人拿着弯刀与他们对峙。三名手无寸铁的随从和四个来不及完全武装起来的守卫倒在地板上。

没等萨沙完全看清情况，大公的最后一名守卫也倒了下去，脸上只有一截剑柄露在外面。但季米特里杀死了袭击者，又龇着牙退回去。

电光石火之间，大公和修士的目光相遇。

萨沙掷出的剑，刺穿了一个袭击者穿的皮甲，插进他的后背。季米特里挡住第二个人的攻击，宝剑划出平滑的弧线，砍下对手的头。

萨沙向前跑，中途抄起一把死者丢下的剑。接着，是一场势均力敌的激战：二对二。最后所有袭击者都倒下了，鲜血四溅。

沉重的寂静突然降临。

表兄弟俩面面相觑。

"他们是谁？"季米特里看着那些死人。

"卡西扬的手下。"萨沙说。

"我觉得我认得这个人，"季米特里说，用剑身指着某个死者。他喘着气，鼻子和指关节上都有血，壮实的胸脯剧烈起伏。喊叫声仍然从下面的守卫室传来，外面院子里的喊声更加响亮，然后是一声巨响，有什么东西被劈裂了。

"季米特里·伊凡诺维奇，"萨沙说，"我请您原谅我。"

他在想：大公会不会就在这黑暗中把自己当场斩于剑下？

"你为什么要对我撒谎？"季米特里问。

"为了我妹妹的闺誉，"萨沙说，"后来是为她的勇气。"

季米特里举起那把血淋淋的、无鞘的蛇柄剑。"你还会再对我撒谎吗？"他问。

"不，"萨沙说，"我发誓。"

季米特里叹口气，仿佛刚卸下沉重的负担："那么我原谅你。"

前院又传来撞击声，突然人声鼎沸，火光大盛。"到底出了什么事？"季米特里问。

"卡西扬·鲁托维奇想做大公。"萨沙说。

季米特里慢慢地露出一个狰狞的笑容。"那我就杀了他，"他简洁地说，"跟我来，表哥。"

萨沙点点头，两个人一路杀下楼去。

***

瓦西娅猛地转身，看见哥哥站在楼梯顶层的平台上。楼梯上的屏风已被打破，可以看到那个平台一边通往内宫，一边通向觐见厅。下一刻，鼻子和指关节还在流血的莫斯科大公就从上方的黑暗中冲出来。他还活着，还能站起来，手里还握着把血淋淋的剑。有那么一瞬，季米特里看着萨沙，脸上满是爱意和无法遗忘的愤怒。然后他与表哥肩并肩站着，声如洪钟地吼叫："站起来，上帝的子民！"他喊道，"无所畏惧！"

战斗停顿一瞬，就像整个世界都在倾听。接着季米特里和萨沙并肩冲下楼梯，同时放声大喊。他们从瓦西娅身边跑过，径直冲进院子，没看她一眼。

有人回应他们的呼喊。罗季翁兄弟手里拿着斧头，大步穿过破裂的正门。他不是一个人，他的身后站着一支由修士、市民和克里姆林的守卫组成的杂牌军。

罗季翁和他的军队冲进院子，却畏缩不前。那些活死人发出急促而含糊的声音，开始向新的威胁逼近。切鲁贝很清楚自己该干什么：他让手下兵分两路，一路去对付季米特里和萨沙，另一路迎击罗季翁。战斗处于危急关头。

萨沙仍然和季米特里肩并肩站着，火光中，两人灰色的眼睛都变成奇异的紫罗兰色。

"别害怕。"萨沙又喊了一声。他刺中一个人，又躲过另一个人的一击。"上帝的子民,不要害怕。"

此时切鲁贝看上去很恼火,厉声迅速向手下发令。弓箭手纷纷瞄准大公。罗斯的武装士兵眨着眼睛,像刚从噩梦中惊醒。季米特里砍下卡西扬某个手下的头,把尸体踹倒,喊道:"对有信仰的人来说,恶魔算个屁!"

切鲁贝冷冷地弯弓搭箭,瞄准季米特里。但萨沙把大公推开,那支箭插进他上臂,使他哼了一声。瓦西娅愤怒地大喊。

季米特里抓住表兄,看到那支阔头箭已刺穿修士的上臂。士兵们又开始动摇。红光更盛,更多箭飞过来,其中一支射掉了大公的帽子。萨沙甩开季米特里勉强站起来,脸因疼痛绷得紧紧的。他猛地拔出箭身,剑交至左手:"振作起来,上帝的子民!"

罗季翁发出战斗的呐喊,挥舞着斧头。有几个人抓住乱跑的马,跳到马背上。战斗已到了白热化的程度。

"索洛维,"瓦西娅说,"我必须上塔楼。我必须去追玛丽亚和卡西扬。去吧,我求你帮我哥哥。保护他,保护季米特里·伊凡诺维奇。"

索洛维的耳朵贴在头上:"你不能就这样……"

但她拍了拍牡马的鼻子,跑上黑暗中的楼梯。

***

她面前是一道封闭的楼梯,通向大公宫殿的上层,所有的细格栅都被破坏得乱七八糟。瓦西娅在萨沙之前站过的平台上停下来,楼梯从这里向不同的方向延伸。她回头,看见季米特里正骑着匹从燃烧的马厩里跑出来的马,而哥哥跳到不情愿的索洛维背上——上帝的仆人骑着一匹来自更古老的异教世界的马。

索洛维人立起来，萨沙的剑猛地挥下。瓦西娅轻声为他们祈祷，转头望向上方。左手边的楼梯上蜷缩着几具尸体，那是通向大公觐见厅的方向。但在通向内宫的路上只躺着一道怪异的黑影。

　　瓦西娅向右转，跑进黑暗中，想着索洛维和哥哥，把他们当作自己的护身符。

　　十步。二十步。向上，向上。

　　这楼梯走了多长时间？她现在本来应该到顶了。

　　拖拖拉拉的脚步声从上面传来。瓦西娅猛地停下，她看见有个男人跌跌撞撞地向她走来，像瞎了眼似的四处摸索。他两条腿的关节看上去有问题，走起来好像只洋娃娃。

　　那人走近，瓦西娅认出了对方。

　　"爸爸，"瓦西娅不假思索地喊，"爸爸，是你吗？"他像她的父亲，然而并不是他。他双眼空洞，身体被那致命的一击打得稀烂，几乎不成人形。

　　彼得越来越近，用明亮而茫然的独眼看着她。

　　"爸爸，原谅我——"瓦西娅伸出手。

　　她发现那里根本没有父亲，只有黑暗，到处是跃动的火光。她再也听不见下面战斗的声音，觉得心怦怦直跳，仿佛在耳朵里引起回声，于是她停下来。这条楼梯有多长？瓦西娅又开始往上跑，她呼吸急促，腿也烧伤了。

　　楼上传来砰的一声，接着又一声，是脚步声。哥哥阿廖沙从上方的黑暗里现身。他灰色的眼睛很像他们的父亲，他没有喉咙，也没有下巴——它们都被撕掉了。她觉得自己在他残留的皮肤上看到了牙印，那是吸血僵尸做的好事，或者更糟，他已经死了……

那幽灵可能想说话，因为她看到血腥的伤口在嚅动。但除了咕咕的声音，他什么也说不出来，同时肉渣不断从伤口处落下来。那双冷漠的灰眼睛仍然悲伤地看着她。

瓦西娅哭着从怪物身边跑过，继续向前。

接着她看见楼上有一小群人：三个站着的男人正兴高采烈地俯视一小团东西。

瓦西娅意识到那堆东西是妹妹伊丽娜。伊丽娜面孔青肿，裙子上血迹斑斑。她朝那些人扑过去，口齿不清地吼了一声，他们都消失不见了，只有死去的妹妹留在原地。然后伊丽娜也消失了，那块地方只留下一团油腻的黑暗。

瓦西娅忍住呜咽，跌跌撞撞地跑上台阶，发现面前躺着一个巨大的身躯，头垂下，四肢摊开。瓦西娅向它跑去，发现那是侧身躺着的索洛维，一支箭深深插在他那聪明的黑眼睛里，只有箭羽露在外面。

这是真实的？还是幻觉？还是半真半假的？什么时候才是个头？这楼梯要走多久？瓦西娅朝上方快速冲刺，把勇气全抛到脑后。黑暗里，只有台阶、恐惧和怦怦跳动的心。她只想逃跑，但楼梯一直延伸下去，好像永远也跑不到头。一路上，她眼睁睁地看着自己最害怕的一切场景展现在面前。

另一个人影出现了。这个老人弯着腰，戴着面纱，抬起阴冷的眼睛看着瓦西娅的脸。瓦西娅认出那就是自己的双眼。

她停下脚步，几乎喘不过气。这张脸曾在她做过的最可怕的梦中出现，那就是她自己的脸。她被囚禁在高墙后，直到屈服于现实，直到灵魂枯萎。她被困在塔楼里，就像噩梦中的这个瓦西丽莎一样，永远也出不去，直到年老心碎，失去理智，变成疯子……

念头刚起，瓦西娅就把它压下去。

"不，"她野蛮地说，几乎要在那幻象上吐口水，"之前我宁愿选择死在冬天的森林里，也不愿顶着这张脸过日子。让我重选也是一样。你什么也不是，不过是吓唬人的影子。"

她试图挤过去，但是那女人没有动，也没有消失。"等等。"她轻轻说。

瓦西娅镇定下来，又看看那张憔悴的脸。她明白了："你是塔楼的鬼魂。"

鬼点点头。"我看见……祭司把玛丽亚带走了，"她喘着气，"我跟着他们走。从……之后，我再没离开过那座塔。我能跟上去，但我什么也做不了……为那孩子。"鬼魂脸上的神情是悲伤吗？还是痛苦呢？鬼魂的喉咙在颤动。"去……里面，"她说，"门在那儿。"她把颤抖的手放在一堵看似普通的墙上，"救她。"

"谢谢，我很抱歉。"瓦西娅轻声说。她为塔楼、高墙和这陌生女人所受的漫长折磨而难过。"如果我能做到，我会让你恢复自由。"

鬼魂只是摇摇头，走到一边。瓦西娅看到左边有扇门，于是推开门走进去。

***

她站在一个华丽的房间里。炉火烧得不算太旺，懒洋洋地照亮无数丝绸和金灿灿的东西。它们将这房间装点得过于富丽堂皇，好像一位已经厌倦了过多财富的大公。地板上铺满厚厚的黑色毛皮，墙上挂着装饰品，到处都是靠垫和用丝滑的黑檀木做的桌子和箱子。火炉上镶着瓷砖，上面画着火焰、鲜花、水果和鲜艳的鸟儿。

玛丽亚坐在火炉旁边的长凳上，尽情地吃着蛋糕。她咬呀，嚼呀，使劲地吞咽，可眼睛却呆滞无光。卡西扬曾想送给瓦西娅戴的那条沉甸甸的金项链挂在她的脖子上，把她的背都坠弯了。项链上的宝石闪着刺眼的红光。

不死的科谢伊坐在扶手椅上，披在苍白脖子上的红发在火光中闪着黑色的光。他穿着金钱能买到的最华丽的衣服：绣着奇花的银丝布料、丝绸、天鹅绒、织锦，还有瓦西娅连名字都叫不出来的好东西。他在笑，短胡子下面的嘴看上去像个伤口，眼里闪着得意扬扬的光。

瓦西娅只感到恶心。她关上身后的门，静静站着。

"你好呀，瓦西娅，"卡西扬说，嘴角挂着一丝凶狠的微笑，"你花的时间够长的。我的手下让你觉得开心吗？"不知怎的，他看上去更年轻了，好像和她年纪差不多，皮肤光滑得像只吃饱的扁虱。"切鲁贝要来了。我把季米特里·伊凡诺维奇赶下台后，你愿意来参加我的加冕典礼吗？"

"我是来找我外甥女的。"瓦西娅说。在这个华丽的房间里，什么才是真实的？她能感觉到四周有重重幻影。

玛丽亚心不在焉地坐在烤炉旁，把蛋糕塞进嘴里。

"是吗？"卡西扬冷冷地说，"只是来找这孩子吗？不是来跟我做伴的吗？我真的好伤心。给我找个不把你当场杀死的理由，瓦西丽莎·彼得罗芙娜。"

瓦西娅走得更近些："你真的想让我死吗？"

他哼了一声，但目光扫过她的脸、头发和喉咙。"你愿意用自己来交换这个姑娘吗？真是老套。你骨瘦如柴，还是霜魔的奴隶，而且你太丑了，嫁不出去。另一个嘛，这孩子……"他懒洋洋地抚摸玛丽亚的脸颊，"她是那么强壮。你没看见我放在前院和楼梯上的幻象吗？"

瓦西娅狂怒而急促地喘气，向前迈了一步："我打碎了他的宝石，我不是他的奴隶。让那孩子走，我来代替她。"

"你会吗？"他问道，"我认为不会。"他饱满的嘴唇抿出贪婪的曲线，手上发出的红光更亮，吸引她看过去……他瞬间就冲到她的近前，她根本看不清他的动作。他在她肚子上重重一击。她喘息着倒在地上。

瓦西娅痛得蜷成一团，双手抱在胸前。

"你以为你有资格提条件吗？"他凑近她的脸，愤怒地低声问，唾沫四溅，"你用那耗子似的小东西吓唬我的人，还放跑我的马。你这个丑八怪，你以为自己值多少钱？"

他在她肚子上踹了一脚。她听到自己的肋骨发出碎裂的声音，觉得眼前发黑。他举起闪着红光的手，那红光变成血红的火焰，裹在他的手指上，她能闻到火的味道。玛丽亚发出一声细弱的、痛苦的呼喊。

他弯下腰，把那只燃烧的手凑近她的脸："你以为你是谁，敢与我相比？"

"摩罗兹科说得对，"瓦西娅轻声说，死死地盯着那火焰，"你是个魔法师，不死的科谢伊。"

卡西扬报之以微笑，那笑容中有肮脏的秘密、黑暗的岁月、饥荒、恐惧和折磨人的无尽饥饿。他手中的火变成蓝色，之后消失。"我叫卡西扬·鲁托维奇，"他说，"另一个名字不过是愚蠢的小名。我小时候又矮又瘦，然后他们就给我起了这个名字，而现在我是莫斯科大公。"他直起身，居高临下地看着她，突然笑了，"你这个可怜虫，"他说，"你本不该来的。我已经改变主意了，我不想娶你了，我会娶玛丽亚，让你做奴隶，慢慢折磨你。"

瓦西娅没回答。她眼前仍金星乱冒，胸口疼痛难忍。

卡西扬俯下身，紧紧抓住她的后颈，另一只手的食指放到她积聚了泪水的眼角。他的手凉得像死人。"也许你根本不需要看东西，"他低声说，用长指甲轻敲她的眼睑，"在我的骷髅塔里做个瞎奴隶吧，我觉得这个想法不错。"瓦西娅狂乱地喘气。在他身后，玛丽亚已经放下蛋糕，带着迟钝冷漠的表情看着他们。

卡西扬猛地回头。"不。"他说。

瓦西娅折断的肋骨还在火辣辣地痛。她翻过身，顺着他的目光看去。

那鬼魂——楼梯上的鬼魂——也就是她姐姐塔楼里的那个鬼魂站在对面。她稀疏的头发披下来，松弛的嘴巴张开，喉咙深不见底。她弯着腰，似乎很痛苦，但还是说："别碰她。"

"塔玛拉，"卡西扬说，"回外面去，回你的塔楼去，那才是你该待的地方。"瓦西娅吓呆了。

"不。"鬼魂嘶哑地说，走上前来。

卡西扬畏缩地盯着她看，额上冒出汗珠："别那样看着我。我从来没有伤害过你。没有，从来没有。"

鬼魂急切地瞥瓦西娅一眼，朝卡西扬走去，卡西扬死死盯着她。

"你害怕吗？"鬼魂低声说，口气亲密，却带着讽刺意味，"你总是害怕。你害怕我妈妈的马。我得替你抓住那匹马，再用你的笼头套住她，你还记得吗？在那些日子里我爱过你。你让我做什么，我就做什么。"

"闭嘴！"他咬牙切齿地说，"你不应该在这里。你不能在这里。我已经把你和我分离开了。"

幽灵和魔法师互相瞪着对方。愤怒、渴望和痛苦的失败感交织在一起。"不，"鬼魂轻声说，"事情不是这样的。你想留下我，而我逃跑了。我来到莫斯科，进入伊凡的塔楼，你跟不到那里。"她用瘦骨嶙峋的手摸着自己的喉咙，"即便如此，我也无法摆脱你。但我的女儿能自由地死去，至死还有人爱她。至少在这点上我赢了。"

她是塔玛拉，瓦西娅想。

外祖母。

在幽灵低声说话时，瓦西娅无声无息地爬到火炉边，玛丽亚正静静地坐在那里吃东西，并不抬头看。孩子肮脏的脸上还有泪痕。瓦西娅试着把她朝门口的方向拉，可玛丽亚只是呆呆地坐着，双眼茫然。瓦西娅断了的肋骨因为用力又一次剧痛起来。

沉重的脚步声和一缕扑鼻的油脂香味向她发出警告。她还来不及转身，卡西扬就从背后扭住了她的胳膊，抓住了她。她强忍着没尖叫出来。魔法师在她耳边说话："你以为你们能骗我吗？"他咬牙切齿地说，"就靠女孩、幽灵，还有一个孩子？不管是什么样的女巫生下了你们，我都是你们的主人。"

"玛丽亚·弗拉基米罗芙娜，"幽灵用她奇怪而含糊的声音说，"看着我。"

玛丽亚慢慢抬起头，眼睛慢慢睁开。

她看见了那个鬼魂。

她尖叫起来，只有孩子才会发出那种稚嫩的恐怖哀号。卡西扬下意识地瞟她一眼，于是瓦西娅趁机忍着肋骨的疼痛把手伸到后面，抓住卡西扬挂在腰带上的刀——那是她的刀,试着去刺他。他往后一缩,刀落了空,但抓她的手臂的力放松了一些。

瓦西娅猛地向前挣,打个滚儿,拿着刀站起来。虽然伤处疼得要命,但起码现在她有武器,还能站起来。卡西扬仍挡在她和玛丽亚之间。

卡西扬拔出剑,龇牙咧嘴地说:"我要杀了你。"

一个武艺半吊子的女孩面对手持武器的男人,瓦西娅全无取胜的希望。卡西扬的剑劈下来,瓦西娅勉强用刀挡开。玛丽亚摇摇晃晃地坐着,像个梦游的人。"玛丽亚!"瓦西娅疯狂地喊,"起来!快到门口去!去吧,孩子!"她把一张桌子向卡西扬踹去,后退几步,拼命呼吸,像在呜咽。

卡西扬从侧面攻来,瓦西娅躲开。现在,好像有个穿黑斗篷的人形在角落里等待。来找我了,她想,他来找我了,这是最后一次。剑风划过,要将她砍成两半。她跳起来,勉强躲过这一击。

就在那一瞬,瓦西娅又看到了幽灵。塔玛拉站在卡西扬身后,用一只手捂住自己的喉咙,就在瓦西娅曾经挂护身符的地方,就是那个护身符把她和……塔玛拉狂乱的目光看向那孩子,瓦西娅恍然大悟。

她躲开卡西扬的剑,又躲开一次。每次剑落处都比上一次距她更近,逼得她几乎喘不过气。玛丽亚僵硬地坐在那里。就在那把剑最后一次落下之前,瓦西娅伸手去够玛丽亚,发现孩子的上衣下面有个又重又凉的金红色的东西。瓦西娅一把将它拧断,感觉那块金属刺进自己的手掌,鲜血染红了孩子的喉咙。她不敢怠慢,转身把它扔向魔法师的脸。它带着金光和红光砸在他身上,随后落在地上摔得粉碎。

卡西扬看看它,又看看瓦西娅,目瞪口呆。

然后他踉跄后退，脸色开始变化。仿佛水坝决堤，岁月的长河奔涌而出，突然间他就垂垂老矣。他变得骨瘦如柴，眼睛红红的。他们待的这个房间也不再是施过幻术的魔法师巢穴，不过是空空如也的塔楼里莫斯科大公夫人的工作间。这里满是灰尘，散发着湿羊毛和女人的气味，里间的门上了闩。

"贱人！"卡西扬怒吼，"贱人！好大胆！"他又向前迈出一步，但现在他的脚步开始蹒跚，终于露出破绽。瓦西娅没有忘记和摩罗兹科在树下度过的那段日子。她躲开对方颤抖的手臂，攻破对方的防守，把刀子从他的肋骨之间刺进去。

卡西扬哼了一声，鬼魂尖叫起来。魔法师一点儿血也没流，但塔玛拉开始流血，伤口就在卡西扬身上被刺中的那个地方。

鬼魂弯下腰，瘫倒在地板上。

卡西扬挺直身子，毫发无伤，又龇着牙走上前来。这古老而不死的生物。瓦西娅已经拖着玛丽亚站起来，向门口退去。玛丽亚战战兢兢地跟着她走。这孩子没出声，脚下重新有了力气，但眼神看起来好像仍在噩梦中。瓦西娅每走一步，就感觉肋骨要刺穿皮肤。卡西扬手里还有剑……

"你无处可去，"卡西扬低声说，"你也杀不死我。再说整座城市都着火了，你这个杀人凶手就待在塔里吧，等着你的家人被烧死。"

他看见她的脸，突然大笑起来，如无底洞般的嘴张得大大的："你不知道！傻瓜，不知道释放火鸟的后果。"

然后，瓦西娅听到外面传来低沉的闷响，好像世界末日已经降临。她想起那只在深夜里被放出的火鸟正在到处是木屋的城中乱飞。

我必须杀了他，她想，就算死也要他陪葬。卡西扬又向前走一步，把剑举得高高的。瓦西娅把玛丽亚推到一边，躲开扫过来的剑锋。

荒谬的是，顿娅讲过的童话里的某句话，恰恰此时在她脑海里闪过：不死之神科谢伊把他的生命藏在一根针里，针藏在蛋里，蛋藏在鸭子里，鸭子藏在兔子里。

但这只是个故事。这里没有针，也没有蛋……

瓦西娅的思绪似乎突然在此静止。这里只有她自己、她的外甥女，以及她的外祖母。

女巫，瓦西娅想，我们可以看到别人看不到的东西，为衰弱的精灵重新注入生命力。

瓦西娅恍然大悟。

她没时间停下来思考，而是转身猛地扑向鬼魂，伸手拽出那个东西——她知道它一定在那儿，就在那个灰色生物的喉咙里。那是块宝石，或曾经是块宝石。她把它托在手里，感觉这东西很像是玛丽亚戴着的那个项链坠，但它脆弱得好像鸡蛋壳，仿佛岁月和悲伤已经从里面把它蛀空。

鬼魂呜咽着，仿佛十分痛苦，又仿佛得到了解脱。

瓦西娅双膝跪地，手里拿着项链，面对魔法师。她觉得肋骨从来没有这么痛过，但她强行忍住剧痛。

"放开它。"卡西扬说，声音平板而尖细。他用剑抵着玛丽亚的喉咙，抓着她的头发。"把它放下，姑娘。否则这孩子就会死。"

但在她身后，幽灵叹了口气，轻不可闻。"可怜的不死生物。"摩罗兹科说。他的声音比之前她听到过的任何一次都更柔和、更冷酷、更微弱。

瓦西娅愤怒地长舒一口气。她之前没看见他过来，但现在他就站在幽灵身边，仿佛是道浓重的影子。他没看她。

"你以为我一直离你很远吗？"死神低声对卡西扬说，"我总是近在咫尺，我过来不过一次心跳的时间。"

魔法师紧紧握着那把剑，揪着玛丽亚的头发，带着恐惧和一丝痛苦的渴望盯着摩罗兹科。"我才不管你呢，你这古老的噩梦。"他唾了一口，"敢动我，这孩子就会先死。"

"你为什么不和他一起去呢？"瓦西娅轻声问卡西扬，眼睛始终盯着他的剑刃。她感觉失去光泽的项链在手里暖暖的，像颗跳动的小心脏一样脆弱。"你把生命存放在塔玛拉那里，所以你俩都不会死，只会腐烂。但一切都结束了，你最好现在就去，安息吧。"

"休想！"卡西扬厉声道，持剑的手颤抖着。"塔玛拉，"他狂热地说，"塔玛拉——"

一道红光从窗户里射进来，越来越亮，那并不是晨曦。

塔玛拉向他走过去。"卡西扬，"她说，"我爱过你。现在跟我来吧，一起去那永恒的安息处。"

卡西扬像个溺水的人一样盯着她，似乎没有注意到自己已经稍稍松开那只握剑的手。足够了……

瓦西娅用尽最后的力气向前冲去，抓住剑刃，把全身的重量都压在上面。他向后倒下，瓦西娅一把抓住玛丽亚，把孩子扯回来抱在怀里，不顾自己的肋骨和手还在痛。她的手掌被剑割破，血开始往下滴。

魔法师似乎在努力让自己回过神来。他露出牙齿，满脸怒容。

"别看。"瓦西娅低声对玛丽亚说。

她握紧血淋淋的拳头，把那宝石攥得粉碎。

卡西扬尖叫起来，脸上露出痛苦和宽慰之色。"安心走吧，"瓦西娅对他说，"愿上帝与你同在。"

不死的科谢伊瘫倒在地板上，死了。

***

鬼魂还在那里徘徊，不过她的轮廓像狂风中的火一样摇曳不定。有个黑影等在她旁边。

"对不起，我刚才看见你时尖叫了一声。"玛丽亚突然低声对鬼魂说——这是她被带到塔楼后说的第一句话，"我不是怕你。"

"你女儿有五个孩子，外祖母，"瓦西娅说，"孩子们也生了孩子。我们不会忘记你的，你救了我们的命。我们爱你，愿你安息。"

塔玛拉的嘴唇抽搐，但瓦西娅能在那可怕的脸上辨认出笑容。

死神伸出一只手，鬼魂颤抖着牵起它。

她和死神消失了。但在他们消失之前，瓦西娅觉得自己看到了一个美丽的黑发女孩靠在摩罗兹科怀里，一双绿眼闪闪发光。

第二十六章

火

瓦西娅跌跌撞撞地走下楼梯,身上流着血,手里还拖着孩子。玛丽亚跟在她后面跑,一句话不说,但没流眼泪。

楼梯上满是呛人的烟雾,玛丽亚开始咳嗽。现在楼梯上有仆人出现了,瓦西娅听到楼上的女人们在尖叫,幻象已经消失,仿佛卡西扬从未到过那里——无论那个手握火焰的年轻巫师,还是那个尖叫的老人都没有过。

她们来到院子里时,大门已经被撞碎,院子里到处是人。有些人一动不动躺在四处是鲜血和脚印的雪地上,有几个还在喘气,或低声呜咽,或高声求救。不再有箭矢飞来飞去,也看不见切鲁贝。季米特里正喊叫着下令,被烟熏黑的脸上还带着血。人们勒住大多数马匹,匆匆把他们从门洞里牵出去,好离起火的地方远些。大火烧到哪里了?哪些房子被落下的火星烧毁了?院中马厩的火正渐渐熄灭,季米特里的仆人们肯定能控制住火势。但瓦西娅能听见一场更大的火在轻声咆哮,知道大家现在还不能算是安全。火头后面肯定有风,因为她能闻见烟味。它来了,它来了,是她的错。

她看见萨沙仍然骑在索洛维背上,于是松了口气。她哥哥正和一个站在地上的人说话。玛丽亚突然恐惧地叫了一声,瓦西娅转过头来。

那是午夜婆婆:发如月光,眼若星辰,皮肤黝黑。她出现在楼梯上,仿佛是从火焰间隙中的夜色里诞生的。她没骑马,独自一人走来。红光中那精灵的面颊呈现出紫色,星星般的双眼由于悲伤之类的情感而变得黯淡。"他们死了吗?"她问。

瓦西娅仍沉浸在塔楼里的战斗中没回过神来:"谁?"

"塔玛拉。"那精灵不耐烦地低声说,"塔玛拉和卡西扬,他们死了吗?"

瓦西娅回过神来:"我——是的,是的。你怎么——"

但午夜婆婆只是疲倦地自言自语:"她妈妈会很高兴的。"

很久以后,瓦西娅会希望自己当时能领会这句话的意义,但此时此刻她完全没意识到这点。她遍体鳞伤,惊恐万分,精疲力竭。莫斯科在燃烧,这是她的错。"他们死了,"瓦西娅说,"但现在这座城市着火了。怎么才能救莫斯科呢?"

"我见过世界上所有的午夜,"午夜婆婆疲倦地回答,"但我只是旁观,不会干涉。"

瓦西娅抓住她的胳膊:"帮帮我。"

午夜婆婆似乎吃了一惊,想要挣脱。但瓦西娅死死抓住她,还把自己的血抹在那个精灵身上。她的血能赋予死者生命力,也许还有其他神奇之处。午夜婆婆无法挣脱她的手。"我的血能使你这类精灵强大,"瓦西娅冷冷地说,"如果我愿意的话,也许能使你虚弱。需要我试试吗?"

"没有办法,"午夜婆婆喘着气说,看上去有点儿不安,"一点儿办法都没有。"

瓦西娅拼命摇晃她,摇得她的牙齿咯咯打架:"肯定有办法的!"

"那是,"午夜婆婆喘着气,"很久以前,严冬之王可能平息过火焰。他是风和雪的主人。"她垂下眼帘,掩住闪亮双眼中的恶意,"但你是个勇敢的姑娘,把摩罗兹科赶走,还断送了他的力量。"

瓦西娅不由得松开手:"断送?"

普鲁诺奇尼萨似笑非笑,火光映红她的牙齿。"断送,"她说,"你说得没错,聪明的姑娘,你的力量是把双刃剑。"

瓦西娅沉默不语。午夜婆婆俯身过来,轻声说:"告诉你一个秘密好吗?他用那块蓝宝石吸取你的力量,在你们之间形成羁绊。但那种魔法摆脱他的控制,使他更加强大,同时也让他越来越接近死亡。于是他渴望活下去,但那种渴望与其说属于恶魔,不如说属于人类。"午夜婆婆停顿了一下,看着瓦西娅,残酷地轻声说,"所以他爱你,却又不知该如何是好。"

"他是严冬之王,他无法爱上别人。现在任何办法都没有了,"午夜婆婆说,"因为你断送了他的力量,就像我刚才说的,你驱逐了他。现在你只能在莫斯科垂死的人身边看到他。所以,离开这座城市吧,瓦西丽莎·彼得罗芙娜,让它自生自灭吧。你现在什么也做不了。"

午夜婆婆最后拼命挣扎了一下,挣出瓦西娅的掌握,瞬间消失在莫斯科的滚滚浓烟中。

***

下一刻瓦西娅就听到索洛维的嘶鸣。萨沙跳下马,站在半融化的积雪里,把瓦西娅和玛丽亚都紧紧地搂在怀中。索洛维从上方高兴地嗅着所有人。萨沙身上有血和烟的味道。瓦西娅拥抱哥哥,抚摩索洛维的鼻子,然后摇摇晃晃地走开。她知道如果现在允许自己软弱,就再也硬不起心肠了。她拼命思考……

萨沙抱起玛丽亚,把她放在索洛维背上,转身对着瓦西娅。

"小妹妹,"萨沙说,"我们必须走。莫斯科全城都起火了。"

季米特里骑着马飞跑过来,低头看着瓦西娅的长辫子和青肿的脸,脸色瞬间变得阴沉冷漠,但他只是说:"把她们带走,萨沙。没时间了。"

瓦西娅一动不动,并不打算骑上索洛维。"奥尔加怎么办?"她问哥哥。

"我去找她,"萨沙说,"你必须带着玛丽亚骑上索洛维出城。没时间了,火要烧过来了。"

大公的院子里一片嘈杂,但瓦西娅仍能听到墙外有无数人在大喊。城里的居民从火里抢出一切能抢的财物,四散奔逃。

"让她上马,"季米特里说,"把她们带走。"他骑马走了,去发号施令。

瓦西娅轻轻对阴影说:"你能听见我吗,摩罗兹科?"

没有回答。

季米特里院子的墙外,狂风像洪水般席卷一切,火越烧越大。她想起摩罗兹科的声音,只有你垂死时才可以,他曾说,那时没人能阻止我接近你。我是死神,万物死时我都在。

瓦西娅不再细想，也不再劝说自己放弃某个念头，而是扯下斗篷围在玛丽亚无力下垂的肩膀上。

"瓦西娅，"她哥哥说，"瓦西娅，你要——"

她无暇细听。"索洛维，"她对马说，"保护他们。"

马低下硕大的头。"让我跟你一起去吧，瓦西娅。"他说。但她只是用脸贴了贴他的鼻子。

她穿过被撞坏的大门，跑进火场中。

***

人群堵住了她的路，其中大多数朝与她相反的方向走。但瓦西娅摆脱了碍事的斗篷，身手敏捷。她动作敏捷地冲下山去。

有两次，有人试着告诉她跑错了方向，还有一次，某个男人抓住她的胳膊，对她喊叫，想让她恢复理智。

她挣脱出来继续跑。

烟越来越浓，大街上更加拥挤。大火隐隐出现在头顶，看上去仿佛要充满整个世界。

瓦西娅开始咳嗽，头嗡嗡响，喉咙也肿起来，觉得口干舌燥。最后奥尔加的宫殿终于出现在她眼前，出现在被火光映红的黑夜里。大火肆虐——在一条街外，还是两条街外？她看不清。奥尔加宫殿的大门开着，有人正在里面发号施令，同时有人流涌出来。她姐姐已经被送走了吗？她轻声为奥尔加祈祷，然后跑过宫殿，冲进地狱之火中。

烟。她吸进烟雾。到处都是烟。现在街上空空如也，只有难以忍受的热浪。她试着继续跑下去，但她无法吸进足够的空气，不由得双膝跪地，拼命咳嗽。她起来，摇摇晃晃地继续前行，脸上起了一片火泡。她正在做什么？她的肋骨痛。

她再也跑不动了,她摔倒在污水中,黑暗在眼前聚集……

莫斯科消失了,她正待在森林里。深夜的星星变成灰色,树木是极黑的影子。

死神站在她面前。

"我找到你了。"她从失去知觉的嘴唇中勉强挤出这几个字。她正跪在雪地里,跪在那座尘世之外的森林里,再也站不起来。

他撇撇嘴。"你快死啦。"他在雪地上走过,却没留下脚印,寒风也吹不动他的头发。"你是个傻瓜,瓦西丽莎·彼得罗芙娜。"他又说。

"莫斯科在燃烧,"她低声说,发现嘴唇和舌头几乎不听使唤,"这是我的错,是我放走了火鸟。可是午夜……午夜婆婆说你能把火扑灭。"

"不可能啦。我在那块宝石上注入了太多力量,而它已经被毁了。"他用毫无感情的声音说,粗暴地把她拽起来。她能感觉到火正在周围燃烧,感到自己的皮肤起了泡,被烟呛得透不过气。

"瓦西娅,"他说,"这种做法真蠢。我什么也做不了。你必须回去,你不能来这里。回去吧,快跑,活下去。"他的声音中有绝望的意味。

她几乎听不清他说了什么。"我不能自己回去,"她勉强说,"如果我回去,你就得和我一起回去,你要把火扑灭。"

"不可能。"她想他是这么说的。

她没有听到他讲话,她的力气几乎耗尽。热浪和正在燃烧的城市几乎要消失。她意识到自己就要死了。

她之前是怎么把奥尔加从这里拖回来的?用爱、愤怒和决心。

她用血淋淋的无力的手抓住他的袍子，同时闻到冰水和松树的气味，还有月光下自由的味道。她想起之前自己没能搭救的父亲，接着又想起其他人——起码现在她还有可能拯救他们。"午夜……"她喘着粗气说，"午夜婆婆说你爱我。"

"爱？"他反驳，"怎么爱？我是恶魔，是噩梦。每年春天我都会死去，我将永远活着。"

她等待着他说下去。

"是的，"他疲倦地说，"我尽我所能地爱着你。现在你能走了吗？活下去。"

"我也是，"她说，"我以孩子气的方式爱你，就像女孩子们爱黑夜里出现的英雄一样。所以现在你跟我回来，结束这一切。"她抓住他的手，用尽最后的力气，用她所有的激情、愤怒和爱，把他俩拖回莫斯科城中的炼狱。

他们纠缠着躺在地上，躺在越来越热的污水中，火几乎就要烧到他们身上。他在红光中眨着眼睛，一动不动，震惊得一时回不过神来。

"召唤雪来。"瓦西娅对着他的耳朵喊，声音盖过大火燃烧的轰鸣，"你在这里，莫斯科正在燃烧。召唤雪来。"

他似乎听不见她说话，只是抬起眼睛看着周围的世界，眼中有惊奇和一丝恐惧。他的手还抓着她的手，她觉得那比任何活人的手都要冷。

瓦西娅又急又怕，想要尖叫，重重地打了他一耳光。"听我说！你是严冬之王！召唤雪来！"她搂着他的头吻他，咬他的嘴唇，把自己的血抹在他脸上。她希望他是真实的，是活着的，而且有足够的力量来施展魔法。

"如果这些人曾经是你的子民，"她对着他的耳朵说，"那么请你救救他们吧。"

他看着她的眼睛,好像开始回过神来。他动作缓慢地站起来,仿佛在水下移动一样。他紧紧地抓住她的手,她觉得自己的手是唯一能把他留在这个世界里的锚。

大火似乎充满了整个世界。空气在燃烧,到处是浓烟,使她无法呼吸。"求你了。"她低声说。

摩罗兹科狠狠吸口气,好像也被烟呛到了,而当他呼气时,起风了。冬天凛冽的狂风扑在她背上,使她摇摇晃晃。但在她摔倒之前,他扶住了她。

风越刮越大,把他们周围的火焰吹走。

"闭上眼睛,"他在她耳边说,"跟我来。"

她照做了。突然她能看到他所看到的一切了。她是风,是在烟雾弥漫的天空里聚集的云,是深冬里厚厚的积雪。她什么都不是,她又是一切。

她时断时续地意识到,有股力量在他们之间慢慢汇聚。这不是魔法。万物要么生,要么死。她没有任何欲望,也不在乎自己是死是活。她只能去感觉:风暴在酝酿,风在呼吸,摩罗兹科就在她旁边。

那是一片雪花吗?又一片吗?她分不清雪和火场中的灰烬,但火燃烧的声音起了些变化。不,那是雪,突然下起的大雪,是冬天那种最猛烈的暴风雪。雪越落越快,她只能看到头顶和四周一片白色。雪花使她那起火泡的脸冷却下来,同时压灭了火焰。

瓦西娅睁开眼睛,发现她又回到了自己的身体里。

摩罗兹科松开她。大雪中,她看不清他的五官,但觉得他似乎在犹豫不决,脸上满是恐惧的困惑。

她无话可说。

因此，她默默靠在他身上，看着雪花飘落，觉得灼伤的喉咙开始疼痛。他也没说话，只是站着不动，好像很理解她的感觉。

雪越下越大，他们站了很长时间。瓦西娅注视着暴风雪的疯狂之美和即将熄灭的大火，摩罗兹科和她一样静静地站着，仿佛在等待。

"我很抱歉。"她终于说，虽然并不十分清楚自己为什么要道歉。

"为什么呢，瓦西娅？"他在她身后微微一动，指尖点点她的喉咙下方——那是挂护身符的地方，"为这个吗？那块宝石就该被毁掉，霜魔本不该再活下去，我掌权的时代已经结束。"

雪下得没那么紧了。她转过身来，清楚地看见他的脸。"你的宝石像科谢伊那块一样吗？"她问道，"你是利用它把生命力存放在我这里吗？"

"是的。"他说。

"你想让我爱你，"她问，"好让我的爱帮助你活下去？"

"是的，"他说，"少女对怪兽的爱，不会随着时间的流逝而消失。"他看上去很疲倦，"可是其他的，我没指望过。"

"指望什么？"

那双浅色眼睛看着她的眼睛，目光神秘莫测："我以为你知道。"

他们谨慎地保持沉默，互相打量着对方。瓦西娅说："你对卡西扬和塔玛拉的事了解多少？"

他叹口气："卡西扬是某个遥远国度的大公，生来就有'天眼'，希望能按照自己的意愿塑造世界，但有些事情甚至连他也无法控制。他爱上了一个女人，她快死时，他求我放过她。"摩罗兹科停住，这一刹那的沉默散发出逼人的寒意。瓦西娅知道卡西扬接下来做了什么，不由得开始同情他。

"那是很久以前的事了。"摩罗兹科接着说，"我不知道后来发生了什么事。他最后找到一个办法，能让生命与肉体分离，从而避开我。他以为这样我就能忘记他，他也就能永远不死。塔玛拉和母亲住在一起。据说有一天卡西扬到她家买了匹马，就和塔玛拉坠入爱河。他们一起逃走了，之后销声匿迹，直到塔玛拉独自出现在莫斯科。"

"塔玛拉从哪儿来？"瓦西娅急切地问，"她是谁？"

他本来想回答，她能从他脸上看出这一点。后来她常常想，如果他当时真的回答了，她的人生道路会完全不同。但就在那一刻，修道院的钟声响起。

这声音像拳头一样打在摩罗兹科身上，仿佛要把他击碎成雪花旋转着飘走。他全身发抖，没有回答。

"怎么了？"瓦西娅问道。

护身符被毁了，他本可以告诉她的，还有霜魔不能爱上任何人。但他什么也没说。"天亮了，"摩罗兹科艰难地说，"仲冬之后，一旦钟声响起，我就不能再待在莫斯科的阳光下。瓦西娅，塔玛拉她——"

钟声再次响起，他的声音渐渐消失。

"不。你不能消失，你是不朽的。"瓦西娅伸出双手，抓住他的肩膀，一时冲动，踮起脚吻他。"活下去，"她说，"你说过你爱我。活下去。"

他吃了一惊，凝视着她的眼睛。他的眼睛像冬天一样苍老，像初雪一样年轻。他突然低下头吻她，脸上重新现出血色，眼睛像正午如洗的天空一样湛蓝。"我不可能活着，"他低声对她说，"一个人不可能既活着，又长生不死。但当风暴笼罩世界或人们死去时我会出现，这就足够了。"

"这还不够。"她说。

他什么也没说。他不是人类，而是由寒冷的雨水、黑色的树木和蓝色的冰霜构成的生物。他在她怀里，身形越来越模糊。但他低下头，又吻了她一下，仿佛那甜蜜的吻激起了某种早已消逝的东西的火花。与此同时，他消失了。

她试着唤他回来。但是天快亮了，一缕阳光穿过云层，照亮废墟。这座城市有一半毁于大火，到处都散发出呛人的烟味。

瓦西娅独自站在那里。

第二十七章

宽恕日

　　萨沙难以置信地看着狂风刮过，看着火焰不断消失，看着雪开始从虚空中飘落。在季米特里的院子里，人们纷纷感谢上天。

　　玛丽亚坐在索洛维的马肩隆上，两只小手紧紧攥住马鬃。索洛维哼了一声，甩甩头。大火的光芒被雪压熄，天空现出生气勃勃的深金色。玛丽亚扭过头去看舅舅。

　　"是瓦西娅小姨唤来了这场暴风雪吗？"玛丽亚轻声问萨沙。

　　萨沙张开嘴想回答，随即意识到自己并不知道真相，于是沉默下来。"走吧，玛丽亚，"他只是说，"我带你回家。"

　　他们骑马穿过空荡荡的街道，回到奥尔加的宫殿。人们逃跑时踩得稀烂的泥泞雪地慢慢被雪覆盖。玛丽亚伸出舌头去接那旋转的雪花，惊喜地大笑。雪下得很密，几乎使人看不见前方的路。萨沙凭记忆穿过街道，很高兴最后终于安全拐进奥尔加家的大门。大门开着，不少奴隶已经逃走。

院子里空无一人，但萨沙听到教堂里传来微弱的吟唱声。人们可能正在感谢上帝及时拯救了城市。萨沙正要下马，但索洛维抬起头，用蹄子刨着雪和泥。

大门歪歪斜斜地挂在门轴上，守卫们在大火烧过来之前就已逃走。一个苗条的身影独自摇摇晃晃地走进门。

索洛维发出低沉而响亮的嘶鸣，猛冲过去。"瓦西娅小姨！"玛丽亚大喊，"瓦西娅小姨！"

那匹大马小心翼翼地用鼻子蹭着瓦西娅还带着烟火味的头发。玛丽亚从索洛维的肩膀上滑下来，扑通一声落进小姨的怀里。

瓦西娅接住玛丽亚，但同时痛得脸色惨白。她把孩子放到地上。"你没事，"瓦西娅紧紧地抱着她，低声对她说，"你没事。"玛丽亚哭得很厉害。

萨沙从马背上滑下来，打量妹妹。瓦西娅的辫子末端被烧焦，脸被烧伤，睫毛也不见了。她双眼充血，僵硬地站着。"发生了什么事，瓦西娅？"

"冬天过去了，"她说，"我们都还活着。"

她向哥哥微笑，接着开始哭泣。

***

瓦西娅不愿进宫殿，不愿离开索洛维。"奥尔加赶我走，她是对的，"她说，"她不想再见到我。"

萨沙只好不情愿地把妹妹留在院子里，自己送玛丽亚去找她妈妈。火烧过来时奥尔加没逃，也没躺在床上，而是和唯一留在身边的侍女瓦尔瓦拉一起在小礼拜堂祈祷。她们跪在圣障前，全身发抖。

但玛丽亚一迈过门槛，奥尔加就抬起头，脸色苍白得像死人一样。在瓦尔瓦拉的搀扶下，她摇摇晃晃地站起来。"玛丽亚！"奥尔加低声说。

"妈妈！"玛丽亚尖叫一声飞跑过去。奥尔加抓住女儿，紧紧地拥抱她，这个动作使她自己嘴唇发白。瓦尔瓦拉扶着奥尔加，免得她瘫在地板上。

"你该上床休息，亲爱的奥尔加。"萨沙说。虽然瓦尔瓦拉没说话，但她的眼神说明她对这一提议衷心赞同。

"我是来祈祷的，"奥尔加回答，筋疲力尽，面色发灰，"我做不了别的了……发生了什么事？"她用发烫的手摸着女儿的头发，把她搂得更紧些，"有一半奴隶逃走了，我派另一半出去找她。我以为她死了。我让他们把丹尼尔安全带走，但我无法……"奥尔加没哭，仍保持着仪态，但也快憋不住眼泪了。她一下又一下地摸着女儿的头。"我们当时从浴室回来，"她面色苍白，急促地喘气，"发现玛丽亚失踪了，保姆也逃走了。大半守卫不见人影，城里到处是火。"

"是瓦西娅找到她的，"萨沙说，"瓦西娅救了她。不是这孩子的错，她被人从床上偷走了。上帝拯救了这座城市，因为风突然转向，又下起了大雪。"

"瓦西娅在哪儿？"奥尔加轻声问。

"在外面，"萨沙疲倦地说，"和她的马在一起。她不想进来，因为她觉得你不欢迎她。"

"带我去找她。"奥尔加说。

"我的奥尔加，你现在快撑不住了。上床休息吧。我会带——"

"我说，带我去找她！"

***

瓦西娅站在前院,疲惫地靠着索洛维。她不知道该做什么,也不知道该去哪里,她觉得自己就像在深水中思考。她的裙子被撕破、烧焦,上面血迹斑斑。她的辫子散开,头发散乱地垂下来,落在脸、脖子和身上,末梢被烧得打了卷。

索洛维首先竖起耳朵,瓦西娅抬起头,看见哥哥、姐姐和外甥女正朝自己走来。

她一动不动。

奥尔加沉重地靠在萨沙的胳膊上,另一只手拉着玛丽亚,瓦尔瓦拉皱着眉头跟在他们后面。莫斯科上方的天空开始放亮。冬天的浓云散去,一阵清风驱散残留的烟雾。柔和的晨光中,奥尔加显得更加年轻,她仰起脸迎着微风,一丝红晕爬上脸庞。

"有春天的味道。"她低声说。

瓦西娅鼓起勇气迎上前去,索洛维和她一起走,鼻子贴着她的肩膀。

瓦西娅在离姐姐一大步的地方停下脚步,低下头。

瓦西娅沉默地抬起头,索洛维优雅地向她姐姐伸伸鼻子。

奥尔加睁大眼睛看着那匹牡马。"这……这是你的马吗?"她问。这个问题和瓦西娅预料的太不一样,以至于她突然笑出声来。索洛维现在正漫不经心地啃着奥尔加的饰头巾。瓦尔瓦拉似乎想斥责他,但鼓不起勇气。

"是的,"瓦西娅说,"他叫索洛维。"

奥尔加伸出戴着宝石戒指的手,摸摸牡马的鼻子。

索洛维打了个响鼻。奥尔加放下手,再次看着妹妹。

"进来吧，"她说，"大家都进来。瓦西娅，把一切都告诉我们。"

***

瓦西娅从那祭司来到列斯纳亚辛里亚开始讲起，一直讲到霜魔召唤暴风雪。她没有说谎，也没为自己开脱。她讲完时，阳光已经从塔楼窗户里照进来。

瓦尔瓦拉为他们端来炖肉，看着门不让任何人走进来。玛丽亚裹着条毯子在炉边睡着了。这孩子不愿去床上睡，而实际上她的母亲、舅舅和小姨也不愿让她离开他们的视线。

瓦西娅讲完故事，靠回椅背，目光疲惫地游移。

短暂的静默后，奥尔加说："如果我不相信你呢，瓦西娅？"

瓦西娅回答："我有两个证据。一是索洛维能听懂人话。"

"他确实能，"萨沙突然插嘴，"我曾骑着他在大公的院子里战斗，他救了我的命。"之前瓦西娅在讲故事时，这位修士始终一言不发。

"还有，"瓦西娅说，"这匕首是严冬之王为我做的。"

她拔出刀来。它躺在她手中——蓝色的柄，苍白的刀锋，美丽而寒冷，但是，当瓦西娅凑近去看时，她发现从刀刃上流下一滴细小的水珠，就像冰凌在冬天融化……

"把那邪恶的东西拿开。"奥尔加厉声说。

瓦西娅还刀入鞘。"姐姐，"她说，"我之前没说谎，现在说的也是实话。我今天就走，再也不会来烦你。我只是请求……请求你原谅我。"

奥尔加咬着唇。她看看睡着的玛丽亚，又看看萨沙，最后看着瓦西娅。过了好长时间，她还是一言不发。

"玛丽亚也跟你一样吗？"奥尔加突然问，"她能看见……某些东西？精灵？"

"是的，"瓦西娅说，"她能。"

"所以，卡西扬才想带走她？"

瓦西娅点点头。

奥尔加又沉默下来。

另外两个人等着她。

最后，奥尔加慢慢地、沉重地说："我会原谅你们，你们俩。如果你们能把我女儿带回列斯纳亚辛里亚，交给我们的兄弟。"

灰眼睛和绿眼睛惊讶地瞪着奥尔加。

"是的。"奥尔加说，神情仍然同以前一样高贵，但瓦西娅能从她的声音中听出痛苦，"如果玛丽亚和你，和我们的外祖母一样，那她在这里永远不会快乐。"奥尔加缓缓说，"我必须保护她避开那些邪恶的魔法师，还有残酷的人类，但我不知道该怎么办。"

又是一阵漫长的沉默。奥尔加抬起头直视她的兄妹："至少我还有你们来帮我。"

瓦西娅和萨沙震惊得说不出话来。

"一直如此。"瓦西娅轻轻说。早晨的阳光抚摩着她被烧伤的手背，同时也为奥尔加灰白的手染上一点颜色。瓦西娅觉得内心深处仿佛也有某个地方被照亮了。

"回头我们再互相指责吧，"奥尔加补充说，"现在要为将来做点儿打算。还有……还有我爱你们俩，仍然爱着，一直如此。"

"这就够了。"瓦西娅说。

奥尔加伸出双手，瓦西娅和萨沙握住它们，三人静静地坐了一会儿。与此同时，朝阳正在塔楼外缓缓升起，将冬日的寒意驱散。

后记

中世纪的莫斯科寒冷刺骨，民风质朴粗俗，并不是童话故事的最佳设定场景。这个时代和地域野蛮复杂，却又使人着迷。然而童话这种叙事形式聚焦的是反派和女主人公，一般不会公正呈现那个时代和地域的风貌。

《笼中少女》篇幅有限，且志不在此，因而未能全面生动地描绘一幅关于战争、变化无常的敌友关系、野心、修士、祭司、商人、农民、王妃、修女和信仰的画卷，也未能完全展现那个令人难以置信，而又记载甚少的时代。

本书力求行文准确。我也竭尽全力，试图在无法更深入地探究人物个性和政治冲突时，至少能够暗示其复杂程度。我尽量忠于童话故事，即本书的素材来源，但同时也力求保持我热爱的那个时代和国度的特色。

我已尽全力，若仍有失误或不足，谨此致歉。

读者如有意了解更多关于那个时代的史实，我乐于推荐几本信息量庞大且引人入胜的参考书，如《中世纪俄罗斯：950—1584》（Medieval Russia, 950—1584, Janet Martin著，剑桥大学出版社，2007年版）。Linda Ivanits的《俄罗斯民间信仰》（Russian Folk Belief, Routledge出版社, 2015年第二版）也使我受益匪浅。《治家格言》（Domostroi）一书属于少见的一手材料。这本家长手册约于"可怕的伊凡"执政期间成书，仅比本书中描写的历史时期稍晚。

上述书籍对渴求更多历史细节的读者将大有帮助。

最后，再次感谢大家的阅读。

致谢

我说过，写作第一部小说就像举着长矛与风车搏斗，心中期待那是个巨人。那么第二部小说的写作过程就像明知对面是个巨人，还要将长矛刺出。在不拼命奔跑的同时，你会感到奇怪，我上次是怎么做到的？

因此，感谢所有在第二部小说的写作过程中，愿意同我并肩前行的人。你们使我备感荣幸。

感谢妈妈：您说这小说很棒，尽管它其实并不怎么样。感谢爸爸：您说它很差劲，但最后您终于觉得它还不错。感谢贝丝：为你的千万次拥抱。感谢R.J.阿德勒：感谢你随口唱的歌，感谢你那所佛蒙特州最好的房子，感谢你这个世界上最好的朋友。感谢加勒特·维尔森：当我整天埋头写作、双眼发直时，你与我进行人类间的正常交谈。感谢卡尔·西贝尔无数次耐心编辑网站。感谢塔蒂阿娜·斯莫罗丁斯卡雅没完没了地阅读草稿，还帮忙修改俄语词汇，给我信心，当然也教会我一切知识。感谢萨沙·梅尔尼科娃核实童话故事。感谢宝芬妮·普伦德加斯特，你是了不起的朋友和才华横溢的电影制作人。感谢比约恩和金姆，还有维姬、大卫和伊莱扎，以及马里埃尔、德纳和乔尔，毫不夸张地说，你们是最了不起的。感谢约翰娜·尼克尔斯为一个疯狂的、有时穿着睡衣工作的女人敞开心扉和家门（尤其是你的沙发）。感谢马吉·罗杰森和希瑟·福西特：你们向自己的巨人发起进攻，同时一路鼓励我。感谢詹尼弗·约翰逊：表姐妹情比金坚。感谢彼得、卡罗尔·安·约翰逊和格雷西的美味佳肴，以及善意和鼓励。感谢卡罗尔·道森，你了解我更甚于我自己。

感谢"石叶"茶室和"卡罗尔饥渴心灵"咖啡厅：我像钉子一样钉在你们的桌旁长达数月。感谢你们的耐心。

感谢埃文·约翰逊为我所做的一切。

感谢美国巴兰坦戴尔·雷伊出版社的员工特里西娅·纳瓦妮、迈克·布拉夫、基思·克莱顿、大卫·芒什、杰斯·博尼特和安妮·斯派尔，无需多言，你们是最棒的。

感谢詹尼弗·赫尔希，你为本书付出的辛勤劳动不亚于我。而且每当我认为自己已经做到最好时，你总是鼓励我可以做得更好。

感谢英国伊伯里出版社的员工：艾米莉·邱、泰丝·亨德森、斯蒂芬妮·纳尔斯和吉莉安·格林。从第一天开始，大家就为本系列付出良多，我对此非常感激。

感谢詹克洛和纳斯比特联合公司的员工布伦纳·英格利希-洛布、苏珊娜·宾特利和贾里德·巴伦的出色工作。

感谢我的经纪人保罗·卢卡斯，是你促成了这一切。